LA RECOMPENSE

UN ROMAN DE LA SERIE POINT DE NON-RETOUR

Brenna Aubrey

Traduit par Suzanne Voogd

SILVER GRIFFON ASSOCIATES
ORANGE, CA, USA

Design de la couverture :(c) Sarah Hansen, Okay Creations

Traduction française : S. Voogd
Révision française : Valérie Dubar

ISBN 978-1-940951-73-7
Silver Griffon Associates
P.O. Box 7383
Orange, CA 92863
www.BrennaAubrey.fr

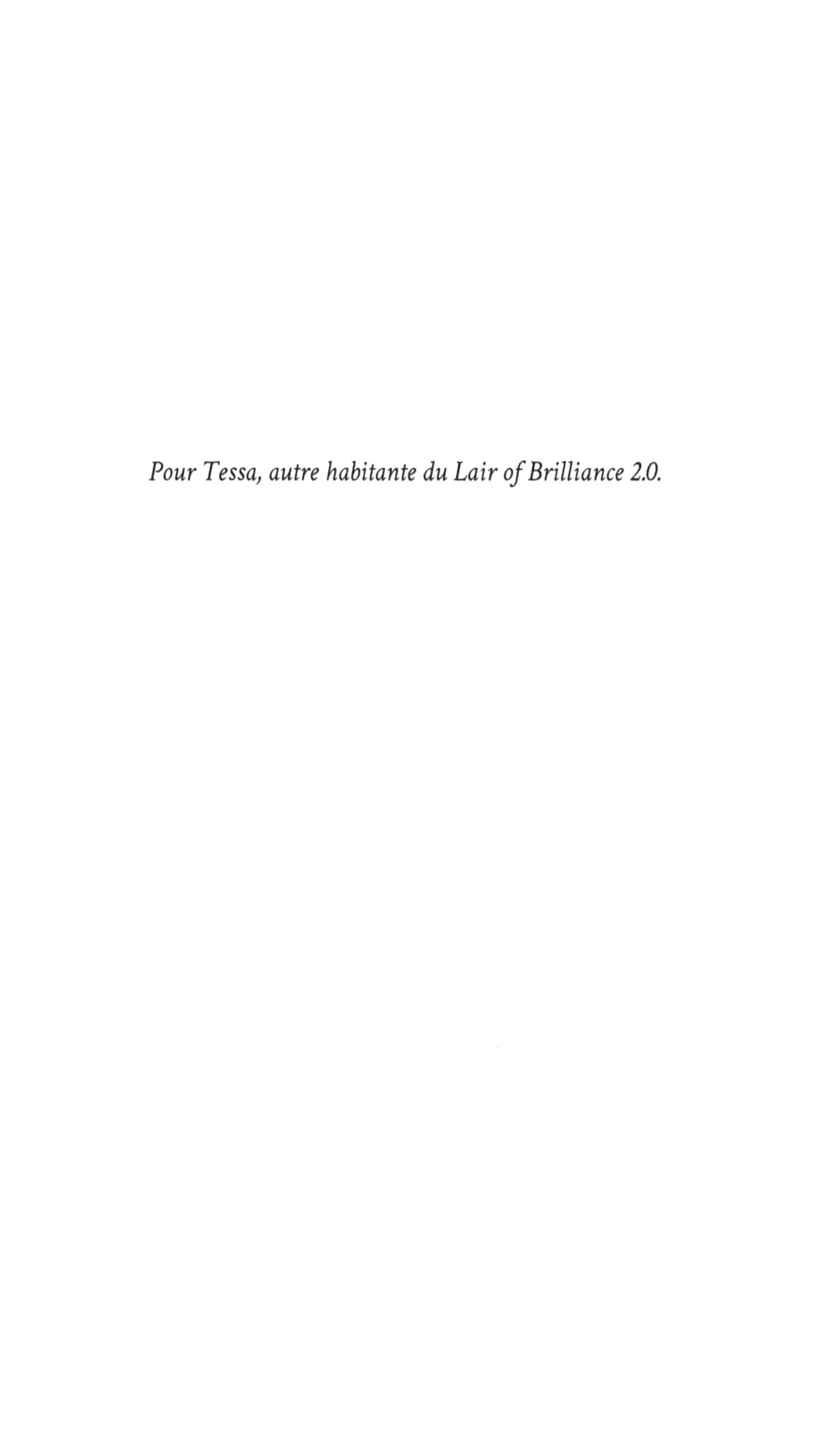

Pour Tessa, autre habitante du Lair of Brilliance 2.0.

REMERCIEMENTS

Comme toujours, merci à mes beta lectrices, Kate McKinley et Sabrina Darby. Votre patience ne connaît pas de limites. Un grand merci à Carey Baldwin pour son expertise dans le domaine médical et pour sa gentillesse à la partager. Merci aux auteures Lynn Raye Harris, Viv Arend, Natasha Boyd, Anna Zaires et Cassia Leo pour votre soutien enthousiaste et très marqué de Le risque.

ÉNORME DÉDICACE à tous ceux qui lisent, soutiennent, partagent et commentent mes livres. Je ne pourrais pas faire cela sans vous. Si vous avez aimé le livre, ce que vous pouvez faire de plus gentil, c'est écrire un commentaire et le dire à vos amis.

Merci à Sarah Hansen pour le design de la couverture et à Julianne Burke pour le merveilleux travail de graphisme promotionnel.

Plein d'amour pour ma famille. Je leur suis tellement reconnaissante pour tout leur soutien. Quand j'ai des crises émotionnelles en essayant de construire des histoires dans ma tête et de trier des personnes imaginaires, vous m'aimez même quand vous ne comprenez pas. Pour mon mari et nos enfants : vous êtes mon univers et je vous aime plus que les mots ne peuvent le dire. Toujours.

CHAPITRE UN
RYAN

GROSSE TETE ET JAMBES DE POULET. C'EST AINSI QU'ON appelle le phénomène. En apesanteur, votre sang ne coule pas de la même façon que lorsqu'il est sous l'influence de la gravité. Tous les fluides corporels se comportent différemment. En orbite, vous passez six mois de votre vie avec la tête gonflée comme si vous aviez un rhume terrible et avec des jambes toutes maigres qui pendent hors de votre short.

Je passe la main sur les pointes douces de ma coupe en brosse. Je me fais toujours raser la tête avant de travailler sur la station, car je déteste la façon dont mes cheveux se dressent en zéro-g. C'est l'heure du déjeuner et je sens gargouiller mon estomac. J'ai passé toute la matinée à faire une expérience scientifique complexe et j'ai mal à la tête à cause de ma concentration et des fluides accumulés.

Quand j'arrive dans le module Harmony, devant la table où nous prenons nos repas, Xander s'y trouve déjà mangeant un sandwich... fait avec une tortilla, bien sûr. Nous n'utilisons pas de pain normal ici, car cela fait trop de miettes qui peuvent flotter dans les airs, se coincer dans les machines et causer tout un tas d'ennuis.

Lorsque j'entre, je jette un coup d'œil au seul autre occupant du module : il est de taille moyenne, solide, aux cheveux châtains.

Mon meilleur ami, Xander, mâche sa tortilla pliée d'un air pensif. Il s'agit sans doute de son sandwich préféré, beurre de cacahouète et gelée de raisin. Il fixe le jeu d'échecs accroché au mur au-dessus de notre table de travail.

— Marshall a-t-il envoyé un nouveau coup? dis-je en me préparant un burrito rapide fait de haricots reconstitués et de riz fourré dans ma propre tortilla. Je prends soin d'ajouter des tonnes de sauce piquante. C'est le condiment le plus populaire ici, car notre sens du goût est atténué à cause de l'excès de fluide dans nos têtes. La nourriture épicée et d'autres saveurs fortes sont très appréciées sur la station.

Xander ne répond pas à ma question. Son emploi du temps faisait état de travail de réparation sur le système de récupération de l'eau ce matin. La dernière fois que j'ai dû travailler là-dessus, j'ai eu du mal à gérer ma frustration. Xander est bien plus patient que moi. Je poursuis par une nouvelle question lorsqu'il ne répond pas à la première.

— Quelles sont les nouvelles de la maison aujourd'hui ?

Il fixe le plateau en inclinant la tête, analysant le nouveau coup.

— C'est la paye aujourd'hui. Je n'ai pas encore eu de nouvelles de Karen.

— Elle est sûrement partie faire les courses, dis-je en ricanant.

Karen lui a envoyé quelque chose chaque jour – parfois deux fois par jour – depuis qu'il est ici. Des photos du gosse, des petits mots. Des vidéos courtes, des *meme* . Xander est complètement pourri gâté. Il se pourrait bien que je sois un tout petit peu jaloux.

Bon, elle a un peu de retard aujourd'hui. Est-ce pour cela qu'il est aussi déprimé? Il vérifie tous les jours à l'heure du déjeuner et en général il partage très vite ce qu'elle lui a envoyé. Mais aujourd'hui, rien.

Je termine la dernière bouchée de mon burrito et je me repousse de notre table – un établi, à vrai dire, couvert de sangles et de morceaux de velcro afin que tout reste accroché. Je rebondis contre le plafond au-dessus de la tête de Xander, j'attrape la sangle la plus proche afin de me tenir là, me réorientant de façon à ce que le plafond devienne mon plancher. Il m'a fallu du temps pour m'habituer à tout cela la première fois, il y a plus d'un an, mais maintenant, je suis un pro.

Xander n'a jamais vraiment eu de problème à s'adapter. C'est peut-être grâce à ses talents de pilote. Je fixe le plateau du jeu pendant un moment, calculant ses coups possibles. Ce jeu d'échecs est aimanté, afin que les pions ne flottent pas sauf si on les retire du plateau.

— Il t'aura mis échec et mat dans cinq coups, dis-je.

Xander me jette un regard irrité.

— Je joue contre toutes les ressources du Centre de Vol Marshal mises en commun. Tout ce pouvoir d'ingénieurs geeks contre juste moi.

Je hausse les épaules.

— C'est toi qui les as défiés…

Xander soupire et se remet à examiner le plateau. Quelque chose ne va pas aujourd'hui. Serait-il ennuyé par le fait que l'e-mail de Karen ne soit pas encore arrivé ?

Il change de sujet en reprenant l'ancien.

— Et je suppose que tout ton salaire ira droit sur ton compte bancaire en prévision d'un coup dur ou alors pour cette Harley que tu reluquais.

Je me repousse du plafond et je m'approche du sac accroché au mur dans lequel se trouve notre nourriture « bonus ». Je sors une épaisse corde de réglisse que je déchire en deux. Je laisse flotter un morceau vers lui. Il l'attrape et commence à mâcher en même temps que moi.

— Non. Ce mois-ci, je pensais tout dépenser en coke et en prostituées.

Je glousse et Xander me jette un regard assassin.

— Ne sois pas jaloux juste parce que ta petite femme a déjà dépensé tous tes sous.

— Je ne crois pas que tu trouveras beaucoup de prostituées ou de coke ici.

Je hausse les épaules.

— Les cosmonautes ont peut-être un stock de cognac de leur côté.

Je hoche la tête en direction du module *Zvedza* de la station et nous échangeons un regard entendu. *Officiellement*, il n'y a pas d'alcool sur la station. Mais la NASA n'a aucun contrôle sur ce que les cosmonautes peuvent apporter.

Je l'observai encore pendant un moment, remarquant le silence inhabituel, les maniérismes silencieux. La sortie dans l'espace de demain doit être ce qui pèse sur Xander. Après notre dîner groupé ce soir de l'autre côté avec les cosmonautes, où nous partagerons de la nourriture et des histoires, Xander et moi nous nous préparerons à notre période de sommeil et nous passerons la nuit dans le sas. Là, la pression sera diminuée et nous respirerons de l'oxygène pur afin de préparer nos corps à l'environnement difficile de l'espace.

Xander n'a encore jamais fait de sortie dans l'espace. J'en ai fait trois. Apparemment, cela fait de moi un vétéran suffisant pour être l'EV1 cette fois-ci.

Le stress supplémentaire vient du fait que cette activité extravéhiculaire n'était pas prévue. La fuite de produit de refroidissement à l'ammoniac a été détectée il y a trois jours seulement. Il a fallu une journée complète au centre de contrôle pour examiner le problème et un autre jour pour créer un plan et nous le faire répéter. Après le déjeuner, nous allons refaire une répétition complète pendant plusieurs heures.

— Ce sera du gâteau, tu sais. Nous allons juste sortir pour faire une seule chose. Normalement, une EVA prend six ou huit heures. Nous serons là-bas environ quatre-vingt-dix minutes, maximum. Pas même assez longtemps pour mouiller ton MAG.

Il lève les yeux au ciel.

— Pff, Karen se moque de moi au sujet des « couches pour astronautes » depuis qu'elle a appris pour l'EVA.

— Elle se moque de toi pour tout. J'espère que le sexe est assez torride pour que ça en vaille la peine.

Xander sourit.

— Ça en vaut carrément la peine.

Je ricane en faisant un clin d'œil.

— Je préfère malgré tout la vie de célibataire et toute la variété des partenaires.

Xander rit.

— Pas si Karen a son mot à dire. Elle est toujours bien décidée à te trouver une femme. Je te donne six mois maximum après notre retour avant que tu sois casé d'une façon ou d'une autre.

Je lui fais une grimace et j'attrape ma gourde à eau, ajustant la valve sur la paille.

— Merci de m'avoir averti de rester très loin de Karen quand nous rentrerons.

Je presse une bulle d'eau hors de ma gourde et je l'attrape avec un torchon lorsqu'elle s'envole. En frottant le tissu humide sur mes mains, j'élimine les résidus collants du bonbon que nous venons de partager. Le torchon mouillé est fixé à mon crochet personnel de sorte qu'en séchant, l'humidité soit absorbée et recyclée.

Je me repousse du mur et je glisse vers la sortie menant au Nœud 1, où nous ferons une répétition de notre prouesse de demain.

— Allons-y, mon vieux. Au boulot.

Il me suit en riant.

Je me réveillai en sursaut, le cœur battant, et le crâne foudroyé de douleur. Non, pas de tête gonflée, pas de liquide excessif, et je sentais très distinctement la gravité de la Terre tirer chaque cellule de mon corps contre la surface de mon propre lit dans ma maison de Californie du Sud.

Je clignai des yeux et j'attendis que le monde devienne moins flou. Cela faisait longtemps que je ne m'étais pas éveillé avec un mal de tête, mais la nuit précédente avait été merdique. Je fixai le plafond, toujours surpris par la réalité douloureuse du rêve.

Xander, aussi réel que s'il avait été assis en riant à côté de moi quelques secondes auparavant. Je me frottai les yeux en essayant de chasser cette sensation inquiétante et de calmer mon pouls. *Putain*.

Je regardai le réveil pour confirmer l'impression qu'il était tard : presque 10 heures. Et le lit à côté de moi était vide. Je passai la main sur les draps, ils étaient froids. Cela faisait un moment que Gray était debout.

En pensant à elle, toute la tension sous-jacente revint d'un seul coup, s'accumulant sur les blessures fraîches d'avoir vu Xander pendant un bref instant. Dans de nombreux moments de somnolence, j'avais revécu une partie de cette dernière journée complète de sa vie sous la forme de souvenirs aussi vifs et réalistes, presque exactement comme cela s'était produit.

Certains détails avaient changé, ils s'étaient estompés avec le temps… et à cause de mon désir de chasser cette journée, et les jours qui ont suivi, dans les replis les plus éloignés de ma mémoire.

Je levai les mains pour frotter mes tempes en me faisant violence pour sortir du lit. Le souvenir de ces moments avec Xander s'estompait rapidement… trop rapidement. Je voulais saisir ces sentiments et les serrer contre moi tout en souhaitant qu'ils s'évaporent comme du nitrogène liquide à température ambiante.

Cela faisait des mois, de longs mois que je n'avais pas rêvé de Xander… pas depuis la cérémonie commémorative. Pourquoi maintenant ?

J'appuyai les paumes ouvertes contre mon visage, puis je les laissai retomber, me forçant enfin à me lever du lit. Une bonne douche chaude chasserait cette humeur sinistre, cette sensation effrayante au plus profond de mes os.

Derrière cette douleur fraîche se trouvait celle qui restait encore de la veille. J'avais tenu Gray dans mes bras toute la nuit. Pendant que j'écoutais sa respiration légère et le cliquetis des battements de son cœur, j'avais enfoui mon visage dans ses cheveux doux. J'avais réfléchi toute la nuit et je ne m'étais endormi profondément qu'à l'aube, avec la même question et aucune réponse.

Le père de Gray, l'illustre Conrad Barrett, m'avait jeté dans la merde la veille, même si j'avais maintenant l'impression que cela faisait des semaines. *Qu'est-ce qui peut bien vous donner l'arrogance de supposer que vous la méritez ?* Depuis ce moment-là, je m'étais senti comme le tas de merde plus bas que terre que j'étais, en reconnaissant la vérité de ses paroles à chaque battement de mon cœur. Puis, Barrett m'avait donné un ultimatum : rompre avec sa fille ou subir les conséquences.

J'allais volontiers subir les conséquences. *Sans y réfléchir à deux fois*. Je fermai les paupières et je laissai le jet d'eau fumante de ma douche matinale nettoyer mon visage et masser mes muscles raides. Mais cela ne soulagea pas la tension. Car au fond de moi, je savais que je n'allais pas être le seul à subir les conséquences.

Et je n'avais toujours pas trouvé ce que j'allais faire.

Il y avait une chose dont je savais que je ne la ferais jamais. Je n'allais *pas* la perdre. Ce n'était même pas une option.

Quelques minutes plus tard, je fus de retour dans ma chambre, je me séchai et j'enfilai un jogging et un tee-shirt en me demandant ce qu'elle fabriquait. J'entendais le bruit distinct d'un appareil utilisé dans la cuisine. Mon blender peut-être ? Non... autre chose. C'était plus aigu.

Lorsque j'entrai dans la cuisine, j'eus l'impression qu'un dysfonctionnement majeur avait eu lieu dans ma maison. Des bols vides, des cuillères, des verres doseurs étaient empilés dans et autour de l'évier... tous alignés comme des monolithes anciens.

Il y avait des flaques de farine sur les surfaces de travail et le sol. Des coquilles d'œuf vides étaient éparpillées partout. Bon sang. On aurait dit qu'elle avait attaqué un boulanger au couteau.

— Qu'est-ce qui s'est passé ici ? demandai-je avant de modifier mon ton.

Elle sursauta. Elle se tenait près d'un appareil de cuisine qui ne m'était pas familier : un gigantesque robot mixeur qui ne m'appartenait pas. Je ne faisais jamais de pâtisserie, alors pourquoi aurais-je une telle chose ?

Peut-être avait-elle *vraiment* agressé un boulanger ?

Le mixeur s'éteignit et elle posa une main sur sa poitrine.

— Tu m'as fait tellement peur. Je ne t'ai pas réveillé, si ? J'ai attendu jusqu'à entendre la douche pour commencer à mélanger le glaçage.

Mais le glaçage était partout, partout sur le plan de travail et sur la crédence sous forme de tâches rose-rouge géantes comme le sang du boulanger. Je faillis rire. Si je n'avais pas déjà été profondément mélancolique à cause de mon rêve – et assez énervé par le désastre de ma cuisine – j'aurais pu rire.

Elle écarquilla les yeux en suivant mon regard le long des plans de travail.

— Je vais tout nettoyer, je te le jure !

Je souris en la regardant : elle était si mignonne avec ses battements de cœur qui claquaient à la vitesse de la lumière. Elle était aussi adorable que d'habitude et j'avais déjà très envie de la prendre dans mes bras.

Mais elle était également toute collante.

— D'où ça vient ? demandai-je en indiquant l'énorme robot.

— C'est le mien. Je l'ai pris chez moi en revenant après avoir dîné avec Pari hier soir. J'avais envie de faire de la pâtisserie, et comme c'est l'anniversaire de Pari cette semaine, je lui fais des cupcakes.

Un sourire étira mes lèvres malgré mes efforts pour rester sévère. Elle avait du glaçage rose sur la joue et dans ses cheveux blonds. Le sucre glace qui saupoudrait le débardeur fin moulant ses seins m'empêchait de détourner le regard.

Elle leva les sourcils en me jetant un regard suppliant.

— Tu es fâché ?

Je vins me placer à côté d'elle et je plongeai un doigt dans le glaçage afin de le goûter.

— Miam. Des fraises.

Elle sourit en tremblant.

— C'est une crème au beurre à la fraise. Tu aimes ?

Je passai un autre doigt sur sa joue douce et je rassemblai un autre morceau de glaçage.

— J'adore le goût des fraises.

Nous nous regardâmes longuement. Elle écarquilla les yeux et elle déglutit de façon visible.

— Je n'ai pas encore fait le glaçage des cupcakes, mais je vais t'en garder. Tu veux du café ? J'en ai préparé.

Je sentais effectivement le café, mais en regardant la direction générale de la cafetière, je vis seulement d'autres bols sales empilés devant.

— Combien te faut-il de saladiers exactement pour préparer une fournée de cupcakes ? Et pour quelle armée es-tu en train de les préparer ?

Le minuteur du four sonna et elle s'y précipita en enfonçant ses mains dans les mitaines toutes neuves que j'avais certainement utilisées qu'une ou deux fois auparavant. Elle se pencha pour sortir un moule à cupcakes, sans doute également originaire de son appartement.

Bien sûr, sous cet angle, j'avais une vue merveilleuse de son cul en short, et mon regard glissa le long de ses jambes lisses. Les cupcakes embaumèrent l'air ambiant d'une odeur entêtante de vanille, mais j'avais l'eau à la bouche en la regardant, elle. Déjà, dans sa présence lumineuse, le côté sinistre de la matinée commençait à s'estomper, ne laissant qu'un lointain écho. Je pouvais néanmoins encore l'entendre. Même si ce n'était qu'au fond de mon esprit.

Le chasser en m'enfonçant en elle ? C'était gagnant-gagnant.

Gray glissa un autre moule rempli de pâte dans le four avant d'en poser un sur un trépied. Pendant qu'elle s'occupait à retirer les cupcakes plutôt tordus de leur moule et qu'elle les disposait sur une grille, je m'avançai vers elle et je posai les mains sur ses hanches.

— Vous avez démoli ma cuisine, Mademoiselle.

Elle jeta un regard par-dessus son épaule avant de continuer sa tâche.

— Je promets qu'elle sera comme neuve. Ça ne te gênera pas si tu passes du temps à ton bureau. Va te détendre avec une tasse de café. Quand tu sortiras, ce sera comme si ce désastre n'avait jamais eu lieu.

Je passai une main sur son cul rond et séducteur, j'avançai ma bouche jusqu'à son cou, et je ne fus pas surpris lorsque je goûtai encore du glaçage sur sa gorge. Ses doigts hésitèrent dans leur travail et elle vacilla lorsque je la suçai dans le cou.

Je montai la bouche jusqu'à son oreille et je dis :

— Je crois que l'on me doit une compensation pour l'utilisation de ma cuisine.

Elle leva la tête, mais elle ne se tourna pas vers moi. Mes mains se baladèrent, glissant tout autour de sa taille. Je les posai alors sous ses seins et je taquinai ses tétons jusqu'à ce qu'ils pointent au bout de quelques secondes.

— Pancakes? me demanda-t-elle avec un grand sourire, comme si je n'étais pas en train de la frotter en préparation d'un peu de bon temps… bien sale.

— Je suis nulle en pâtisserie et mes cupcakes sont complètement tordus, mais je fais des pancakes qui tuent. Je t'en ferai pour le petit-déjeuner demain.

Mes mains glissèrent sous son débardeur. Et – surprise – elle ne portait pas de soutien-gorge.

Lorsque mes paumes de main touchèrent sa peau douce, elle poussa un souffle involontaire en vacillant contre moi. Je lui mordis l'oreille.

— Et si je n'ai pas envie d'attendre aussi longtemps ?

— Les cupcakes qui sont au four doivent encore cuire quinze minutes et je suis couverte de glaçage.

— Aaah. C'est un problème.

Elle finit de retirer les cupcakes du moule et elle se tourna vers moi, le dos coincé contre le plan de travail. Mes mains glissèrent hors de son débardeur, mes doigts étaient impatients de toucher un peu plus de sa peau délicate. Elle leva les yeux vers moi d'un air interrogateur.

— Plus tard ?

Je ne crois pas, non. Comme pour répondre, j'appuyai mon érection contre sa jambe et elle ouvrit la bouche. De mon ton le plus ferme, je dis :

— Je ne suis pas très flexible en ce moment. Mon emploi du temps est très… *rigide* .

J'entamai alors mon projet de séduction, bien déterminé à la faire changer d'avis de la façon la plus agréable qui soit.

CHAPITRE DEUX
GRAY

RYAN ME COUVRAIT ENTIEREMENT DE SA BOUCHE : MON cou, ma poitrine, ma clavicule. Apparemment, « une autre fois » ne faisait pas partie de son vocabulaire. Et si je n'avais pas eu conscience de cette fournée de cupcakes, je l'aurais sans doute joyeusement suivi le long de ce sentier printanier.

Il savait exactement comment m'allumer par quelques baisers et contacts au bon endroit. C'était sa propre petite séquence de lancement perfectionnée.

Son téléphone annonça soudain un texto depuis l'endroit où il chargeait. Il ne sembla pas perturbé outre mesure pendant qu'il déposait un autre baiser sur ma bouche. Je m'écartai, sachant que si nous continuions même trente secondes, nous allions faire brûler les cupcakes et causer toutes sortes de désastres dans la cuisine.

En outre, le plaisir patient était bien aussi. Il fallait que je me fasse attendre de temps en temps. Je devais vraiment m'occuper de mes cupcakes et je n'avais pas pris la peine de lui dire que j'avais foiré cette dose de glaçage et que j'allais devoir en faire une autre.

Je n'avais jamais prétendu être une experte en pâtisserie.

— Va regarder ton texto. Il faut que j'appelle papa dans une seconde, de toute façon.

Une expression étrange passa sur son visage et je ne pus m'empêcher de la remarquer avant qu'elle disparaisse.

— Ton père ? demanda-t-il d'une voix grave. Que veut-il ?

Je secouai la tête.

— C'est moi qui l'appelle. Pour voir comment il va. L'autre soir, il n'était pas lui-même quand nous sommes sortis dîner ensemble, et je crois qu'il ne se sentait pas bien. Je lui ai demandé de vérifier son taux de sucre dans le sang, alors je veux m'assurer qu'il l'a bien fait.

Ryan fit un tout petit pas en arrière, mais son visage resta impassible. Il me scruta. Puis il déglutit.

Je fronçai les sourcils. Il avait agi bizarrement depuis qu'il était entré et qu'il m'avait trouvée massacrant sa cuisine. Était-il vraiment fâché au lieu de juste faire semblant ? Je tendis la main pour la poser sur son torse et le lui demander. Mais à ce moment précis, il se détourna de moi et il partit rejoindre son téléphone.

J'avais utilisé le mien pour minuter les fournées alors je l'attrapai et je choisis d'envoyer un texto à mon père au lieu de l'appeler. Lorsque je relevai la tête, Ryan fixait son téléphone avec un énorme sourire. Vraiment énorme.

Je faillis pousser un petit cri lorsque je le vis. Il sembla inconditionnellement heureux en cet instant.

— Quelqu'un t'a envoyé un sexto ou quoi ?

Il me regarda, les yeux pétillants, et il secoua la tête, levant le téléphone afin que je puisse le voir. C'était la photo d'une bouche d'enfant. On ne voyait que le nez, les narines, les lèvres, la langue et les dents – ou leur absence dans le cas de l'une des incisives supérieures. C'était clairement la bouche d'un enfant.

— Quelqu'un a perdu une dent ? l'encourageai-je en devinant qui ça pouvait être et en espérant vivement avoir raison.

— AJ, dit-il. Tu te souviens, la semaine dernière, quand tu m'as donné l'idée de lui envoyer une photo ? Je lui en ai envoyé une de Noah et Hammer faisant une simulation au travail.

Je hochai la tête avec un grand sourire.

— Il a aimé ?

— Oui. Nous avons échangé quelques photos : pas de véritables messages, juste des images. J'ai reçu une vidéo de Boba.

Je levai les sourcils.

— Fett ?

Son sourire s'affaiblit lorsqu'il regarda à nouveau l'écran de son téléphone, fermant l'application qu'il avait utilisée.

— Le chien des Freed. Un labrador chocolat. Xander... il adorait ce chien.

Oh, mince. Non, ce n'était pas la direction que devait prendre cette conversation. Je voulais revoir ses yeux étinceler. Je tendis la main pour attraper le téléphone.

— Puis-je revoir cette photo ?

Il ouvrit l'application et il me tendit le téléphone. Je regardai à nouveau la photo et je me mis à rire. Heureusement, il rit avec moi.

— Waouh... la première dent qui tombe. Ce soir, il aura sa première visite de la petite souris. C'est chouette.

Les sourcils de Ryan tremblèrent légèrement. Il repensait à Xander – ou plutôt, il y pensait encore, se disant sans doute que Xander ratait cette première étape importante.

— J'ai une idée. Je pense que tu devrais lui envoyer une photo de toi en train de faire le glaçage d'un cupcake.

Il écarquilla les yeux.

— Quoi ? Ce n'est même pas moi qui les ai cuisinés.

Je haussai les épaules.

— C'est un détail. Allez, je vais te montrer comment en décorer un, et puis je te filmerai le faisant.

Il ne sembla pas convaincu, alors je marchai jusqu'au plan de travail où mes cupcakes avaient refroidi depuis que je les avais sortis du four. J'attrapai un couteau plat et je lui montrai l'exemple. D'abord, je plongeai le couteau dans le glaçage rose. Il était un peu trop liquide, alors il ne coopéra pas vraiment.

— C'est très moche, dit-il en riant lorsqu'une grande partie de ce que j'avais attrapé avec le couteau était retombée sur le plan de travail.

Je ris avec lui pendant qu'il fixait le bol que je venais de préparer.

— Qu'est-ce qui a bien pu arriver à ce glaçage ?

Je haussai les épaules, toujours bien déterminée à continuer ma tâche.

— Je crois que je me suis plantée avec le beurre.

Il ramassa le morceau de papier qui contenait mes notes éparses sur la recette.

— Il est écrit, beurre à température ambiante. Tu as fait ça ?

— Oui, du beurre fondu, je l'ai rajouté.

Il fronça les sourcils.

— Température ambiante, Gray. Pas fondu. Il y a une différence.

Je le regardai lorsque la deuxième coulure frappa le comptoir.

— Oups, oui, je l'ai fait fondre aux micro-ondes. C'était liquide. Comme ce qu'on met sur le pop-corn.

Il secoua la tête.

— Il faut être capable de lire et de traiter ces instructions avec rapidité.

Je secouai la tête.

— Désolée de ne pas être une astronaute brillante.

Il sourit en s'approchant pour poser un baiser sur ma joue.

— Non, juste un génie. Un génie goût fraise.

Je poussai un cupcake vers lui.

— Tu as de nouvelles indications maintenant. Fais le glaçage de ce cupcake.

Il me rit au nez.

— Je ne vais pas utiliser ce glaçage défectueux. Nous allons en faire une nouvelle portion et la faire correctement, sinon je ne ferai rien du tout.

Je poussai un soupir.

— Mais ça aurait été drôle avec ce glaçage visqueux. AJ a six ans. Il aurait trouvé ça drôle.

Il secoua la tête en pinçant les lèvres et en prenant un air sombre.

— Je fais toujours du mieux que je peux. Toujours.

Nous posâmes le premier bol sur le côté et nous en préparâmes un autre en un temps record. Je dus admettre que cette crème au beurre rose rouge à la fraise était bien plus belle.

Il coopéra ensuite lorsque je filmai une vidéo de quatre-vingt-dix secondes de Ryan en train de décorer un cupcake. Cependant, pour l'effet théâtral et pour amuser le gamin, il en laissa volontairement tomber sur le plan de travail.

J'arrêtai l'enregistrement et je montrai le segment à Ryan pour avoir son approbation. Il envoya ensuite rapidement la vidéo à AJ, encore une fois avec ce grand sourire. Il imaginait peut-être la réaction de l'enfant devant ses essais à la comédie. Je me mordis la lèvre en l'observant.

Il était très évident que Ryan adorait cet enfant. Cela me rendait d'autant plus triste en sachant qu'il ne l'avait pas vu depuis si longtemps. Nous allions sûrement devoir travailler là-dessus. Ils pouvaient peut-être se voir sur Skype ? *Doucement Gray. Il a besoin de ne pas aller trop vite.*

Je montrai sa flaque de glaçage.

— Je vais nettoyer le reste de ce bazar, mais pas *ça* . Ça, c'est à toi de le faire.

Il observa le désordre avec sérieux, puis il posa le téléphone.

— Tu as raison. Je devrais vraiment nettoyer.

Avec un grand doigt, il ramassa le glaçage, puis il l'essuya sur ma joue.

— Hé ! dis-je. Que fais-tu ?

L'éclat dans ses yeux était revenu.

— Je nettoie, dit-il en s'avançant pour lécher le glaçage de ma joue.

Je m'échappai en gigotant et il posa les mains sur mes épaules afin de m'immobiliser contre lui. Sa bouche glissa vers la mienne et nous nous embrassâmes.

Il avait le goût du glaçage, du matin et de l'anticipation. Je sentais la tension de son corps et la façon dont il cherchait à toucher chaque partie de mon corps avec le sien.

Juste à ce moment-là, le minuteur de la nouvelle fournée de cupcakes sonna bruyamment. Je m'écartai de lui et je m'approchai du four en enfilant les gants. Il m'avait tellement distraite que je n'avais pas eu le temps de remplir l'autre moule. Je posai le moule de cupcakes brûlant sur le trépied et je me tournai pour attraper l'autre maintenant froid.

Je sentis soudain une sensation froide en haut de mon épaule, juste sous mon cou. Je me tournai, et Ryan se trouvait juste derrière moi.

— Qu'est-ce que c'était ?

— Je crois que j'ai accidentellement versé du glaçage sur toi. Là.

Il traça un chemin le long de mon épaule jusqu'à mon cou et je frissonnai. En réponse, il monta l'autre main et la posa sur l'autre épaule avant de baisser la tête jusqu'à l'endroit où il avait versé le glaçage.

Exactement là. À cet endroit précis. Il lécha et suça jusqu'à la dernière goutte pendant que ses mains descendirent le long de mes bras, serrant mes coudes afin de m'immobiliser.

— Accidentellement, hein ? dis-je d'une voix rauque qui me parut étrangère.

C'était sans doute ma voix excitée. Et il savait sûrement exactement à quoi s'attendre quand je parlais de cette façon.

Il était un expert pour m'allumer et il savait le faire rapidement. De zéro à Mach 5 en quelques secondes. Sûrement plus facile que de piloter son avion de chasse d'entraînement. Ma culotte était déjà mouillée, mes tétons douloureusement durs et certainement visibles sous mon débardeur fin.

Je m'éclaircis la gorge.

— Je, euh.

Je me raclai encore la gorge.

— Je dois faire une autre fournée.

Il tendit le bras sans parler et il éteignit le four.

— Faisons une pause dans ce petit projet, dit-il de sa voix rocailleuse.

Sa voix d'excitation sexuelle. Moi aussi, je connaissais cette voix, et en général elle semblait parfaitement synchronisée avec une sensation intense au niveau de mon ventre et au-dessous, qui exigeait ses mains et sa bouche – et d'autres parties – afin de soulager la tension.

— Tu es vraiment diabolique.

— Ça, je le sais déjà, dit-il entre d'autres baisers dans ma nuque qui envoyèrent des décharges électriques dans ma colonne et appuyèrent encore davantage sur le nœud de tension au fond de moi.

Je tournai dans ses bras et je parvins tant bien que mal à attraper ma propre portion de glaçage du bord du saladier. Il m'observa avant de lever un sourcil qui posait la question silencieuse : *où vas-tu mettre ça ?*

Ma réponse ? J'attrapai le bas de son Tee-shirt et je le soulevais jusqu'à son col, puis j'étalai généreusement le glaçage sur le haut de ses abdos. *Miam et miam* .

Il inspira brusquement et cela me laissa le temps d'attaquer.

— Tiens ? Qu'est-ce donc que ce bazar ? Je ferais mieux de commencer à nettoyer.

Le glaçage était sucré, crémeux. Vraiment délicieux. La crème au beurre était un délice. La crème au beurre étalée sur les abdos durs de Ryan ? La perfection. Il respira à peine pendant que je faisais courir mes lèvres et ma langue le long des creux, des rebords et du reste de la géographie unique de son torse.

La meilleure partie fut le grognement grave qu'il laissa échapper du fond de sa gorge. Ma pression sanguine augmentait toujours en l'entendant. Quand je me redressai, Ryan ne dit rien. Il se servit du glaçage et, au lieu de l'étaler sur moi, il couvrit le bas de son ventre, juste au-dessous de son nombril.

Je me penchai et je le nettoyai en léchant, remarquant triomphalement la façon dont son jogging pointait à cause de son excitation. Il savait donc me faire mouiller en quelques secondes, et je pouvais le faire bander tout aussi vite… ou plus vite.

En nous redressant, je voulus attraper le saladier, mais il fut trop rapide pour moi. Il plongea un autre doigt et il prit encore un peu plus de glaçage. Pendant que je scrutais son ventre pour voir quelle partie j'allais lécher ensuite, il saisit mon débardeur par la bretelle et le tira vers le bas de façon à exposer un de mes seins. Je me raidis, touchant son bras pendant qu'il étalait lentement le glaçage sur ma peau tendre.

Encore plus lentement, il se baissa pour lécher et sucer le glaçage de ma peau. Encore une fois, il prit son temps en faisant rouler sa langue sur mon téton, en le suçant avidement, chaque succion serrant un peu plus mes entrailles, comme si sa bouche avait une connexion directe vers mon centre.

Lorsqu'il finit par lever la tête, le besoin féroce que j'avais entre mes jambes et le feu incandescent dans mon ventre s'accordaient au désir que je voyais dans ses yeux. Aussi vite que possible, je plongeai la main dans le bol avant lui et j'attrapai du glaçage avec trois doigts avant de l'étaler sur sa bouche. Je sautai alors en faisant passer mes bras autour de son cou et en tirant sa bouche vers la mienne afin de tout lécher.

Toutes nos parties collantes adhéraient les unes aux autres et je gloussai en léchant la crème au beurre sur ses lèvres, ressentant cette même excitation que j'avais toujours quand je mangeais trop de sucre trop rapidement. En couplant cela avec la tension sexuelle, je risquais de me donner le tournis.

Ryan se redressa en me soulevant et je passai rapidement les jambes autour de ses hanches pendant qu'il nous faisait avancer jusqu'au plan de travail le plus proche. Je verrouillai les chevilles dans le creux de son dos et il serra nos torses l'un contre l'autre.

Puis il s'arrêta, hésitant, semblant chercher un espace libre sur le plan de travail. Lorsqu'il n'en trouva pas, il sortit le bras et il poussa brutalement les saladiers en métal et les verres doseurs en plastique sur le côté, en faisant valser quelques-uns sur le sol qui renversèrent leur contenu.

— Ça va prendre une éternité à nettoyer, dis-je avec ma bouche contre ses lèvres.

Il me regarda au fond des yeux et il grogna :

— Ça vaudra le coup.

Puis il posa mes fesses sur le comptoir en granite froid et dur.

— Chaque fois que je vois, que je sens ou que je goûte une fraise, je pense toujours à toi.

Je souris. Il aimait *vraiment* mon shampooing aux fraises. Comme pour souligner mes pensées, il fit passer ses doigts – de la main qui ne collait pas – dans mes cheveux.

— Ne te coupe jamais les cheveux. J'adore glisser mes doigts dedans.

— C'est la meilleure raison qui soit pour ne jamais les couper.

Je ris en choisissant de ne pas lui parler de la coupe courte et mignonne que j'avais envisagée de faire. J'allais peut-être retarder celle-là de quelques mois.

Retirant mes lunettes, je m'étirai afin de les poser dans un endroit sûr et suffisamment éloigné du bazar. Si j'allais m'amuser avec Ryan, il fallait que je protège mes lunettes. Pendant que j'étais étirée, mon Tee-shirt remonta autour de mon ventre et Ryan se pencha pour m'y embrasser sur la peau nue.

— Ne me dis pas que tu as encore trouvé du glaçage.

Il ricana.

— Non, là, c'était juste au cas où.

L'instant d'après, d'un geste rapide, il fit passer mon débardeur par-dessus ma tête. J'eus à peine le temps de lever mes bras avant que mon vêtement soit jeté sur le sol à côté des bols sales.

— Mmm, grogna-t-il en fixant ma poitrine nue. J'adore quand tu ne portes pas de soutien-gorge.

Avant que je puisse répondre, il posa la bouche sur mon téton, léchant et suçant pendant que je passais les doigts dans sa chevelure épaisse et douce en fermant les yeux.

Je ne pensais même plus aux cupcakes. Ils m'étaient complètement sortis de la tête. Le désordre que nous avions causé… et que nous étions sur le point d'empirer ne comptait pas non plus.

Au cours des minutes frénétiques qui suivirent, Ryan sortit mystérieusement un préservatif de la poche de son jogging. Il avait dû prévoir cette séduction matinale depuis le début.

Il me tardait de lui apprendre plus tard dans la semaine que, dans l'attente d'un examen de suivi avec mon cardiologue, nous n'aurions plus besoin d'utiliser de préservatifs. Mais je gardais cette nouvelle pour lui faire une petite surprise.

Quelques minutes plus tard, je fus assise sur ce comptoir glacial, toute nue, pendant qu'il passait du temps à couvrir chaque centimètre de ma peau avec sa bouche chaude et humide. Malgré ma respiration haletante et mes yeux qui roulaient presque en arrière dans ma tête, j'avais reconnu la motivation derrière son existence.

Il s'était beaucoup amélioré dernièrement, mais je savais que quelque chose le perturbait, et il utilisait une de ses solutions de repli pour se réconforter. Heureusement pour moi, il avait choisi de se tourner vers le sexe au lieu de la vodka.

J'allais essayer d'en parler avec lui plus tard, mais en attendant, j'étais partante pour un autre tour exaltant.

Et oh, quel tour ! On finit par repousser encore d'autres objets du plan de travail. Je m'accrochai à son dos parfaitement musclé pendant qu'il me pénétrait encore et encore.

Lorsque je parvins à l'orgasme, je jetai la tête en arrière et je poussai un long gémissement qui sembla l'enflammer encore plus. Il remonta mes hanches plus près de lui et il augmenta le rythme pour de bon. Lorsqu'il s'enfonça profondément, il enfouit son visage dans mon cou et il se figea, la contraction de son orgasme me parcourant également. Je verrouillai les jambes autour de sa taille et je le serrai contre moi pendant qu'il redescendait de son nuage. Son corps se détendit lentement et il s'adoucit dans mes bras.

Je reculai et je regardai son visage.

— Tu as l'air fatigué.

Il eut un sourire ironique.

— Je suis contenté. Tu me donnes toujours tellement faim.

Il m'embrassa alors et je le laissai s'écarter à contrecœur, relâchant mon emprise. J'enfilai rapidement mes vêtements et je passai à la salle de bains. Quand je sortis, il avait déjà à moitié rempli le lave-vaisselle des débris de mon désastre aux cupcakes.

Après une pause rapide pour prendre un café et le petit-déjeuner, nous passâmes l'heure suivante – il nettoyait de façon étonnamment efficace – à remettre la cuisine en ordre.

Toutefois, il paraissait silencieux, contemplatif, et cette humeur étrange avec laquelle il était arrivé sembla à nouveau se coller à lui.

Je le laissai tranquille, certaine de pouvoir lui soutirer l'explication plus tard.

Je terminai les dernières fournées de cupcakes, je les décorai et j'ajoutai les touches finales. Il s'occupa pendant le reste de la journée, étudiant des manuels techniques pour les tests de lancement à venir en Floride, puis il s'entraîna tout seul dans la salle de gym avant d'aller courir dans le canyon. Ensuite, il passa quelques heures enfermé dans son bureau à travailler sur le livre avec Lee, son assistant et biographe.

Je ne le revis pas avant le dîner, que nous prîmes dans la cuisine désormais immaculée. Ce soir-là, il n'y eut cependant pas de véritable conversation jusqu'au coucher.

— Ça ressemble à quoi quand tu décolles ? demandai-je.

Nous étions allongés côte à côte dans le lit, tous les deux sur le dos, nos doigts entrelacés au-dessus de nos têtes. Son pouce caressait le mien de façon rythmique. Nous regardions le plafond, comme c'était notre habitude quand nous discutions ensemble au lit.

— Que veux-tu dire ? C'est comme de chevaucher une explosion géante jusqu'à l'orbite.

Je soufflai.

— Non, c'est *exactement* ça : chevaucher une explosion géante jusqu'à l'orbite. Mais donne-moi un peu plus d'informations. Fais-moi ressentir l'expérience. Une comparaison ou autre chose.

Je tournai la tête pour le regarder et il cligna plusieurs fois des yeux en se mordant les lèvres tout en réfléchissant.

— C'est comme… une explosion…

— Arrête ! C'est une façon tellement masculine de le décrire.

Il fronça les sourcils et il se tourna vers moi.

— Eh bien, c'est logique, puisque je suis, tu vois, un homme.

Je roulai sur le côté et je le regardai dans les yeux.

— Qu'est-ce que ça fait, Ryan ? Je veux le ressentir. Je ne pourrai jamais vraiment le vivre excepté ce que je peux voir dans les films ou peut-être vivre dans un parc d'attractions. Mais toi, tu as vraiment été là. Tu as fait… ce que 99.999 % de la race humaine ne vivra jamais.

Il m'écouta avec ses yeux bleus sérieux, puis il réfléchit encore.

— C'est comme de perdre le contrôle… non, c'est comme être sous le contrôle de cette force massive qui est tellement plus grande que toi que ça te rend insignifiant. On n'est plus rien. Tu sens les moteurs sous toi qui bougent pour maintenir l'équilibre de la fusée. C'est comme être perdu dans un énorme cyclone. Comme d'essayer de chevaucher toute une meute de chevaux sauvages en même temps.

Il marqua encore une longue pause pendant que je m'accrochais à ses paroles et que j'imaginais ce qu'il me disait.

— C'est comme… de regarder dans tes yeux, conclut-il, la voix brisée.

Je lui jetai un regard.

— Je comprenais, jusqu'à cette dernière remarque.

Il fronça les sourcils.

— J'étais sérieux.

Je pose la main sur sa joue.

— Il va falloir que tu améliores tes phrases de drague ringardes. Je ne suis pas une fille facile.

— Des phrases de drague ringardes ?

Il leva les sourcils et je ne savais pas s'il faisait semblant d'être outré ou s'il était véritablement vexé.

— Tout d'abord, ce n'était pas pour draguer parce que – attention, c'est un scoop – j'ai déjà eu ce que je voulais aujourd'hui. Et deuxièmement, parce que… parce que j'étais sincère.

Il gonfla les joues lorsqu'il ferma la bouche comme pour s'empêcher d'en rajouter, d'en révéler trop. Mais il y avait quelque chose dans ses yeux, une étincelle d'émotion qui me transperça le cœur et qui s'enveloppa autour de mes poumons, m'obligeant à lutter pour respirer.

Ah.

Nos regards se croisèrent et mon cœur bondit et… ce n'étaient quand même pas des picotements au fond de mes yeux ? Je n'allais pas pleurer à cause de ses paroles ?

Mon rejet désinvolte l'avait-il empêché d'exprimer quelque chose de plus profond encore ?

Ses mots avaient été incroyablement gentils. Et je vis d'après son visage sincère qu'il les pensait effectivement. Je caressais encore une fois sa joue.

— Je suis désolée. C'est une mauvaise habitude stupide de ma part. J'interromps tout ce qui pourrait être gentil ou flatteur.

Il imita mon geste, posant sa grande main sur ma joue. Je déglutis, soudain submergée par l'émotion. Il chuchota :

— On ne t'a pas dit assez de choses gentilles dans la vie. Ce sera ma mission de changer cela, Gray Barrett. Parce que tu ne mérites rien d'autre que les mots et les actes les plus gentils pour le restant de ta vie.

Bon, maintenant une véritable larme se rassembla au coin de mon œil, mais je clignai violemment des paupières afin de ne pas la laisser couler. Je portai sa main jusqu'à ma bouche et j'embrassai son dos rugueux, légèrement poilu et très masculin.

— Merci. Je…

Je. T'aime, voulais-je dire. *Je t'aime. Je t'aime. Je t'aime tant* . L'idée que ces mots s'échappent de ma bouche me terrifiait autant qu'elle me donnait le tournis.

Devais-je les dire ? Devais-je prononcer les mots qui planaient déjà dans les airs entre nous ? Espérait-il que ce soit ma réaction ? Je m'éclaircis la gorge et je secouai légèrement la tête. Ma langue était devenue lourde comme le plomb.

Il se pencha en avant et il déposa un baiser ferme et déterminé sur mes lèvres.

Lorsque nous nous écartâmes à nouveau, quelques minutes plus tard, nous respirions vite. Il me regarda encore une fois dans les yeux avec un air si intense que c'était comme une sonde droit dans le cœur. Comme s'il cherchait à voir ce que je cachais.

Mais au fond de moi, je savais qu'il n'était pas prêt à le voir. En une fraction de seconde, je pris donc la décision d'alléger la tension par un peu d'humour.

— Tu as bien des réflexions ringardes. Même si ça, ça n'en était pas une.

Il ricana en s'installant différemment contre son oreiller.

— N'importe quoi.

— J'imagine que tu n'as pas eu besoin d'améliorer tes techniques de drague parce que tu as déjà tout le reste qui fait le travail, mais… voyons. *Laisse-moi t'emmener sur la lune* . Et c'était quoi, la première que tu as utilisée sur moi au restaurant, le jour de la réunion des investisseurs ?

Je parlai d'une voix plus grave tout en levant la main dans ma meilleure imitation de l'homme prétentieux et arrogant.

— *Tu ne sais pas gérer quelqu'un comme moi?Il y a desfillesqui n'en sont pas capables...*

Il leva les yeux au ciel et il se massa le front tout en rougissant. Sa gêne était évidente. Il avait agi comme un con, alors je ne me gênai pas pour le lui faire payer.

— Tu venais de me rencontrer et tu ne voulais pas me serrer la main, dit-il. Ce n'est pas une excuse, mais…

Il me regarda à nouveau.

— Pourquoi ne m'as-tu pas serré la main, d'ailleurs ?

Parce que j'avais eu un énorme béguin pour toi avant même de te rencontrer, et que tu m'avais terriblement intimidée ? Non, non… trop d'informations, Gray. J'allais garder ces révélations pour plus tard.

— J'avais la main en sueur. J'étais gênée.

Il sourit.

— Vraiment ?

Quand je hochai la tête, son sourire se transforma en rire.

— Tu ne te souviens toujours pas que ce n'est pas la première fois que nous nous sommes rencontrés, hein ? demandai-je.

Il redevint sérieux, comme si je venais de lui faire prendre une douche froide.

— Je ne suis pas certain que tu dis la vérité avec cette histoire. Je n'aurais pas oublié t'avoir déjà rencontrée.

Je levai les sourcils.

— Vraiment ? C'est comme ça que tu veux la jouer ? Tu sais que j'ai raison. J'ai des témoins comprenant les trois hommes avec lesquels tu travailles le plus.

Il leva les yeux au ciel et il marmonna :

— Théorie du complot.

— C'était à un apéritif une semaine ou peut-être deux avant la réunion des investisseurs.

Il fronça les sourcils en réfléchissant.

— Euuuh. La fois où nous nous sommes tous rassemblés au bar ? Tu étais là ?

Je poussai un soupir imitant le dégoût, même si je n'étais pas vraiment surprise.

— À quel point étais-tu ivre, en réalité ?

Il était déjà au bar quand j'étais entrée. Il portait un jean, une chemise et un blouson d'aviateur. Il avait l'air encore plus délicieux que toutes les photos que j'avais vues de lui... et j'en avais vu, beaucoup.

En tant que véritable geek de l'espace, j'étais une des rares personnes à pouvoir affirmer savoir qui il était avant l'accident qui l'a rendu mondialement célèbre. Le soir où nous nous sommes rencontrés, il y avait eu beaucoup de monde au bar – principalement des gens de XVenture. C'était ainsi que Tolan créait du lien au sein de l'entreprise : dans le bruit, la foule, serrés et tout.

J'étais entrée avec Marjorie, la directrice de l'équipe de santé et avec un peu de chance ma patronne à venir, et quelques-uns des médecins qui allaient travailler en tant que chirurgiens en vol. Notre groupe s'assit à une grande table en face des trois autres astronautes. Marjorie fit les présentations et Kirill Stonov s'était levé et il nous avait solennellement serré la main avant d'appeler le très célèbre et héroïque Commandant Ty qui était occupé par je-ne-sais-quoi au bar. D'après ce que je pus voir, c'était par une bouteille de bière et une blonde en jupe très courte et moulante qui se tenait tout contre lui, pendue à ses lèvres.

Kirill dut presque physiquement écarter Ty de cette blonde qui avait voulu le suivre avant que Kirill lui fasse signe de partir.

— Marjorie, connais-tu Brian Tyler ? dit le cosmonaute.

Kirill donna ensuite nos noms et le regard de Tyler passa sur nous quatre, puis il hocha la tête en faisant un salut à deux doigts.

— *Ravi de vous rencontrer tous. Bien sûr, je te connaissais déjà, Marjorie.*

— *Pareillement, commandant Tyler, dit l'un des chirurgiens assis à ma droite.*

Je croisai les doigts des deux mains et je me redressai sur mon siège, ouvrant la bouche pour lui poser une question, lorsqu'il fit un pas en arrière et se tourna.

— *Excusez-moi un moment, je dois m'occuper de quelque chose.*

Il passa la main dans sa poche arrière, en sortit un porte-monnaie et agit comme s'il devait régler la note au bar. Apparemment, il avait acheté une boisson à la femme... ou bien il était sur le point de le faire.

Elle avait fixé son dos depuis qu'il était parti pour venir nous parler et elle avait ignoré quiconque essayait de lui parler – comme le type juste à côté d'elle qui essayait d'attirer son attention depuis les cinq dernières minutes.

Lorsque Ty se retourna vers le bar, elle eut un immense sourire et elle fit un petit saut malgré ses chaussures à talons. Je ne fus pas étonnée que Tyler ne revienne jamais à notre table.

Malgré tout, nous passâmes un bon moment à apprendre à connaître les trois autres astronautes. Cela ne m'empêcha pas de jeter de temps en temps des regards irrités dans sa direction. Il ne se retourna jamais, nous ayant complètement oubliés deux secondes après nous avoir tourné le dos.

Bien, bien, bien. Les articles dans les médias avaient été plus exacts que je l'avais espéré.

Lorsqu'il partit quelques heures plus tard avec sa nouvelle partenaire, je lui jetai un regard assassin avec tant de force qu'il avait dû le sentir dans son dos couvert de cuir.

Quelle déception! Enfin, il paraît qu'il ne faut jamais rencontrer ses héros.

Et vendre à mon père l'idée de ce crétin arrogant pour représenter le nouveau programme XPAC allait être presque impossible.

Qu'allions-nous pouvoir faire ?

Lorsque j'eus tout raconté à Ryan, il se couvrit le visage avec les mains et je vis que la peau de son cou était devenue rouge cerise. Il avait trop honte de lui-même pour en rire.

Je ris de mon côté, cependant, et je l'encourageai à faire de même.

— Je comprends. Tu ne pensais pas avoir grand-chose à dire à une psychologue et quelques médecins. Votre espèce nous évite d'habitude comme la peste.

Il laissa tomber les mains et il sourit légèrement.

— C'est une règle tacite chez les astronautes : ne jamais fraterniser avec l'équipe médicale. Particulièrement les psys.

Je clignai plusieurs fois des paupières en serrant les lèvres pour éviter de sourire.

— Eh bien, encore quelque chose que tu as raté.

Il rit avec moi et lorsque nos regards se croisèrent, je vis que ce rire n'atteignait pas ses yeux. Il y avait quelque chose, quelque chose de pesant et de sombre. Une tristesse, peut-être.

Je voulus l'attirer dans mes bras et lui demander pourquoi il était triste. À la place, il me serra contre lui.

— Viens là, chuchota-t-il en me collant contre lui.

Mon corps s'adapta à la forme du sien, se moulant contre lui.

— Je suis désolé. J'ai été complètement idiot de ne pas t'avoir remarquée à ce moment-là.

J'inclinai la tête afin de l'embrasser dans le cou et de sentir son odeur de coquillages et de citron vert qui me faisait toujours des papillons dans le ventre.

— Le côté positif est que cela m'a donné un élément pour me moquer de toi et te faire chanter pendant tous ces mois.

Son côté sérieux se raccrochait à lui comme un brouillard moite et ses bras me serrèrent plus fort.

— J'adore écouter battre ton cœur quand tout est tellement silencieux que c'est la seule chose que je peux entendre.

Mes paupières s'alourdirent bientôt et je me sentis en sécurité et totalement à l'aise dans ses bras forts.

J'appuyai mon visage contre son torse solide et chaud. La dernière chose dont je pus me souvenir avant de m'endormir fut ses paroles, juste un souffle dans mes cheveux comme une brise, comme une prémonition.

— *Je suis désolé* .

***

Les dimanches devinrent mes matinées préférées… tant que je me réveillais dans les bras d'un homme beau et sexy, peu importe à quel point il était endormi.

Je lui fis des baisers discrets sur le visage, le cou, les bras… et il ne bougea pas. C'était une façon de tester à quel point il était fatigué. S'il ne bougeait pas, même quand je le tentais avec une promesse de sexe matinal, alors c'était qu'il avait encore besoin de dormir. Et comme il était couché là comme une pierre, je décidai de me rattraper sur ma promesse de la veille et de faire des pancakes pour le petit-déjeuner.

En général, Ryan se levait tôt, mais la veille et aujourd'hui il semblait avoir dormi d'un sommeil très agité. En outre, sa mélancolie avait duré tout le week-end. Y avait-il une date d'anniversaire dont je n'avais pas conscience ? Était-il arrivé quelque chose qui lui avait rappelé l'accident ou l'avait perturbé ?

Il semblait sincèrement heureux d'être à nouveau en contact avec la famille de Xander. Et d'après ce que je savais, rien de terrible n'était arrivé à cette date au cours de l'année ou même avant. Vraiment, cela pouvait être n'importe quoi. J'allais simplement devoir le pousser à me le dire.

Obliger cet homme à parler nécessitait des stratégies épiques qui auraient mis Napoléon Bonaparte à l'amende. Je décidai d'envisager mon plan d'attaque en préparant le petit-déjeuner.

Comme les pancakes étaient l'une des trois nourritures que je savais préparer, j'avais de la chance. Je fouillai les placards et le garde-manger à la recherche des ingrédients nécessaires et je fus contente de les trouver. Il y avait même une bouteille de sirop d'érable au frigo, ce qui m'indiqua qu'il l'aimait aussi.

Me voilà, à l'âge mûr de vingt-cinq ans, faisant le petit-déjeuner pour le tout premier homme avec lequel je...

Je quoi ? Le type avec lequel je dormais ? Le type avec lequel je couchais ? Mon petit ami ?

Rien de tout cela n'était vraiment adapté.

J'ajoutai de la farine à la pâte, mélangeant vigoureusement afin d'éviter les grumeaux et faisant particulièrement attention à ne pas mettre le bazar dans la cuisine, cette fois. Je repensai à notre conversation de la veille avant que je l'interrompe en riant alors qu'il avait été très sérieux.

Il avait dit qu'être à bord d'une fusée, c'était comme d'être dans un cyclone, de chevaucher des chevaux sauvages ou de me regarder dans les yeux. *C'était comme une perte de contrôle.*

Était-ce ce qu'il ressentait ? Et si oui, cela impliquait-il qu'il... qu'il ressentait la même chose que moi ?

Il avait peut-être peur de me l'avouer parce que je ne lui avais pas dit la première. Peut-être attendait-il cela.

L'idée de le lui dire était un peu comme la sensation que j'imaginais avoir en sautant d'un avion. Exaltante. Terrifiante. Potentiellement capable de bouleverser la vie.

Je me mordis la lèvre en touillant avec force. Peut-être était-ce parce que je cherchais toujours à jouer la prudence ? Peut-être avait-il peur de m'effrayer en me révélant ses sentiments ?

Je touillai encore plus fort, frappant furieusement la cuillère contre les bords du saladier en plastique. De toute façon, je n'étais pas vraiment sûre de pouvoir garder cela pour moi plus longtemps. J'étais sur le point d'exploser.

À ce moment-là, je trouvai la façon la plus ingénieuse de le lui dire…

Chapitre Trois
Ryan

Je suis a nouveau dans le bar. *Happy hour* avec de nouveaux collègues de travail. Je ne voulais vraiment pas venir, mais quel choix avais-je ? Cela fait environ une semaine que je suis chez XVenture et Tolan veut que les astronautes soient gentils avec le reste de l'équipe. J'aime assez les bars… et encore plus boire, particulièrement ces derniers temps. Mais je dois rester sobre. Après tout, ceci concerne le travail.

Et puis, après l'accident de moto, j'ai juré de diminuer ma consommation d'alcool… même si je n'étais pas ivre quand j'ai frappé l'arbre avec cette foutue machine. En revanche, j'étais bien en excès de vitesse. J'étais complètement absorbé par la vélocité. J'étais sorti indemne de l'accident, chanceux que j'étais. La moto cependant…

Le type de l'assurance s'était presque mis à sangloter quand il avait vu ce que j'avais fait à cette Harley. Je l'avais payé davantage pour qu'il se taise, mais évidemment, d'une façon ou d'une autre les médias avaient réussi à s'emparer de l'info.

Maintenant, je suis ici à mon nouveau travail, une semaine après cet accident, et j'espère que personne ne m'en parle. De toute façon, ce nouveau groupe de personnes semble plutôt sympa une fois qu'ils arrêtent de me lécher les bottes et de me vénérer en héros, ce qui me donne envie d'enfoncer des piques à cocktail dans mes yeux.

Avec un peu de chance, le XPAC obtiendra rapidement notre financement et nous pourrons commencer les véritables entraînements. Les choses se présentent plutôt bien. Je bois un verre de bière glacée et quelqu'un me parle... j'entends une voix féminine, mais je ne la regarde pas. À la place, je fixe ma bière.

Kirill me tape sur l'épaule et me parle en russe.

— Viens à table. Il y a de nouvelles personnes à rencontrer.

Je sais que c'est ici que je vais rencontrer Gray pour la première fois, mais je sais que je ne la connais pas encore alors ce n'est pas logique.

Et ceci ne ressemble pas à mon souvenir. Un souvenir que je n'ai toujours pas.

Je lève les yeux au ciel et je me tourne pour dire quelque chose à celle qui m'accompagne, mais elle n'est pas là. En me retournant vers Kirill, je vois qu'il a disparu, lui aussi. En fait, le bar est entièrement vide et totalement silencieux. Je jette un coup d'œil à la table pour voir si Kirill est parti sans moi. Une seule personne est assise là.

Je regarde l'homme dans les yeux. Ce n'est certainement pas Kirill : il est plus vieux, présente une calvitie naissante, est assez mince et porte un costume qui ne lui va pas. Il me regarde en fronçant les sourcils et en serrant la mâchoire.

Je me fige, soutenant son regard hostile.

Conrad Barrett. Putain de Conrad Barrett. L'homme qui veut me voler l'unique lueur d'espoir que j'ai dans la vie. Qui veut me l'arracher des mains pour toujours.

Tout mon corps se raidit, je serre les poings, je ferme la mâchoire et je le fixe avec tout autant de mépris.

— Je t'emmerde, Barrett, dis-je en marmonnant. Je ne vais pas l'abandonner.

Il secoue la tête.

— À quel point veux-tu retourner dans l'espace ?

— Allez-y, retirez-vous du projet. Vous détruirez ses rêves à elle aussi.

Il lève les sourcils.

— Ce n'est pas moi qui détruis ses rêves. C'est toi. Tu détruis tout. Et tout ce que tu touches se brise, se transforme en poussière. Meurt. Je veux que tu restes très loin d'elle.

— Oui, dit une troisième voix, alors que je n'avais pas conscience d'une troisième personne dans la pièce avec nous.

Je tourne brusquement la tête vers la gauche et il se tient à côté de moi, me regardant dans les yeux. Nous portons nos combinaisons sans les casques, mais nos têtes sont enveloppées dans nos bonnets de communication.

Ma gorge se serre lorsque mes yeux croisent son regard noisette. *Xander.*

Je regarde encore une fois autour de moi et je vois que nous ne nous trouvons plus dans le bar. Je reconnaîtrais n'importe où les murs en plastique blanc de la station. Et l'odeur… un mélange perpétuel de voiture neuve avec une légère trace d'ordures et d'odeurs corporelles humaines.

Je m'en rends subitement compte et je suis à nouveau en apesanteur, en train de flotter près de mon meilleur ami. Je devrais être heureux de le voir. *Heureux*.

Mais il ne sourit pas.

— Ty, dit-il doucement, d'une voix pleine d'émotion retenue. Qu'est-ce que tu fous ?

Je cligne des paupières.

— Je... je...

Ma bouche s'ouvre et se referme plusieurs fois tandis que je cherche mes mots.

— Tu as promis, me lance-t-il encore avec des mots secs et pénétrants, comme des balles sortant d'un pistolet. Tes promesses ne signifient-elles donc rien ?

— Je vais le faire, mon vieux. Je vais repartir dans l'espace. Pour toi. J'ai pensé tous les jours à cette promesse...

Le regard de Xander est vide, dénué d'émotion, dénué de crédulité. La seconde d'après, les murs autour de nous ont disparu, mais nous restons en apesanteur. Maintenant, nous nous trouvons en dehors de la station bien qu'aucun de nous ne porte de casque.

Il y a un merveilleux champ d'étoiles derrière Xander. L'obscurité ne peut être perçue que lorsque nous avons passé le terminator et que nous nous trouvons du côté nuit de la planète. Sinon, la Terre brillante au-dessous estompe toutes les étoiles. Mais je les vois, ce qui signifie qu'il fait nuit. Ce qui signifie qu'il fait...

— *Sombre* .

Xander dit le mot à voix haute comme s'il sortait de ma tête. Nous ne sommes pas attachés. Nous nous éloignons en flottant. La station devient de plus en plus petite.

— Tu n'avais pas peur de l'obscurité, avant. Pourquoi maintenant ?

Avant que je puisse lui répondre, il lance une autre question.

— Pourquoi as-tu si peur... tout le temps ?

— Je t'en prie. Pardonne-moi.

Ma voix n'est qu'un chuchotement étranglé.

Il secoue la tête.

— Arrête toutes ces conneries.

Puis il serre la mâchoire et son visage devient rouge. Il lève une main vers moi.

— Pour quelle raison suis-je mort, Ty ? Hein ?

Je sens un étau autour de ma gorge et je ne peux pas respirer, mais j'essaie. Nous devrions déjà être morts. Je regarde autour de moi. La station n'est qu'une tâche parmi les étoiles, et la Terre est une sphère bleue et distante.

— Ne détourne pas les yeux. Regarde-moi.

Mais quand je le fais, je vois qu'il a du mal à respirer. Sa voix est sifflante, à bout de souffle, comme ce que j'ai entendu quand il était près de la fin. Quand il a dit au revoir pour toujours.

Il tousse violemment.

— Pour quelle raison ai-je sacrifié ma famille ? J'ai tout laissé tomber afin que tu puisses vivre, rentrer et faire quoi, baiser ?

Les mots et le comportement de Xander, son regard hagard, lui ressemblent si peu et pourtant c'est vraiment lui. Ses yeux sont durs et dénués d'émotion.

Morts.

Morts comme lui.

J'inspirai frénétiquement et je me réveillai en toussant et en crachant, comme si je venais vraiment de flotter dans le vide sans protection. La pièce se mit à tourner lorsque je m'assis et que j'essayai de comprendre pourquoi ma bouche était si sèche. Je fixai le mur opposé et je vis ses yeux me regarder comme si l'image était gravée dans mon esprit.

De la sueur coula de mon front lorsqu'une violente pointe de douleur me transperça la tête, palpitant en rythme avec les battements de mon cœur. Sans hésiter une seconde de plus, je me débattis avec les couvertures et je m'en extirpai en chancelant vers la salle de bains où je commençais par m'asperger le visage avec beaucoup d'eau froide.

Ce faisant, je me répétai : *juste un rêve. Juste un rêve. Ce n'était qu'un rêve. Juste un rêve* .

Qu'est-ce que tu fous, Ty ? Cette question prenait le dessus sur tout le reste. Cette question, posée de la voix accusatrice de Xander. Mon mal de tête évolua en une véritable migraine… du genre que je n'avais qu'en orbite à cause du purificateur d'air qui ne fonctionnait pas correctement dans la station.

Ce mal de tête était comme un rappel, comme si je venais juste de quitter la station.

Je sautai sous la douche et j'augmentai la température de l'eau jusqu'à la chaleur de la lave à faire fondre la peau, aussi chaude que je pouvais le supporter. En fermant les yeux, je passai mon visage sous le jet d'eau.

Qu'allais-je faire, putain ?

Les sourcils froncés de Barrett. Son unique question. Ses menaces.

Tout ce que tu touches se brise, se transforme en poussière. Meurt.

Mon cœur battait encore vite d'avoir revu Xander. C'était un mélange de joie d'être là avec lui, comme le rêve de la veille, mais mélangé avec le dégoût évident de sa voix. Le même dégoût que je m'inspirais.

Je sortis mon visage du jet d'eau et je penchai la tête en arrière. La douleur me vrilla les tempes. J'attrapai le savon et je commençai ma routine d'hygiène tout en réfléchissant.

Je repoussais l'inévitable. La décision.

Je voulais lui demander ce que je devais faire, mais c'était lui refiler le bébé. Je ne ferais que lui transférer la responsabilité.

Et puis cela jetterait une bombe au milieu de sa relation avec son père. J'avais déjà été responsable de la destruction d'une relation père – enfant : celle de Xander et AJ. Je ne pouvais pas recommencer.

Parce qu'elle allait me détester de m'être appuyé sur elle. De lui avoir fait passer le choix difficile qui m'avait été confié.

J'étais seul à devoir prendre cette décision. Et les yeux de Xander m'accusaient chaque fois que je fermais les miens.

Comme je ne pouvais plus supporter d'être dans l'obscurité, je me demandai combien de temps il allait falloir avant que je ne puisse même plus fermer les yeux. Un homme pouvait-il mourir d'une privation de sommeil qu'il s'imposait lui-même ?

J'appuyai fortement les mains contre mes yeux.

Étais-je suffisamment viril pour faire ce qu'il fallait ?

Vite fait, bien fait. Arrache le pansement, Tyler. Arrache-le brusquement.

J'eus du mal à respirer en pensant à quel point ce pansement particulier allait faire mal. Ça ne piquerait pas juste quelques minutes. Ça allait m'arracher les entrailles.

Une crainte sombre s'accumula au creux de mon estomac où une détermination indifférente était en train de s'affermir.

Je ne pouvais pas le faire.

Mais je le devais.

Oui, je savais que j'allais le faire, mais que j'allais me détester pour toujours. Encore plus que maintenant.

Sans doute plus qu'humainement possible.

Putain.

Chapitre Quatre
Gray

J'ETAIS PRESQUE PRETE A METTRE AU POINT MON PLAN DE savant fou dans la cuisine. J'eus un frisson d'excitation en portant le saladier jusqu'à la poêle qui chauffait sur le feu. Je prélevai une petite quantité de pâte. J'avais appris cette astuce lorsque je me remettais de ma dernière opération au centre de rééducation. Mon infirmière m'avait donné quelques leçons de cuisine.

J'inclinai le poignet et je souris en voyant le pancake prendre une forme de cœur parfaite. *Oui !*

Répétant ma prouesse, je fis toute une pile de tailles et de formes parfaites et je les posai sur une assiette. Puis je me tournai vers le plateau de petit-déjeuner que j'avais préparé plus tôt, parfaitement agencé et tout prêt.

Je pliai la serviette en tissu en forme de U et je la posai sur le plateau à droite de l'assiette en souriant de mon travail.

Et, comme j'entendis la douche, je sus qu'il était réveillé.

J'attrapai le plateau et je me glissai dans la chambre où je le posai par-dessus la couette, l'inclinant de façon à optimiser ce qu'il verrait la première fois.

Ryan ouvrit la porte de la salle de bains plus vite que l'on pouvait dire *BordelDeMerdeÇaFaitPeur* . Il entra à nouveau dans la chambre en ne portant que ses sous-vêtements. *Le timing parfait*. Comme si je l'avais chorégraphié.

— Salut, grogna-t-il avant de se tourner vers son placard, sans doute afin d'attraper des vêtements.

Je fronçai les sourcils. Qu'est-ce que... ?

Il était censé marcher tout droit vers moi, me prendre dans ses bras d'un air adorateur et voir le petit-déjeuner que j'avais pris la peine de préparer pour lui par-dessus mon épaule.

Je fronçai les sourcils en croisant les bras. Puis je me plaçai directement devant le plateau, en l'attendant.

Quelques minutes plus tard, il revint dans la pièce entièrement vêtu d'un jean et d'un tee-shirt. Ses cheveux étaient mouillés et ébouriffés. Je ne pensais pas qu'il les avait brossés en sortant de la douche.

En général, il ne se rasait pas le week-end, les poils de sa barbe du vendredi matin étaient maintenant sombres sur ses joues et sa mâchoire.

Mais au-dessous, sa peau était pâle comme le papier et il semblait épuisé.

Comme s'il n'avait pas du tout dormi.

Je plissai le front.

— Tu as passé une mauvaise nuit ?

Il poussa un soupir et passa les mains dans ses cheveux mouillés comme pour les aplatir.

— On peut le dire.

— Avec un peu de chance, je peux te faire plaisir avec une jolie pile de...

Je fis un pas sur le côté en tendant les bras et en agitant les mains de façon à indiquer le plateau.

— Pancakes ! Comme promis.

Il resta silencieux lorsqu'il vit le plateau, clignant plusieurs fois des yeux. Pendant ce temps, mon cœur battait follement.

Parce qu'avec ce geste, je disais beaucoup de choses.

Sur le plateau, utilisant les pancakes pour centre de mon message, les couverts et la serviette pliée, j'avais écrit I (cœur) U.

Je l'avais fait. Il n'y aurait plus aucun doute maintenant.

Gray, la fille qui jouait toujours la sécurité, allait sauter de l'avion en espérant que son parachute s'ouvrirait juste au bon moment.

Je serrai les poings pendant qu'il étudiait le plateau, enfonçant mes ongles dans les paumes de mes mains tout en attendant sa réaction.

Lorsqu'elle arriva, ce fut comme une analyse des gammes d'expressions sur son beau visage.

D'abord, il y eut l'amusement sans comprendre. Puis la compréhension soudaine. Puis le choc, la mâchoire qui tombe et les sourcils qui se lèvent. Il déglutit, fermant la bouche, pinçant les lèvres.

— Je ne... commença-t-il en secouant la tête.

— C'est un message. De ma part, bien sûr. Ça ne devrait pas être difficile à comprendre.

Étudiant toujours le plateau, il pâlit encore plus, si c'était possible. Ses traits s'assombrirent, mais pas assez pour cacher la lutte interne très claire.

C'est alors que je me rendis compte que j'avais merdé.

Gray avait sauté de l'avion et maintenant elle tirait sur la corde de son parachute.

Il ne s'ouvrait pas.

Ryan ferma les yeux et il serra les poings, lui aussi.

J'inspirai brusquement. Il ne ressentait donc pas la même chose. Ce n'était pas la fin du monde, n'est-ce pas ? Je tendis une main suppliante.

— Ça va, Ryan. Tu n'es pas… je veux dire, je ne m'attendais pas à ce que tu me répondes. Je pensais juste…

Il inspira profondément et il ouvrit les yeux pour me regarder. Et ce que j'y vis…

Ce que j'y vis fit tomber mes entrailles en chute libre. Tomber. Tomber. Tomber.

L'air siffla hors de mes poumons. Je clignai des paupières, ayant soudain le tournis.

— Nous ne pouvons pas faire ça, grogna-t-il en enfonçant les poings dans ses poches. C'est terminé. Je suis désolé. Ce n'est pas…

Je secouai la tête en tendant la main.

— Ne dis pas 'ce n'est pas toi, c'est moi.' *Ne fais pas ça…*

Ses yeux bleus, si bleus, soutenaient mon regard sans lâcher. Je n'arrivais pas à tourner la tête, alors même que mes yeux menaçaient de se remplir de larmes.

— Gray. Je suis désolé. Mais il faut que ça se termine. Et ça doit se finir maintenant.

Je n'allais pas pleurer. J'étais une experte quand il s'agissait de retenir mes larmes. J'avais grandi en perfectionnant la technique. Je pouvais le faire…

J'arrachai mon regard au sien en ravalant l'amertume qui s'était accumulée au fond de ma gorge et je me tournai. J'attrapai calmement le plateau et je sortis de la chambre. Une fois dans la cuisine, sans un mot, sans une pensée, je jetai directement les pancakes depuis l'assiette dans la poubelle alors que ses mots tournaient en rond dans ma tête.

Je voulais argumenter avec lui, mais le regard dans ses yeux avait été très clair.

Il ne changerait pas d'avis. Et j'aurais dû m'y attendre. Au moins, il ne l'avait pas fait par téléphone, alors je suppose que j'étais une gagnante larmoyante et misérable par rapport à Suz, la coach et plus si affinités.

Pari m'avait avertie plusieurs semaines auparavant, comme si elle avait été capable de voir ce qui allait arriver, de voir ce que je ne pouvais pas voir. Peut-être parce qu'elle était une séductrice elle-même, parce qu'elle pouvait s'identifier à Ryan. Elle avait quelques idées de ce qui pouvait le faire tiquer, contrairement à moi. Cependant, je ne pensais pas que Pari soit assez cruelle pour mener quelqu'un en bateau pendant des semaines et lui laisser développer des sentiments pour elle.

Mais elle avait su que ceci pouvait arriver et elle m'avait avertie.

Je n'avais pas écouté.

Je maudis ma propre arrogance et ma stupidité. Ma croyance vaine, que moi, Gray la toute-puissante psychothérapeute en devenir avait toutes les réponses.

Je fixai l'intérieur de la poubelle pendant bien trop longtemps, l'assiette et la fourchette figées au-dessus. Que devais-je faire maintenant ? Mon esprit était engourdi, comme si je venais de me faire frapper et que j'essayais de m'en remettre. Quelles étaient mes possibilités, vraiment ?

Eh bien, c'était évident. La première chose que je devais faire, c'était *partir*.

J'inspirai profondément et je posai les couverts dans l'évier. Il pouvait nettoyer le bazar, je m'en moquais. Je me rendis alors dans la chambre d'amis où j'avais entreposé la plupart de mes affaires et je sortis ma valise de sous le lit.

Mes entrailles se nouèrent, glacées d'une façon familière pendant que je rassemblais mes affaires et que je les rangeais dans la valise comme un robot. Mon esprit, cependant, était à des milliers de kilomètres de là.

Et la seule question que je me posais – répétée au rythme de chaque mouvement que je faisais – était *pourquoi? Pourquoi ? Pourquoi?*

Je ne sais même pas à quel moment il est apparu dans l'encadrement de la porte. Je tournai juste légèrement la tête afin d'attraper une nouvelle pile de vêtements et je l'aperçus du coin de l'œil. Je tournai brusquement la tête dans sa direction et nos regards se croisèrent. Il semblait…

Quel était cet air ? Partiellement blessé, partiellement soulagé ? Était-il soulagé ?

Je m'écartai de ma valise et je lui fis face, les bras croisés, le menton levé. Mes yeux luttèrent contre son regard bleu profond.

Je n'avais pas l'intention de ramper.

Peu importe ce que mon cœur voulait me faire faire, Ryan ne me verrait jamais le supplier. Une fille a le droit de garder sa dignité.

J'inspirai longuement par le nez. Au début, il détourna la tête, remarquant la valise.

— Je t'aiderai avec tes affaires, quand tu seras prête.

Ce fut dit d'une voix grave et monocorde, mais je le ressentis comme une gifle. Ma gorge se serra et j'eus du mal à respirer. J'avais envie de crier, de pleurer, de tomber sur le sol et de lui donner un coup de poing au visage, tout cela à la fois.

Rien à foutre de la maturité émotionnelle. *Tout pouvait aller se faire foutre en enfer*.

J'avais envie de taper des pieds et de faire un caprice majeur. À la place, je restai debout, les bras croisés, et les mains serrées dessus.

— C'est ce que tu veux, finis-je par murmurer d'une petite voix.

Ce n'était pas une question. Il fronça les sourcils.

— Pardon ?

— Tu ne cherches pas mon pardon.

Je secouai la tête et je m'éclaircis la gorge en parlant d'une voix plus forte afin qu'il puisse m'entendre.

— C'est ce que tu veux. C'est l'attitude que tu voulais que j'adopte.

Ses traits se figèrent en m'évoquant un peu un mur vide. Ses yeux bleus se durcirent et le silence résonna entre nous, claquant dans l'air comme une cacophonie de cloches d'église.

Il finit par respirer profondément.

— Je ne veux pas te faire de mal.

— C'est exactement ce que tu veux. Quelle meilleure façon de te débarrasser de moi ? D'arrêter toute cette histoire de *baby-sitting* ? Tu commences quelque chose entre nous et puis tu l'arrêtes tout aussi vite. Tu me rejettes aussi facilement que tu l'as fait avec Suzanne l'entraîneuse sportive...

Je m'interrompis lorsqu'il se raidit visiblement, serrant à nouveau aussi fort les poings que je vis gonfler les veines de ses bras. Il fit un pas dans la pièce et puis il s'arrêta.

— Ce n'est *pas* ce qu'il se passe maintenant.

— Dans ce cas, veux-tu bien me dire exactement ce qu'il se passe ? Parce que de l'endroit où je me trouve, on dirait un effort bien planifié pour se débarrasser de moi. Quelle meilleure façon de m'éliminer en tant que personne devant travailler directement avec toi ?

Et son regard s'intensifia.

— Je ne me servais pas de toi. Je ne…

Il secoua la tête en marmonnant quelque chose tout en passant une main dans ses cheveux.

— Mais tu veux porter mes affaires à la voiture. Tu veux que je parte.

Il ferma les yeux avant de les rouvrir, plongeant son regard dans le mien.

— Oui. Tu dois partir.

Je restai un moment paralysée sur place, à peine capable de rassembler mes pensées, à peine capable de contourner les nouvelles blessures qu'il jetait par-dessus les plus anciennes. Comme sur un tas de compost.

Si je faisais ceci, si je partais, je compromettais tout. Je laissais tomber le travail qui avait été si important pour moi. Ryan Tyler avait réussi à s'immiscer en moi – de différentes façons – et dans mon cerveau. Peut-être avait-il tout prévu dans le but d'essayer de me contrôler.

Ou alors, c'était un jeu et il était simplement le joueur qui avait laissé les choses aller trop loin et qui devait maintenant tout arrêter.

Je retournai à ma valise, j'attrapai une pile de sous-vêtements et je les remis dans le tiroir que je venais de vider, suivis par mes tee-shirts et mes chaussettes.

— Que fais-tu ? demanda-t-il après avoir observé le spectacle en silence pendant quelques minutes.

— Je vais te dire ce que je ne fais *pas*.

J'attrapai trois paires de chaussures et je les reposai sur le sol du placard.

— Je ne pars *pas* d'ici.

Il cligna plusieurs fois des paupières avant de réagir.

— Tu y es obligée. Je te le demande.

Je me tournai vers lui et je pointai un doigt raide dans sa direction.

— Ce n'est pas à toi de décider. Je suis ici parce que XVenture et le futur XPAC ont des intérêts dans ma présence ici. Dans le fait de s'assurer que tu te comportes bien. J'ai évidemment merdé de façon majeure au cours des dernières semaines et c'est tant pis pour moi. Mais il est hors de question que je parte.

Son menton descendit et il fronça les sourcils en serrant le montant de la porte jusqu'à faire blanchir ses articulations.

— Étant donné les circonstances, il vaut mieux que tu ne restes pas, dit-il d'une voix grave, presque dangereuse.

Je sortis mon téléphone de ma poche arrière et je le lui tendis.

— Et si je composais le numéro de Tolan et que tu lui expliquais tout ? Tu as ma permission de lui parler en détail des *circonstances* .

Son front trembla encore, comme s'il était complètement perdu par ma réaction. Malgré tout, il ne toucha pas – ne regarda même pas – mon téléphone. À la place, il se contenta de me fixer en fronçant les sourcils. Comme si je le perturbais.

Très bien. Qu'il soit perturbé. Avec un soupir de dégoût, je rangeai le téléphone dans mon jean.

— Comme je ne vais pas avoir besoin de ton aide pour porter tout cela à ma voiture, tu n'es pas obligé de rester là et d'attendre que je finisse. Je suis certaine que tu as du travail et d'autres choses à faire aujourd'hui.

Sur cette déclaration, je retirai mes dernières affaires, je les jetai sur le lit, puis je rangeai la valise sous le lit de façon très délibérée. Enfin, je lui tournai le dos et je commençai à replier les vêtements que j'avais lancés.

Quand je jetai un coup d'œil derrière moi quelques minutes plus tard, il avait disparu.

Je me laissai tomber sur le lit avec un soupir désespéré et je fixai sans le voir l'intérieur du placard pendant un long moment, rejouant toute la conversation dans ma tête. Jusqu'à revenir à la conversation précédente dans sa chambre et le moment où il avait vu les pancakes. Et puis je retournai à la conversation d'avant celle-là, allongée sur le lit à côté de lui, le regardant dans les yeux.

Lui qui me disait que regarder dans mes yeux était comme une perte de contrôle.

Je poussai un long soupir, satisfaite de ma force, satisfaite que ma capacité à cacher les larmes était toujours intacte. Vraiment, c'était un super pouvoir que j'avais amélioré depuis l'enfance quand je voulais que mes parents restent calmes, qu'ils ne paniquent pas.

Même quand je ressentais la peur la plus aiguë, le chagrin le plus profond de ne pas pouvoir sortir et jouer avec les autres enfants, ou même quand je souffrais, physiquement ou émotionnellement, j'avais tout gardé en moi pour mes parents. Pour qu'ils restent heureux. Pour qu'ils ne craquent pas.

J'avais peut-être été la malade, mais je n'avais jamais, jamais été la faible.

Et Ryan allait le découvrir, lui aussi.

***

Une de mes idoles de la psychologie moderne, Elizabeth Kubler-Ross, définissait le chagrin en cinq étapes. Et lorsque l'on perd quelqu'un, que ce soit par la mort ou la rupture d'une relation, une personne subit toutes ces étapes à un moment ou à un autre. Parfois de nombreuses fois.

J'aurais aimé pouvoir dire que ce savoir ainsi que ma formation m'ont aidé à mieux gérer les choses, mais ce n'est jamais aussi simple.

Première étape : Le déni et la recherche de réponses

Je passai bien trop de temps cette nuit-là à fixer le plafond blanc. Je fus ridiculement incapable d'éteindre la lumière tant que je ne me forçais pas à le faire. Je m'étais habituée à ce que la lumière reste allumée pendant le court mois depuis que j'avais commencé à dormir à côté de Ryan dans son lit.

J'avais été vicieusement ramenée à mon ancienne vie. Et moi – contrairement à lui – je n'avais aucun problème avec l'obscurité.

Par dépit, j'éteignis donc dès que je me rendis compte de ce que je faisais. Mais je fixai le plafond en ne pouvant croire qu'il rompait sans aucune compassion et sans la moindre hésitation alors que je venais de lui déclarer mon amour. Je déglutis, me souvenant à quel point il avait été difficile de rassembler mon courage pour admettre le sentiment. Et de peur de l'effrayer, je l'avais fait d'une façon très indirecte et non menaçante.

Ha !

Comment avais-je pu me tromper à ce point ?

Je m'étais vite reproché le fait de ne pas avoir prévu tout cela, mais au moins je n'avais pas pleuré. Non, non, je n'allais pas pleurer.

Je ne dormis presque pas cette nuit-là, complètement sur les nerfs à cause de mes pensées. Mes yeux se fermèrent enfin environ trente minutes avant que mon réveil ne sonne.

Je savais déjà que la maison était vide. Ryan était parti une heure plus tôt, juste au moment où la lumière du soleil avait commencé à frôler l'horizon.

Je regardai mon téléphone, espérant voir un texto de sa part. Mais... rien.

Je me préparai donc, me sentant vide, tous les os de mon corps me faisant mal.

Mais j'avais du travail. Et ceci n'allait pas m'arrêter.

CHAPITRE CINQ
RYAN

CETTE FOUTUE MÉTAPHORE DU PANSEMENT. N'IMPORTE quoi.

Ce n'était pas comme arracher un pansement. Pas du tout. C'était plutôt comme arracher un organe de ses propres mains, creusant pour le sortir. Un organe sanglant et vital. Je pouvais vivre toute une vie avec un seul rein. Peut-être le foie ? Est-ce que le fait de retirer le foie causait une mort lente et douloureuse ?

Non, je n'étais pas véritablement en train de mourir. Mais parfois, j'en avais vraiment l'impression. Comme une éviscération de torture médiévale. Je me sentais comme j'imaginais que l'on se sentait lorsque l'on était pendu, écartelé et coupé en quatre.

Une torture lente.

La dernière chose que je voulais faire, c'était m'asseoir à une table dans une pièce remplie de lumières vives à côté du PDG de XVenture, Tolan Reeves, et du concepteur en chef de notre capsule spatiale Phoenix, à subir les photos et les questions des médias.

Mais j'étais arrivé ici bien en avance. Je n'avais pas réussi à me faire croire que cela n'avait aucun rapport avec le fait de m'éloigner d'elle. Depuis la rupture, j'avais passé les dernières nuits à devenir fou à force d'insomnies. Je me tournais et me retournais en sachant qu'elle ne se trouvait qu'à quelques chambres de moi, roulée en boule sur son lit, toute seule, croyant que je ne me souciais pas du tout d'elle.

Tous les soirs, je devais m'empêcher de franchir sa porte et de l'attirer dans mes bras en chuchotant des excuses et en réparant tout. L'idée commençait lentement à m'obséder.

Cela m'obsédait tellement que je m'étais à peine préparée pour cette stupide conférence de presse au milieu de laquelle je me trouvais maintenant. Nous venions de faire l'annonce officielle du test de vol et les médias voulaient leur dose de viande.

La bannière accrochée à la table où nous étions assis portait le logo du XPAC – XVenture Private Astronaut Corps. C'était un X créé par les traînées de fumée de deux fusées qui se croisaient. Devant nous, sous les lumières vives, se trouvaient plusieurs douzaines des journalistes les plus dévoués à l'espace.

Je croisai les doigts devant moi et je me concentrai sur le journaliste qui posait la question suivante.

— Que pense la NASA du fait que vous les ayez lâchés pour travailler dans le privé, commandant Ty ?

Je répondis sans hésiter ce que j'avais appris par cœur.

— Ma relation avec la NASA reste positive et productive, mentis-je aisément.

En réalité, il n'y avait pas de relation du tout. Mais Victoria m'avait bien préparé à cette conférence de presse. Elle était *très* douée dans son travail. Elle se tenait sur le côté, observant la presse depuis son point de vue et prenant des notes sur son téléphone. Sur la table à côté de mon bras, l'écran de mon téléphone s'illumina en recevant un message.

Victoria : La presse à scandale est là. Prépare-toi à des questions sur Keely.

Je levai les yeux face aux lumières vives, à une caméra et plusieurs flashs d'appareil photo. En apercevant une silhouette blonde et mince à l'arrière de la pièce, j'hésitai. Soudain, la cravate autour de mon cou me sembla très serrée et je déglutis afin de m'humidifier la gorge.

Ce n'était pas comme si je la voyais rarement. Au travail, en tout cas. J'avais perfectionné mes techniques pour l'éviter à la maison. Je partais avant elle, je rentrais juste avant le coucher de soleil et je restais du côté opposé de la maison. Nous ne nous croisions que rarement dans la cuisine, mais en dehors de quelques regards, nous ne parlions jamais. Au travail, ce n'était qu'en passant : la salle du déjeuner, un couloir, plusieurs réunions avec des douzaines de nos collègues les plus proches. C'était nul.

Et pourtant, bien que j'essayais de mon mieux de l'éviter, il me tardait toujours de la revoir, chaque foutu matin.

Mais chaque fois que je la revoyais effectivement, c'était comme d'ouvrir cette même blessure auto infligée, ressentant le vide de cet organe qui manquait. La douleur de quelque chose de vital qui avait soudain été volé. C'était ça.

Elle se trouvait sous mon nez et pourtant elle me manquait.

Je me forçai à me concentrer sur la question suivante.

— Avez-vous des choses à dire sur votre nouvelle relation avec Keely Dawson, commandant Tyler ?

Je jetai un coup d'œil à Victoria qui avait un sourire satisfait sur ses lèvres parfaitement rouges, comme pour dire : *Je te l'avais bien dit. Il faut toujours me faire confiance* . Je lui fis un clin d'œil entendu et j'ânonnai ma réponse – préparée par elle – au journaliste.

— Je suis ici pour parler du nouveau test de vol habité. Il m'enthousiasme beaucoup et je préfère ne pas perdre de temps sur ma vie privée. Celle-ci est déjà suffisamment sous le feu des projecteurs. Alors que d'autres entreprises spatiales privées envoient des insectes, de vieilles voitures et des mannequins de crash test dans l'espace, nous envoyons des astronautes vivants. Et franchement, ça m'enthousiasme beaucoup. Vous devriez l'être aussi. J'aimerais ramener votre intérêt à ce qui importe.

La pièce fut emplie de grommellements et de chuchotements bruyants et quelques mains se levèrent encore. Je répondis à d'autres questions au sujet des aspects techniques du lancement qui aurait lieu dans un peu plus de huit semaines.

— Aurez-vous des difficultés à repartir étant donné ce qui est arrivé lors de votre dernière mission ?

Je serrai les poings et je me figeai en réfléchissant à la question. Bien sûr, je m'y étais préparé, mais j'eus un blanc en l'entendant au grand jour sous les lumières et les flashs des appareils photo. J'eus vaguement conscience de mon téléphone qui s'éclairait, sans doute d'autres textos de Victoria.

Je les ignorai. Après avoir avalé une inspiration profonde, je luttai pour garder une voix calme.

— La vérité est que j'ai envie d'y retourner depuis la dernière fois, alors je suis reconnaissant pour cette chance. Je suis également reconnaissant de pouvoir dédier ce vol au souvenir de mon meilleur ami, l'astronaute Xander Freed.

L'idée du vol, malgré son coût terrible, envoya un frisson le long de ma colonne. C'était de l'excitation mêlée à un peu de crainte et quelques doutes, si j'étais vraiment honnête avec moi-même.

Je n'avais jamais douté de ce que je voulais. Et je n'avais jamais refusé de le faire. Mes yeux retournèrent à la silhouette au fond de la salle, mais je remarquai avec déception qu'elle avait disparu. Une porte près de là se fermait lentement.

Je rentrai mes lèvres dans ma bouche et je les humidifiai en me concentrant sur la question suivante et en essayant de ne pas lever les yeux au ciel lorsqu'elle fut posée.

— Keely aura-t-elle un rôle dans le film à venir sur votre vie et l'accident de la station spatiale ?

Plus tard, Victoria allait me complimenter pour mon absence de réponse sarcastique.

De toute façon, ils allaient pouvoir admirer Keely et moi ensemble la semaine suivante, pour une avant-première de film. Malgré tout, cela continuait à m'irriter que notre mascarade de « liaison amoureuse torride » les intéresse plus que la possibilité de faire sortir l'humanité de l'orbite basse pour des voyages spatiaux après presque cinquante ans sans rien faire.

Peu importe. La conférence de presse était enfin terminée. Dieu merci.

Il était temps de passer au reste de ma journée. Elle allait encore être longue pendant que je faisais de mon mieux pour éviter ma colocataire omniprésente tout en luttant pour ne pas devenir fou de désir pour elle.

Oui. Une situation si compliquée nécessitait de doubler l'entraînement physique.

D'abord, j'avais une courte réunion de l'équipe suivie par plusieurs simulations de vol rigoureuses avec toute l'équipe d'astronautes.

La journée consista en des heures et des heures de passages d'un poste à l'autre, à vérifier des listes et à enregistrer nos données. Lorsque le début de soirée arriva, nous avions terminé notre dernière simulation et nous nous préparions à partir.

Noah recommença à nous rebattre les oreilles. Il parcourut les papiers attachés à sa planchette à pince et il fronça les sourcils.

— Y a-t-il une raison pour laquelle nous retardons sans cesse le test d'obscurité à bord ?

Franchement, nous n'étions pas de très bonne humeur après une journée horriblement ennuyeuse. Le côté répétitif de ce que nous faisions était au-delà de l'ennui et nous étions tous épuisés mentalement et physiquement.

Je rangeai mon ordinateur portable dans un sac en même temps qu'une chemise remplie de ma dernière fournée de check-lists. Elles avaient été imprimées ce matin même et elles étaient déjà couvertes de post-it et de commentaires au crayon suggérant des changements.

Noah m'avait adressé sa remarque, alors je répondis.

— Le test d'extinction des lumières n'est pas crucial. Particulièrement maintenant. Il nous faut diminuer la séquence de retour en orbite de plusieurs millièmes de seconde avant de commencer tous les scénarios potentiels.

J'évitai son regard en fermant mon sac d'ordinateur. Nous n'allions pas parler de la véritable raison pour laquelle j'évitais un test effectué entièrement dans le noir… un test qui servait à évaluer la fonctionnalité des systèmes de secours si le système électrique général était coupé. Je ne savais pas ce qui pouvait se passer si j'étais enfermé dans un espace confiné sans aucun moyen de sortir. Et je ne voulais pas le découvrir devant les autres.

Noah me jeta un regard étrange en refermant son propre sac.

— Pouvons-nous au moins le marquer sur le calendrier ? Ça m'ennuie vraiment de ne pas faire un test aussi simple alors que nous couvrons tout le reste de façon si méticuleuse.

Je haussai les épaules en lui tournant le dos. Je n'avais pas l'intention d'aborder le sujet.

— Pas avant quelques semaines au moins.

— J'espère que cela nous laissera un peu de temps avant le vol, marmonna-t-il entre ses dents.

Je ne dis rien, feignant d'être distrait par quelque chose sur mon téléphone. Noah se mit à marmonner dans sa barbe et Kirill vint sauver la situation en lui donnant une joyeuse tape sur l'épaule.

— Détends-toi, mon vieux. Relax. Tu as besoin de femmes sexy et de baiser.

Je ris en entendant ces termes familiers avec son accent russe. Noah le regarda en levant un sourcil.

— C'est facile à dire pour toi. Ce n'est pas moi qui baise régulièrement l'actrice canon.

Kirill ricana.

— Essaie de ne pas être aussi jaloux, Noah. Tout le monde ne peut pas être sexy au point que les femmes s'acharnent.

Hammer apparut de l'autre côté de Kirill.

— *He's too sexy for his shirt…* commença-t-il à chanter.

— Et trop sexy pour son cerveau, marmonnai-je du coin de la bouche, et Noah gloussa pendant que Kirill se mettait à chanter avec Hammer.

— Exactement. Je suis tellement « sexy », dit Kirill en faisant encore une fois des guillemets avec les doigts sur le mauvais mot.

Je ne comprenais pas comment Kirill, qui savait piloter n'importe quelle machine imaginable, avait un rang d'officier dans l'armée russe et l'équivalent d'un diplôme de Master en ingénierie aérospatiale n'arrivait pas à saisir l'art subtil des guillemets.

Il est vrai qu'il ne parlait pas dans sa langue natale. Malgré tout, j'étais certain que si les guillemets imaginaires existaient en russe, il se serait planté également dans sa langue maternelle.

Je fourrai mes dernières affaires dans mon sac et avec un rire et un grand sourire, je refusai l'invitation des autres à aller boire un verre.

— Je suis crevé, dis-je, alors qu'en réalité j'allais à la salle de sport, car il faisait trop sombre pour aller courir à mon retour à la maison.

Kirill me rejoignit avant que je monte dans la voiture.

— Ty, attends, dit-il en russe comme il le faisait d'habitude quand nous étions seuls. Allons voir un film, d'accord ? Celui sur l'attaque de la banque a l'air pas mal.

Mon Dieu, un film. Je n'étais pas allé au cinéma depuis avant l'accident. Je ne voulais même pas prendre le risque. Il ne faisait peut-être pas assez sombre, mais je ne voulais pas tenter cette chance.

— Kirya. Je rentre à la maison, je vais nager un peu et puis je vais dormir comme une pierre, dis-je en modifiant sur-le-champ mes plans pour la soirée.

Il corrigea immédiatement avec le terme d'argot le plus actuel pour dire qu'on va se coucher, grondant encore une fois parce que je parlais le russe de son grand-père.

Je secouai la tête en souriant.

— C'est parce que je l'ai appris avec mon *grand-père* . Bonne nuit, Kirya. À demain.

Il posa la main sur mon épaule.

— Je m'inquiète. Tu ne sembles pas être toi-même.

Je haussai les épaules.

— Si tu es venu te renseigner pour les autres, alors tu peux leur dire que j'ai rompu avec Gray. Pas besoin de continuer à me surveiller.

Il fronça les sourcils, mais il hocha la tête en mettant les mains dans les poches, laissant son regard se perdre à l'horizon du parking.

— Je suis désolé pour ça. Pour avant. Viens, nous pouvons au moins aller boire un verre.

Je secouai la tête. De toutes les personnes avec lesquelles j'aurais pu discuter de cette rupture, le russe macho n'était pas mon premier choix. Il était probable qu'il utilise cela comme une façon de me tourmenter pour le reste de ma vie.

— Je suis concentré sur le vol. Je n'ai pas le temps pour autre chose.

Il redevint sérieux.

— Bien. C'est très raisonnable. Je devrais faire de même.

Je levai un sourcil, mais je ne dis rien. Cela signifiait-il que j'allais aussi apprendre une mauvaise nouvelle bientôt ?

Bon sang, je n'avais pas besoin de ça. Éviter la petite amie qui ne voulait pas déménager de chez moi et être forcé à passer du temps avec la fausse petite amie qui essaierait de se remettre de sa propre rupture. Cela ressemblait à une course d'obstacles infernale.

D'après ce que je savais, la relation de Keely et Kirill n'avait pas été sérieuse, mais comment savoir ? Kirill perdait typiquement son intérêt pour les femmes qu'il fréquentait après une courte période de temps. Je ne dis rien, cependant. Il s'agissait des affaires de Kirill et c'était un grand garçon. Même s'il avait jugé bon d'interférer dans ma vie personnelle, je n'avais pas l'intention d'en faire autant.

Il frappa une fois sur le capot de ma voiture.

— Les choses redeviendront peut-être normales bientôt. Juste nous quatre astronautes. À nous amuser ensemble. À traîner ensemble.

Kirill avait un groupe d'amis – d'autres expatriés russes – avec lesquels il traînait régulièrement. Je savais qu'il ne se sentait pas seul. Mais je hochai la tête.

— Oui, nous sommes simplement stressés à cause du vol. Parfois, quand c'est dur, il nous faut passer un peu de temps sans les autres.

Il hocha la tête.

— *Da. Eto pravda.*

Puis il répéta en traduisant.

— C'est vrai. Passe une bonne nuit, Ty.

Je hochai la tête.

— Toi aussi.

Je le regardai partir en traversant le parking avant de mettre la clé dans le contact et de démarrer la voiture. Je pensai au plaisir que j'avais à travailler avec les autres et à résoudre des énigmes et des bogues dans les procédures et les check-lists. La camaraderie. L'excitation. Ces derniers jours, j'aimais tout dans mon travail sauf l'idée de repartir dans cette fusée, malgré ce que j'avais dit au monde lors de la conférence de presse.

J'allais pourtant le faire, parce que c'était ce que j'avais promis de faire. D'une façon ou d'une autre, j'allais y arriver.

Je me frottai le visage avec la main avant de rentrer chez moi, espérant éviter et pourtant voir mon invitée.

Peut-être aurait-elle envie de discuter de la conférence de presse – ou de n'importe quoi – au lieu de garder son étrange silence calme.

Elle se dirigea vers la terrasse avec sa liseuse numérique juste au moment où je terminais mes allers-retours dans la piscine. Nous nous croisâmes devant les portes vitrées menant à l'intérieur.

Comme je l'empêchais de sortir, je fis un pas de côté, toujours dégoulinant, et elle me remercia silencieusement en évitant mon regard.

Ma gorge se serra. Je me séchais lorsqu'elle passa à côté de moi pour aller s'asseoir au bord de la rambarde, se positionnant de façon à voir le lever de lune à l'est.

Elle était presque pleine et elle frôlait l'horizon au-dessus du canyon. Je me tournai et je le regardai un moment.

Percevant apparemment mon observation, elle se tourna pour me regarder. Il n'y avait pas d'animosité dans son visage, juste ce même calme silencieux.

Elle avait été ainsi depuis dimanche matin. Pas d'émotion. Pas de pleurs. Pas de discours triste. Pas de culpabilisation. Pas même de l'hostilité. Rien.

C'était comme si ce qu'il y avait eu entre nous n'était jamais arrivé.

Sauf que moi, je ne pouvais pas l'oublier. Et je commençais à lui en vouloir d'être si facilement passée à autre chose.

Il faut se méfier de l'eau qui dort. Et l'eau de Gray… eh bien, je n'avais pas eu le temps de sonder sa profondeur, de découvrir tous les paysages cachés sous cette surface tranquille. Elle me surprenait sans cesse. Même à un moment où théoriquement nous n'avions pas de relation du tout. Même maintenant.

Ses traits sereins. Aucune colère. Aucune tristesse. En tout cas, aucune que je puisse voir.

Elle s'éclaircit la gorge.

— Tu as besoin de quelque chose ?

Je secouai la tête.

— Non, ça va. Passe une bonne soirée.

Elle se figea, comme si elle ne savait pas comment réagir à mes paroles, puis elle hocha lentement la tête.

— Toi aussi.

Je me tournai et je passai la porte, cherchant désespérément des idées pour la faire dégager d'ici. Si nous devions partager le même toit jusqu'au test de vol, je ne savais pas ce qui pouvait arriver. La guerre froide. Le chaos. Pas le meurtre, avec un peu de chance. Mais très probablement une rechute… avec elle, moi, et beaucoup de plaisir nu et en sueur.

Après avoir pris une douche et changé de vêtements, je vérifiai mon téléphone et je découvris une autre photo : un selfie de Karen et AJ. En dessous, la légende disait : Nous venons en Californie !

Je clignai des paupières avant de traiter cette information.

Dernièrement, j'avais mis en scène des photographies amusantes, impliquant essentiellement des images de la photo de classe d'AJ posée dans des endroits étranges pour le faire rire. Scotchée à l'intérieur de notre capsule de simulateur pendant que nous travaillions, fixée sur mon volant pendant le trajet de retour à la maison, posée sur un rocher à la plage, collée sur une des répliques miniatures de nos fusées Rubicon III.

J'avais à peu près épuisé la créativité limitée que je possédais. Gray aurait sûrement eu une foule d'idées. Mais comme pour tout le reste, je dus me souvenir au moins une douzaine de fois de ne pas le lui demander.

Malgré tout, l'exercice avait servi à me rappeler que je manquais sérieusement de loisirs dans ma vie. Comme quand je m'amusais autrefois en étant proche de la famille de Xander et de mes amis de Houston.

Je répondis : *Super!Quand ?*

Je reçus la réponse quelques minutes plus tard. *La semaine prochaine* .

Je répondis que j'étais heureux de l'apprendre et qu'il me tardait de les voir. Puis je rangeai mon téléphone, un peu choqué que la première chose que je veuille faire fût d'annoncer à Gray qu'ils arrivaient. Pourtant, cette douleur constante et ce vide intérieur me rappelaient que moins je lui parlais, mieux c'était.

Il me fallait une pause dans cette sensation de manque. En me glissant dans mon salon je m'approchai du bar, en prenant soin de vérifier qu'elle n'était pas là et qu'elle ne pouvait pas me voir.

Je me dis que j'allais me verser un seul verre. Juste un. Afin de m'aider à mieux supporter cette journée merdique, cette semaine merdique… bientôt ce mois merdique. Une longue série de journées merdiques qui se mêleraient les unes aux autres.

Lorsque je débouchai la bouteille et que je me versai un verre, j'aperçus les petits traits qu'elle avait faits au marqueur.

Je poussai un soupir et je refermai la bouteille, ne touchant pas à la vodka.

Sa tactique avait fonctionné. Je n'avais pas touché à la boisson depuis qu'elle avait marqué les niveaux, il y avait plus d'un mois de cela.

Et maintenant, j'allais simplement ne pas y toucher par entêtement. Je me rendis compte à quel point elle avait été intelligente, même en cela. Je me passai une main dans les cheveux, pliant les doigts et tirant sur les racines, grimaçant légèrement, mais pas à cause de la douleur de mon cuir chevelu.

J'avais des difficultés à respirer en pensant à elle. C'était dur de ne pas sortir pour aller m'asseoir à côté d'elle à la lueur de la lune. Sauf que maintenant il faisait nuit et que je ne pouvais pas supporter l'idée d'être dans l'obscurité, même si cela signifiait être près d'elle.

Et vraiment, je ne pouvais même pas braver l'obscurité pour elle, ma belle et intelligente amie… pas la mienne, mais *mienne* . Si je ne pouvais même pas braver l'obscurité pour elle…

Je ne la mériterais jamais.

CHAPITRE SIX
GRAY

IL ME MANQUAIT. TELLEMENT. CEPENDANT, J'AVANÇAIS EN terrain miné, essayant malgré tout d'être une influence apaisante, d'être émotionnellement mature. Je voulais être arrangeante, car j'avais volontairement choisi de rester et de vivre sous son toit même après une rupture romantique.

J'avais conscience qu'il pouvait être en détresse.

Mais moi aussi, je soignais mes blessures.

Ce soir-là, je regardai donc la lune se lever, pâle et argentée, baignant le canyon sombre de teintes violettes et gris foncé. Je me demandai à quel moment j'allais passer à l'étape suivante du chagrin.

Cela ne faisait que quelques jours, pourtant je pleurais toujours pathétiquement au creux de mon oreiller chaque nuit quand je n'arrivais plus à me retenir. Je me réveillais tous les matins avec les yeux rouges et le nez douloureux.

Je me dis que cela allait passer bientôt, non ? Seul le temps pouvait faire disparaître la douleur, comme avec une blessure physique.

L'étape suivante, la colère justifiée, n'était pas loin.

J'y passai l'après-midi suivant.

En revenant du travail, je me dépêchai afin d'avoir un peu de temps dans la piscine avant que Ryan rentre pour la journée.

Mais il me fallut chercher mon maillot de bain. Rien n'était au bon endroit parce que j'avais fait et défait ma valise avec précipitation quand Ryan m'avait demandé de partir.

Bon sang, je voulais me baigner. Mais le maillot se cachait quelque part sous une pile.

Je perdis donc mon calme.

Dans ma frustration, je me laissai aller à un véritable caprice.

Deuxième étape : La colère

Je cassai mes lunettes. Pas accidentellement. Non. Je les piétinai.

J'étais frustrée. Ou peut-être avais-je fait semblant que les lunettes étaient le visage de Ryan.

Le craquement fut tellement satisfaisant… jusqu'à ce que je me rende compte que mes lunettes de secours étaient cassées, elles aussi. Cette minuscule petite vis était tombée et j'avais eu l'intention de les faire réparer, mais je n'avais jamais pris le temps.

Bon sang de bonsoir. Je partis me baigner quand même, afin de me calmer, de défouler ma colère en faisant des longueurs, et de chercher une solution à mon problème soudain de vue.

La solution me vint pendant que je me séchais. J'allais utiliser du ruban adhésif. Je le trouvai facilement dans un des tiroirs de Ryan et j'en arrachai un petit bout que je rapportai dans ma chambre.

J'avais l'air ridicule, mais sinon, elles étaient comme neuves. Je me fis une grimace dans le miroir. Je ressemblais à Harry Potter après un été particulièrement compliqué avec les Dursley. J'allais peut-être lancer une mode.

Si seulement je pouvais me forcer à oublier comme j'étais idiote de m'être réjouie en écrasant les lunettes avec les pieds comme si c'était le crâne de Ryan.

Non pas que j'allais vraiment lui écraser le crâne, bien sûr.

Mais l'imaginer m'aidait un peu.

Ayant temporairement résolu le problème des lunettes, je pris une douche pour rincer l'eau de la piscine de mes cheveux et de ma peau.

Comme Ryan ne rentrait pas avant plusieurs heures, je m'habillai et je passai à quelque chose d'encore plus stupide que précédemment.

Un acte qui sortait tout droit du *Manuel pour harceleurs débutants*.

J'entrai dans sa chambre.

Pour être honnête, j'avais laissé quelques affaires dans sa salle de bains, alors cela commença plutôt innocemment, puisque j'attrapai mon déodorant et du démaquillant.

En sortant de la salle de bains, je ralentis lorsque je longeai le lit. Ryan faisait toujours le lit. Toujours. Il n'y avait jamais un pli, le drap et la couette étaient parfaitement droits et serrés. Cela devait venir de tout le temps qu'il avait passé à l'armée.

Je tendis la main et je touchai son oreiller. Puis, comme toute femme parfaitement saine d'esprit et pas du tout harceleuse, je me penchai et j'enfouis mon visage dedans, inspirant profondément son odeur et sentant monter la bousculade parfaite d'émotions en moi. Des souvenirs de ses baisers, de ses mains sur mon corps, de réveils avec mon corps collé contre le sien.

Je posai mes affaires sur la table de nuit et je m'assis sur le lit, posant l'oreiller sur mes genoux afin de pouvoir le serrer dans mes bras tout en reniflant encore un peu plus.

Il avait son odeur. Les coquillages, le citron vert. L'odeur de sa peau, de ses cheveux.

Malgré tout, je m'inquiétais qu'il ne dorme pas assez parce que je n'étais pas là pour l'aider.

Sentir son corps à côté de moi me manquait. Notre liaison – je refusais de l'appeler relation – n'avait duré que quelques courtes semaines incroyables, mais je m'étais habituée très vite à dormir à côté de lui. Trop vite.

J'avais perdu mon cœur encore plus vite que cela.

Quand des larmes me brûlèrent le fond des yeux, je m'arrêtai et je replaçai vigoureusement l'oreiller en souhaitant récupérer ma santé d'esprit. Mais non, apparemment, je n'y étais pas prête.

À la place, je m'approchai de son grand placard. Je ne savais pas du tout ce que j'espérais y trouver. Tous ses vêtements étaient lavés, cela ne sentait pas comme lui, mais je tripotai quelques-unes des chemises que j'avais aimé lui retirer pendant nos séances de baisers frénétiques. Défaisant lentement les boutons, embrassant son torse solide.

Je fis courir mes doigts parmi toutes les différentes textures de tissus, me demandant pourquoi Elizabeth Kubler Ross n'avait rien écrit au sujet de la folie temporaire dans son traité sur les étapes du chagrin.

Ma main s'arrêta lorsque je parvins à un matériau épais tout à la fin d'une longue ligne de vêtements sur des cintres. Bleu roi avec des patchs : particulièrement le patch rectangulaire bleu marine bordé d'or pourtant l'aigle et le trident, emblème des SEAL de la Navy. En dessous, de la même couleur dorée, indiquant un astronaute de la Navy, se trouvait son nom complet : *Ryan Tyler* .

Il y en avait plusieurs, accrochées les unes à côté des autres, y compris celle qu'il avait portée le jour où il avait rempli sa promesse de la fondation Make-A-Wish. Il avait fait le tour du centre spatial de Houston avec un adorable jeune survivant au cancer, Francisco.

Sans même penser à ce que je faisais, j'appuyai mon visage contre sa combinaison de vol de la NASA. Bien sûr, elle ne sentait pas du tout comme lui. Elle avait sûrement été lavée depuis la dernière fois qu'il l'avait portée. Je m'écartai, traçant les patchs de mission de l'expédition ISS du bout du doigt. Une autre minute s'écoula et j'eus soudain retiré mes vêtements et refermé sa combinaison sur mon corps.

Bien sûr, elle était immense. Ryan était beaucoup plus grand que moi et il était musclé. Je nageais à l'intérieur, mais je devais admettre que même si cela ne m'allait pas, c'était très excitant de porter une véritable combinaison de vol d'un astronaute. Je fis à nouveau courir mes doigts sur le tissu en imaginant que c'était ma propre combinaison qui m'allait parfaitement et que je venais de rentrer d'une mission sur l'ISS.

En enroulant les manches et les jambes du pantalon et en attrapant une de ses ceintures que j'attachai autour de ma taille, j'améliorai l'illusion. Je retournai dans sa chambre afin de me regarder dans le miroir en pied sur la porte de sa salle de bains, me tournant d'un côté et de l'autre.

Oui, je m'étais sentie misérable, mais ceci était un petit rayon de bonheur au milieu de ma journée. Je serrai mes bras autour de mon torse avant de me redresser, comme au garde-à-vous. Comme si je prenais la pose pour les photographes de presse.

Eh bien oui, en effet, je cherchais seulement à être la meilleure psychologue de vol qui existe, mais ils ont insisté, souhaitant que je fasse un entraînement d'astronaute pour le premier voyage sur Mars. Je secouai la tête d'un air arrogant dans le miroir et je me moquai de moi-même.

Lorsque j'entendis la clé tourner le verrou de la porte d'entrée, je me figeai. À n'importe quel autre moment, j'aurais ri de voir mon reflet de biche surprise par les phares dans le miroir. Mais là, j'étais à la fois indiscrète et dans une situation potentiellement très humiliante.

Oh chiotte. Oh, merde. Oh… tous les autres jurons en plus des scatologiques !

Je jetai un coup d'œil à l'horloge en ouvrant la fermeture éclair à l'avant afin de sortir de la combinaison avant qu'il me voie. Il était un peu en avance, mais pas tant que ça. Perdue dans mes rêveries, je n'avais plus la notion du temps.

Je ne savais pas du tout quel était mon plan, exactement. Apparemment, mon cerveau s'était arrêté de fonctionner. Il était paralysé comme cette foutue fermeture éclair quand elle arriva au niveau de ma taille et de la ceinture. En panique, je défis le haut et je retirai les manches avant de défaire la ceinture. Mais au milieu de tout cela, je décidai que je n'avais pas le temps de me déshabiller, de me rhabiller et d'accrocher la combinaison de vol à sa place avant qu'il passe la porte… et qu'il vienne se changer dans sa chambre.

Il n'était qu'à quelques secondes de me surprendre dans sa chambre en train de porter ses vêtements.

Ma peau se mit à bouillir en pensant à ma honte. Elle allait être épique. Je fis donc la chose la plus logique qui passa dans mon cerveau et je courus à toute vitesse hors de sa chambre, espérant avoir le temps d'arriver dans la mienne avant qu'il ouvre la porte et qu'il me voie porter sa combinaison de vol.

Hélas, mon plan B spontané – courir et me cacher – échoua.

Alors que je filais à travers le salon, me dirigeant vers le couloir où se trouvait ma chambre, il me fallait passer juste devant la porte d'entrée. Et ce faisant, je trébuchai sur une jambe de pantalon déroulée et je chutai.

Dans ma panique, je n'avais pas remis le haut de la combinaison. J'eus donc une trace de brûlure du tapis tout le long de mon torse. Et bien sûr, le haut de mon corps était entièrement nu.

Je clignai des paupières et je tendis la main en cherchant les lunettes qui avaient sauté de mon nez – sans doute parce qu'elles étaient dégoûtées par mon comportement.

Soudain, une paire de chaussures noires apparut juste devant mon visage. De grosses chaussures noires.

Des chaussures d'homme.

Puis une main rejoignit les chaussures sous mes yeux lorsque Ryan se pencha pour ramasser mes lunettes et me les passer calmement. Je les pris, sentant ma peau brûler de honte en même temps que les brûlures de friction du tapis.

Je marmonnai des remerciements malgré mon humiliation, puis je m'éclaircis la gorge pendant qu'il observait sans doute la scène qui s'offrait à lui : j'étais étalée sur le sol de son salon, à moitié nue avec sa combinaison de vol de la NASA partiellement enfilée.

— Ceci n'est pas, euh, ce que tu penses.

— Ah bon ?

J'inspirai brusquement en essayant de trouver comment je pouvais m'asseoir sans m'exposer entièrement, même si cette pensée était assez bête. Moins d'une semaine avant, nous avions baisé sur le comptoir de sa cuisine et je n'avais eu aucun problème à être nue devant lui à ce moment-là.

Il y eut une pause embarrassante pendant que j'attendais, face au sol, essayant de trouver un moyen de quitter la pièce avec toute ma dignité. *C'était bien trop tard pour ça, Gray !*

— Alors, euh, qu'est-ce que je pense ?

Mon visage brûla encore davantage et je ne répondis pas. Quelques secondes plus tard, il sembla détecter mes fortes injonctions de partir que je lui envoyais mentalement. Il dut m'enjamber pour se rendre dans sa chambre, mais il le fit sans autre commentaire.

Lorsque sa porte se referma, je me levai et je filai dans la chambre d'amis avant de retirer précipitamment la combinaison de vol. Je la pliai soigneusement avant de m'habiller avec autre chose... évitant de porter un soutien-gorge sur mes pauvres tétons râpés. Mon pantalon de jogging et mon tee-shirt se trouvaient encore sur le sol de son placard.

J'étais assise sur mon lit, agitée et ayant décidé de jeûner pour ne pas avoir à quitter ma chambre, lorsqu'il frappa doucement à la porte.

Je m'humidifiai les lèvres, mais je ne répondis pas, cherchant toujours quoi dire.

— Gray, dit-il à travers la porte, j'ai tes affaires ici.

Sans un mot, j'attrapai sa combinaison de vol pliée et sa ceinture et je m'approchai de la porte. Je l'entrouvris juste assez pour faire l'échange de vêtements, puis je voulus la refermer.

La main de Ryan entra brusquement pour tenir la porte en position ouverte. Il fronça les sourcils.

— Tu vas bien ?

Je m'éclaircis la gorge et je me forçai vainement à ne pas rougir.

— Je survivrai.

— Pouvons-nous… pouvons-nous parler ?

Je levai les sourcils. Eh bien, c'était déjà quelque chose. Il voulait enfin parler ?

Je regardai ma montre comme si j'avais un million de rendez-vous urgents au lieu de seulement quelques rapports à écrire pour le lendemain, ce qui représentait moins d'une heure de travail.

— Euh, oui, d'accord. Donne-moi une minute. Je te rejoins dans la cuisine.

Quelques instants plus tard, après que je fus passée à la salle de bain pour me calmer et asperger de l'eau froide sur mon visage, nous fûmes assis l'un en face de l'autre à la table de la salle à manger. Il avait sorti une bière du frigo pour lui-même et sans me poser de questions, il me tendit une canette de soda Dr Pepper fraîche.

Il voulait que je parte. Je le voyais à la façon dont il me regardait, dont il se comportait. Ceci n'était pas une réconciliation. Ce n'était même pas une explication – qu'il me devait toujours… C'était une expulsion.

J'ouvris la canette et je bus une gorgée pendant qu'il décapsulait sa bière et qu'il la posait sur le côté sans la porter à sa bouche. Ensuite, il croisa ses longs doigts devant lui, les coudes sur la table, et il étudia ses mains. Il parla sans lever la tête, mais avec des mots mesurés qu'il avait certainement répétés plusieurs fois.

— Gray, nous sommes arrivés à une forme d'entente.

Je clignai des paupières, ne parvenant pas à le regarder.

— Je suis vraiment désolée. Je n'aurais pas dû aller dans ta chambre ou enfiler ta combinaison de vol. Je n'essayais pas de te harceler, je le promets. C'est juste…

— Gray.

Il tendit la main sur la table pour attirer mon attention, pendant que les mots coulaient de ma bouche plus vite que je pouvais les prononcer.

Je levai la tête vers lui. Son visage était sérieux, mais pas sévère.

— Je me moque de la combinaison de vol. Tu peux l'avoir, si tu veux.

Je fronçai les sourcils, soudain frappée par la douleur de cette situation. Je secouai la tête et je marmonnai misérablement :

— Non, mais merci. C'est gentil.

Il soupira.

— D'accord, il y a autre chose dont je veux te parler.

Je me redressai.

— Quoi, donc ?

Ses yeux bleus et profonds croisèrent mon regard et je le vis très clairement : toutes ses murailles étaient en place. Il était bien protégé.

— Au sujet de vivre ensemble de cette façon… avant que je dise quoi que ce soit de plus, je veux que tu saches que ceci n'était pas calculé. Je n'ai rien mis en œuvre dans le but de te manipuler.

Oh, je n'allais pas rendre les choses faciles pour lui. Pas question.

Je posai le menton sur mon poing et je tripotai le bout de métal de ma canette, le tordant vers l'avant et l'arrière jusqu'à ce qu'il se casse.

— Dans ce cas, pourquoi as-tu initié ceci ?

Il eut cet étrange clignement des yeux au ralenti : ses yeux se fermèrent, restèrent ainsi un instant, puis s'ouvrirent à nouveau. Ensuite, il déglutit.

— J'étais attiré par toi. J'ai senti que tu étais attirée par moi. Il y avait des atomes crochus.

— Et ce n'est plus le cas ?

J'inclinai la tête de façon à souligner la question et il s'agita sur sa chaise.

Pas besoin d'avoir un doctorat en psychologie pour voir qu'il regrettait instantanément d'avoir entamé cette conversation. Cela me donna encore moins envie de le laisser s'en sortir facilement.

— Je suis toujours attiré par toi, dit-il d'une voix monocorde. Mais il y a plus que ça maintenant. Des sentiments sont impliqués.

— Ah bon ? Tu veux dire que tu as des sentiments ?

Sa mâchoire se raidit.

— Je parlais de tes sentiments.

Aïe . Il attaquait fort…

— Ah, d'accord. Tu n'as donc pas de sentiments ?

Il marqua une autre longue pause.

— Ce n'est pas ce que j'ai dit.

Je fronçai les sourcils.

— Mais ce ne sont pas les mêmes sentiments que les miens.

Il s'écarta de la table et il s'adossa contre sa chaise, l'air tendu et très mal à l'aise.

— Je ne veux pas parler de sentiments maintenant.

Son agitation évidente m'indiquait que nous nous approchions de quelque chose qu'il voulait éviter – ou qui était trop éloigné de ce dont il voulait parler à la base. Ou les deux.

Sans lâcher le soupir que je voulais désespérément libérer, je décidai de passer aux choses sérieuses.

— Est-ce que cela veut dire que tu ne m'expliqueras pas pourquoi tu as rompu ?

Son regard se porta sur le côté et il plissa le front. C'était une expression étrange jusqu'à ce que son visage devienne rouge et que je comprenne qu'il luttait contre sa colère.

Perplexe, je clignai des paupières. Était-il énervé contre moi parce que j'avais forcé la conversation ? Parce que je ne lui avais pas permis de répéter son discours tout fait avant de me jeter dehors ?

Lorsqu'il me regarda à nouveau, ce ne fut pas avec colère. C'était autre chose. Peut-être était-il frustré ? Mais pas par moi.

Je secouai la tête, perdue.

— Gray, chuchota-t-il.

La façon dont sa voix trembla en prononçant mon nom me serra le cœur.

— La dernière chose que je veux c'est que tu te remettes en question. Tu n'as rien fait de mal.

Je luttai contre ma propre frustration en grinçant des dents.

— Comment peux-tu penser que je ne vais pas me remettre en question ? Tu sais que c'est impossible. Particulièrement si tu ne me donnes pas de réponses.

Il serra les poings sur la table devant lui.

— Je suis à la ramasse en ce moment. Tu le sais. Je ne peux pas faire ça. Tu mérites mieux.

Je secouai la tête de protestation.

— Mais nous travaillions là-dessus. Je t'ai aidé…

Ma voix se brisa en voyant l'expression impassible de son visage.

— En tout cas, je le croyais.

Il déglutit.

— J'ai besoin de garder la tête claire pour tout cet entraînement, le test de vol, et les choses avec Keely. Tout. Je ne dois pas être distrait.

Il secoua la tête en détournant le regard.

— J'étais donc une distraction ?

Il pencha la tête pour passer la main dans ses cheveux, les yeux brillants d'irritation.

— Oui, souffla-t-il.

Ma gorge se serra à cause des larmes qui voulaient vraiment monter à la surface. Je n'allais pas le leur permettre. Cet homme croulait déjà sous assez de culpabilité et il se voyait comme étant définitivement brisé. Je ne pouvais pas ajouter ma détresse et mon chagrin au fardeau qu'il s'était volontairement attribué.

Je fronçai les sourcils, sachant qu'il fallait deux personnes pour commencer une relation. Et j'avais parfaitement eu conscience de ses problèmes longtemps avant le début de notre liaison.

J'avais fait le pari qu'il irait mieux, peut-être. Ou bien j'avais fait l'erreur fatale de ne pas suffisamment réfléchir.

Oui, j'avais fait un pari. Et j'avais perdu.

— Maintenant, tu veux donc parler de mon déménagement, finis-je par dire à voix basse.

Son visage troublé s'apaisa et il me jeta un coup d'œil avant de tourner la tête.

— Mais, continuai-je, le problème est que je dois rester ici et t'empêcher de faire une rechute. Tolan s'y attend. Mon père et les autres investisseurs s'y attendent.

Je revis cette étrange grimace et un éclair de colère avant qu'il détourne vite le regard, comme pour se forcer à se calmer. N'ayant rien de mieux à faire, j'attrapai mon soda et je bus quelques gorgées. Son regard se perdit dans le vide pendant une minute ou deux avant qu'il se secoue et qu'il se retourne vers moi.

— J'ai des invités qui arrivent la semaine prochaine, dit-il doucement.

Eh bien, ce n'était pas ce à quoi je m'attendais. J'hésitai, hochant la tête pour l'encourager à clarifier.

— Karen Freed. Elle est aussi consultante pour ce nouveau film et le studio lui a demandé de venir faire des interviews. Quand elle me l'a dit, je l'ai invitée à venir loger ici avec AJ. Et comme le petit gars n'a pas école avant un mois et demi, ils vont rester ici un moment.

J'ouvris la bouche, puis je la refermai avant de la rouvrir.

— C'est super. Je suis ravie que tu sois assez bien pour pouvoir...

Ma voix faiblit de façon inattendue, mais ce ne fut pas tout à fait un sanglot. Il se sentait aussi bien qu'il l'était quand il m'avait rejetée et il me demandait maintenant de partir.

Luttant contre les failles de mon contrôle émotionnel, je ravalai mon propre chagrin. Je pouvais être heureuse de cette nouvelle étape dans ses progrès.

— C'est bien que vous vous parliez à nouveau.

Il regarda la table entre nous et je remarquai qu'il avait serré les poings jusqu'à en faire blanchir ses articulations. Il avait des mains très attirantes. Grandes, aux longs doigts, aux veines marquées. Je clignai des paupières avant de m'embarquer à bord du souvenir de ce que ses mains savaient me faire.

Parce que c'était terminé. Il me l'assurait de cette façon. Il n'y avait pas d'espoir. C'était fini.

Je clignai des paupières.

— J'ai l'impression que tu ne me dis pas simplement ceci pour que je fasse de la place dans la salle de bain pour les autres invités.

Il secoua la tête.

— Je pense qu'il y a beaucoup de choses que tu peux faire pour le programme. Et tu dois retourner à ta propre vie.

Un nouveau poids me tomba sur l'estomac, une solitude soudaine et pesante éveillée par ces mots : *Ta propre vie*. Ma vie… sans lui.

— Tu crois que Karen peut me remplacer ? demandai-je doucement.

Il sembla perplexe et j'agitai la main en clarifiant :

— Je veux dire, pour t'empêcher de, euh, retomber dans tes vieux travers.

Il ne dit rien et il se contenta de soutenir mon regard avec ses yeux perçants. Il eut encore ce regard, comme s'il essayait de résoudre une énigme difficile. Puis il hocha lentement la tête.

J'inspirai profondément, submergée par un mélange d'émotions. Je n'avais pas véritablement envie de rester ici et de continuer l'évitement embarrassant que nous avions instauré au cours des derniers jours. Mais je ne voulais pas non plus dire au revoir.

Je ne voulais pas que ce soit la fin.

Et je ne voulais vraiment pas rester assise à cette table et continuer cette conversation.

Je me levai.

— Je parlerai à Tolan demain matin et je verrai s'il est d'accord.

— Je peux le faire. Tu n'es pas obligée de…

Je levai la main pour stopper son argument.

— Ça va. Je vais le faire.

Il regarda à nouveau la table. Avant de dire ou de faire quelque chose que j'aurais regretté, comme fondre en une flaque sanglotante sur le sol – je jetai la canette dans la poubelle de recyclable et je retournai dans ma chambre.

Histoire de panser mes blessures en silence et avec mon stoïcisme habituel.

Au départ, les plaies ouvertes sont douloureuses et vulnérables, sensibles aux éléments. Mais bientôt, en fonction du schéma naturel de guérison du corps, une croûte se forme, protégeant la peau qui se répare au-dessous jusqu'à ce que la cicatrice se forme. Bientôt, la peau est comme neuve, même si son apparence en a souffert un peu. Et enfin, la peau de la cicatrice devient moins sensible que la peau d'origine qu'elle a réparée.

Les expériences de la vie semblaient suivre le même fonctionnement.

Et les chagrins d'amour.

Je me fis deux promesses : j'allais faire de mon mieux pour ne pas le haïr de m'avoir brisé le cœur. J'allais aussi lutter pour dépasser ma haine de moi-même parce que je lui avais laissé l'occasion de le briser pour commencer.

Le temps guérira ceci , me dit une voix au fond de la tête. La voix de la raison. Mon esprit pensant.

Mais au fond de moi, je savais que ce n'était pas aussi simple. J'avais l'impression qu'une part de moi manquait. Et la blessure qu'il me restait était bien ouverte et douloureuse.

CHAPITRE SEPT
GRAY

En chemin vers le travail le lendemain matin, je reçus un appel téléphonique de mon père. Comme j'étais encore dans les embouteillages matinaux sur l'autoroute 22, je répondis au téléphone en utilisant les boutons de mon volant.

— Papa, bonjour. Je suis en route pour le travail. Quelles sont les nouvelles ?

— Un dîner chez moi cette semaine. Samedi soir si tu peux.

— D'accord, bonne idée.

Je ris et je ne pus m'empêcher de le taquiner.

— C'est toi qui cuisines ?

— J'ai un invité. Tu te souviens d'Aaron Thiessen ? Il m'a appelé le week-end dernier et il voulait bavarder. Je me suis souvenu à quel point vous vous étiez bien entendu à ce restaurant maniéré le mois dernier. Il te posait toutes ces questions sur l'espace, alors je me suis dit que ce serait amusant de l'inviter à notre dîner. Nous pourrons parler du bon vieux temps.

Je me raidis, percevant un guet-apens. Et je n'avais pas vraiment grand-chose à dire sur le « bon vieux temps » avec Aaron. J'avais été à la fac quand papa était son mentor. Ce n'était pas du tout comme cette relation proche d'ami de la famille que j'avais avec Tolan.

Je fronçai les sourcils.

— Euh, d'accord. Que veux-tu que j'apporte ?

— Juste ta belle bouille, répondit papa comme s'il avait anticipé la question.

Cela ne lui ressemblait pas du tout. En général, il ne mettait pas le nez dans ma vie personnelle… particulièrement ma vie amoureuse, qui avait jusqu'à récemment été presque inexistante. *Bizarre* .

Nous bavardâmes encore quelques minutes avant que je raccroche en songeant à ce changement étrange. J'étais également soulagée à l'idée de quelque chose qui me fasse sortir de la maison de Ryan pleine de tension pour une soirée.

Car maintenant, j'avais l'impression que nous ne faisions que compter les jours jusqu'à l'arrivée de Karen et de son fils et mon départ, en fonction de l'approbation de XVenture, bien sûr.

J'eus cette discussion le jour même au déjeuner, après avoir envoyé un texto à Tolan dès que j'arrivai au travail. J'avais proposé des plats à emporter d'un restaurant chinois que nous aimions afin qu'il me case dans son emploi du temps et il avait accepté de me rencontrer pendant que nous mangions.

Je passai devant son assistant avec des sacs de nourriture chaude et odorante et je faillis rire lorsque je le remarquai assis à son bureau, les baguettes déjà dans la main. La seule chose qui aurait été encore plus drôle aurait été de le trouver avec un gros bavoir par-dessus son pull.

Il avait des baguettes coréennes légèrement différentes, plates et métalliques. Il était logique qu'il les préfère puisque sa mère était coréenne… et sans doute la femme la plus adorable que j'avais jamais rencontrée.

Je sortis mes propres baguettes jetables de leur emballage en papier et je les pointai vers lui comme une épée.

— En garde. Le gagnant prend tous les wontons ?

— Pas question. Donne-moi ça.

Il fit bruyamment claquer ses baguettes ensemble, imitant des mâchoires affamées. En réponse, je posai le sac sur son bureau et il commença à fouiller dans les cartons blancs pour trouver ses plats préférés.

— N'avale pas tous les rouleaux de printemps, s'il te plaît. Gardes-en au moins un pour moi, soufflai-je.

Il avait déjà ouvert une boîte, et tenait des nouilles lo mein serrées entre ses baguettes à quelques centimètres de sa bouche.

— Je suis désolé. Tu voulais vraiment parler ? J'avais l'intention de manger comme un cochon.

Nous passâmes les quelques minutes suivantes à consommer notre nourriture avec bonheur et nombre de murmures d'approbation venant de la direction de Tolan. C'était un homme brillant – un des plus intelligents et des plus visionnaires que je connaissais – et j'avais connu beaucoup de gens intelligents.

Mais Tolan avait une vision depuis qu'il était très jeune. Il s'était élevé depuis un milieu de classe moyenne, avait immigré aux États-Unis en tant que jeune adolescent. Malgré notre différence de quinze ans, nous nous étions liés d'amitié quand il étudiait sous la houlette de mon père. Nous avions tous les deux été des geeks de l'espace et nous allions à des événements ensemble : des conférences au planétarium, quelques atterrissages de navette à Edwards Air Force Base, des dédicaces de biographies d'astronaute, même quelques conventions sur l'exploration spatiale.

Il m'avait conduite en Floride pour regarder le dernier lancement de la navette spatiale *Atlantis* à Cap Canaveral en 2011. Il avait réussi à nous avoir des places dans la section VIP pour l'observer.

Cela resterait l'un des moments les plus mémorables de ma vie.

— Aah, c'était tellement bon, dit Tolan en s'appuyant contre le dossier de sa chaise quelques minutes plus tard.

C'était un mangeur inhabituellement rapide, ce pour quoi il se faisait constamment taquiner. Il tapota son ventre.

— Il me faudra peut-être défaire ma ceinture, Gray. C'est juste un avertissement.

Je levai un sourcil.

— S'il te plaît, attends que je sois partie et contrôle-toi un peu avec la nourriture.

Il secoua la tête.

— Ce n'est pas de ma faute. C'est toi qui as agité de la nourriture chinoise devant moi. Je suis comme Omer Simpson et les donuts avec la nourriture chinoise.

Je souris sereinement, mais je ne dis pas à voix haute ce que je pensais : *Je comptais bien là-dessus, Tolan* .

Il s'essuya la bouche avec une serviette en papier blanc sur laquelle étaient imprimés en rouge le logo du restaurant, son nom et son adresse.

— Alors, que puis-je faire pour toi ?

Je haussai les épaules.

— Je voulais juste bavarder et donner des nouvelles.

— Comment ça se passe avec Ty ? Il y a du mieux ?

Nous n'avions pas parlé en profondeur de la situation depuis les premières semaines où Ryan avait été belligérant et très irrité par mon rôle de baby-sitter.

Tolan n'était pas au courant de tout ce qu'il s'était passé depuis, et j'en étais soulagée.

— Eh bien, à ce sujet… commençai-je lentement. Je me disais que nous pouvions le surveiller d'un peu moins près.

Tolan ne sembla pas surpris ni même un peu curieux quant à cette observation. Il jeta sa serviette souillée à la poubelle et il but une gorgée de sa bouteille d'eau.

— Oui, ton père a plus ou moins dit la même chose quand je l'ai vu la semaine dernière.

Je clignai des paupières. La semaine dernière ? Tolan avait parlé avec mon père la semaine précédente ?

— Papa était ici la semaine dernière ?

Je l'aurais su, n'est-ce pas ? Il se serait au moins arrêté pour passer me dire bonjour.

Tolan secoua la tête.

— Ce n'était pas ici. C'était de l'autre côté de la rue. Nous avons eu une petite réunion chez Happy's. Quoi qu'il en soit, il a dit qu'il s'inquiétait que tu ne puisses pas finir tes heures de pratique clinique. Il a dit ne pas être aussi préoccupé par Ty maintenant qu'il jouait le jeu de sa fausse relation. Il ne t'en a pas parlé ?

Luttant pour cacher ma réaction, je gardai le visage placide en évitant de montrer ma surprise.

— Pas encore. Je dîne avec lui samedi.

— Bon, personnellement, j'ai confiance en ton opinion. Nous laisserons Ty respirer si tu penses qu'il est prêt. Particulièrement pour que tu puisses retourner à ta propre vie.

Je faillis lever les yeux au ciel. Oui, ma propre vie grandiose et excitante. Quelle blague. Des milliers de calories de crème glacée consommée par pots entiers en écoutant des chansons d'amour tristes. *Il me tardait* .

— Il faut que tu saches que la veuve et le fils de Xander Freed vont séjourner chez lui à partir de la semaine prochaine. Je sais que Ty sera en de bonnes mains avec elle. Et puis… et puis…

Je n'arrivais même pas à le dire.

— Il se débrouille mieux ? m'encouragea Tolan.

Je hochai légèrement la tête.

— Oui. Il ne boit pas, il ne fait pas la fête.

Nous n'allions pas parler du reste. Le syndrome post-traumatique, la peur de l'obscurité qui le paralysait, le manque de sommeil. Et son penchant à vouloir se punir parce qu'il était *brisé*.

Tolan acquiesça.

— Bien. Peux-tu rester jusqu'à l'arrivée de Karen Freed ? Et s'il te plaît, pourrais-tu l'inviter ici, si elle a le temps ? J'aimerais beaucoup les rencontrer, elle et son fils. Je leur ferais le tour réservé aux VIP.

— Oui, bien sûr.

Mes entrailles se nouèrent et nous bavardâmes encore quelques minutes sur sa vie. Tolan et sa petite amie commençaient à avoir une relation sérieuse et il voulait quelques conseils psychologiques au sujet de certaines des grandes étapes… comme le moment idéal pour dire « je t'aime » la première fois.

Le meilleur conseil?Ne le fais pas avec une pile de pancakes en forme de cœur à la con . Je me mordis les lèvres afin de retenir le commentaire et comme d'habitude, je fis de mon mieux pour offrir une bonne écoute.

Le lendemain, je revis enfin Pari, que j'avais plus ou moins évitée depuis que Ryan m'avait larguée le week-end précédent.

J'avais laissé des cupcakes d'anniversaire et une carte sur son bureau pour le lundi matin, et elle avait posé une merveilleuse carte de remerciement sur le mien plus tard.

Mais je n'avais pas vraiment voulu parler de tout ce bazar avec quelqu'un. Pas encore, du moins. J'espérais peut-être au fond de moi que c'était temporaire.

Mais Pari n'était pas évitable. Nous nous croisâmes et il fallut que je plaque un faux sourire sur mon visage, ce qu'elle détecta aussitôt.

Elle m'attira dans un coin.

— Tu es difficile à joindre, dit-elle en me regardant avec un grand sourire et des yeux curieux.

Puis elle baissa la voix.

— Comment ça se passe dans votre nid d'astrolove ?

Elle agita ses épais sourcils bruns.

— Ou devrais-je dire, sur la rampe de lancement ?

Je la fis taire.

— Il ne se passe rien.

Pari fronça les sourcils.

— Que s'est-il passé ?

Je poussai un soupir.

— Je ne veux pas en parler maintenant, d'accord ? Je te promets de tout te dire ce week-end, ou mieux encore, passe chez moi la semaine prochaine. Je serais rentrée.

Pari rumina cela un instant avant de hocher lentement la tête.

— Ça va ?

Je me mordis les lèvres.

— Ça ira. Je t'en parlerai plus tard.

Son visage s'attrista.

— D'accord. Je suis vraiment désolée.

Nous hésitâmes en nous regardant, puis je fis un pas dans la direction des box que j'occupais avec les autres membres de l'équipe de santé. Il était presque l'heure de rentrer et il fallait que je rassemble du travail afin de le terminer à la maison.

— Et toi ? Comment vas-tu ?

Elle hocha la tête avant de baisser le regard avec un petit sourire. Je vis tout cela et je m'arrêtais net.

— C'est quoi ce sourire ?

— Eh bien, j'avais l'intention de te raconter ce qu'il se passait pour moi, mais maintenant je me sens mal de partager cette bonne nouvelle.

Je croisai les bras et je la regardai, dans l'expectative.

— Crache le morceau.

— J'ai suivi tes conseils et… en fait, j'ai rassemblé mon courage et j'ai parlé à Vic.

Malgré mon propre chagrin, je souris. J'avais espéré une issue heureuse entre Victoria et elle depuis qu'elle m'avait parlé de leur liaison pour la première fois.

— Je suis tellement contente. Je suppose que ça s'est bien passé ?

Elle hocha la tête.

— Je crois. Nous allons en discuter un peu plus lors d'un dîner, peut-être ce week-end si nous arrivons à avoir une minute pour nous.

Nous nous tournâmes pour continuer à marcher dans la même direction.

— S'il te plaît, fais-moi savoir comment ça se passe, si tu veux en parler. Et tu sais, n'hésite pas à me le dire quand il t'arrive quelque chose de bien, même si je suis triste, d'accord ?

Elle hocha la tête en me regardant toujours d'un air spéculateur.

— Tu me promets que nous parlerons quand tu seras prête ? Tu ne peux pas être celle qui écoute les problèmes de tout le monde et qui n'a jamais le temps de parler des siens, tu sais ?

Je répondis à son sourire en pinçant les lèvres. Je l'aurais bien serrée dans mes bras, mais Pari n'était pas très tactile et je respectais cela.

Après le travail, je me rendis à un café où je fis la plus grande partie de mes tâches supplémentaires, évitant de rentrer trop tôt à la maison. J'étais encore blessée par le discours d'expulsion de Ryan, et je n'avais pas envie de faire tout de suite mes bagages et encore moins envie de le croiser.

Le samedi, je fis le long trajet à Los Angeles pour dîner chez mon père.

Je débarquai en plein milieu de ce qui pouvait seulement être décrit comme un premier rendez-vous galant. Je n'avais pas eu beaucoup de premiers rendez-vous, pour être honnête, mais ils ne s'étaient jamais bien passés. Et un premier rendez-vous que mon père avait organisé sans trop de discrétion était encore plus gênant que d'habitude.

Mon père possédait trois maisons : une à Pretoria, dans l'Illinois, son état d'origine, un appartement à Manhattan, et sa maison de Californie, qui était une sorte de ranch modeste dans le quartier de la classe moyenne supérieure de Los Angeles, Los Feliz.

Aucune de ces demeures n'indiquait qu'il était un des hommes les plus riches du pays. Pas de maison intelligente ultramoderne au bord de lac comme sa connaissance, Bill Gates. Pas de réplique flashy d'une cascade à la Frank Lloyd Wright comme son bon ami Mark Chandler, PDG d'un des plus importants fonds d'investissement de New York. Et pas de ranch gigantesque dans la vallée de San Fernando à Hidden Hills comme son ancien élève, Tolan Reeves.

Papa avait acheté la maison de Los Angeles pour notre famille quand nous avions dû déménager là à cause de mes problèmes médicaux à l'âge de huit ans. J'y avais vécu un grand nombre d'années parce qu'elle se trouvait près de l'un des meilleurs hôpitaux pour enfants du pays. Les déménagements de ma famille – et une grande partie des incidents majeurs qui nous avaient formés en tant qu'unité familiale – avaient tourné autour de ma santé et moi.

Aaron Thiessen était déjà chez mon père quand j'arrivais avec le pain fraîchement cuit et un bouquet de fleurs pour la table. Je sus que la soirée allait être longue lorsque mon père m'appela au salon où Aaron et lui se tenaient devant des photos de moi.

Oui, vraiment. Il avait un mur entier de photos qui avaient été prises de moi au cours des années, depuis l'enfance jusqu'à la période où j'avais été maudite par le tiercé gagnant de l'appareil dentaire, la peau horrible et les lunettes épaisses. Il y avait quelques photos de l'hôpital avec certains de mes médecins et infirmières préférés. Bien sûr, il y avait l'image de mon premier voyage à Disneyland après mon dernier remplacement de la valve du cœur, l'air prête à affronter le monde après avoir terminé ma scolarité à seize ans.

— Elle avait les notes pour sortir major de promo si elle avait fréquenté le lycée.

Oh, beurk, papa, arrête .

— Que se passe-t-il ici ?

Quand on ne sait pas comment réagir dans la situation embarrassante ultime, je dis toujours qu'il faut feindre l'ignorance.

Aaron se redressa après avoir examiné de près une photo sur laquelle je montrais un étrange *objet d'art* pour un projet de CM2.

— Gray ! Ça fait plaisir de te revoir si vite.

Il s'approcha et avant que je puisse tendre la main, il se pencha et m'embrassa sur la joue.

Il était au début de la trentaine, c'était un homme ayant bien réussi, d'apparence assez ordinaire. Il avait un œil affûté pour les affaires, mais je l'avais toujours trouvé aimable et d'une bonne compagnie. Il n'était absolument pas du genre arrogant. Le contraire d'un certain homme que j'avais fréquenté ces derniers temps.

— Bienvenue à la Casa Barrett, dis-je en me tournant vers mon père. Je ne sais pas ce qui cuit, mais ça sent très bon. Mary t'a laissé quelque chose au four ?

— Ses lasagnes. Je sais que ce sont tes préférées, alors je lui ai demandé spécialement.

Mon père s'approcha et il me prit dans ses bras en me serrant fort et en faisant un baiser particulièrement démonstratif sur la joue, ce qui était étrange, car il n'était pas connu pour montrer son affection en public… même avec sa propre fille.

Je souris.

— Eh bien, j'ai apporté ton pain au levain préféré, ce qui ira parfaitement, dis-je en souriant. Cela fait une éternité que je n'ai pas mangé de lasagnes. J'en bave déjà !

Papa se tourna vers Aaron.

— Elle ne bave pas vraiment.

Aaron rit pour lui faire plaisir en me jetant un coup d'œil amusé.

Je fermai les paupières. *Oh, papa, non* . On aurait dit qu'il essayait de vendre une voiture d'occasion.

— Et si nous mangions ? Je suis morte de faim.

Et avant que mon père puisse modifier cette affirmation, je tournai la tête vers Aaron avec un sourire sarcastique.

— Je ne meurs pas non plus littéralement de faim.

Papa gloussa.

— Tu es tellement drôle. Je dis toujours aux gens à quel point ma fille est drôle.

Je résistai à l'envie de jeter un regard suppliant au plafond. Il fallait que je lui dise deux mots plus tard. Des mots qui n'allaient pas être agréables ou respectueux.

Pour une raison que j'ignorais, papa avait mis la nappe blanche et les serviettes rouges comme pour les fêtes. En réalité, c'était sûrement Mary, sa gouvernante, avant de partir pour la journée.

J'entamai le pain au levain encore chaud, le couvrant de beurre avant de le faire passer pendant que nous nous servions du plat de lasagnes posé au centre de la table. À ma grande surprise, papa revint dans la pièce avec une bouteille de vin rouge débouché.

— Le médecin m'a interdit de toucher au vin, mais j'ai ouvert ça pour que vous puissiez le partager tous les deux.

Il se pencha et il nous versa un verre à tous les deux, d'un air aussi formel que s'il était sommelier dans un restaurant cinq étoiles. J'avais envie de faire la tête, mais je me retins. Bon sang, il en faisait vraiment des tonnes.

Papa bavarda de son travail avec bonne humeur quand il ne faisait pas la liste de mes qualités. Puis soudain, au bout de seulement dix minutes du repas, il s'essuya la bouche et il se leva.

— Je viens juste de me souvenir que je dois passer un coup de fil très important. Ahh… où ai-je mis mon téléphone ?

— Il est dans la poche avant de ta chemise, papa.

— Euh, oui. Bon, je reviens.

Il hésita avant de partir, s'arrêtant pour remplir nos verres de vin avant de disparaître. Je grimaçai intérieurement et j'évitai le regard d'Aaron.

Dès qu'il sortit de la pièce, mon père commença à parler bruyamment :

— Allô, oui bonjour. Oui, c'est Conrad. Je dois faire court parce que ma magnifique fille est ici avec moi pour le dîner.

Je me frappai mentalement le front.

Il ferma alors la porte de son bureau et heureusement, le reste de la conversation fut étouffée avant de devenir inaudible. J'attrapai le reste de mon pain et je le déchiquetai nerveusement en petits bouts.

— Je, euh, je suis désolée pour ça.

Aaron posa sa fourchette et me regarda en souriant. Il était pas mal. Peut-être un peu plus jeune que Ryan. Ses cheveux étaient bien plus clairs, et il faisait environ dix centimètres de moins. Pas aussi en forme que Ryan, mais il avait un beau sourire, même s'il est vrai qu'il n'illuminait pas tout autour de lui comme le faisait le sourire de Ryan, véritable étoile de type O.

Oh, arg, Gray. Arrête ça. Arrête ça tout de suite . Je n'avais pas besoin de comparer tous les hommes que je rencontrais ou avec lesquels je passais un peu de temps à l'homme sans doute le plus incomparable qui soit. Dans le système de croyances de Pari, j'avais commis le péché impardonnable d'être tombée amoureuse du premier et du seul – jusqu'ici – homme avec lequel j'avais couché.

Elle avait raison. C'était une erreur. Une *énorme* erreur.

Cependant, j'avais beaucoup essayé, je n'arrivais pas à penser à autre chose. Je pris mentalement note d'appliquer la thérapie comportementale cognitive au problème quand j'en avais le temps et l'envie. Si j'apprenais à me pincer chaque fois que je pensais à lui, j'allais soit finir par une forte aversion à l'idée de penser à lui, ou alors avec un bras rempli d'hématomes. Sans doute la dernière possibilité.

De son côté, Aaron semblait très amusé.

— Je serais mort de honte à ta place, Gray, sauf que je crois qu'il est assez adorable.

Je levai les yeux au ciel.

— Adorable, c'est une façon de le dire. Je ne sais pas du tout pourquoi il a soudain décidé que j'avais besoin de sortir avec quelqu'un.

Il sourit.

— Ton père n'a jamais été du genre à se mêler de la vie privée des autres, mais… qui sait ? Peut-être pense-t-il simplement que tu travailles trop ?

Je secouai la tête, puis je levai les sourcils en le dévisageant.

— Mais il ne pense jamais que ses élèves travaillent trop, n'ai-je pas raison ?

— Tout à fait.

— Et quand on aime son travail, on ne travaille pas un seul jour de sa vie.

Aaron posa les coudes sur la table et appuya les poings contre son menton.

— Alors, parle-moi un peu plus de ton travail. J'ai été fasciné depuis que je t'ai entendue en parler au restaurant le mois dernier.

J'essayai de ne pas froncer les sourcils. Si Aaron faisait semblant d'être intéressé par XVenture juste pour moi, alors c'était un excellent acteur. Mon père resta absent pendant au moins une heure de plus et nous allâmes nous installer sur le canapé du salon pour parler pendant que je répondais à ses questions. Heureusement, aucun d'entre nous ne but une autre gorgée de vin.

— L'humanité est née sur Terre, mais elle n'est pas destinée à mourir ici, dis-je en retirant une fibre sur le dossier du canapé usé, mais très confortable de mon père.

Aaron était assis en face de moi, le dos appuyé contre l'accoudoir opposé du canapé. Il rumina ce que je venais de dire.

— C'est une pensée très profonde.

Je ris.

— Je ne peux pas m'en attribuer le mérite. C'est une paraphrase du film *Interstellar*. Mais un bon argument reste un bon argument, même s'il provient d'un script et qu'il est prononcé par Matthew McConaughey. Notre destin est d'explorer, de sortir parmi les étoiles. De survivre et de trouver un moyen d'aider notre planète à supporter notre population grandissante.

Il rit.

— Il faudra que j'ajoute ça à ma liste de films à regarder. Tu es pleine de surprises, Mademoiselle Gray Barrett.

— Es-tu en train de lui remplir la tête d'espace et d'étoiles ?

Nous tournâmes la tête dans la direction de mon père. Nous ne l'avions pas entendu entrer.

— Je viens de voir la table. Vous n'avez pas touché à votre vin.

Je grinçai des dents et je restai aussi agréable que possible avec mon père, mais je cherchai bientôt des excuses en bâillant véritablement. La journée avait encore été longue et riche en émotions, et il me restait du travail.

Mon père insista pour m'emballer les lasagnes restantes, m'appelant dans la cuisine.

— Je suppose que tu ne veux pas prendre ce vin.

— Il est ouvert, papa. Je ne peux pas. Mets-le dans ton frigo.

Il jeta tout dans un sac plastique, puis il jura et changea d'avis quand il s'aperçut que le sac pouvait à peine supporter le poids de son contenu. Mon père me jeta un coup d'œil.

— Je te vois dans une semaine ou deux ? Tu auras sûrement déménagé et réintégré ton appartement, n'est-ce pas ?

Je fronçai les sourcils. Comment savait-il que je quittais la maison de Ryan ? Tolan le lui avait-il dit ? Mais quand ?

Puis quelque chose que Tolan avait révélé au déjeuner plus tôt dans la semaine me revint subitement.

— Papa, as-tu eu un rendez-vous à XVenture la semaine dernière ?

Mon père fronça les sourcils.

— Quoi ? Non. Je n'y suis pas allé depuis qu'ils ont fait ce joli tour de présentation pour les investisseurs.

— Mais tu as vu Tolan, n'est-ce pas ? Chez Happy's ?

Un air étrange passa sur son visage et il leva brusquement la tête vers moi. Il y avait de la peur dans ses yeux. Une peur violente. *Que se passait-il ?*

Il détourna vite la tête et il se concentra sur le sac.

— Oui, j'ai déjeuné avec Tolan la semaine dernière. Rien d'important.

Je me penchai en avant pour lui poser une autre question, lorsqu'il attrapa le sac et sortit de la cuisine.

— Aaron va t'aider à porter tes affaires.

Je n'avais pas besoin d'aide, mais je l'acceptai sans commentaire, essayant de ne pas lever les yeux au ciel. Le comportement étrange de mon père était surprenant. Avait-il rencontré Tolan dans le but de lui dire qu'il se retirait du programme XPAC ? Non, Tolan m'en aurait sûrement parlé.

Qu'est-ce que ça pouvait être d'autre ? Il y avait manifestement quelque chose avec ce rendez-vous que mon père ne voulait pas que je découvre. Il était si perturbé qu'il en oubliât de me donner son baiser de bonne nuit habituel.

Aaron joua le jeu en m'escortant inutilement jusqu'à ma voiture. Au moment où il ferma la porte d'entrée, il dit :

— Pardon, Gray, mais je ne désobéirais jamais à un ordre direct de Conrad m'obligeant à t'aider.

Je poussai un long soupir.

— S'il te plaît, ne me dis pas qu'il t'a aussi ordonné de m'inviter à sortir.

Il rit.

— Pas du tout. Il n'a pas besoin de m'en donner l'ordre. Veux-tu sortir avec moi un de ces jours ?

Je déglutis et je me redressai en le regardant dans les yeux. C'était vraiment un type bien, et j'avais aimé discuter avec lui.

Pourtant, étais-je vraiment prête ? Prête à passer à quelqu'un d'autre si vite ?

J'inspirai profondément avant de refuser lorsqu'il leva la main.

— Ne dis rien maintenant. Mais puis-je t'appeler ? Nous irons juste boire un café. Rien d'important.

J'inclinai la tête en souriant.

— Ça, je peux le faire.

Il sourit.

— Tu m'as donné envie d'en apprendre plus sur le programme spatial. Je vais regarder *Interstellar* avant de te revoir. Tu en connais d'autres que je devrais regarder ?

Je hochai la tête.

— *L'Étoffe des héros* . À ne pas manquer !

— Compris.

— Et dis-le-moi si tu as d'autres questions. Tolan va faire faire un tour des bâtiments XVenture pour des amis au cours des semaines qui viennent. Je peux t'inclure dedans.

Son visage s'illumina.

— J'adorerais ça. Tiens-moi au courant.

Il posa mon sac de nourriture sur le siège passager lorsque je montai derrière le volant. Heureusement, il faisait sombre, car moins il voyait le bazar à l'intérieur, mieux c'était.

Je démarrai et je fis le trajet d'une heure et dix minutes jusqu'à la maison de Ryan sans encombre, jusqu'aux cinq dernières minutes. Comme c'était souvent le cas lorsque l'on conduisait dans les collines la nuit, les animaux sauvages sortaient en masse. Normalement, je conduisais doucement dans les courbes et les pentes, mais j'étais tellement distraite en réfléchissant au comportement bizarre de mon père. Tout avait été si étrange, depuis le rendez-vous arrangé jusqu'au fait qu'il sache que je quittais la maison de Ryan, et la façon dont il avait réagi quand je lui avais posé des questions sur son rendez-vous avec Tolan chez Happy's la semaine précédente.

Ressassant tout cela dans ma tête, je faillis ne pas voir le petit opossum qui fila sur la route avant de se figer et de faire le mort quand il fut pris dans les phares de ma voiture. Je freinai brusquement, faisant crisser les pneus.

La nourriture qu'Aaron avait posée sur le siège s'envola et le contenu de la boîte en plastique préparée par mon père éclaboussa le sol. Mes sens furent soudain assaillis par l'odeur riche de sauce tomate, de basilic et d'ail.

Je contournai le petit gars en grognant, espérant qu'il parte de la route à temps pour éviter la voiture suivante. Je me garai dans l'allée de Ryan, j'entrai dans la maison, je laissai tomber mes affaires dans le salon et je partis tout droit à la cuisine afin d'attraper un sac-poubelle et un rouleau d'essuie-tout.

Je vis très bien ce que je faisais à cause de la façon dont Ryan illuminait toujours son terrain jusqu'à environ minuit… sans doute au cas où il devait sortir. Quoi qu'il en soit, sa phobie de l'obscurité m'aida cette fois. Étonnamment, il sortit au bout de quelques minutes et il me surprit sur les genoux en train de sortir les saletés de ma voiture.

— Tu as laissé la porte d'entrée ouverte.

Je laissai tomber un tas d'essuie-tout chargé de bouillie dans le sac plastique et j'en arrachai de nouveau sur le rouleau.

— Désolée. J'étais pressée de nettoyer ça.

Il jeta un coup d'œil dans la voiture et marmonna.

— Je peux t'aider. Laisse-moi aller chercher des affaires.

Il se dirigea vers le garage, revenant quelques minutes plus tard avec un aspirateur sec/humide à batterie et une bassine.

Après avoir aspiré le bazar, il remplit sa bassine avec de l'eau savonneuse et il épongea le reste odorant.

— Ma voiture va sentir le bistro italien pendant des mois, dis-je en terminant d'essuyer le sol mouillé. Merci pour ton aide.

— Alors, un clochard a vomi dans ta voiture, ou quoi ?

— Il s'agissait de restes.

Je le regardai en plissant les paupières. C'était difficile de voir son visage à cause des lumières vives derrière lui.

— Du dîner avec mon père.

Ryan se renfrogna, se pencha d'un air raide pour ramasser sa bassine et son aspirateur, et disparut au garage. Je restai songeuse en le regardant partir. Pourquoi faisait-il cette tête ? était-il fâché contre moi ?

Et si oui, pourquoi ?

Et surtout : en quoi cela m'intéressait-il ?

Je serrai la mâchoire et je fermai la portière, marchant jusqu'à la poubelle avec mon sac rempli des restes de dîner que je jetais.

Il réapparut encore une fois à ce moment-là.

— Ton père doit apprendre à faire plus attention à l'endroit où il pose les restes dans ta voiture.

— Oh, ce n'est pas lui. C'est Aaron qui l'a fait. J'ai dû freiner très fort pour un opossum.

Il tourna brusquement la tête dans ma direction, parlant d'une voix sèche :

— Aaron ? Qui est-ce ?

Je me tournai vers lui pour lui demander s'il était vraiment jaloux, mais je n'eus pas besoin de le demander. Son visage suffit. *Non, ce n'est pas du tout perturbant pour moi, Ryan. Continue à agir comme un homme des cavernes possessif une semaine après m'avoir larguée. Cela rend les choses tellement plus faciles à comprendre .*

Je croisai les bras sur ma poitrine et je haussai les épaules.

— C'est quelqu'un qui a été formé par mon père il y a quelques années. Il était aussi invité au dîner.

Même dans la lumière du soir, je vis son visage s'assombrir. Il était vraiment affecté par cette information. Il avait avoué avoir des sentiments. Mais *lesquels* , exactement ?

— Je n'ai pas dit son nom pour te rendre jaloux, Ryan. J'expliquais seulement ce qui est arrivé aux restes dans la voiture.

Il se raidit.

— Qu'est-ce qui te fait croire que je suis jaloux ?

Je ricanai à moitié avant de contrôler ma réaction.

— La façon dont tu agis.

Il ignora cela et continua par d'autres questions.

— Ton père le fait souvent ? Des rendez-vous arrangés avec les gens qu'il a formés ?

J'humectais mes lèvres.

— Il ne l'a jamais fait avant, non.

— *Avant* … mais il l'a fait ce soir ? Cet enfoiré doit apprendre à se mêler de ses affaires.

Sa voix se situait plusieurs décibels au-dessus de la normale et elle était sèche, pleine d'hostilité. Il serra les poings.

Que se passait-il ? D'abord Tolan et son étrange révélation, puis papa et son comportement complètement anormal. Maintenant l'animosité renouvelée de Ryan envers mon père.

Tout était-il lié ?

— Tu fréquentes cet homme ? Aaron ?

J'écarquillai les yeux et je m'écartai, incrédule, en levant les mains.

— Attends. Attends, attends une minute. Du calme. Es-tu en train de me poser une question qui ne te regarde clairement pas ?

Il se figea, posa les mains sur les hanches, et puis, quand son regard eut lutté avec le mien pendant quelques secondes intenses, il se concentra sur le sol entre nous.

Nous restâmes ainsi pendant un moment, au milieu des bruits de la nuit qui continuait indifféremment autour de nous : une légère brise agitant les branches et les feuilles, les criquets et les grenouilles du canyon, le sifflement distant et constant de l'autoroute. Il inspira profondément avant de souffler et de hocher sèchement la tête.

— Je suis désolé. Tu as raison. Ça ne me regarde pas.

Mais la façon dont il l'avait dit donnait l'impression que les mots lui avaient été arrachés par la force.

Je fronçai les sourcils. Quelque chose me rongeait, sans doute le résultat des informations étranges que j'avais rassemblées cette semaine.

— As-tu, euh, dit à Tolan que je déménageais, la semaine dernière ?

Il secoua la tête.

— Comment pouvais-je lui dire quelque chose que je ne savais même pas encore à ce moment-là ?

C'était vrai, mais je ne savais pas s'il avait planifié la rupture. Je voulais croire que ce n'était pas le cas. Je voulais avoir confiance en la meilleure partie de lui. Il n'aurait pas continué tout en prévoyant de m'envoyer balader. Je voulais croire qu'il n'avait été frappé par cette idée que le dimanche.

Mais cela avait été si abrupt, si soudain. *Déclenché par quelque chose* .

Je décidai d'agir sur une intuition et de voir comment il allait réagir dans son état vulnérable.

— Tolan et mon père se sont vus chez Happy's la semaine dernière. Tu étais là, toi aussi ?

Ryan sembla s'arrêter de respirer et il devint livide. Il ne bougea pas un muscle et il ne dit pas un mot.

Mais j'avais ma réponse. Mon père avait vu Tolan. Et Ryan avait été présent, lui aussi.

Pas besoin d'être un génie pour deviner le sujet de la conversation. J'inspirai longuement avant de souffler. C'était logique : le côté abrupt des actes de Ryan, l'étrange rendez-vous arrangé organisé par mon père, le fait que mon père savait que j'allais déménager et la peur dans ses yeux quand je lui avais parlé de sa rencontre avec Tolan.

— Est-ce que mon père t'a demandé de rompre avec moi ?

CHAPITRE HUIT
RYAN

JE RESTAI FIGE SUR PLACE, LA FIXANT COMME UN IDIOT, UN étau se refermant autour de ma gorge. Que pouvais-je dire en réponse à sa question franche et directe ? Qui lui ressemblait tellement. Tellement.

Mais je ne le pouvais pas. C'était impossible.

À la place, je lâchai :

— Tu changes de sujet, mais ce n'est pas grave. Nous n'en parlerons plus.

Puis je fis ce que ferait n'importe quel héros américain au sang chaud. Je partis en courant. Enfin, pas littéralement. Je trottinai rapidement jusqu'à la maison comme si j'avais vraiment un endroit pour me cacher d'elle et de sa question.

Non, je n'allais pas me cacher. Ce n'était pas *moi* .

Pourtant, ça l'était. Je me cachais tellement. Je me cachais de tout le monde autour de moi. De mes collègues, de mes amis les plus proches. Et tout ce que je lui cachais à elle. *Elle* . La personne pour laquelle je ne voulais rien cacher.

Je passai la main dans mes cheveux en franchissant le seuil de la maison, envisageant les façons d'aborder la chose. Je pouvais peut-être aller me calmer et revenir à cette conversation plus tard… encore mieux, le lendemain.

Elle attrapa mon bras avec les deux mains et elle tira dessus avec force.

Ça ne fut pas douloureux, mais cela suffit à ce que je la remarque. Je me tournai face à elle.

Elle avait le visage pâle, les yeux écarquillés, la bouche ouverte d'incrédulité. Elle était toujours si stable. Un roc, vraiment. La voir révéler ses émotions à ce point était perturbant.

Même le jour où j'avais rompu avec elle, le calme avec lequel elle avait fermé sa valise et expliqué en termes très clairs qu'elle allait quitter la maison avait failli me renverser.

Cette voix qui ne tremblait presque pas. Pas de larmes. Pas d'accusations. Pas de cris.

Rien de ce qu'il y avait d'habitude.

C'était juste une autre façon dont cette femme en particulier était si différente. Je déglutis. Pas besoin de me torturer avec ce que j'avais abandonné. Avoir Gray impliquait de tourner le dos à tout le reste. Et j'avais déjà fait ce choix, n'est-ce pas ?

Je n'allais pas changer d'avis.

— Raconte-moi, aboya-t-elle en serrant les dents.

Je retirai mon bras de son emprise.

— Il n'y a rien à raconter.

Elle secoua la tête.

— Ne mens pas pour le protéger, Ryan.

Je la regardai et je clignai des paupières. Il m'était difficile de contrôler mes propres émotions, mais j'étais apte au défi.

— Je ne mens pas. Tu as la fausse impression que ton père peut me dire quoi faire. Cette rupture était ma décision. Pas la sienne. Pas celle de Tolan. La mienne.

Elle absorba cela en fronçant les sourcils, mais je savais que ce n'était pas terminé. Je croisai les bras et j'attendis la tempête.

— Prendre une décision sous la contrainte n'est pas une décision faite avec ton libre arbitre, dit-elle doucement.

Même maintenant, je ne parvenais à détecter qu'une légère lutte. Putain, elle était douée. Je m'étais un jour imaginé qu'elle était secrètement Vulcaine à cause de sa perspicacité incroyable donnant l'impression qu'elle lisait dans les pensées.

Avec sa capacité à contrôler ses réactions émotionnelles négatives, elle avait peut-être d'autres capacités typiques des Vulcains.

— A-t-il menacé le programme ? demanda-t-elle lorsque je ne répondis pas. Menacé d'y mettre fin ou de retirer son investissement ?

Je la regardai dans les yeux.

— J'avais le choix. J'ai fait le choix. Je veux voler, Gray. J'ai *besoin* de repartir dans l'espace.

Elle écarquilla les yeux et je les vis facilement, cette fois : la douleur, la trahison. Mêlés à une touche de dégoût. Ou peut-être était-ce seulement ce que je ressentais pour moi-même à cause de l'affirmation que je gardais sous silence.

Mais elle l'avait entendue malgré tout. *J'ai choisi de repartir dans l'espace plutôt que de t'avoir dans ma vie* .

— Tu ne sais pas ce que tu veux. Ou ce dont tu as besoin, dit-elle d'une voix douce.

Une voix qui montrait qu'elle n'avait pas le moindre doute sur son opinion.

— Je sais ce que j'ai promis. Et je suis désolé, mais je ne t'ai jamais fait de promesse.

Elle se mordit la lèvre.

— Alors, pourquoi ne me l'as-tu pas simplement dit dimanche ? Ou avant de coucher avec moi sur le comptoir de ta cuisine, d'ailleurs ?

J'avalai de l'air. Comme à son habitude, comme le premier jour où elle était venue chez moi et que j'avais couché avec l'entraîneuse sportive, Gray ne retenait pas ses coups.

Parce que je savais ce que je devais faire, mais je ne voulais pas t'abandonner, eus-je envie de dire. À la place, je choisis d'être un enfoiré insensible.

— Cet homme ne me plaît pas du tout, oui, mais je n'ai aucun droit de m'immiscer dans sa relation avec sa fille.

Elle leva la main, pointant le doigt vers moi, les yeux enragés, les joues rouges. C'était peut-être ce que j'avais vu d'elle qui s'apparentait le plus à la colère.

— Et *toi*, tu n'avais aucun droit de prendre des décisions avec lui au sujet de *ma* vie sans *mon* avis.

— Ce n'était pas seulement ta vie. Ou la mienne, répondis-je doucement, le cœur battant comme si je venais de courir dans le canyon.

Il était même un peu douloureux. Comme si une main invisible le serrait, m'empêchant de respirer.

— Qu'en est-il des autres astronautes ? De tous ceux qui sont impliqués dans le programme ? Ton patron, tes collègues. Et Tolan ?

Elle pinça les lèvres, presque jusqu'à les faire blanchir. Maintenant que j'avais eu une minute pour me calmer, pour trouver les mots et lui expliquer ce à quoi j'avais pensé quand j'avais pris la décision, je pouvais prendre le temps de l'observer.

Elle gérait les contrariétés et les déceptions avec une force et une grâce incroyables, mais je voyais malgré tout la souffrance dans ses yeux. Une souffrance que j'avais infligée et que je ne voulais pas faire perdurer. Je vis également naître dans ses traits la compréhension de notre situation complètement merdique.

Conrad Barrett avait dicté sa loi. Une loi que nous ne pouvions pas nous permettre de briser.

Elle pinça l'arête de son nez au-dessus de ses lunettes et elle inspira profondément et bruyamment.

— Je suis tellement furieuse contre lui.

— Tu ne peux pas lui en parler.

Elle laissa tomber sa main et elle me regarda… ou plutôt, elle regarda à travers moi. Ses yeux étaient comme des lasers transperçant mon corps, laissant de profondes blessures tout en cautérisant ma chair.

— Je vais décider comment je gère la situation. Tout comme tu as pris tes propres décisions, celles dont tu m'as exclue.

Merde.

Elle fit un pas en arrière, levant les mains comme pour se rendre.

— Aucune décision n'est gravée dans le marbre, Ryan. Il faut que tu t'en souviennes.

Elle s'éclaircit la gorge, laissa tomber les mains et dit d'une voix si vide de toute émotion qu'elle en était presque morte :

— J'ai fini.

Elle se tourna et elle rassembla lentement ses affaires sur le canapé pendant que je la regardais, essayant de trouver quoi dire. Je me tenais encore là comme un idiot cinq minutes après son départ de la pièce. Je me frottai le visage et je décidai que je n'allais pas faire ce que je voulais le plus à ce moment-là : la suivre jusqu'à sa chambre, l'attirer dans mes bras, enfouir mon visage dans ses cheveux. L'embrasser, la tenir.

Lui dire que tout allait bien se passer.

Parce ce que tout n'allait pas bien se passer. Pas pour elle et pas pour moi, non plus.

Je passai la moitié de cette nuit-là à faire les cent pas dans ma chambre, mais pas à cause de ma peur de fermer les yeux dans l'obscurité. Non, cet épisode fut alimenté par la rage.

J'essayai de lutter contre l'instinct de tueur qui coulait dans mon sang. Je voulais commettre un massacre. La cible numéro un serait ce Cher Vieux Papa. Je pouvais facilement lui briser le cou dans son sommeil. Le numéro deux serait ce pervers d'Aaron qui avait intérêt à ne pas l'avoir touchée. J'allais peut-être prendre mon temps avec celui-là.

Putain. Je poussai un soupir et malgré moi, je ris également. C'était ridicule, mais je me sentais terriblement possessif. Possessif de ce que je n'avais pas.

Bien joué, Tyler. Comme si tu n'étais pas déjà assez taré. Maintenant, cette femme me faisait tourner en rond en chassant ma propre queue.

Et même si je savais très bien que je ne la méritais pas, cela ne m'empêcha pas de la désirer.

Le lendemain, dimanche, je quittai la maison très tôt, cherchant à m'éloigner d'elle… et de mes propres pensées. Non seulement j'aurais eu du mal à le regarder dans les yeux après ce qui avait été révélé la veille, mais l'idée de la regarder faire ses bagages et quitter ma maison pour toujours allait me rendre complètement fou.

Ainsi, afin de penser à autre chose tout en pratiquant de bons exercices de visualisation pendant l'entraînement au tir, je me rendis au stand de tir avec les autres. Le trajet en voiture était long. Il y en avait beaucoup moins en Californie du Sud qu'il n'y en avait eu au Texas. Nous devions cependant tous garder nos certificats. Que l'on ait été assigné à la NASA ou pas, nous appartenions tous encore aux forces armées de la nation.

Heureusement, j'avais un nouveau jouet à montrer, une pièce rare : un pistolet Sig Sauer P210 Target.

— Où as-tu bien pu trouver ça ?

Hammer écarquilla les yeux dès que je le sortis de son étui.

— Ces choses-là sont impossibles à trouver aux États-Unis.

Je le lui tendis et il examina chaque centimètre. Les deux autres se penchèrent par-dessus ses épaules pour y jeter un coup d'œil.

— Je suppose qu'être un héros américain a des avantages de longue durée, dit Noah d'une voix monocorde.

Sans même daigner répondre au commentaire pourri de Noah, je m'adressai à Hammer.

— Ne bave pas dessus, tu vas le faire rouiller.

Je ricanai en voyant à quel point il était envieux de ma dernière acquisition.

— L'Air Force a-t-elle pris la peine d'apprendre à tirer à ses pilotes ?

Il répondit par un seul doigt dressé et j'éclatai de rire.

Peu de temps après, Kirill vengea Hammer, car je visais extrêmement mal à cause de mon état distrait.

— Regarde, dit Kirill en levant ma cible pour examiner à quel point j'avais raté mes tirs. Ty tire comme une vieille femme borgne.

— Je t'emmerde, dis-je en lui arrachant la cible des mains.

C'était gênant, vraiment. J'avais été tireur d'élite dans mon équipe quand j'avais servi en tant qu'opérateur spécial pour la

Navy. Et en général, je gagnais n'importe quelle compétition avec mes collègues astronautes, ou alors ce n'était pas loin.

Pas aujourd'hui. Heureusement que je n'avais rien parié.

— Hmm, poursuivit l'astronaute. C'est peut-être cette merde allemande avec laquelle tu tires.

— N'importe quoi, Kyria. C'est un bel objet, dit Hammer. J'ai très bien tiré avec.

Je fronçai les sourcils en regardant ma cible avant de la rouler en boule dans mon poing serré. Même le fait d'imaginer la tête arrogante de Conrad Barrett au milieu de ma cible n'avait pas aidé.

Dégoûté, je retirai mes lunettes de protection et mon casque antibruit et je m'assis pour nettoyer mes pistolets en silence pendant que les types continuaient à se moquer de moi.

— Le perdant achète les bières, dit Noah en me donnant une tape sur l'épaule.

C'est exactement ce que je fis.

Lorsque j'arrivai à la maison, je vis que Gray venait de rentrer après avoir apporté une voiture pleine de ses affaires chez elle. Elle avait volontairement attendu que je parte pour faire ses bagages, sans doute afin d'éviter que je propose mon aide.

Apparemment, elle ne me parlait pas, car lorsque je lui posai une question dans la cuisine, elle se tourna et elle partit comme si je n'avais rien dit.

Ce soir allait être son dernier ici. Cette idée de perte et d'incertitude me faisait souffrir. Même alors qu'elle n'était pas à côté de moi dans le lit au cours de la semaine passée, l'avoir dans la maison avait apporté une certaine dose de confort… mais je n'admettrais jamais cela à qui que ce soit.

Et elle allait me manquer, bon sang. J'aurais adoré avoir planifié un dîner spécial ou l'emmener quelque part. La fausse petite amie filmait des scènes de l'autre côté du pays. Si on me voyait avec Gray, même pour un au revoir, cela causerait un scandale.

Je ne supportais plus mes pensées errantes. Malgré les marques sur la bouteille, tard le dimanche soir, j'attrapai la vodka et j'avalai trois verres à la suite. Je ne me sentis pas du tout mieux.

Cela m'engourdit cependant suffisamment pour avoir le courage d'éteindre la lumière. J'avais pris la décision le jour où j'avais rompu avec elle... le jour où j'avais eu ce rêve. Depuis, j'avais entendu la question de façon répétée dans mon esprit, de sa voix à lui. *Pourquoi as-tu si peur... tout le temps ?*

Je décidai que j'allais me battre pour surmonter cela. Le dépasser. Être capable de fonctionner de nouveau comme un adulte. Et surtout, j'allais tenir toutes les promesses que je lui avais faites. Si je ne pouvais pas faire ce qu'il fallait pour Gray, je pouvais au moins le faire pour Xander.

Et il fallait que je me prouve que je n'avais pas besoin d'elle comme d'une béquille pour m'aider à traverser la nuit.

Je m'assis donc à côté de la lampe de ma chambre et je diminuai lentement la lumière sur une période de vingt minutes jusqu'à me retrouver dans l'obscurité, la main toujours sur l'interrupteur. Je me souvins des choses qu'elle m'avait apprises et je les essayai : la respiration profonde, la concentration sur les sensations physiques de mon corps qui occupait l'espace autour de moi. Même visualiser quelque chose d'agréable... son sourire emplit mon esprit avant de s'estomper, remplacé par les traits hagards de Xander. Ma respiration se figea, soudain glaciale, et je rallumai.

Je tendis le bras et j'attrapai son oreiller, celui qu'elle utilisait quand elle dormait dans mon lit jusqu'à la semaine dernière. Je le rangeais tous les jours dans mon placard afin que ma femme de chambre ne change pas la taie d'oreiller. Je le collai contre mon visage et je respirai profondément en me réconfortant grâce à son odeur.

Il me fallut un moment pour me calmer, mais je me promis de faire cela tous les soirs jusqu'à réussir à m'endormir dans l'obscurité.

***

Gray était en train d'attraper les dernières affaires de la maison le lundi après-midi après le travail lorsque mes invités pour le reste de l'été arrivèrent.

J'avais quitté le travail plus tôt afin d'accueillir Karen, qui avait insisté pour conduire elle-même depuis l'aéroport, parce qu'elle louait une voiture. Je travaillais dans mon garage, essayant de sauver ma pauvre moto cassée, lorsque Karen arriva.

J'essuyai l'huile sur mes mains et je me dirigeai vers le plateau ensoleillé en haut de mon allée, clignant des yeux dans la lumière vive. Une berline blanche banale – manifestement une voiture de location avec une immatriculation d'un autre État – m'accueillit.

Dès que le moteur fut coupé, la porte arrière s'ouvrit et un garçon aux cheveux bruns d'environ six ans sauta de son siège et courut jusqu'à moi. Il semblait avoir presque doublé de taille depuis que je l'avais vu pour la dernière fois, et mon cœur se serra en voyant que j'avais manqué une si grande partie de sa vie.

— Tonton Ty !

Mon regard retourna vers la voiture, où une très jolie petite brune se dégageait de sa ceinture de sécurité et sortait de derrière le volant.

J'avalai soudain une boule dans ma gorge en les revoyant. La famille de Xander était maintenant ici avec moi. S'il pouvait regarder la scène d'en haut, cela le ferait-il sourire ? Ou bien serait-il simplement en colère ?

Je me penchai et je serrai le garçon dans mes bras, submergé par la joie de le revoir.

— Qui est ce grand garçon ? Je ne connais pas de grands garçons, dis-je d'une voix rauque.

Il accrocha les bras autour de mon cou.

— C'est moi, AJ !

Je le reposai sur le sol en secouant la tête d'un air sévère.

— Non. Impossible. AJ ne fait que la moitié de ta taille. C'est un petit garçon. Toi, tu es un grand garçon.

— Ty ! dit-il avec un sourire révélant une incisive manquante. C'est moi. J'ai grandi.

Je pinçai les lèvres et je posai la main sur mon menton lorsque Karen s'approcha, avec un sourire tout aussi grand.

— Hmm. C'est une fake news. Impossible. Non.

Je secouai encore la tête.

— Je ne crois pas.

— Maman, dis-lui que c'est moi.

Elle posa une main sur les cheveux brillants d'AJ.

— J'ai bien peur que ce soit vrai, Ty. Les garçons grandissent, et ils grandissent vite.

— Bisounours, dis-je avec un sourire en me penchant en avant afin de l'embrasser sur la joue.

Elle fit de même et elle me serra dans ses bras. Lorsque je m'écartai, je remarquai que Gray nous observait depuis le seuil de la porte. Je lui fis signe de venir avec un geste raide.

— Karen, tu as rencontré Gray à Houston.

Gray approcha, les doigts entrelacés devant elle. J'évitai de regarder son visage ou de la voir plus que nécessaire. Il s'agissait de ses derniers instants à la maison et cette pensée me laissait un sentiment de prémonition sinistre.

— Karen, salut, dit-elle en tendant la main. C'est bon de te revoir en personne. J'ai l'impression de te connaître bien mieux grâce à tous les textos.

Je fronçai les sourcils. Elles s'étaient envoyé des textos ? À quel sujet ?

Le sourire de Karen s'élargit.

— Je suis vraiment heureuse que nous puissions nous voir. J'espère que nous ne te chassons pas de la maison.

Gray rit et fit un signe de la main vers moi.

— Non, c'est lui, à vrai dire.

Je me raidis, mais les deux femmes semblèrent le prendre comme une plaisanterie. Je jetai un regard rapide au beau visage de Gray et je remarquai que le rire n'avait pas atteint ses yeux. Non, ses yeux verts affichaient la tristesse, la douleur et aussi une colère encore retenue.

— Je suis heureuse de vous laisser la place. Je suis certaine que vous avez des tonnes de choses à rattraper, dit Gray en rassurant Karen sans me jeter un autre regard.

Puis elle se pencha.

— Et toi, tu dois être AJ. J'ai entendu beaucoup de choses sur toi.

AJ écarquilla les yeux.

— Qu'as-tu entendu sur moi ?

— Eh bien, j'ai entendu dire que la petite souris était venue te voir récemment.

AJ hocha la tête avec enthousiasme.

— Elle m'a apporté trois pièces en or d'un dollar.

— Waouh, intervins-je. La petite souris rapporte bien ces derniers temps. Elle doit vraiment avoir fait fortune.

— Qu'avez-vous envie de faire pendant votre séjour en Californie ? Quand tu ne travailles pas, bien sûr, dit Gray en se redressant et en ajustant ses lunettes d'un air gêné.

Elle avait adressé sa question aux deux nouveaux arrivants. Je ne savais pas du tout pourquoi j'étais tellement surpris de voir à quel point elle s'entendait bien avec des gens qu'elle connaissait à peine. C'était sa force, une grande partie de la raison pour laquelle elle était si douée pour son travail.

— La plage, répondit Karen.

— Non ! Disneyland, dit AJ en jetant un regard appuyé à sa mère.

— Oui, dit Karen avec un soupir, comme si elle avait entendu cette demande quelques centaines de fois auparavant.

Elle posa une main sur l'épaule de son fils.

— Disneyland aussi, comme promis.

Le sourire de Gray s'élargit.

— Eh bien, j'ai une bonne nouvelle, AJ, je crois que vous aurez largement le temps de faire les deux. Et plus.

AJ sourit encore davantage et il me regarda.

— Viendras-tu à Disneyland avec nous, Ty ?

J'ouvris la bouche pour répondre, mais Karen m'interrompit.

— Ty a beaucoup de travail, AJ. Il a, euh, il a ce test de vol qui arrive.

Le visage d'AJ s'assombrit et il devint silencieux. Karen réagit en se raidissant.

Gray agit rapidement, ayant apparemment saisi l'humeur immédiatement. Elle tendit une main vers lui.

— Hé, tu sais quoi, AJ ? Ty a quatre chambres dans sa maison. Tu veux que je te les montre pour que tu puisses choisir la tienne ?

AJ écarquilla encore les yeux et son air maussade s'évanouit. Il sembla tout de suite soulagé. Il prit la main de Gray et elle conduisit le petit garçon dans la maison.

Karen sourit en les regardant partir.

— Elle est tellement adorable. Elle a été une bonne amie pour toi ?

Je déglutis. *Une amie, ouais*.

À cause de mon cœur serré, je savais qu'elle était bien plus. Tellement plus que je ne voulais même pas commencer à y réfléchir pour moi-même, et encore moins en discuter avec Karen. Moins nous en parlions, mieux c'était, donc je me contentai de hocher la tête.

Karen se tourna vers moi.

— Es-tu amoureux, Ty ?

J'écarquillai les yeux, soudain effrayé par l'impression que Karen avait lu dans mes pensées. Je lui jetai un regard perplexe, espérant que cela suffise à lui faire développer sa pensée.

— Keely Dawson. Vous êtes partout dans les journaux à la maison.

Je respirai profondément avant de souffler, soulagé que mes sentiments secrets pour Gray – quelle que soit leur nature – restent précieusement secrets.

— Oh, ça.

Elle leva les sourcils de surprise.

— C'est faux, Karen. C'est quelque chose que XVenture m'a demandé pour m'aider à améliorer mon image, je suppose. Keely me rend respectable.

Karen resta bouche bée et elle me regarda d'un air étrange.

— Oh. Waouh. Ils font ça ? Je veux dire, j'ai entendu des rumeurs comme quoi cela se faisait à Hollywood, mais j'ai toujours supposé qu'il ne s'agissait que de rumeurs étranges. C'est…

Elle secoua la tête de stupéfaction.

— Je n'arrive pas à croire qu'ils aient réussi à te convaincre de faire ça. Ça ne te ressemble pas du tout.

Je haussai une épaule.

— Tu as raison. Ce n'est pas du tout mon genre. Mais bon, c'était la seule façon de repartir dans l'espace pour moi. Alors, nous voilà. J'avais la bonne motivation.

Elle hocha la tête, son sourire m'éblouissant légèrement.

— J'ai regardé ta conférence de presse, la semaine dernière. Félicitations pour le vol.

Étant donné le ton de sa voix et le côté artificiel de son sourire, je savais qu'elle n'était pas ravie que je reparte. Elle avait de bonnes raisons, étant donné que la dernière fois, sa famille avait été détruite.

Je choisis de changer de sujet de conversation en serrant la mâchoire.

Jetant un coup d'œil à la porte par laquelle AJ avait disparu quelques minutes avant, je demandai :

— Comment va-t-il ?

Elle suivit mon regard, mais elle mit longtemps à me répondre. Je scrutai son visage et elle sembla inquiète, sincèrement inquiète. Oh oh, ce n'était pas bon.

— Il a du mal. Cette année a été très difficile, particulièrement pour lui.

Cela faisait six mois que j'étais ici. Que je n'étais pas là-bas pour eux.

— Je suis désolé, dis-je doucement.

Elle me regarda en souriant.

— Ne le sois pas. Nous allons nous amuser, n'est-ce pas ? Il nous tarde d'explorer. Et tu es certain que ça te va de nous accueillir si longtemps ? Nous n'allons pas être des boulets pour toi ?

Je ris.

— De toute façon, je ne sors pas beaucoup ces jours-ci. Les fêtes et tout cela, c'est derrière moi.

Je connaissais Karen depuis longtemps, depuis que nous étions tous des adolescents. Nous traînions constamment ensemble après le lycée. Et je savais qu'elle avait envie de me croire, mais qu'elle attendait de voir la vérité de mes paroles de ses propres yeux.

Juste à ce moment-là, AJ revint en trombe par la porte d'entrée.

— Maman ! Il faut que tu voies cette maison. Il y a une piscine. J'ai déjà choisi ma chambre. Tu devrais choisir la tienne, toi aussi.

Je levai les sourcils.

— Oui, il vaut mieux que tu te précipites et que tu en prennes une quand il est encore temps. On ne sait jamais quand quelqu'un pourrait te la piquer.

Je soufflai brusquement, comme si j'avais reçu un coup de poing dans le ventre, lorsque Gray apparut dans l'encadrement de la porte, juste derrière AJ. Karen s'éloigna en suivant AJ dans la maison. Gray fit un pas de côté en souriant.

— Au fait, dit-elle à Karen. Tolan Reeves, notre patron à XVenture, m'a spécifiquement demandé de vous inviter, AJ et toi, à une visite de l'entreprise et de l'usine où ils fabriquent les fusées. Il m'a dit de vous recevoir en VIP.

Je levai les sourcils, n'ayant pas encore entendu cette nouvelle. Puis je me rendis compte que ce devait être au cours de cette conversation qu'elle avait découvert que Tolan et moi avions vu Conrad Barrett la semaine dernière.

Gray topa la main d'AJ, puis elle disparut une minute plus tard avec un carton et un sac à dos sur sa petite épaule. Je me précipitai pour prendre le carton qu'elle me tendit sans résistance et sans commentaire, mais aussi sans me regarder. J'encourageai AJ à faire visiter la maison à sa mère pendant que j'aidais Gray à porter ses affaires.

Nous marchâmes jusqu'à la route où elle avait garé sa voiture, et je posai le carton dans son coffre. Mon regard se posa sur le sac de toilette bleu et blanc qu'elle avait apporté le premier jour où elle était arrivée chez moi. C'était celui où elle s'était coupée la main et que j'avais eu très peur qu'elle perde tout son sang dans ma cuisine.

J'avais l'impression que plusieurs années s'étaient écoulées depuis, tant je la connaissais bien. Mais cela ne faisait que deux mois, presque jour pour jour. J'eus l'estomac noué lorsque le coffre se referma en claquant. Ma gorge était serrée.

Elle resta là, à côté de moi, regardant la maison. Elle finit par lever les yeux vers moi.

— Merci, dit-elle à voix basse.

— C'est moi qui devrais te remercier, dis-je d'un ton monotone. Pour tout ça, pour m'avoir aidé à me redresser. Pour m'avoir poussé à les recontacter.

Je hochai la tête en direction de la maison pour indiquer de qui je parlais.

Elle secoua la tête.

— Ce n'est pas moi qui ai fait ces choses-là. C'est toi. Je suis fière de toi.

Je la regardai dans les yeux et je m'éclaircis la gorge afin de l'humidifier.

Elle me coupa le souffle lorsqu'elle sourit tristement.

— Au revoir Ryan Tyler. Sois gentil avec toi-même.

Elle recula, mais je tendis la main et j'attrapai son poignet, la maintenant sur place. Je ne voulais rien d'autre. J'avais juste besoin d'un moment – de nombreux moments, en réalité. Je devais me préparer pour ce que ça allait me faire de la regarder partir. C'était dur, putain.

— Je ne sais pas… commençai-je d'une voix tremblante qui se brisa.

— Si, tu le sais. Tu le sais. Et quand ce sera trop dur d'être avec eux, promets-moi – promets-moi – de parler à quelqu'un.

À quelqu'un, mais pas à elle. C'est ce qu'elle ne dit pas. Je ne pouvais plus m'appuyer sur elle.

Je hochai solennellement la tête.

— Je le promets.

Elle hocha la tête aussi, puis elle fit un pas en avant.

— Puis-je te prendre dans mes bras ?

Sans parler, je la tirai contre moi. Elle se leva sur la pointe des pieds et elle passa les bras autour de mon cou. Je penchai la tête et alors même que je luttais de toutes mes forces contre mon besoin, je perdis. J'enfouis le nez dans ses cheveux, la respirant. Son odeur de fraises et de menthe. Un pré en été. Aussi frais et nourrissant qu'elle l'était.

Si toutes les autres merdes que j'avais vécues au cours de l'année passée n'avaient pas suffi, ceci pouvait bien me briser.

Je ne pouvais pas respirer lorsqu'elle s'écarta, se tourna et glissa sur le siège passager. Je restais là, à regarder longtemps après qu'elle ait disparu de mon champ de vision.

De ma vie.

Je ne savais pas du tout si la revoir presque chaque jour au travail allait me faire me sentir mieux ou pire.

CHAPITRE NEUF
RYAN

JEUDI SOIR, JUSTE DEVANT UN CINEMA ETINCELANT d'Hollywood, je recevais des regards glaciaux de ma fausse petite amie qui me faisait la gueule. Nous attendions notre tour au bord du trottoir avant de sortir de la limousine pour la première d'un film qui ne m'intéressait pas du tout, et je ne me souvenais même pas du titre. C'était une soirée chaude de la mi-juillet et il ne me tardait pas de sortir dans la chaleur avec mon costume. Les soirs d'été en Californie du Sud, contrairement à ceux de Houston, rafraîchissaient vite. Mais pas assez vite pour que cet abominable costume devienne plus confortable.

Keely venait d'arriver par avion depuis le lieu de tournage d'un film sur la côte est, et elle était parfaite avec ses cheveux roux élégamment coiffés. Elle avait également une peau parfaite, une silhouette magnifique et un sourire fantastique. C'était exactement le type de femme qui me plaisait... *avant*.

Les flashs des appareils photo et les fans hurlants allaient sans doute nous accueillir dès l'instant où nous allions sortir de la limousine. Ils avaient commencé à nous appeler « Tyley », ce qui me semblait assez malheureux, mais Victoria, notre spécialiste des relations publiques, avait été ravie. Apparemment, le surnom dénotait le succès ultime de son plan.

Keely arracha son regard à la vitre et me regarda dans les yeux.

— N'y pense même pas, Tyler, dit-elle d'un ton bourru.

J'écarquillai les yeux.

— Quoi ?

— Toi et moi. Ça n'arrivera jamais.

Je fronçai les sourcils.

— Qu'est-ce qui te fait supposer que je pensais à ça ?

Elle se figea, fixant mon regard pendant un long moment intense, la bouche légèrement ouverte. Puis elle détourna les yeux, tripotant sa robe de couturier comme si elle avait trouvé un fil.

— Eh bien, au cas où tu le pensais bien, ça n'arrivera pas. J'ai trop de respect pour Gray.

Avait-elle discuté avec Gray ? Je savais qu'elles s'étaient bien entendues. Ce n'était pas difficile à croire. Keely était quelqu'un d'aimable, pas du tout prétentieuse.

Mais Gray s'était-elle confiée à Keely ? Ça ne lui ressemblait pas.

— Tu lui as parlé de moi ?

Elle leva un sourcil couleur cannelle et elle ouvrit la bouche pour parler lorsqu'un placeur ouvrit la portière et se pencha pour nous parler.

— Êtes-vous prêts ?

Je sortis de la voiture quand le placeur me laissa passer. Puis je me penchai afin d'extraire Keely, qui avait remplacé son doute sceptique par un sourire brillant illuminant l'endroit tout autant que les flashs des appareils photo. Elle attrapa mon bras et elle se coula contre moi. Je fis de mon mieux pour la regarder avec adoration devant les caméras.

— As-tu eu des nouvelles d'elle dernièrement ? Comment va-t-elle ? demandai-je.

Je ne l'avais pas aperçue au travail depuis qu'elle avait quitté ma maison, plus tôt dans la semaine.

— Parce que ça t'intéresse ?

Elle leva la main, saluant une bande de groupies rassemblées sur le trottoir et essayant furieusement de captiver son attention.

Je luttai contre l'envie de lever les yeux au ciel. *Bon sang* . Je la guidai le long du tapis rouge avec un peu plus de brutalité que voulu.

— Je ne poserais pas la question si je m'en moquais.

Elle me jeta un regard en coin.

— Alors pourquoi l'as-tu fait ? Si tu te soucies d'elle ?

J'inspirai profondément, puis je soufflai en essayant de relâcher un peu de la tension qui commençait à s'accumuler. Cette femme me rendait dingue. J'avais posé une question simple et j'attendais une réponse simple.

— C'est compliqué.

Oui, *compliqué* . C'était une façon de nommer toute cette situation pourrie.

— Nous nous sommes envoyé des textos quelques fois. Elle ne m'a pas dit grand-chose. Elle a seulement dit que vous ne vous fréquentiez plus quand j'ai posé la question.

— Un baiser pour les caméras ? demanda un paparazzi juste au moment où nous arrivâmes au bout du tapis rouge.

Keely avait fini de prendre la pose toute seule dans sa robe de couturier pendant que les gens poussaient des « oh » et des « ah » en prenant des photos. Je fis de mon mieux pour ne pas paraître ennuyé. Cependant, je ne parvins pas à faire mon regard adorateur.

Keely se tourna alors vers moi et elle leva le visage vers le mien. J'y déposai un petit baiser obéissant.

Les appareils flashèrent et les photographes ricanèrent.

— Embrassez-la avec un peu de passion, commandant Ty.

Je lançai un regard interrogatif à Keely, et elle hocha la tête. Je fermai les yeux et je plongeai dans un baiser un peu plus entraînant, un peu plus passionné. Entièrement faux.

J'avais déjà embrassé Keely plusieurs douzaines de fois pour les caméras, et cette fois ne fut pas différente. Mais au lieu d'une rousse glamour et parfaitement manucurée, j'imaginais une blonde mince aux cheveux ébouriffés et aux lèvres à se damner.

En tout cas, des lèvres que je mourrais d'envie de goûter à nouveau.

Je me souvenais de son odeur, de la sensation de son corps contre le mien et du son de sa voix. J'approfondis en ouvrant ma bouche à la sienne, plongeant la langue à l'intérieur. Cela ne chassa pas ma douleur. Je ne me sentis pas du tout mieux.

Lorsque je m'écartai et que je remarquai la confusion et le visage rouge de Keely, je me rendis compte que je n'étais pas moins contrarié par elle.

— Waouh, quel baiser ! commenta un des photographes, et je ris, mal à l'aise.

Keely sourit.

— Exactement ! C'est pour cela que je le garde.

Dès que nous fûmes hors de portée, quelque temps plus tard, elle ajouta :

— Mais il est clair que ce n'est pas *moi* que tu embrassais.

Je grimaçai légèrement et je me détournai d'elle. Elle me serra le bras. Après un long silence entre nous, juste avant de passer les portes de l'auditorium, elle dit :

— Je vais voir comment elle va.

Je m'éclaircis la gorge et je chuchotai d'une voix rauque :

— Elle a besoin d'une amie.

Elle fronça les sourcils en étudiant mon visage, puis elle hocha la tête avant que nous entrions dans le bâtiment.

Heureusement, lorsque je rentrai chez moi, la maison n'était pas aussi vide et creuse que je l'étais à l'intérieur. AJ et Karen occupaient mes temps de loisirs, ce qui m'aidait à ne pas devenir fou.

Le soir, nous emmenions AJ au parc, mangions ensemble et regardions parfois un film. Karen préparait ensuite AJ au coucher et elle lui lisait une histoire pendant que je rangeais. Cela devint rapidement une routine réconfortante.

Ce week-end-là, nous partîmes marcher dans le canyon, explorant la campagne. J'avais préparé un barbecue pour le repas préféré d'AJ : des hotdogs et du maïs en épi pour le dîner.

— Quand pourrons-nous aller à Disneyland ? demanda-t-il à sa mère.

— Nous irons, je te le promets. Il faut que je découvre quand les studios ont besoin de moi la semaine prochaine. Et Gray m'a envoyé un texto. Elle dit que la visite de XVenture sera mardi.

J'essayais de ne pas grimacer chaque fois que j'entendais son nom. J'y parvenais presque chaque fois, mais il me fallait faire un effort conscient.

AJ se tourna vers moi.

— Est-ce que ça veut dire que je te verrai au travail ?

Je souris en lui ébouriffant les cheveux.

— Noah, Hammer et moi. Et nous avons un ami cosmonaute que tu n'as pas encore rencontré, Kirill. Il est cool, lui aussi.

— Ils pourront peut-être venir à Disneyland avec nous.

— Tu ne peux pas faire Disneyland en une seule journée. Tu le sais, n'est-ce pas ? dis-je. Il y a deux parcs, en réalité. Magic Kingdom et California Adventure.

AJ fourra la dernière bouchée de hotdog dans sa bouche avant de parler la bouche pleine. Je ne pus m'empêcher de rire.

— Je veux aller sur les montagnes russes, mais maman les déteste.

Je souris.

— J'irai avec toi. Mais il n'y en a pas beaucoup. California Screamin » est assez sympa. Tu atteins même 4.3 G au lancement.

— Arg. Xander et toi et votre amour des montagnes russes, soupira Karen. Il est clair qu'AJ vous ressemble plus qu'à moi.

— C'est un garçon. Les garçons aiment les sensations fortes. En grandissant, tu piloteras peut-être des avions comme ton père.

AJ pâlit très visiblement, mais il ne dit rien, se contentant de secouer la tête. Karen lui jeta un regard inquiet, une ride apparaissant sur son front. Nous échangeâmes un regard, mais je ne dis rien.

Depuis l'arrivée d'AJ, il s'était réveillé toutes les nuits au bout d'une heure ou deux en hurlant, inconsolable à cause des cauchemars.

Sa mère passait environ une heure à le calmer jusqu'à ce qu'il cède à l'épuisement.

Cela arrivait toutes les nuits… depuis des mois, m'avait dit Karen. Elle en payait le prix. Nous n'en avions pas encore parlé, mais l'épuisement que je voyais dans ses yeux et ses traits pâles suffisaient à me le révéler.

Un peu plus tard, AJ fut mis au lit avec la même routine : le bain, le pyjama, le brossage de dents et une histoire. Comme je n'avais pas beaucoup de vaisselle ce soir-là, je me portai volontaire pour lire l'histoire afin que Karen puisse finir son verre de vin en paix.

Lorsque j'entrai dans la chambre, l'ancienne chambre de Gray, en fait, j'hésitai. AJ était au lit, sa peluche Orbit verte – la mascotte des Astros de Houston – posée à côté de lui.

— Salut, champion. On m'a dit que tu en étais à la moitié de *Harry Potter et la pierre philosophale* ?

Il hocha la tête, les paupières déjà à moitié fermées. La randonnée devait l'avoir épuisé.

Il me tendit mollement le livre. Je l'ouvris au marque-page et je ne lus qu'une seule page avant que le gamin soit profondément endormi.

Karen terminait son verre lorsque je retournai au salon.

— Merci. Je parie qu'il était ravi que tu le bordes.

Je haussai les épaules.

— Il était assez épuisé. Il s'est endormi au bout d'une page.

Elle leva les sourcils de surprise et elle hocha la tête.

— Bien. Nous aurons peut-être une nuit calme, cette fois.

Je me laissai tomber sur le canapé à côté d'elle.

— Tu en as beaucoup ?

Elle grimaça, puis elle m'indiqua la bouteille à moitié pleine.

— Tu en veux ? Ça ne va pas se boire tout seul.

Je secouai la tête et elle n'insista pas. Elle se versa toutefois un autre verre qu'elle but d'un air pensif.

— Comment s'est passée l'avant-première au cinéma ? demanda-t-elle. J'ai vu des photos sur Twitter. Keely et toi vous formez un joli couple.

Je levai les yeux au ciel et j'appuyai la tête contre le dossier du canapé.

— Je t'en prie. Pas toi aussi.

Le salon était situé à l'arrière de la maison et il surplombait le canyon. Le soleil s'était couché, mais le ciel était encore lumineux. Karen commenta la beauté du coucher de soleil.

— Mmm, je pourrais m'habituer à la Californie. Je n'aurais jamais cru le dire un jour.

Je souris.

— Tu n'es là que depuis une semaine. Attends de devoir rouler dans les embouteillages ou te faufiler dans la foule des centres commerciaux.

Elle sourit et elle porta le verre à ses lèvres.

— Toi, tu as l'air de te plaire ici.

Je clignai des paupières et je m'enfonçai dans le canapé en me tournant vers elle.

— J'adore la Californie. Il n'y a pas de meilleure météo.

Elle hocha la tête.

— Oui. Houston ne te manque jamais ?

Je déglutis.

— Tous mes amis me manquent là-bas, mes anciens collègues. Mais il fallait que je parte.

Ses yeux sombres me regardèrent et je vis facilement sa douleur.

— On ne peut nier que ta vie prenait une tournure malsaine. Je suis fière de la façon dont tu as redressé la situation. Tu as travaillé dur.

Je suis fière de toi . Le sourire triste de Gray apparut immédiatement dans mon esprit.

Ses mèches de cheveux blonds dans la brise. Malgré sa colère contre moi, malgré la douleur que je lui avais infligée, malgré tout cela, elle avait quand même demandé un câlin et elle m'avait fait des adieux gentils.

Je chassai cette image et je regardai Karen.

— Ce n'est rien par rapport à ce que tu as dû traverser. Tu t'en sors tellement bien avec lui. Tu as toujours été la meilleure maman.

Elle inclina la tête et elle sourit.

— Élever seule un enfant, c'est vraiment nul. Je crois que tous les parents seuls méritent une putain de médaille.

Puis elle soupira, reposant son verre à moitié vide.

— D'un autre côté, heureusement qu'il est dans ma vie. J'aurais sombré si je n'avais pas été obligée d'être forte pour lui.

Je détournai le regard en sachant que j'aurais dû être là pour elle aussi, pour l'aider avec AJ. À la place, je m'étais fait plaisir et j'avais dansé dangereusement près du gouffre. Elle n'avait même pas eu cette possibilité.

— Je devrais pouvoir venir à Houston plus souvent quand nous aurons réussi le test de vol. Nous avons un entraînement commun prévu dans les bâtiments de la NASA. Et... et je veux vous voir plus souvent.

Elle se pencha en avant et elle posa la main sur la mienne.

— Nous aussi, nous voulons te voir. Je suis tellement contente que les choses ne sont pas restées telles qu'elles étaient la dernière fois que nous nous sommes vus à Houston.

J'inspirai profondément avant de souffler.

— Oui, moi aussi.

Elle ouvrit la bouche pour dire quelque chose, mais elle fut interrompue par un épouvantable cri perçant provenant de la chambre d'AJ. Elle sauta du canapé et elle se précipita dans le couloir.

Je la suivis, ne sachant pas comment l'aider, mais ne souhaitant pas la laisser gérer la situation toute seule.

Karen alluma dans la chambre et s'assit à côté de lui sur le lit.

— Papa, dit-il doucement. Il était là, dans ma chambre.

Ma respiration se figea et j'eus l'impression d'étouffer. Oh, merde. J'avais eu des rêves de ce genre. Des rêves qui étaient si réels que j'en étais effrayé jusqu'à la moelle. Tout au fond de mon corps, quelque chose frissonna de peur et de douleur.

Le pauvre gamin.

Karen serra AJ dans ses bras et elle chuchota dans ses cheveux pendant qu'il gémissait.

— Je l'ai vu juste là. Il a dit que je ne pouvais pas le suivre. Puis il a disparu.

— Je sais et je suis vraiment désolée.

— Pourquoi ? Pourquoi il a fallu que ça arrive ?

Je fis vite un pas en arrière. *Merde* . Je ne pouvais pas écouter ça. Mon mouvement attira le regard d'AJ.

— Ty ! dit-il en s'écartant de sa mère et en tendant les bras vers moi.

J'avançai en hésitant.

— Oui, champion. De quoi as-tu besoin ?

— J'ai besoin de toi, gémit-il.

Lorsque je m'approchai, il se leva sur son lit et il sauta dans mes bras, posant sa tête contre mon épaule. Je serrai ce petit corps contre mon torse et mon cœur fondit. Karen se leva et nos regards se croisèrent par-dessus l'épaule de son fils.

Elle caressa ses cheveux.

— Tout ira bien.

— Ty était là-bas. Ty était avec lui… quand il est mort, marmonna l'enfant bouleversé contre mon tee-shirt.

Je me raidis, immobile comme une statue. Bien déterminé à supporter ces instants comme ma part de purgatoire. Peut-être finirais-je par être lavé de tout, de cette culpabilité omniprésente. De cette *honte* . Elle me brûlait.

— AJ, dit sa mère.

J'inclinai la tête vers Karen.

— Je m'en occupe. Va te détendre.

Avec un sourire reconnaissant, elle hocha la tête, puis elle se leva sur la pointe des pieds pour embrasser AJ qui sembla à peine le remarquer. Ensuite elle quitta la pièce en silence.

Je le serrai longtemps sans bouger ni rien dire, espérant qu'il s'endorme ainsi. Mais finalement, après avoir reniflé, il demanda d'une voix ensommeillée :

— Tu veux bien rester avec moi ? Jusqu'à ce que je m'endorme ?

Je le reposai doucement sur le lit.

— Je vais m'asseoir ici. Mais nous ne devons pas parler, d'accord ? Sinon tu ne dormiras pas.

AJ fit un gros bâillement et se frotta les yeux avec les poings.

— D'accord, mais je n'ai pas besoin de la lumière. Peux-tu l'éteindre ? Je suis un grand garçon.

Je fus alors transpercé par une autre pointe de honte. Cet enfant de six ans n'avait pas de problème avec l'obscurité alors que l'homme de trente-cinq ans en était terrifié.

Je n'avais pas consommé de vodka pour me donner du courage, mais j'étais déterminé à faire ce qu'il demandait, même si cela impliquait de serrer les dents et de foncer.

Je marchai en tremblant jusqu'à la porte que j'entrouvris afin de permettre à la lumière estompée du couloir de nous atteindre. Puis j'éteignis la lampe et je retournai aux côtés du gamin. Avec sa petite main, AJ attrapa immédiatement la mienne et je la serrai en me concentrant sur le fait d'être là, d'être fort pour lui, de faire les choses que j'aurais dues depuis le début.

Heureusement, il s'endormit au bout de quelques minutes pendant que je transpirais dans l'obscurité.

Il n'y avait aucun moyen d'engourdir cette douleur issue du constat que cet enfant souffrait sans son père, pendant que j'existais alors que je ne le devais pas. Comment pouvais-je les regarder à nouveau dans les yeux en sachant ce que je savais ?

J'avais eu dix bonnes années de plus lorsque j'avais perdu mon père, et c'était une douleur que je n'oublierai jamais. Je ne pouvais même pas imaginer comment souffrait ce petit champion, mais je pouvais compatir. Je me souvenais du jour où nous avions reçu la nouvelle. Papa et maman avaient divorcé depuis quelques années, alors j'étais son plus proche parent, son unique héritier.

Nous avions reçu la nouvelle en personne de la part des membres de son équipe de SEAL. L'un d'entre eux avait répondu aux questions de ma mère pendant que j'essayais de respirer, ne réalisant pas tout à fait que mon père n'allait plus jamais revenir à la maison. Ne plus jamais m'appeler au téléphone et me souhaiter bonne chance pour mon match de water-polo suivant. Un aumônier qui les avait accompagnés était venu se placer à côté de moi et il avait posé la main dans mon dos.

— Est-ce que ça va, mon fils ? Il n'y a aucune honte à se laisser-aller.

Mais j'avais secoué la tête et tout enfoui en moi.

Et il me manquait tous les soirs. Nous n'avions jamais pu faire ce tour des campings dans les parcs nationaux pendant tout un été, celui qu'il m'avait promis de faire après son dernier déploiement. Je refoulai ce vieux chagrin ainsi que la constatation que cela faisait presque vingt ans que je ne l'avais pas vu, que je ne lui avais pas parlé, que je n'avais pas entendu sa voix.

Je scrutai le visage innocent d'AJ. Je ne savais pas à quel souvenir il se raccrochait… La couleur de la cravate de l'homme qui lui avait dit que son père ne reviendrait pas ? Le bruit des sanglots de sa mère ? Le premier bouquet de fleurs ou le goût d'un des nombreux gratins qui avaient sûrement commencé à apparaître sur le seuil de leur maison avant même que les premières vingt-quatre heures se soient écoulées ?

J'observai la forme de ses joues toujours rondes de l'enfance. Toujours si innocentes. Il était trop innocent pour être jeté dans les eaux dures de ce monde si cruel.

Commençait-il déjà à oublier Xander ? Se souvenait-il du son de sa voix ? De la sensation de la barbe courte de son père quand elle frottait la joue d'AJ ?

La respiration de l'enfant se stabilisa bientôt, mais j'attendis quinze minutes de plus, regardant tour à tour ma montre et le rai de lumière sur le sol tout en essayant d'ignorer les battements de mon cœur jusqu'à ce que je me retrouve dans le couloir.

Je laissai la porte ouverte, au cas où je sois rappelé par le prochain cauchemar. Mais mon Dieu, j'espérais vraiment qu'il n'y en aurait pas. Celui-ci m'avait anéanti, et le pauvre gosse avait besoin de repos.

En jetant un dernier coup d'œil à sa silhouette endormie, je me rendis compte de tout ce que nous avions en commun.

Pauvre AJ. J'aurais dû être là pour lui pendant tous ces mois, comme je l'avais promis à Xander. J'étais un ami horrible d'avoir négligé son petit garçon et sa femme.

Ravalant la boule dans ma gorge, je retournai voir Karen. Nous passâmes encore une heure environ sur le canapé, alternant entre discussions et silence, jusqu'à ce qu'elle soit trop épuisée et qu'elle doive aller se coucher.

Encore une fois, je bus mes trois verres en succession rapide. L'alcool et l'oreiller qui sentait comme Gray m'aidaient à m'endormir sans lumière. Lorsque je me réveillai quelques heures plus tard, il me fallut les rallumer, mais c'était déjà un début. Le progrès était lent, mais cela restait un progrès.

Le mardi, Karen arriva à XVenture en fin de matinée avec AJ, le ramenant directement au bureau des astronautes pour voir les vieux amis et les collègues de son père.

AJ rayonna lorsqu'il vit Noah qui salua Karen par un baiser sur la joue. Pour notre dernière mission, Noah était censé partir à ma place. Un problème de santé de dernière minute l'en avait empêché, mais il avait passé des années et des mois à s'entraîner avec Xander et moi et il était le renfort de Xander pour cette mission fatidique.

Noah et moi restions civils, mais nous nous parlions à peine. Nous communiquions assez pour rester parfaitement professionnels au travail et polis en société. Mais rien de plus. Cette même tension ancienne était toujours là, cette dynamique étrange qui nous divisait, comme un mur épais depuis la mort de Xander.

Selon moi, il pensait sincèrement que Xander aurait survécu s'il était parti à la station à ma place. Que l'accident était de ma faute, d'une façon ou d'une autre.

Sans doute parce que c'était le cas. Et je ressentais son jugement chaque fois que nous étions ensemble. Et maintenant, ici, avec la famille de Xander, cette tension s'épaississait. Je posai le garçon sur mes épaules. Karen, après avoir serré Noah puis Hammer dans ses bras, serra la main de Kirill lorsqu'il lui fut présenté. Elle resta près de moi, et les yeux sombres de Noah passèrent quelques fois d'elle à moi, pendant que ses traits restaient impassibles.

Je me souvins avoir entendu de sa part qu'il avait passé beaucoup de temps avec la famille juste après l'accident. C'est lui qui avait annoncé la nouvelle à Karen quand elle avait été convoquée au centre de contrôle pour la dernière conversation avec son mari condamné. Apparemment, il s'était attaché à eux au cours des jours qui ont suivi.

Tous les astronautes de XVenture avaient décalé leur emploi du temps normal pour passer quelques heures à faire la visite VIP avec AJ et Karen. On fit demi-tour afin de rejoindre Tolan à l'entrée de tout le complexe : c'était une grande pièce avec d'immenses baies vitrées qui laissaient entrer la lumière de l'extérieur. Le logo de XVenture en mosaïque incrustée brillait sur le sol en pierre polie, et des maquettes de fusées de six mètres de long étaient suspendues au-dessus. C'était impressionnant et un bon endroit pour commencer la visite.

Tolan nous attendait avec deux autres personnes. Je ne ralentis que légèrement lorsque je reconnus l'une d'entre elles comme étant Gray, à côté d'un homme que je n'avais encore jamais rencontré. Ils parlaient. Elle souriait et riait.

Je me concentrai sur elle, remarquant tout de suite à quel point elle était différente. Elle portait un pantalon gris plutôt chic, un chemisier en soie rose et gris et des ballerines. Et du maquillage. Et des bijoux. Et ses cheveux… elle avait coupé ses cheveux. Très court. Il y avait un dégradé autour de ses oreilles et ce n'était pas laid. À vrai dire, c'était plutôt mignon et ça lui allait bien.

Mais tant de changements d'un seul coup. Je clignai des paupières. Qu'est-ce qui avait pu la transformer autant en un peu plus d'une semaine ? Je me sentis accablé en comprenant que la réponse pouvait être l'homme qui se tenait à côté d'elle.

Son sourire ne faiblit pas du tout lorsque nous nous approchâmes.

Elle me regarda dans les yeux, mais elle détourna le regard tout aussi vite afin de sourire à l'enfant assis sur mes épaules. Elle avait même de nouvelles lunettes aux bords plus sombres qui lui donnaient un air de bibliothécaire sexy.

Mon cœur se mit à battre plus vite, et je me fâchai soudain de la disparition de *ma* Gray pour laisser la place à cette contrefaçon.

J'observai l'homme qui nous fut présenté. Je devinais son prénom avant même que Tolan le prononce. Ce devait être le mystérieux Aaron.

Aaron Thiessen, comme il nous fut présenté, sembla plutôt plaisant. Je me souvins du bref fantasme que j'avais eu de faire souffrir ou de tuer cet homme. Chaque fois que je pensais à lui avec Gray, je ne regrettais pas du tout ce sentiment.

Tolan expliqua les différents modèles de fusées, chacune représentant une phase différente du développement aérospatial de XVenture, y compris sa pièce maîtresse, la fusée Rubicon III qui m'emmènerait dans l'espace dans six semaines à l'intérieur de la capsule Phoenix, conçue pour porter jusqu'à cinq astronautes en orbite basse et moyenne de la Terre.

Une fois que les tests seraient terminés, XVenture allait travailler avec la NASA, Roscosmos, l'Agence Spatiale Européenne et JAXA, l'agence spatiale japonaise, ainsi que d'autres, afin de transporter les astronautes vers la station spatiale internationale.

Je n'en ferais pas partie. Je n'allais pas repartir sur la station. Mais à ce moment-là, j'étais la seule personne à le savoir. J'allais voler à nouveau pour tenir ma promesse, mais je ne pouvais pas y retourner.

Thiessen semblait intéressé par l'entreprise, mais il manquait terriblement de connaissances au sujet du programme spatial. Il interrogea souvent Gray, inclinant la tête vers elle et montrant différents présentoirs lorsque nous passions devant. Le gamin sur mes épaules resta silencieux, observateur, et sa mère sembla plus intéressée par les nouvelles de Hammer et surtout de Noah.

De mon côté, je devais admettre que je suivais Gray et son escorte… peut-être d'un petit peu trop près. Elle me jeta un regard appuyé de temps en temps, mais ce fut tout. Je refusai d'arrêter.

Ce qui faisait de moi un véritable crétin.

Aucun problème. Mon crétin intérieur et moi-même, nous nous entendions très bien.

Mon crétin intérieur et moi n'aimions pas l'idée que Gray s'acoquine avec cet Aaron… ou avec qui que ce soit, d'ailleurs.

Ce qui rendait les choses plus… compliquées.

CHAPITRE DIX
GRAY

PENDANT LES NEUF JOURS DEPUIS MON RETOUR CHEZ MOI, j'avais réussi à trouver de quoi remplir chaque moment libre de la journée. Mon appartement avait été complètement désencombré. J'avais fini par porter trois sacs-poubelle à la benne à ordures et cinq à des organismes caritatifs – de vieux vêtements, des souvenirs sans valeur, beaucoup trop de blocs-notes vides et de fournitures de bureau que j'avais collectionnés, mais jamais utilisés.

J'avais décidé qu'un nouveau look était également de mise pour moi. Je me fis faire la coupe courte que j'avais envisagée et j'achetai quelques jolies tenues pour le travail. Normalement, je détestais le shopping, mais faire du lèche-vitrine valait bien mieux que de rentrer chez moi et de m'asseoir dans mon appartement vide. J'achetai même du maquillage.

Après tout ce temps, je méritais peut-être de faire plus d'efforts sur mon apparence. Peut-être que si je n'avais pas été si invisible, si insignifiante…

Je me fixai dans le miroir à la moitié d'une vidéo YouTube sur mon téléphone. Je la mettais systématiquement en pause pour mieux appliquer les conseils de ce tutoriel de maquillage des yeux.

Était-ce vraiment mon objectif ? Me rendais-je moins insignifiante ? Moins invisible, dans l'espoir qu'en réglant cela, je pourrais récupérer ce que j'avais perdu ?

Je m'assis sur la cuvette fermée des toilettes, accablée par le poids de ce constat.

Était-ce donc cela ? L'étape suivante du deuil ?

Troisième Étape : La négociation.

Chaque jour au travail était devenu un peu plus facile. J'avais presque passé une semaine entière sans le voir du tout. Mais lorsque nous fîmes la visite ensemble, ce fut à la fois excitant et gênant.

Je vis qu'il s'intéressait trop à Aaron, au point de presque sembler jaloux. Mais chaque fois que l'espoir montait en moi, je me disais qu'il ne l'était vraiment pas.

D'un autre côté, le voir si proche et heureux avec Karen et AJ me réchauffait le cœur et me rendit aussi un peu triste parce que je ne faisais pas partie de leurs retrouvailles heureuses. Je devais les observer à distance, comme quelqu'un de l'extérieur.

J'avais encore une fois été reléguée à la position d'une personne externe. Chaque jour, le temps passé avec Ryan semblait de plus en plus n'avoir existé que dans ma tête.

J'ouvrais mon application de messagerie au moins une fois par jour pour commencer un long message adressé à lui avant de l'effacer précipitamment. Je n'avais encore jamais envoyé un de ces messages, mais il y avait un étrange effet de catharsis pendant que je l'écrivais. Ma propre version de l'écriture thérapeutique.

Il me fallait peut-être quelques séances de cris primitifs afin d'approfondir ma thérapie expressive.

Cela devait bientôt aller mieux, n'est-ce pas ?

Même si ce n'était que très progressif, j'imaginais que chaque nouveau jour serait légèrement plus facile que le précédent. Du moins, c'était ce que j'espérais.

***

La réponse à cette question arriva le lendemain lorsque je me rendis compte que non, les choses n'allaient pas s'améliorer très bientôt.

Marjorie, qui allait bientôt être ma patronne dans l'équipe de santé, me demanda de distribuer les questionnaires mensuels de santé mentale aux équipes d'astronautes et d'ingénieurs en chef. Ce mois-ci, c'était au tour des astronautes de recevoir l'interview complète, pendant que les ingénieurs attendraient le mois suivant.

Tout le monde devait cependant répondre au questionnaire et je soupçonnais les astronautes d'être aussi irrités par cela que l'avaient été les ingénieurs.

Je lui demandai pourquoi elle ne les envoyait pas simplement par mail et elle répondit en ricanant.

— C'est très simple, Gray. Si ces formulaires personnalisés ne sont pas livrés avec un humain qui leur demande des comptes, ces types ne les ouvriront pas et ils les laisseront se faire enterrer sous une tonne d'autres e-mails.

La tâche m'était donc revenue. Quelle chance.

J'inspirai longuement, puis je soufflai avant d'entrer dans le bureau des astronautes avec les papiers en main. En réalité, leur bureau ressemblait davantage à un atelier de taille moyenne. Il y avait des tables carrées avec des tablettes et des ordinateurs et une table à dessin pour les croquis et les plans. Chaque astronaute avait son propre coin de bureau discrètement caché par des box. Il y avait des maquettes et des modèles de véhicules et de panneaux de contrôle, des échantillons et des rouleaux de plans rangés dans des cylindres, et des check-lists accrochées à chaque mur qui n'était pas recouvert par un tableau blanc. Cet endroit était l'image même du chaos organisé.

Et je venais d'entrer au milieu d'une zone de guerre.

Noah était penché, tapant avec insistance sur une écritoire avec son index.

— Il faut absolument que ce soit fait avant que nous partions en Floride, putain. C'est si compliqué à comprendre ? J'en ai assez de devoir argumenter avec toi à ce sujet.

J'ouvris la bouche pour dire quelque chose puis je la refermai immédiatement en réaction au drame dans lequel je venais d'atterrir.

Ryan se tenait en face de lui, de l'autre côté de la table, les poings serrés. Il fixait Noah comme un bouledogue sur le point de se battre avec un carlin.

— Ce sera fait. Sors-toi le balai du cul, répondit grossièrement Ryan.

Je fus très surprise de l'entendre parler de cette façon à un collègue.

Noah avait maintenant la main sur la hanche.

— Si le fait d'être précis et méthodique dans notre approche des tests revient à avoir un balai dans le cul, alors très bien, je vivrai avec. Avec plaisir.

— Si tu veux tellement que ce test soit effectué, pourquoi ne le fais-tu pas ? répliqua Ryan.

Noah jeta les bras en l'air, regardant les autres en cherchant leur soutien. Comme s'ils avaient parlé de ce sujet avant, en l'absence de Ryan.

— Mais putain, Ty, c'est un test de bord sans lumière. Il faut moins d'une demi-journée pour faire les simulations et leurs variations.

Merde. J'envisageai immédiatement de fuir dans la direction opposée, même si mes pieds semblaient s'être enracinés dans le sol. L'ancienne Gray aurait fait cela. Elle aurait disparu dans le plancher jusqu'à ce que les grands garçons arrêtent de se crier dessus.

Mais j'étais la nouvelle Gray. Une très nouvelle Gray. Et Nouvelle Gray n'avait pas peur d'être vue et remarquée.

Je me raclai bruyamment la gorge pour leur faire savoir que j'étais là. Quatre têtes se tournèrent vers moi et quatre paires d'yeux me fixèrent.

— Je suis désolée de vous interrompre. J'ai simplement vos questionnaires mensuels pour le bureau de la santé.

J'agitai la poignée de papiers devant moi comme pour prouver ce que je disais.

Silence complet. J'aurais aussi bien pu entrer et leur demander de danser des claquettes sur les tables de travail.

Ryan jeta un coup d'œil à Noah et d'une voix beaucoup plus calme, il dit :

— Je vais le marquer sur le calendrier.

Noah hocha la tête, et le rouge de colère de ses joues s'estompa. Peu importe à quel point ils se disputaient entre eux, ils formaient toujours un front uni contre l'extérieur – particulièrement contre les membres de l'équipe de santé qui avaient le pouvoir de les empêcher de partir.

Je fis un pas en avant et je distribuai le questionnaire personnalisé à chacun. Il se trouva que Ryan fut le dernier. Il m'arracha presque le papier des mains et sans me regarder, il fit demi-tour avant de disparaître derrière la cloison de son box.

Je restai un moment stupéfaite par sa grossièreté évidente. Cependant, je pris note de la rigidité de son attitude et de la trace rouge de colère, ou peut-être même de honte, en bas de sa nuque, juste au-dessus du col de son polo.

Je fronçai les sourcils en réfléchissant à la signification de leur dispute. Qu'était un test de bord avec les lumières éteintes, et pourquoi était-ce si important ? Je notai mentalement de me renseigner dès que possible.

Pour l'instant, j'avais bien conscience que les trois autres astronautes m'observaient de près pendant que Ryan s'éloignait. Lorsque je jetai un coup d'œil à Hammer, je vis une véritable inquiétude sur son visage. Ce sentiment semblait reflété à des degrés variés chez les deux autres. Que savaient-ils au sujet de Ryan et moi, s'ils savaient quoi que ce soit ?

La pitié sur leurs visages était révélatrice. Ils en savaient assez.

J'avalai la boule dans ma gorge et je redressai le dos. Était-il trop tard pour partir avec ma dignité intacte ?

— Bon, très bien, dis-je doucement. Marjorie aimerait tous vous rencontrer au début de la semaine prochaine. Je, euh, je vais vous laisser vous mettre d'accord sur qui passera quand.

Je parlai d'une voix basse et rauque, puis je fis une étrange manœuvre de pivot sur le sol en ciment poli avec mes ballerines glissantes et je faillis tomber à la renverse. En me rattrapant au bord de la table, je parvins à ne pas tomber à plat ventre.

Kirill et Hammer parlèrent en même temps.

— Ça va ?

— Tu vas bien ?

Sans répondre, je me redressai et je quittai la pièce, enfin à nouveau seule.

Je traversai le reste de ma journée grâce à la routine, repoussant toutes les pensées ayant trait à cette rencontre étrange dans le bureau des astronautes.

Malgré ma maladresse ridicule, j'étais fière de la façon dont je m'étais comportée, comment j'avais lutté pour rester calme près de lui, qu'il s'agisse de la visite VIP des usines ou de cette rencontre rapide aujourd'hui. Je ne voulais pas qu'il voie à quel point je souffrais, alors je luttais pour rester calme, sereine. Pour maintenir l'apparence de ne pas être affectée par lui, malgré le tumulte intérieur.

Ryan était déjà écrasé par une montagne de culpabilité. Il ne pouvait pas se permettre d'ajouter mon cœur brisé à ce fardeau. Même si je haïssais ce qu'il avait fait et que je m'interrogeais sans cesse sur ses raisons, je ne pouvais pas le laisser se punir lui-même. Cela allait à l'encontre de tout ce que j'étais.

Cependant, ce soir-là je décidai de céder à ma tristesse et de plonger dans une glace menthe chocolat Häagen-Dazs avec de gros morceaux de chocolat. J'en étais à ma cinquième bouchée lorsque la sonnette d'entrée retentit.

J'avais une idée de qui ça pouvait être. Elle m'avait envoyé des textos presque chaque jour depuis notre conversation dans le couloir afin de savoir si j'allais bien.

Je portais un pantalon de pyjama en pilou rose couvert de singes et un débardeur rose pâle quand j'accueillis Pari à la porte.

— Eh bien, quelle surprise, dis-je.

Son regard durcit.

— Je ne crois pas vraiment. Il était évident que j'allais m'incruster à ta petite fête pour une personne.

Je haussai les épaules.

— Oui, j'avais une petite idée.

Je fis un pas de côté pour la laisser entrer.

Elle se concentra immédiatement sur mon pot de crème glacée posée sur la table basse.

— Oh, Gray, vraiment ? C'est tellement cliché.

Pari leva la main qui tenait un sac de courses.

— À vrai dire, j'en ai deux autres pour toi ici.

Je lui attrapai une cuillère, je la laissai choisir la glace qu'elle voulait et je rangeai le reste en attendant de nous installer sur le canapé. Cela me rappela étrangement une nuit similaire deux mois auparavant, le soir où j'avais regardé des documentaires sur Ryan et ses interviews en prenant des notes.

Nous commençâmes à manger, même si je n'avais déjà plus tellement envie de glace. Pari raconta une histoire drôle du travail et je l'écoutai attentivement... c'était ce que je faisais le mieux.

Quand j'eus rangé le reste de ma glace au congélateur, je demandai à Pari si elle voulait que je fasse de même avec la sienne.

— Carrément pas. Je vais tout faire disparaître !

— Tout va bien ?

Elle avala une autre bouchée avec un sourire diabolique.

— Mieux que bien.

Je souris.

— Je suppose que Victoria et toi... ?

Elle avala une autre cuillerée de glace en réfléchissant à sa réponse.

— C'est compliqué. Nous commençons en douceur. Victoria était blessée par ma façon d'agir après la première nuit que nous avons passée ensemble. Je me suis excusée et j'ai expliqué, mais je respecte ses raisons de vouloir avancer tout doucement.

Je posai le coude sur l'accoudoir, la joue sur mon poing, en souriant.

— C'est quoi ce sourire idiot ? demanda-t-elle en me jetant un regard suspect. Tu es censée être déprimée.

Je haussai les épaules.

— Je suis juste contente pour toi. Et tu sais, tu as vraiment parlé comme une grande. Presque comme…

Elle me menaça avec sa cuillère.

— Ne le dis pas !

— Une adulte ! finis-je en riant.

Elle fit une grimace exagérée comme si elle venait d'entendre un grand bruit.

— Bon sang, tu l'as dit. Je ne suis pas prête à faire l'adulte, Gray. Tu le sais.

— Et comment, dis-je avec un long soupir.

Elle me jeta un regard noir.

— Tu seras ravie d'apprendre que je n'ai pas de glace que je peux t'envoyer dessus en réponse.

Je souris et je haussai les épaules.

— j'essayais juste d'être agréable.

Nous nous arrêtâmes encore une fois pendant qu'elle jetait son pot et qu'elle lavait ses mains collantes. Puis elle revint, tripotant l'arrière de ma coupe de cheveux avant de s'asseoir.

— J'adore tes nouveaux cheveux, d'ailleurs. Ça fait partie de ton relooking de rupture ?

Je posai la main sur mes cheveux en me souvenant comment Ryan avait passé les doigts dedans. *Ne te coupe jamais les cheveux* .

Je ricanai.

— Je voulais les couper depuis longtemps. Pas besoin d'appeler ça un relooking de rupture.

Je lui jetai un coup d'œil prudent. Elle avait peut-être raison, même si je ne savais pas que c'était courant.

Pari me scruta en inclinant la tête et en fronçant les sourcils.

— Es-tu si équilibrée ? Ou bien est-ce que tu le caches si bien que c'est impossible à voir ?

Je haussai les épaules.

— Peut-être les deux ?

— Je veux dire, comment fais-tu pour ne pas vouloir l'étrangler ou au moins lui faire un croche-patte dans le couloir au travail ?

Je choisis de ne pas répondre. Elle n'était pas obligée de savoir que j'avais peut-être eu un fantasme ou deux à l'idée de lui donner un coup de pied dans le tibia avec des bottes de cow-boy pointues… peut-être aussi récemment que l'après-midi même.

— Oh, crois-moi, je pense que cette rupture est tout aussi douloureuse que pour n'importe qui. Si j'ai l'air aussi calme, c'est juste parce que j'ai eu beaucoup d'entraînement.

Elle leva les sourcils.

— Avec les ruptures ?

Je ris.

— Non. Pas du tout. De l'entraînement à cacher ce que je ressens. Mes parents ont tous les deux presque fait des dépressions nerveuses quand le premier remplacement de ma valve a échoué. J'avais seize ans et j'étais très malade et au début, les médecins ne savaient pas pourquoi.

— Il est difficile d'imaginer ton père craquer pour quoi que ce soit.

Pari se pencha en avant, attrapa un beau livre sur les exoplanètes et commença à le feuilleter.

Je réfléchis, cherchant toujours à comprendre l'information que j'avais apprise la semaine précédente au sujet de mon père et de sa discussion avec Ryan. Mon père avait menacé de retirer son investissement de l'entreprise si Ryan maintenait sa relation avec moi. Cependant, plus j'avais essayé de tirer des informations de Ryan, plus il s'était renfermé.

Et je n'étais clairement pas en mesure de confronter papa moi-même. En tout cas, pas avant le test de vol. Mon plan conçu à la va-vite était d'attendre la fin du vol de test, minimisant le contact avec mon père jusque-là, puis de causer ma déflagration. Avec un peu de chance, la menace du retrait de l'investissement ayant disparu, il y avait même un espoir de réconciliation avec Ryan.

C'était en supposant que sa seule raison de rompre était mon père avec son chantage malavisé. Vu la façon glaciale dont Ryan me traitait, il était difficile de savoir s'il voudrait que nous nous remettions ensemble. Mon estomac fit des nœuds.

— Papa peut perdre des millions en une journée quand les cours de la bourse s'effondrent, et on le voit à peine à son humeur à la fin de la journée. Il laisse toujours son travail au bureau. Mais…

Je haussai les épaules.

— La famille, c'est autre chose. Les enfants sont une extension du parent, de bien des façons. Il a toujours été trop protecteur.

J'avais été bête de supposer qu'il se comporterait différemment une fois que j'étais adulte.

D'une façon ou d'une autre, il avait découvert les sentiments naissants entre Ryan et moi, et il avait fait ce qu'il pouvait pour les anéantir. Et chaque fois que je pensais à ce qu'il avait fait, j'étais si en colère que j'arrivais à peine réfléchir.

Tant que je ne parvenais pas à contrôler cela, j'allais laisser tous les appels de mon père passer directement sur le répondeur.

Quand les médecins m'avaient annoncé qu'il me fallait une nouvelle valve de remplacement seulement trois ans après la première, j'avais voulu me rouler en boule et pleurer. La chirurgie à cœur ouvert est l'une des choses les plus douloureuses que peut supporter un corps humain et dont il peut guérir, et je me souvenais très bien de la douleur de la fois précédente.

Je ne voulais pas traverser encore cela. Dans mon angoisse existentielle d'adolescente, j'aurais tout aussi bien pu abandonner et choisir l'alternative : pas d'opération et la mort certaine.

— Quand tes parents sont assis jour et nuit à ton chevet et qu'ils dorment et mangent à peine et qu'ils sont fous d'inquiétude, ce n'est pas le meilleur moment pour craquer et se mettre à pleurer. J'ai appris à prendre sur moi.

J'ai caché la douleur, et la peur, et les *Pourquoi moi*. J'ai appris à être un mur, à trouver mon stoïcisme. Je savais déjà que leur mariage ne tenait qu'à un fil et que seuls leur amour et leur inquiétude pour moi maintenaient notre lien familial.

— Le côté imperturbable légendaire des Anglais, comme dirait mon père, acquiesça Pari. Rester impassible rend les choses difficiles, particulièrement dans le domaine des sentiments. Ton travail est d'écouter tous les autres parler de leurs problèmes et de leurs sentiments, mais tu ne t'autorises pas les tiens.

— Je les ai. C'est juste que je les garde en moi.

Elle fronça les sourcils.

— C'est toi l'experte, mais est-ce bon pour toi ?

— Je suppose que nous verrons bien, dis-je en haussant les épaules. Et peut-être, peut-être me suis-je trompée quant à mes sentiments pour lui. Je cherche encore à démêler tout ça.

C'était le moment idéal pour changer de sujet. Heureusement, Pari le remarquait rarement, particulièrement si j'ajoutais juste assez de potins pour la mettre en appétit.

Elle cligna des paupières.

— D'accord. Mais…

— Hé, j'ai une question. Qu'est-ce que le test de bord avec extinction des lumières ?

Elle fronça brièvement les sourcils à cause de mon interruption, puis elle me regarda.

— Quel est le contexte ?

Je lui racontai la dispute dont j'avais été témoin dans le bureau des astronautes, sans utiliser les noms de qui disait quoi, au cas où.

Pari entortilla une mèche de cheveux bruns et brillants autour de son index d'un air absent.

— Je n'en suis pas sûre. Je crois qu'il s'agit de l'un des scénarios de mission critique qu'ils doivent tester afin de pouvoir gérer les urgences. Cependant, je ne travaille pas sur les capsules. Je sais à qui je peux poser la question. Je te tiens au courant.

Après avoir regardé un peu la télé et discuté davantage, Pari rentra chez elle et je plongeai sous les couvertures, ayant depuis longtemps senti une sorte de mélancolie étrange s'abattre sur mes épaules.

Je n'avais pas été consciente de ma tristesse avant qu'elle devienne évidente. Je me demandai si j'avais fait la transition jusqu'à l'étape suivante du chagrin.

Quatrième étape : La dépression

La tristesse, les pleurs et le sommeil excessif durèrent tout le week-end. Je me battais clairement contre une poussée de dépression. Et lorsque le lundi arriva, je fis l'impensable pour la toute première fois.

Je pris un jour de maladie. Moi, qui n'avais pas eu une seule absence à mes cours de l'université. Moi qui tombais rarement malade, sans doute parce que j'avais déjà atteint mon quota de toute une vie.

J'étais ravie de ma bonne santé.

Mais, alors que je savais que c'était normal, ce fut une décision difficile à prendre. J'avais besoin de quelques jours pour me reprendre, et je ne pouvais m'empêcher de me sentir un peu honteuse.

Tu n'es pas au travail aujourd'hui, tout va bien ? Le message de Pari me parvint lundi après-midi lorsque je venais de me réveiller après ma deuxième sieste de la journée. Quand on est déprimé, on aime les siestes comme un hobbit aime les en-cas et les repas.

J'avais juste besoin d'une petite pause. Je vais bien, répondis-je en choisissant de rester aussi succincte que possible, au cas où elle apparaisse sur mon palier ce soir-là avec d'autres crèmes glacées. Ah, Pari, ma pourvoyeuse de cochonneries.

J'ai eu une réponse pour le test dont tu m'as parlé. Apparemment, c'est un test dans l'obscurité pour voir si le panneau de contrôle de la capsule peut être entièrement redémarré. On simule la perte d'électricité du côté obscur de la planète.

Je fronçai les sourcils, rejouant la dispute dans ma tête. Lampes éteintes. Obscurité.

Ryan qui refusait de le faire.

Un poids me tomba sur l'estomac en songeant aux ramifications. Pendant que ces pensées supplémentaires se mirent à tourner dans ma tête, je découvris que j'avais maintenant encore plus de motifs d'inquiétude que seulement la fin d'une relation naissante.

J'essayai de rester disciplinée. Je ne me permis que le week-end et ces deux jours supplémentaires pour me morfondre. Je dormis autant que je le voulais, ce qui était beaucoup. Je mangeai des cochonneries. Je me rendis au cinéma.

Et lorsque j'arrivai au travail le mercredi matin, je ne me sentais pas beaucoup mieux, mais je m'étais forcée à porter de nouveaux vêtements, du maquillage et à faire semblant.

Je m'en sortais très bien jusqu'à ce que, au bout d'une heure, je reçoive un texto de Marjorie.

Je dois travailler hors site pour terminer l'entraînement du nouveau groupe d'ingénieurs aujourd'hui et ça prend plus de temps que prévu. J'ai besoin que les dernières enquêtes sur les astronautes soient faites. Peux-tu gérer ça pour moi ?

J'écarquillai les yeux, le cœur battant. Une véritable interview en direct. Une véritable séance, même si ce n'était que de la routine. Une pause dans l'écriture des rapports, la tabulation des enquêtes et le développement de protocoles d'entraînement. Ça pouvait être amusant.

Je tapai ma réponse. *Bien sûr. À quelle heure et avec qui ?*

Son message arriva tout de suite. *Tout est déjà prêt. Kirill passe juste avant le déjeuner, et Ty juste après. J'ai déjà fait les deux autres.*

Je m'affalai contre le dossier de ma chaise de bureau, accablée. Bien sûr, il fallait que ce soit avec Ryan. Parce que dernièrement, ma vie était ainsi faite.

Eh ben… merde.

CHAPITRE ONZE
RYAN

APRES LE DEJEUNER DE MERCREDI, JE DEVAIS PRENDRE part à l'enquête de bien-être mental régulière – et vraiment irritante – avec Marjorie. J'avais rempli le foutu questionnaire et je l'avais envoyé, en espérant qu'elle laisserait passer cette fois, étant donné comme nous étions proches du lancement du test de vol. Je n'avais pas le temps de rester assis à répondre à des questions de psy quand je pouvais passer plus de temps dans le simulateur.

Je faillis – presque – annuler l'entrevue. J'avais prévu de proposer de la voir sur Skype jusqu'à ce que Kirill mentionne nonchalamment au déjeuner que Gray avait effectué son entrevue à la place de Marjorie.

Les regards des trois hommes atterrirent sur moi alors que je m'arrêtai de mâcher. Personne n'avait rien dit lorsque je l'avais très grossièrement rejetée devant eux la semaine précédente, mais ils avaient reçu le message voulu. Non seulement j'avais été furieux que Gray entende notre désaccord, mais j'avais aussi voulu montrer aux autres qu'elle et moi nous ne nous fréquentions plus.

Et qu'ils devaient arrêter de fourrer leur nez dans mes affaires personnelles.

Heureusement, Noah fut le premier à se remettre, en se rendant compte du moment de gêne. Comme d'habitude, nous en étions revenus à être froidement cordiaux et bien loin de notre ancienne amitié. Il s'éclaircit la gorge et il se pencha en avant.

— Alors, qu'a pensé AJ de Disney ? J'ai appris que tu les y as emmenés le week-end dernier.

J'avalai ma bouchée en hochant la tête.

— Il a adoré. Il a voulu faire toutes les attractions deux fois. Pendant un moment, j'ai envoyé Karen faire du shopping et j'ai juste fait ce qu'il voulait.

Une expression étrange passa sur le visage de Noah.

— Elle va bien ? demanda-t-il, d'une voix légèrement plus basse.

Je fronçai les sourcils. Il se passait quelque chose d'étrange entre Karen et lui. Quelque chose de gênant. Mais je n'allais pas m'en mêler.

Karen et Noah étaient des adultes. Ils pouvaient se débrouiller. De plus, j'avais mes propres problèmes avec Karen. Et ils s'étaient grandement améliorés depuis qu'AJ et elle étaient chez moi.

— Tu t'amuses bien à gâter ce gosse, dit Hammer avec un sourire.

Je hochai la tête.

— Je dois dire que oui. C'est vraiment sympa. Ce sera nul quand ils rentreront au Texas.

Le déjeuner se termina rapidement. Les autres retournèrent dans notre bureau et je me dirigeai vers celui de Marjorie. La porte était fermée, et je posai la main sur la poignée, m'arrêtant pour inspirer profondément plusieurs fois avant d'ouvrir la porte.

Puis je me souvins que je devais sans doute frapper, alors je levai la main.

— Il n'y a personne à l'intérieur, dit une voix douce près de mon épaule.

Je tournai brusquement la tête. Gray se tenait juste à côté de moi, portant un chemisier décolleté en dentelle couleur crème et une jupe bleu pâle, des boucles d'oreilles simples et un collier en or autour du cou, ainsi que du rouge à lèvres rose pâle sur sa belle bouche. Sans réfléchir, mon regard descendit vers son décolleté. Je pouvais facilement voir le haut de sa cicatrice qu'elle n'avait fait aucun effort pour cacher.

Je fus à la fois irrité et fier d'elle. Irrité parce qu'elle semblait *toujours* aussi impassible, si calme malgré les circonstances.

Il semblait évident que je ne lui manquais pas comme elle me manquait.

Et je devais admettre que mon hostilité récente envers elle venait en grande partie de là.

Mais j'étais fier qu'elle n'essaie plus de se cacher, de se fondre dans le paysage.

Gray, le gris, avais-je dit autrefois, c'est la couleur la plus fade qui soit, et elle avait choisi ce nom pour elle-même pour se fondre parmi les ombres. Pour ne pas être vue.

Mais le gris n'était pas l'absence de couleur, ce rien fade que j'avais cru autrefois. Non. Le gris était la couleur annonçant l'orage, le ciel au crépuscule après une journée particulièrement dégagée, une plage dans le brouillard. Le gris était la couleur du diamant immaculé avant qu'il soit coupé, la couleur éternelle de la lumière des étoiles distantes provenant du passé, des milliers d'années avant notre naissance.

Gray était la force des nuages d'orage et la tranquillité de l'éclat brillant de la lune.

Je déglutis, la regardant dans les yeux. La sensation fut comme un coup de poing. Je luttai pour respirer en me rappelant que je ne pouvais pas continuer à penser ainsi.

Pourtant, je n'arrivais pas à m'arrêter.

— Entrons, et nous ferons ça aussi vite que possible afin que tu puisses retourner au travail.

Elle interrompit le tourbillon de mes pensées.

Je hochai la tête, ouvrant la porte et la laissant me précéder dans la petite pièce dominée par un bureau massif qui semblait venir tout droit d'un service de dactylographie des années cinquante.

Au lieu de prendre la place habituelle de Marjorie derrière le bureau, Gray s'assit sur un des deux fauteuils de l'autre côté, me faisant signe de prendre l'autre. Elle sortit une feuille de papier d'un dossier bleu roi et elle fit cliquer son stylo-bille, tenant la main gauche au-dessus du papier.

— Marjorie a dû s'absenter aujourd'hui. Mais si c'est trop bizarre pour toi, je peux lui demander de le faire quand elle reviendra. Je, euh, je devrais sans doute lui donner une raison, cependant.

Je relâchai la respiration que j'avais retenue et je secouai la tête. J'étais sur le point d'annuler le rendez-vous avec Marjorie, mais je ne voulais pas manquer quelques instants de discussion avec Gray. Au fond, j'étais peut-être masochiste.

— Ce n'est pas bizarre.

Je parlai d'une voix haletante et je serrai les accoudoirs de mon fauteuil, regrettant soudain d'être assis aussi près d'elle. Il était difficile de cacher mon langage corporel sous cet angle là. Je choisis de croiser les bras sur mon torse.

Reprends-toi, Tyler , m'encourageai-je. C'était moi qui avais rompu avec elle. J'avais eu toutes les occasions de contrôler la situation.

Pourquoi n'avais-je pas cette impression ?

Et d'ailleurs, pourquoi s'habillait-elle avec élégance tout à coup ? Était-ce pour ce pervers d'Aaron ? Je les avais surveillés de près la semaine précédente, au cours de la visite. Ils avaient beaucoup discuté, ri un peu, fait quelques plaisanteries. Il ne l'avait jamais touché de façon inappropriée, et elle avait été amicale, mais pas séductrice.

Malgré tout, je voulais lui arracher la tête. Comme le voudrait n'importe quel humain logique.

— Comment vas-tu ? finis-je par demander.

Son expression ne changea pas d'un iota, et elle regarda ses feuilles de papier.

— À vrai dire, c'est *ma* question.

Elle leva la tête et elle me regarda dans les yeux.

— J'ai entendu dire que tu t'étais retiré de la Navy la semaine dernière.

Je hochai la tête, m'attendant à cette question. Au moins, une partie de l'entrevue était prévisible.

— C'est vrai.

— Qu'est-ce que cela te fait ressentir ?

Je détournai le regard, me rappelant que je n'étais pas censé la trouver aussi adorable quand elle était en mode Docteur Gray. Peu importe. Mon cerveau m'envoyait le mémo, mais le reste n'en tenait pas compte. Et mes réponses furent aussi automatiques qu'elles l'avaient toujours été.

— Cela n'a pas été une surprise, ni pour eux ni pour moi. Ça fait longtemps que l'on savait que ça allait arriver. Je me suis rendu à Coronado et je l'ai fait en personne. L'expérience a été positive. J'ai même vu quelques anciens amis.

Elle hocha la tête.

— C'est bien.

Elle inclina légèrement la tête et elle me jeta un regard étrange, comme si quelque chose lui semblait un peu faux. Bien sûr, elle n'avait pas tort. J'avais mémorisé tout ce discours en anticipant la question.

— C'est, euh je veux dire, c'est très bien. Je suis ravie.

Tout avait été vrai, mais soigneusement emballé et présenté sans le besoin d'exprimer tous les sentiments doux-amers que j'avais ressentis en coupant ce dernier lien avec la Navy. Avec mon père. Avec la NASA. Avec Xander. Je déglutis.

Elle inspira profondément et elle fit cliquer le stylo avec son pouce pendant qu'elle parcourait mon questionnaire.

— Avant de commencer les réponses à ces questions, il est important que je te rappelle qu'elles ne seront d'aucune manière utilisées contre toi par l'entreprise. Elles sont entièrement confidentielles et protégées par le secret médical et ne seront utilisées que pour contrôler ton bien-être général et ta santé mentale. Comprends-tu ces conditions ?

J'écoutai pendant qu'elle énonçait son monologue sans hésitation et même sans le plus léger balbutiement, particulièrement lorsqu'elle parla de secret médical.

— Oui.

— Comment se présente ta santé physique générale ?

J'inclinai la tête sur le côté. Si je n'avais pas été décidé à jouer le jeu, j'aurais annulé et je lui aurais dit que c'était trop gênant. Mais les astronautes ne faisaient pas ça. Les astronautes ne faisaient jamais de vagues et ne montraient pas de faiblesse. Nous ne faisions jamais rien qui pouvait d'une façon ou d'une autre mettre en péril une occasion de voler.

Surtout pas au cours des vérifications de santé mentale.

Même lorsque la professionnelle de santé mentale impliquée *était* ma faiblesse.

Particulièrement dans ce cas-là.

— Tout va bien. J'ai des contrôles réguliers. Je m'entraîne presque tous les jours.

Elle griffonna en parlant, et je remarquai que sa langue sortait du coin de sa bouche lorsqu'elle se concentrait sur ce qu'elle écrivait et ce que je disais. Je n'avais encore jamais vu comment la pointe de sa langue rose sortait quand elle se concentrait. Je voulus soudain me pencher vers elle, l'attirer contre moi et l'embrasser passionnément.

Elle fit encore cliquer son stylo avec le pouce près de son visage, tout en lisant le formulaire.

— Et ton sommeil ?

— Mon sommeil est très bon, mentis-je.

Elle ne bougea pas. Et elle n'écrivit rien du tout. Elle leva les yeux vers moi et nous nous regardâmes. Elle savait très bien que je mentais. Mais dans des circonstances normales, la psy qui me posait cette question n'avait pas couché avec moi. N'avait pas passé des heures à transpirer toute nue sous moi et enveloppée dans mes bras, utilisant mon torse comme oreiller.

Ma gorge se serra.

Elle déglutit avant de secouer légèrement la tête.

Je levai un sourcil.

— Je te donne exactement les mêmes réponses que j'aurais données à Marjorie.

Elle cligna plusieurs fois des yeux, semblant chercher comment réagir à cela. Puis elle regarda ses notes.

— Des changements dans ton appétit ?

— Non.

— Combien d'alcool consommes-tu et à quelle fréquence ?

— Quelques verres, quelques fois par semaine.

D'accord, j'avais truqué les quantités. Je serrai la mâchoire et j'attendis qu'elle passe à la suivante.

Elle s'arrêta longuement, puis elle me regarda.

— Est-ce que tu utilises l'alcool pour t'aider à dormir ?

— Je ne crois pas que cette question fasse partie du questionnaire.

Son visage s'assombrit.

— Je fais un suivi.

Je n'allais pas répondre à celle-là, putain, et je n'aimais pas qu'elle utilise encore ses tactiques mystérieuses pour lire dans mes pensées. C'était sans doute qu'elle me connaissait trop bien. Beaucoup trop pour faire ce questionnaire de bien-être mental de routine.

Elle savait trop de choses dans beaucoup de domaines et je voyais maintenant que ma curiosité à son sujet pouvait me mettre en danger. Comme un idiot, je ne l'avais pas vu venir.

— J'en reste à ma réponse de départ. Quelques verres, quelques fois par semaine.

Elle se lécha les lèvres et écrivit quelque chose sur le questionnaire.

— C'était quoi ? Qu'est-ce que tu viens d'écrire ?

Elle fronça les sourcils.

— Je marquais que j'avais posé cette question.

J'indiquai la marque qu'elle avait faite sur le papier.

— On dirait un M. « M' pour « mensonge » ?

Elle souffla.

— C'est juste pour cocher.

Je croisai les bras, me sentant étrangement soulagé que les choses soient devenues un peu moins tendues.

— On dirait quand même un M.

Elle sourit légèrement.

— Pour les menteurs, je dessine un petit bonhomme avec un long nez, comme Pinocchio.

Je la scrutai. Était-elle sérieuse ou bien se moquait-elle de moi ? Avec son côté pince-sans-rire, c'était difficile à dire.

Elle marqua encore une pause, reposant son stylo.

— Je dois cependant me demander pourquoi tu t'inquiètes que je note ta réponse comme étant un mensonge.

Oh oh . C'est un piège, Tyler. Ne tombe pas dedans.

J'exagérai peut-être un peu mon haussement d'épaules nonchalant.

— Ça aurait pu être un M pour irritant.

Je fis la grimace.

— Irritant ne commence pas par un M.

Elle leva un de ses sourcils fins.

— Ou peut-être un M pour déroutant.

J'ouvris la bouche et je la refermai. J'avais compris son petit jeu.

— C'est donc juste une marque pour cocher.

Elle inclina la tête sur le côté en se mordant la lèvre.

— Ou bien c'est un code secret de psy inventé pour déclencher la paranoïa chez les astronautes.

Je fronçai les sourcils. J'avais envie de rire, mais je ne voulais pas lui donner cette satisfaction.

— Très drôle.

Elle fit enfin un grand sourire.

— Merci. Je suis d'accord.

Je lui jetai un coup d'œil avant de détourner la tête, incapable d'en supporter davantage. Ce comportement souriant et calme. Elle agissait comme si nous étions des inconnus ou juste des connaissances.

J'étais en enfoiré de le souhaiter, pourtant je voulais voir un peu de souffrance, de désolation. Je voulais savoir que j'avais eu un effet sur elle.

Du coin de l'œil, je la vis ramasser son stylo, parcourir le reste du questionnaire et le ranger dans la chemise bleue.

Je me retournai vers elle, les mains sur les genoux, prêt à me lever.

— Très bien. C'est terminé ?

Son visage était serein, ses yeux verts durs comme des billes. Des billes vertes. Comment s'appelait ce minéral ? La malachite, c'était ça.

— Une dernière chose, s'il te plaît.

Je me réinstallai sur le fauteuil, un peu méfiant.

— D'accord.

— Quand je suis venue dans votre bureau l'autre jour, tu te disputais avec Noah au sujet du test de bord avec extinction des lumières.

— C'était simplement une différence d'opinions qui a été résolue depuis. Le test fait partie de l'emploi du temps maintenant.

Elle me regarda dans les yeux.

— Et c'est toi qui vas le faire ?

Je serrai la mâchoire et je hochai la tête.

Elle continua, parcourant un bloc-notes.

— Cela implique des périodes dans l'obscurité totale afin que vous puissiez vous entraîner à activer les contrôles par le toucher et la mémorisation.

J'agitai la jambe très rapidement.

— Mmm, grognai-je évasivement.

Elle me fixa du regard, restant parfaitement immobile, comme si elle attendait que je développe. Je me penchai en arrière, mon genou tressautant encore plus vite.

— Tu vas faire ce test, Ryan ? Dans l'obscurité ?

— Oui. C'est ce que ça veut dire quand on hoche la tête.

Je croisai mes doigts sur mon torse et je regardai mon genou sautiller.

— Tu ne supportes pas l'obscurité. Tu ne supportes même pas la lumière tamisée. L'obscurité est un déclencheur chez toi. Comment proposes-tu de réussir ce test ?

Je me tournai vers elle.

— Je dors dans l'obscurité, maintenant.

Elle écarquilla les yeux.

— C'est vrai ?

Je hochai encore la tête. C'était plus ou moins vrai. Il fallait souvent que je rallume en me réveillant quelques heures après m'être endormi dans le noir, mais c'était un bon début. Et je parvenais à faire quelques nuits complètes.

— C'est... tu as fait beaucoup de progrès.

Je levai un sourcil.

— Tu ne me crois pas.

Elle se mordit la lèvre.

— Ce serait mentir si je disais que je n'ai pas des doutes.

Je me levai et je me tournai vers la fenêtre, attrapant la poignée pour fermer les stores. Je l'avais surtout fait avec l'aide de la vodka, mais je m'étais aussi entraîné sans l'alcool. Pour de courtes périodes de temps, je m'en sortais bien. Il m'avait fallu du travail pour y arriver, mais je pouvais le faire.

J'allais le lui montrer.

Je me rassis.

— Mets-toi près de l'interrupteur. Compte silencieusement jusqu'à vingt, puis éteins.

Elle se leva et elle fit ce que je demandais. Je me préparai pendant le décompte. Je me rappelai que la lumière ne serait éteinte que pendant un court moment, que je pouvais me détendre, respirer. J'appliquai tout ce qu'elle m'avait appris, je me concentrai sur l'endroit où je me trouvais sur le moment, sur les sensations physiques de mes vêtements touchant ma peau et la chaise qui poussait contre mon dos.

Elle éteignit. L'obscurité n'était pas totale, mais il faisait assez sombre dans la pièce pour que je sente ma pression sanguine s'élever. Sa silhouette était une forme vague près de la porte.

J'inspirai lentement et je pris conscience de l'accélération de mon pouls. Je serrai les poings et je les détendis.

Au bout d'un moment, sa voix me parvint de l'autre côté de l'obscurité.

— Tu vas bien ?

Je hochai la tête avant de m'arrêter. Bien sûr, elle ne pouvait pas me voir, alors j'inspirai et je soufflai. Puis je lâchai d'une voix sèche :

— Oui, ça va.

Après une autre longue série de secondes désagréables, elle ralluma.

Je détendis mes mains, mes jambes, mes pieds à la façon dont je m'étais entraîné et je l'observai, l'image même de la tranquillité.

Elle ne bougea pas et je me levai, tirant sur les jambes de mon pantalon en faisant le tour de sa chaise jusqu'à la porte. Elle se tenait encore à côté, près de l'interrupteur, immobile, clairement choquée.

C'était bien moi, Ryan Tyler. Cherchant toujours à impressionner.

J'avais la main sur la poignée lorsqu'elle se serra contre l'encadrement de la porte et qu'elle s'approcha de moi. Mon cœur accéléra quand je sentis son odeur de fraises. Je me raidis et je reculai légèrement.

— Tu n'es pas prêt à faire ça, Ryan. Tu le sais et je le sais.

Je détournai le regard, irrité.

— Faire quoi ?

Elle poussa un soupir exaspéré.

— Le test de vol.

J'indiquai le fauteuil derrière moi.

— Je viens de te montrer que je m'en sors parfaitement bien dans l'obscurité.

Sa mâchoire tomba.

— En étant prévenu longtemps en avance, dans un bureau calme et silencieux et quand tu sais que la lumière reviendra dans quelques minutes ou même secondes. C'est un environnement très contrôlé, et tu as quand même eu besoin de te préparer.

Je serrai la mâchoire et je la détendis en regardant d'abord un œil, puis un autre.

— Je vais bien. Je ferai le test de vol facilement en…

— Que se passera-t-il si tu es en orbite et que les lumières sont coupées ? Si le panneau de contrôle s'éteint et que tu dois tout redémarrer du côté obscur de la planète ?

— Au cas peu probable où cela arrive, je serai prêt.

Je tournai la poignée pour mettre fin à la conversation.

Elle réagit en frappant la porte du plat de la main, le bruit résonnant dans la pièce.

— *Non* , dit-elle d'une voix tremblante et manifestement troublée. Ce n'est pas la même chose et tu le sais. J'aurais dû dire quelque chose il y a des semaines, mais je voulais rester optimiste, pensant que nous trouverions un moyen de travailler dessus ensemble. Mais ça ne va pas. Tu n'es pas prêt.

Mes yeux se trouvaient à quelques centimètres des siens. Elle déglutit, baissant le regard pour fixer ma bouche.

— Je suis prêt, Gray. Et je vais voler.

— Ryan…

Ce fut à mon tour de frapper la porte de la main, à quelques centimètres de la sienne.

— Bouge, s'il te plaît.

Mon autre main tourna encore la poignée.

Elle resta immobile.

— Tu dois être honnête avec toi-même…

Je me retournai brusquement vers elle.

— Toi d'abord. Il me semble me souvenir que tu étais très enthousiaste au sujet de ce vol.

Elle secoua la tête.

— Je ne veux pas qu'il arrive quelque chose de terrible là-haut. Je ne veux pas que tu meures.

Sa voix tremblait maintenant, et mes entrailles se nouèrent en entendant cela. Mon mur de détermination glaciale s'érigea pour me fortifier.

Je grinçai des dents, de plus en plus irrité.

— Tout ira très bien.

Elle fronça les sourcils.

— Mais tu ne vas pas bien. Tu n'es pas apte à voler.

Je me sentis brûler de fureur. Je me repoussai de la porte et je passai la main dans les cheveux, contournant nos fauteuils avant de lui faire face.

— Vas-tu m'empêcher de voler ? Tu ne le peux pas, tu sais. Ce n'est pas à toi de prendre la décision.

Elle secoua la tête.

— J'aimerais mieux que tu prennes la décision toi-même.

— J'ai pris la décision.

Elle sembla soudain sur le point d'éclater en sanglots, mais elle ne le fit pas.

— Ryan, dit-elle doucement.

— Nous avons terminé, n'est-ce pas ?

Lorsqu'elle ne répondit pas, je m'avançai et j'attrapai encore une fois la poignée de la porte.

— *N'est-ce pas ?* criai-je presque, ce qui la fit grimacer.

Elle bougea sur le côté juste au moment où j'ouvris la porte et je partis sans un regard en arrière.

***

— Ça ne te pèse pas, parfois ? Toute cette histoire de célébrité ? Je veux dire… dois-tu toujours sortir en public dans une tenue pareille ?

Karen montra ma casquette, mon sweat à capuche et mes lunettes de soleil. C'était une fin d'après-midi à la plage. Nous marchions au bord de l'eau pendant qu'AJ courait devant nous en rassemblant de petits cailloux qu'il jetait dans l'océan. Une brise légère apportait l'odeur salée de l'océan, la senteur terreuse des algues. Le soleil ne se couchait que dans une heure, mais il étirait pourtant nos ombres sur le sable.

Je haussai les épaules. Gray avait un jour appelé cette tenue mon kit de superhéros Marvel débutant. Moi, je l'appelais mon kit pour avoir la paix en public. Comme c'était une plage calme de Newport et non Santa Monica ou Malibu, plus tape-à-l'œil, il y avait moins de chances afin que l'on me reconnaisse. Cela arrivait pourtant de temps en temps.

— Et pourquoi portes-tu cette casquette-là ?

AJ montra ma casquette rouge des Angels.

— Tu es un traître. Avant, tu aimais les Astros.

Je haussai encore les épaules.

— J'aime toujours les Astros. J'aime les Angels aussi. J'ai grandi en soutenant les Angels.

AJ souffla d'indignation et il partit jeter des cailloux dans l'eau. Je souris en le regardant. Karen leva le visage vers le soleil. La brise faisait voler les mèches de ses longs cheveux sombres derrière elle.

Je cherchais toujours à chasser mon irritation à cause de la réunion de l'après-midi avec Gray. Tout était sous contrôle jusqu'à ce qu'elle me pose une question sur ce putain de test sans lumières.

Et elle m'avait fixé avec ce regard.

Et elle m'avait supplié de changer d'avis sur le vol.

J'avais été bien trop près de vouloir l'écouter. Sa peur avait été tellement palpable.

Je secouai la tête et Karen me jeta un regard interrogateur.

— Tu vas bien ? Tu as l'air un peu déprimé depuis que tu es rentré du travail.

Je me frottai la nuque et je jetai un coup d'œil à Karen. Je ne voulais surtout pas qu'elle ait vent de tout cela. Elle avait déjà exprimé ses propres craintes quant au fait que je vole.

— Et toi, comment vas-tu ? rétorquai-je afin de l'empêcher d'aborder des sujets dont je ne voulais pas parler.

Elle sourit.

— Je vais bien. Je profite. Je sais que je suis en vacances, mais la Californie a fait du bien à mon âme.

Je passai un bras autour de ses épaules quand le vent souffla une bourrasque particulièrement forte et qu'elle frissonna en réaction.

— Je vais retourner à la voiture pour chercher ton pull.

Elle posa la main sur mon bras en souriant.

— Pas la peine. Je vais bien. Je me sens vivante.

J'étais heureux que ce soit le cas pour l'un entre nous. Je la serrai plus fort et je souris.

— Tant mieux.

Elle posa la tête sur mon épaule jusqu'à ce qu'AJ arrive en courant avec un coquillage particulièrement joli qu'il voulait montrer à sa mère. Lorsqu'elle lui fit un compliment, il le lui présenta avec une révérence solennelle qui nous fit rire tous les deux.

Il tourna ensuite les talons et il repartit en courant à la recherche d'un bâton pour écrire dans le sable.

Pendant que nous le regardions, elle dit :

— Les premiers mois ont été une torture, tu sais. Je ne voulais pas te contacter, car je savais que tu souffrais, toi aussi. Je crois que c'était une erreur. Je crois que ça a créé un fossé dans notre amitié.

J'attrapai une mèche indisciplinée de ses cheveux et je la remis derrière son oreille.

— Je suis désolé, Bisounours. J'aurais dû être là pour vous.

Elle secoua la tête.

— Non, je ne veux pas parler de pardons ou de regrets. Je n'aurais pas dû le dire de cette façon. Ce que je veux dire, c'est que ceci est agréable. C'est confortable. Ce sera difficile de partir quand le moment sera venu.

Je frottai son bras en essayant de ne pas montrer mon inquiétude. Depuis qu'ils étaient venus vivre avec moi, j'avais découvert d'autres détails sur sa vie après la mort de Xander. Elle prenait des anxiolytiques maintenant, une découverte qui m'avait complètement stupéfait, car Karen ne prenait même jamais une aspirine quand elle avait mal à la tête.

Je me sentis soudain accablé par une nouvelle vague de culpabilité. Non seulement j'avais été responsable de sa mort, mais j'avais laissé sa famille se débrouiller seule. Je déglutis, sentant la tristesse me ronger comme l'eau froide qui tourbillonnait à nos pieds.

Karen serra mon bras.

— Ça va ? Tu as l'air d'être à des kilomètres d'ici.

À 400 km, pensai-je. Tout droit vers le ciel. Émotionnellement, je n'avais pas quitté l'orbite basse de la terre depuis que Xander était mort à ma place.

— Ne t'inquiète pas pour moi, Bisounours, je vais bien.

Elle esquissa un sourire.

— C'est en tout cas ce que tu veux faire croire au reste du monde.

Je fronçai les sourcils. Elle avait raison, là aussi.

— La consécration de l'arbre de Xander à Memorial Grove est à la fin du mois de septembre. Je me demandais si...

Je le savais déjà et j'avais prévu d'y participer. Les astronautes, les directeurs et les autres employés importants du centre spatial Johnson à Houston étaient tous commémorés dans un petit bois spécial. Un arbre, un énorme, était planté avec une plaque portant le nom de la personne commémorée.

La cérémonie de Xander arrivait bientôt et on m'avait demandé de parler.

— Je le sais déjà et je serai là.

Elle poussa un soupir, comme si elle était soulagée.

— Tu logeras chez nous alors ? AJ sera surexcité.

Je lui souris.

— J'aime faire plaisir, particulièrement si c'est pour ce petit gars.

Elle se mordit la lèvre en clignant des paupières.

— Tu es tellement incroyable avec lui, Ty. Merci.

Je secouai la tête.

— Pas besoin de me remercier. Tu sais que je l'aime. Tu sais que je vous aime tous les deux.

Elle me serra dans les bras en disant :

— Bon sang, ça va être difficile de partir. Ce beau temps. Cette plage. Toutes ces choses amusantes. Il ne me tarde pas.

Lorsqu'elle s'écarta, je balayai tout cela de la main.

— Ah, il te reste encore trois semaines. Tu en auras assez de cet endroit à la fin.

Elle rit et je la regardai, ravi par ce bruit. On aurait vraiment dit qu'elle allait mieux.

— Tu as prévu des choses ce week-end ? Je suis désolé, je ne suis pas en ville, je dois être avec ma « petite-amie ».

Elle secoua la tête.

— C'est encore tellement étrange quand tu en parles. Je n'arrive pas à croire que tout soit faux.

Je ris.

— Crois-le.

— Où allez-vous ?

J'ajustai mes lunettes de soleil et la visière de ma casquette. Quelques femmes étaient assises sur leurs chaises longues pendant que nous passions, et l'une d'entre elles sortit son téléphone, comme pour prendre une photo. Juste au cas où je leur tournai le dos en regardant Karen.

— À Tahoe. C'est en Californie du Nord. Un vol court. Un festival de cinéma ou quelque chose du genre, alors il me faudra sûrement regarder des trucs artistiques. J'essaierai de rentrer à la maison le plus tôt possible dimanche.

Elle rit et elle tourna la tête pour apercevoir AJ qui nous montrait frénétiquement du doigt avant de pointer vers le sable. Nous nous tournâmes lentement pour nous approcher de lui.

— Hammer et Noah veulent passer du temps avec nous. Nous allons nous amuser.

Je me souvins soudain du regard étrange de Noah au cours du déjeuner quand nous avions parlé de Karen.

— Comment est Noah avec toi ? Tout va bien ?

Karen me jeta un regard. Il était spéculatif, comme si elle essayait de comprendre pourquoi je lui posais cette question. Puis elle haussa les épaules.

— Très bien. Il n'a pas changé.

Elle accéléra le pas pour rejoindre AJ.

— Regardez ! appela AJ en se tenant fièrement à côté de l'œuvre d'art qu'il avait tracée sur le sable mouillé. J'ai écrit tous nos noms.

Et comme si nous ne pouvions pas les lire nous-mêmes, il indiqua chacun en annonçant le mot.

— Ty. Maman. AJ.

Puis il se pencha et il griffonna un cœur à peine reconnaissable autour des trois noms.

— Pour que nous restions toujours ensemble.

Je marquai une pause et Karen lui fit des compliments sur ses capacités à écrire dans le sable. Il courut plusieurs mètres devant nous afin de commencer à écrire un « message secret » que nous devions trouver en le rejoignant.

Je le regardai, le cœur sur le point d'exploser de fierté. Quel beau garçon ! Quel pauvre enfant blessé !

— Tu sais… dit-elle lorsque nous nous arrêtâmes pour lui laisser le temps d'écrire son message tout en l'observant de loin. Même si le studio ne m'avait pas fait venir jusqu'ici, j'aurais sûrement trouvé une excuse pour venir te voir. J'ai gardé un œil sur toi depuis là-bas, mais ce n'est pas comme avant. Et maintenant mes parents…

Sa voix trembla.

Je me raidis.

— Que se passe-t-il ? Tes parents vont bien ?

Bon sang, pas eux aussi. J'adorais les parents de Karen. Ils étaient aussi comme ma famille. Une famille que j'avais négligée tout autant que Karen et AJ.

— Papa sera bientôt à la retraite. Il dit encore que tu lui dois plusieurs séances de golf quand il arrêtera de travailler.

Elle se tourna pour me regarder avant de continuer.

— Il, euh, il demande souvent de tes nouvelles. Il collectionne toujours tous les articles des magazines et il enregistre les documentaires et les interviews.

Je souris tristement. Xander avait souvent plaisanté en disant que Paul Diaz m'aimait beaucoup plus qu'il n'aimait Xander, son propre gendre. J'avais dédramatisé la chose en expliquant que c'était logique, puisque je n'étais pas l'homme qui couchait avec sa petite princesse.

Maintenant, après avoir eu ma propre expérience de haine paternelle de la part du père de Gray, je comprenais bien mieux ce point de vue.

Le fait que Karen mentionne son père me rappela à quel point tout allait loin, comme j'avais été profondément ancré dans la vie de famille de Xander et Karen, et comme ils avaient été liés à la mienne jusqu'à ce que je force cette séparation. Pas étonnant que tout m'eût semblé si solitaire, si isolé.

Karen essaya soudain de retenir ses larmes.

— Mon père a l'intention de déménager dans le nord au printemps. Ma mère n'est pas très en forme, et ce sera plus facile pour lui.

Je fronçai les sourcils.

— Son lupus a empiré ?

Karen hocha la tête.

— Je sais que le déménagement sera mieux pour eux, mais je le redoute. Ça va être nul de ne pas l'avoir avec nous. Il a été comme un père de remplacement pour AJ.

Lorsqu'AJ courut vers nous, elle essuya précipitamment les larmes sur ses joues du dos de la main.

À quelques pas de nous, il laissa tomber son bâton et il fonça vers moi, les mains levées au-dessus de la tête. Je me baissai docilement et je le soulevai, le faisant tourner en rond pendant qu'il riait.

— J'ai écrit un message secret dans le sable.

Karen gloussa à travers les dernières larmes que son fils ne remarqua heureusement pas.

— Ce n'est pas un secret si tu nous en parles, gros bêta.

Nous arrivâmes à l'inscription après un trajet à califourchon et quelques feintes où je fis semblant de le jeter dans l'océan.

Le message était : *Ty + Maman + AJ.* Et au-dessous, trois personnages en bâtonnets se trouvaient dans la même maison.

— Nous devrions toujours vivre ensemble, affirma AJ.

CHAPITRE DOUZE
RYAN

À L'HEURE DU COUCHER, COMME POUR DE NOMBREUSES nuits depuis qu'ils étaient là, j'eus l'honneur de border AJ. C'était petit à petit devenu le temps fort de ma journée. Il était resté silencieux au dîner et je m'étais dit que c'était parce qu'il était épuisé après la plage.

J'attrapai le livre de poche de *Harry Potter et la pierre philosophale* sur sa table de nuit.

— Tu es prêt, champion ?

Il sourit et il sortit la main. Je crus que c'était pour que je la tope, alors je posai doucement la mienne dessus. Mais à la place, il serra sa petite main autour de mes doigts. Il me fixa avec son regard noisette et sérieux.

— Viendras-tu nous rendre visite à Houston, Ty ? Souvent ?

— Oui. En fait, je viendrai vous rendre visite à la fin du mois de septembre.

— Et puis octobre ? Puis novembre ?

Je ris.

— Eh bien, je dois travailler quand même. Et je n'ai plus mon propre jet, alors je ne peux pas passer quand je veux. Mais je promets de venir.

— Papa et toi vous voliez souvent dans votre T38 ensemble.

Je souris et je lui caressai la joue en essayant d'ignorer la vive pointe de douleur que je sentais toujours quand AJ parlait de son père.

— C'est ton père qui pilotait. J'étais son RIO.

— *Radar Intercept Officer* , dit-il avec un sourire, fier de connaître la signification de l'acronyme.

Je souris.

— Exactement.

— Mais tu peux le piloter tout seul maintenant, n'est-ce pas ?

Je hochai la tête avant de me racler la gorge. L'idée de voler sans Xander me rendait ravi de ne plus avoir le jet. Quand je travaillais pour la NASA, nous volions régulièrement. Parfois, cela m'arrivait encore avec Noah ou Hammer à l'arrière.

Cela soulevait la question suivante : le test de vol allait-il être plus facile sans Xander ? Et je dus me rappeler qu'il était l'unique raison pour laquelle je le faisais. Et j'allais le faire.

Je levai le livre pour changer de sujet.

— Tu es prêt ?

Il hocha la tête, facilement diverti.

Malheureusement, il s'agissait du chapitre où Harry, portant la cape d'invisibilité, erre dans le château de Poudlard et tombe sur le Miroir du Rised. Quand il regarde dedans, au lieu de voir son propre reflet, il est surpris d'apercevoir ses parents morts et d'autres membres de sa famille. Car le miroir magique, au lieu de montrer un reflet normal, montre le désir caché au plus profond du cœur de celui qui regarde.

J'étais assis sur le lit d'AJ, essayant de passer à toute vitesse la partie dans laquelle Harry regarde dans les yeux de sa mère qui pleure et de son père fier, mais triste.

AJ me fit cependant relire le passage trois fois avant que je puisse continuer, me faisant revivre chaque fois les larmes de Harry quand il les voit pour la première fois dont il se souvient. J'étais incapable de ne pas penser au jour où les officiers de la Navy sont venus sonner à la porte de ma mère pour m'annoncer la mort de mon propre père.

J'étais incapable de ne pas me demander comment AJ avait appris que Xander n'avait pas survécu à notre sortie extravéhiculaire. Après l'accident, j'avais su que le centre de contrôle avait interrompu le direct de la NASA sur Internet et toutes les autres émissions publiques dès l'instant où ils s'étaient rendu compte que quelque chose n'allait pas. Comment avaient-ils averti Karen ? Comment avaient-ils fait pour conduire Karen aussi vite au centre spatial afin qu'elle puisse lui parler au cours des dernières minutes ?

Et quand avait-elle expliqué à AJ pourquoi ils se rendaient au centre de contrôle si tôt le matin ? Quel était son souvenir indélébile de ce moment-là ? Le moment où il avait su avec certitude qu'il ne reverrait plus jamais son père ? Que Xander ne lui apprendrait jamais à jouer au base-ball ou à faire un nœud de cravate, ou à faire du vélo sans les petites roues ?

Ou qu'il ne le verrait pas recevoir son diplôme.

Ou qu'il ne lui donnerait pas de conseils le jour de son mariage.

Ou qu'il ne tiendrait pas fièrement son enfant nouveau-né.

J'avalai une grosse boule dans ma gorge, essayant de ne pas remarquer la larme solitaire qui coulait de l'œil droit d'AJ, le long de sa tempe.

— J'aimerais vraiment qu'il existe un Miroir du Rised, chuchota-t-il d'une voix tremblante.

Je posai la main sur la sienne.

— Moi aussi. Moi aussi.

— Je ne veux plus que tu continues à lire ce soir, dit-il après une longue pause.

— D'accord. Tu veux un verre d'eau ?

— Non, je veux juste rester seul. Il faut que je réfléchisse. Peux-tu laisser la lumière allumée ?

Je comprenais cette demande mieux que toutes les autres. Je levai le poing et je le collai contre le sien.

— Tu es mon champion.

Il sourit faiblement.

— Merci.

Je reposai le livre infernal sur la table de nuit, faisant passer le marque-page jusqu'au chapitre suivant en espérant qu'il ne remarque pas que j'avais sauté un passage. Je ne voulais plus lire aucune référence au Miroir du Rised.

Je restai quelques minutes dans l'encadrement de sa porte pendant qu'il était allongé en silence, regardant le plafond. Ses lèvres bougeaient comme s'il se chuchotait des choses. Je me sentis soudain pris d'un féroce sentiment de protection. À ce moment-là, je fus certain de pouvoir traverser le feu pour ce garçon. Je pouvais traverser un océan pour lui. Je pouvais faire n'importe quoi pour le garder en sécurité.

Et je voulais pouvoir lui lire des histoires. Plus d'histoires. Tous les soirs.

Et être là pour voir toutes ses premières fois.

Je passai dans ma chambre, je m'aspergeai le visage d'eau froide et j'inspirai profondément. J'aurais pu boire un coup, mais je ne le voulais pas. Je réservais cela pour le moment du coucher.

Si Karen pouvait traverser cette merde chaque nuit, alors je pouvais le faire juste une fois, pour elle. Sans être encouragé par la vodka.

Je déglutis en réfléchissant à la journée et je me rendis à la terrasse où Karen regardait la lune se lever à l'est. Elle était presque pleine, et il y avait beaucoup d'autres lumières.

Je vins me placer derrière elle et je l'enveloppai dans mes bras. Elle poussa un long soupir et elle se retourna pour faire comme moi.

— Merci, dit-elle. La journée a été bonne. Vraiment bonne. Nous avons besoin de plus de bonnes journées. Nous tous.

Je regardai son visage rayonnant et je souris également.

— AJ en a le plus besoin.

Elle acquiesça avec sérieux.

— Oui, c'est vrai.

— Je veux t'aider, dis-je avec les bras toujours autour d'elle.

Elle hocha la tête.

— Tu nous aides déjà beaucoup, Ty. Rien que ta présence a fait des merveilles pour lui. Et pour moi aussi, d'ailleurs.

J'inspirai profondément et je rassemblai le courage de dire ce que je voulais dire.

— Je veux m'occuper de vous deux.

Elle sourit tristement en me regardant de ses yeux las.

— Tu vis à plus de 1600 km de nous.

Je me penchai en avant.

— Alors, venez habiter ici. Chez moi.

Elle fronça les sourcils.

— Qu'est-ce que tu veux dire, que nous vivions… ensemble ?

Je la relâchai afin de lui laisser un peu d'espace et il fallait que je respire pour sortir ce que j'avais à dire avant de me dégonfler.

— Nous pourrions nous marier. Je serais le beau-père d'AJ. Ta famille m'aime déjà bien. AJ est un peu comme mon enfant.

Elle s'écarta et elle se tourna pour prendre son verre de vin qu'elle appuya contre ses lèvres.

Je l'observai de près. Une voix au fond de ma tête me criait que c'était une idée stupide. Mais pourquoi pas ? Pourquoi ne pouvais-je pas arranger les choses de cette façon ?

Je n'étais pas amoureux de Karen, pas de cette façon. Et elle ne m'aimait pas. Mais de nombreux mariages étaient heureux même quand il n'y avait pas d'amour passionnel. Je ne connaîtrais sans doute jamais ce genre de chose, de toute façon. J'avais cru à un mythe jusqu'à… jusqu'à voir le contraire. Jusqu'à Gray.

Mais cela faisait plusieurs semaines depuis que j'avais repoussé Gray. Je ressentais le poids de chacune quand je pensais à elle et aux trous qu'elle laissait – qu'elle avait déchirés – dans le tissu de mon continuum espace-temps. Et je savais que si je ne pouvais pas avoir Gray, je n'aurais personne. Pas de cette façon-là.

Mais je pouvais aimer Karen et AJ d'une façon différente. Karen et AJ avaient besoin de moi *maintenant*. Et je voulais faire partie d'une famille. Je pouvais être là pour eux. De toutes les façons. Je pouvais remplacer Xander, l'homme qui avait sacrifié sa vie pour moi.

La solution, ridiculement simple, me remplissait de soulagement et aussi de joie. Avec Karen et AJ et le reste de sa famille, je ne serai plus seul pour le restant de ma vie.

— Ça a du sens. Nous pouvons nous occuper l'un de l'autre. J'aime AJ. Tu le sais, insistai-je lorsqu'elle reposa son verre de vin.

Elle me regarda du coin des yeux.

— Oui, je le sais. Mais si je me remarie un jour – et c'est un grand « si », car je ne pense vraiment pas le faire –, mais si je le faisais, je voudrais que ce soit un vrai mariage. Pas quelque chose de faux comme ce qu'il y a entre Keely et toi. Pas une chose pour sauvegarder les apparences. Même pas juste pour la sécurité.

Elle inspira profondément et elle souffla en tremblant.

— J'ai déjà rencontré et épousé l'amour de ma vie, et cela n'arrivera sans doute plus jamais.

Je lui pris la main.

— Ce n'est pas nécessaire. Je le comprends. Je t'aime, et je veux m'occuper de toi. Et ça ne serait pas un faux mariage.

Elle fronça les sourcils.

— Et courir les jupons et tout ça ? Les fêtes ? Ça va s'arrêter comme par magie ?

J'inspirai profondément et je la regardai dans ses yeux sérieux.

— C'est déjà le cas. Je n'ai pas fait la fête depuis des mois. Je…

Je n'en avais pas ressenti le besoin. Les jours avaient été remplis de beaucoup de travail et de Gray. Et les nuits…

Je déglutis et j'avalai ma salive. Il valait mieux ne pas penser du tout à Gray. Particulièrement pas en discutant de ceci avec Karen.

Karen se frotta le milieu du front en soupirant.

— J'admets que cela a du sens, c'est vrai, mais…

— Cela permet de se caser, faute de mieux.

Elle hocha la tête.

— Oui. Faute de mieux.

Je levai les sourcils.

— Et en quoi est-ce une mauvaise chose ? Ce serait confortable. Nous nous connaissons depuis l'adolescence. Je veux être là pour ton fils. Je l'aime.

Elle se figea, me regardant comme si elle avait besoin de temps pour traiter mes paroles. Je tendis la main, je retirai le verre de vin de ses doigts et je le posai sur le côté. Puis je pris sa main.

— Faisons-le, Karen.

Elle soupira en détournant le regard, mais ses doigts se serrèrent autour des miens.

— Il existe un obstacle majeur, même si j'étais convaincue.

J'inclinai la tête en l'observant de près.

— Lequel ?

Elle me regarda dans les yeux.

— Tu repars dans l'espace le mois prochain. Et naturellement, tu dois comprendre que j'ai une certaine aversion à épouser quelqu'un dans une profession dangereuse. Même une personne que je comprends intimement.

Je hochai la tête.

— Ce vol est pour Xander. Je ne peux pas changer ça. Je le lui ai promis.

Elle serra la mâchoire avant de la détendre.

— Tu lui as également promis d'être là pour AJ et moi.

Je me sentis accablé.

— Oui. Je ne sais pas comment tenir ces deux promesses étant donné tes conditions. J'ai déjà décidé que je veux passer à un rôle plus administratif après le test de vol. Je travaillerai toujours chez XPAC, mais dans un emploi différent.

Elle me jeta un coup d'œil.

— Je comprends. Mais je ne suis toujours pas d'accord. Tu t'infliges un lourd fardeau.

Je secouai la tête.

— Pas plus que ce que j'aurais dû faire depuis le début. C'est la moindre des choses pour toi, pour AJ. Et pour moi-même.

J'inspirai profondément avant de soupirer.

— Pour Xander, ajoutai-je doucement.

Nous nous regardâmes dans les yeux et elle hocha lentement la tête.

— Ce n'est pas obligatoirement toi qui t'occuperas de nous, tu sais, dit-elle. Je promettrai de prendre soin de toi aussi.

Elle prit ma main dans la sienne, refermant les doigts. Puis, avec un soupir, elle se pencha en avant et elle colla son front contre le mien.

Je m'écartai pour la serrer dans mes bras, l'embrassant sur le haut de la tête. J'eus immédiatement un rappel du fait qu'elle ne sentait pas comme Gray. Pas de fraises. Pas de fraîcheur. Pas de soleil.

Je me surpris également à écouter les battements de son cœur, me rendant compte que j'essayais d'entendre le tic-tac que faisait le cœur de Gray. Je me demandai combien de temps il me faudrait avant de ne plus comparer toutes les autres femmes à Gray. Le plus tôt serait le mieux.

Nous restâmes longtemps debout, Karen lovée dans mes bras. Ce n'était pas un choix entre être avec Gray ou être avec Karen. Il n'y avait aucun choix qui me permettait d'être avec Gray. Pas sans détruire son avenir et l'objectif vers lequel elle travaillait depuis si longtemps.

Non, il s'agissait du choix entre être seul et faire ce que j'aurais dû faire depuis le début. Cela faisait longtemps que j'aurais dû agir en homme.

Me voilà, agissant en homme.

— C'est vrai que ça a du sens, finit-elle par dire après une longue période de silence. Je n'arrête pas de penser à ce que Xander dirait s'il était ici, et je ne peux m'empêcher de penser qu'il nous applaudirait en sachant que son fils n'aurait pas besoin de grandir sans père.

Non, il n'y serait pas obligé. Pas comme j'avais dû le faire.

Elle s'éclaircit la gorge pour parler à nouveau.

— Je propose que nous commencions lentement. Gardons les choses comme elles sont pour l'instant et puis après ton vol, sortons à dîner ensemble et nous verrons bien.

J'appuyai ma joue contre le haut de sa tête.

— Je peux te donner ce temps-là. Mais n'oublie pas. Je ferai tout ce que je peux pour m'occuper de vous : tu peux compter dessus.

Elle poussa un long soupir.

— Je sais.

Puis elle rit. Ce fut un gloussement ironique et léger.

— C'est tellement drôle. Quand nous sommes arrivés ici, j'étais à cent pour cent convaincue que tu étais amoureux de quelqu'un d'autre. Et nous voici.

— Oui, soufflai-je. C'est drôle.

Je fermai les yeux et je me forçai à ne pas penser à l'amour. Ou aux opportunités manquées. Ou à Gray.

Peu de temps après, Karen se mit à bâiller et elle décida d'aller se coucher. Je rangeai les derniers couverts et j'essuyai les comptoirs de la cuisine.

Je passai ensuite au bar de mon salon, j'avalai mon triple shot et je rejoignis ma chambre.

J'étais prêt à aller me coucher avec ma routine d'encouragements avant d'éteindre les lumières, lorsque mon téléphone sonna. Je l'attrapai et je vérifiai l'écran des notifications.

Gray : S'il te plaît, pouvons-nous trouver du temps pour parler, demain ?

Je marquai une pause. Si j'ouvrais l'application pour répondre, elle verrait que j'avais lu le message. Mais si je posais le téléphone maintenant, elle supposerait que je ne l'avais pas vu avant de me coucher.

J'hésitai en me souvenant de ses suppliques plus tôt dans l'après-midi, de la véritable angoisse sur son visage : plus que ce que j'avais vu quand nous avions rompu. *Je ne veux pas que tu meures.*

J'avais deux jours de travail de plus. Je pouvais l'éviter assez facilement. Puis, il y avait Tahoe ce week-end, l'entraînement en Floride à la rampe de lancement et à la capsule.

Après avoir réglé le mode *ne pas déranger* sur mon téléphone, je le posai écran vers le bas sur la table de nuit et je commençai ma respiration profonde et mes visualisations. Chaque fois que l'image de ses yeux suppliants, de ce beau visage sincère tourné vers le mien apparaissait, je le chassais tout aussi vite.

La véritable ironie était que dans l'obscurité, je tirai son oreiller près de moi, j'enfouis mon visage dedans et je dormis pendant des heures.

CHAPITRE TREIZE
GRAY

JE FIS LES CENT PAS DANS MON SALON CETTE NUIT-LA, NE sachant pas quoi faire. Mes pensées tourbillonnaient depuis que j'avais rencontré Ryan cet après-midi-là. À quel point avais-je été bête de laisser les choses aller si loin alors que la date du lancement approchait ? Avais-je vraiment ignoré la question de la capacité de Ryan à repartir ?

J'étais au courant du stress post-traumatique. Je connaissais mieux que quiconque à part lui que son déclencheur était l'obscurité. J'avais cru que nous pourrions le dépasser. J'avais cru que c'était un problème mineur sur lequel il fallait travailler.

J'étais une idiote et une psychologue vraiment merdique.

Peu importe qu'il arrive à se présenter à Marjorie comme étant complètement sain mentalement. Je savais que c'était faux.

Je le savais parce que j'avais couché avec lui pendant des mois. Était-ce donc éthique pour moi d'agir contre lui au nom de l'équipe de psychologues ?

Je n'étais pas sa thérapeute. J'avais réfléchi à ces problèmes d'éthique et j'avais cherché des réponses sur Internet et dans mes différents manuels scolaires depuis la réunion de l'après-midi. J'avais également l'intention de demander conseil à mes tuteurs académiques.

Mais à ce moment-là, j'arrivais à peine à réfléchir. J'avais mal à la tête et mes cheveux étaient ébouriffés à force d'y passer les doigts. Contempler les différentes possibilités me rendait malade.

Cet après-midi-là, je reçus un texto de Karen en réponse à celui que j'avais envoyé plus tôt, demandant comment tout se passait. Même si j'avais été vague, en réalité je cherchais à pêcher des informations sur l'état véritable de Ryan.

Karen : Nous allons très bien, merci beaucoup ! AJ est bien installé et nous avons la chance de pouvoir passer du temps avec Ty. Je n'arrive pas à croire à quel point il va bien. Merci pour toute l'aide que tu lui as apportée. C'est un homme différent.

Un homme différent. Oui. Sauf que c'était faux. Il était tellement meilleur pour cacher ses émotions maintenant.

Après le dîner, j'attrapai mon téléphone pour envoyer un message à Ryan. Cependant, avant de savoir quoi écrire, mon téléphone sonna. L'identité de Keely apparut au centre de mon écran.

J'appuyai sur le bouton pour accepter l'appel.

— Allô ? répondis-je en me laissant tomber sur mon canapé.

— Gray ? Salut. J'espère que je n'appelle pas trop tard.

Elle parlait d'un ton précipité et un peu à bout de souffle.

— Il n'est que vingt heures. Aucun souci. Tu vas bien ?

— Je vais bien, mais j'ai besoin de te demander un service énorme. J'espère que tu diras oui.

Oh oh.

— Y a-t-il un problème avec un de tes événements ?

Elle poussa un long soupir à l'autre bout.

— Sharon est terriblement malade et j'ai besoin d'une assistante ce week-end.

— Oh, je suis désolée pour Sharon. Y a-t-il quelque chose que je peux faire ?

— Elle ira mieux, mais elle est vraiment contagieuse et je ne peux pas être près d'elle. Es-tu libre ce week-end ?

Je hochai la tête, bien qu'elle ne pouvait pas me voir.

— Je peux t'aider pour ce que tu veux.

— Bien. Alors j'ai besoin que tu t'envoles pour Tahoe avec nous vendredi.

Nous. Tahoe. J'hésitai en songeant à l'identité de ce « nous » dans la phrase. J'avais vaguement eu conscience qu'ils allaient participer à un événement ensemble ce week-end.

Y avait-il une façon de me sortir de là ? Elle semblait désespérée.

— De quel événement s'agit-il ?

— C'est un festival de cinéma et une cérémonie de remise de prix. Il y a une soirée, un visionnage optionnel des films et l'événement principal a lieu vendredi soir. L'endroit que j'ai récupéré pour dormir est *merveilleux* . C'est une maisonnette d'artiste toute mignonne et isolée. Elle se trouve sur une falaise qui surplombe le lac au milieu des arbres. C'est très intime. Elle appartient à Jeremy Fisher qui me la prête personnellement.

J'écarquillai les yeux.

— Jeremy Fisher, le réalisateur de films plusieurs fois primé aux Oscars ?

Elle rit.

— Oui. Lui. C'est cool, hein ? Dis que tu viendras m'aider. Tu n'es même pas obligée de parler avec tu-sais-qui si tu n'en as pas envie. Je suis toujours fâchée contre lui parce qu'il a été un vrai porc.

Je me raclai la gorge et je dis :

— Je suis une grande fille. Je n'ai pas besoin de l'ignorer. Je viendrai.

Elle expliqua les détails du lieu et de l'heure.

Une fois que j'eus entré l'événement dans mon calendrier électronique, j'envoyai enfin un texto à Ryan, tout en sentant mon cœur battre dans ma gorge.

La vérité était que nous avions une conversation incomplète à terminer. Et nous avions quelques discussions à avoir avant d'être forcés à travailler ensemble ce week-end.

S'il te plaît, pouvons-nous trouver du temps pour parler, demain ?

Il ne répondit jamais.

Pas même le lendemain. Et lorsque je voulus le chercher, je ne le trouvais pas.

Soit il cherchait soigneusement à m'éviter, soit c'était mon imagination. Je ne savais que choisir.

Appelle-moi. Je suis sincère. Nous devons parler . Je composai le message et je l'envoyai le lendemain en chemin vers ce café pour lequel Aaron avait insisté. Il m'avait assuré ne jamais revenir sur ses promesses. Et d'après lui, il m'avait promis un café des semaines auparavant. Il avait même fait tout le trajet jusqu'à Seal Beach juste pour me payer ce café.

Et aussi pour m'écouter parler des heures au sujet du programme spatial, passé et présent.

Il fut patient. J'aimais bien Aaron et il était évident qu'il s'intéressait à la fois à moi et à ce qu'il pouvait apprendre sur l'espace.

Dans des circonstances différentes, j'aurais pu envisager de le fréquenter. Peut-être dans l'avenir. Dès que la simple idée de sortir avec quelqu'un ne me faisait plus mal comme si une blessure fraîchement ouverte était submergée dans l'eau salée.

Quoi qu'il en soit, je fis mes bagages le vendredi, je quittai le travail assez tôt et je me dirigeai vers l'aéroport de Long Beach assez proche. J'y rejoignis Ryan et Keely pour le vol de quatre-vingt-dix minutes vers Reno, Nevada. Keely avait dû informer Ryan que je remplaçais l'assistante de Keely, car je ne vis aucun signe de surprise sur son beau visage.

Comme Keely et Ty étaient des VIP, nous embarquâmes en première classe une fois que tout le monde avait été installé dans l'avion. Ils étaient assis tous les deux au premier rang, et je voyais les autres autour de nous chercher à jeter des coups d'œil ou même à prendre des photos pas très discrètes.

À Reno, une voiture nous attendait et elle nous conduisit au lac Tahoe en une heure de trajet, jusqu'à la merveilleuse maison que Keely avait empruntée.

Le climat montagneux du côté californien du lac était frais et agréable, un changement bienvenu après la chaleur étouffante qu'il y avait à cette époque de l'année dans le bassin de Los Angeles. Comme c'était le début du mois d'août, la zone était remplie de vacanciers.

Lorsqu'elle entra dans l'enclave résidentielle protégée, notre conductrice montra son badge aux gardes et nous remontâmes la longue allée sinueuse juste assez large pour accueillir deux voitures côte à côte. Depuis le vol en avion, nous avions tous les trois été isolés dans notre propre monde, chacun caché soit par son téléphone, soit par sa tablette, ou dans mon cas, par ma liseuse électronique.

Je ne pouvais m'empêcher de jeter des coups d'œil à Ryan, qui semblait complètement immunisé contre ma présence. Il avait réussi à éviter même la plus infime milliseconde de contact visuel.

Je n'allais pourtant pas abandonner si facilement. Nous avions tout un week-end. Il y aurait forcément un moment où j'allais pouvoir le surprendre seul et continuer notre conversation au sujet de sa capacité à voler. Il s'avérait qu'un Seal de la Navy devenu astronaute pouvait être une des créatures les plus fuyantes de la planète. Qui l'aurait cru ?

Le petit chalet dans lequel nous allions habiter pendant le week-end était situé sur une falaise légèrement en retrait de la rive du lac. Au-dessus de la porte se trouvait un panneau annonçant *Glass Lake Cottage*.

À l'intérieur, l'endroit était à couper le souffle. Petit, chaleureux, pourtant ultramoderne. Tout en blanc, en chrome et en verre. Il y avait trois étages. En bas, un jacuzzi et la salle de sport. Le niveau du milieu possédait une chambre, une salle de bain luxueuse et une laverie et puis un bureau agréable et très lumineux de l'autre côté du couloir. À l'étage du dessus se trouvaient une cuisine ouverte, un salon et une salle à manger avec trois côtés constitués de fenêtres du sol au plafond donnant sur les arbres et le lac bleu, si bleu.

Je m'étonnai.

— Une seule chambre ? Pour nous trois ?

Keely fronça les sourcils et haussa les épaules en nous regardant tour à tour.

— J'ai accepté sans visiter. Il a dit qu'il y avait un lit supplémentaire quelque part, peut-être un canapé pliable ? Gray et moi nous pouvons partager le lit king size dans la chambre.

Ryan sembla lutter pour ne pas lever les yeux au ciel.

— Je dormirai par terre si nécessaire.

Après avoir exploré rapidement, nous remarquâmes que le canapé se dépliait en un lit pour Ryan.

— Mais il n'y a qu'une seule salle de bains, fis-je remarquer en sachant le temps qu'il fallait à Keely pour se préparer.

Elle balaya ma remarque de la main.

— Oh, tous les événements ont lieu au grand hôtel sur la rive nord. Je vais tout y descendre et puis la styliste se chargera de ma coiffure ainsi que de mon maquillage. Ils ont ma garde-robe là-bas également.

— Nous devons donc t'y rejoindre quand nous serons prêts ?

Keely eut un autre de ses sourires mystérieux et dit :

— Mmm hmm.

Elle regarda Ryan, puis moi.

— J'y descends maintenant. Je vous renverrai la voiture.

Dans d'autres circonstances, j'aurais pu être fâchée et lui faire remarquer sa manipulation évidente. Mais sans le savoir, Keely me donnait exactement ce que je voulais. Du temps pour discuter avec Ryan.

Je regardai ma montre. Mais pas beaucoup de temps. Nous devions nous préparer pour un dîner de cérémonie. Je sortis mon téléphone et j'énumérai l'emploi du temps de la soirée à Keely pendant qu'elle se précipitait pour sortir. Elle me remercia avant de me faire brusquement signe de retourner à la maison.

— Prends soin de bien utiliser le temps que tu auras ici, Gray.

Je fronçai les sourcils.

— Tu as fait ça exprès ? Est-ce que Sharon est *vraiment* malade ?

Keely hésita.

— Elle est malade, mais j'ai peut-être exagéré à quel point. Tu es fâchée ?

Je me frottai les tempes.

— Qu'est-ce que tu fabriques ?

Elle haussa les épaules.

— Je voulais que tu viennes avec nous. Allez, Gray. On va s'amuser.

Je secouai la tête.

— Si tu voulais que ton escorte soit de bonne humeur, tu n'aurais pas dû me prendre avec vous.

Elle leva les yeux au ciel.

— Je me moque de son humeur, tant qu'il arrive à faire de jolis sourires pour les caméras. Ces astronautes et leur indisponibilité émotionnelle. C'est une bonne chose que le flirt avec Kirill est resté un flirt.

Je hochai la tête. J'avais appris qu'ils ne s'étaient pas vus depuis un moment. Comme elle l'avait dit, cette flamme « s'est éteinte toute seule, mais bon sang, quel beau feu ! »

— Écoute, Gray, je dois partir, mais je veux juste dire une chose. Sharon est toujours sur mon dos parce que je me mêle de ce qui ne me regarde pas. J'ai essayé de faire mieux, mais chaque fois que j'ai parlé avec toi ou avec lui, j'ai vu que vous vouliez savoir comment allait l'autre. Tu demandes de ses nouvelles. Il demande des tiennes. Je me suis dit, pourquoi ne pas vous donner un peu de temps dans la même pièce ?

Elle me fit un clin d'œil et elle monta à l'arrière de la voiture.

— Mais nous nous voyons au travail, dis-je lorsqu'elle ferma la portière, avec un petit haussement d'épaules mignon.

Elle demanda à la conductrice de partir.

Elle ne pouvait pas savoir que je lui avais envoyé des textos pendant deux jours sans réponse. Maintenant qu'il ne pouvait plus m'éviter, nous ferions aussi bien d'apaiser les tensions, non ?

Quand je revins dans la maison, l'unique salle de bains était prise. Comme les sacs de Ryan étaient ouverts sur le lit, je supposai qu'il se préparait.

Ou il m'évitait.

Ou les deux.

N'ayant rien de mieux à faire, je sortis ma robe de la valise et je l'accrochai en hauteur, puis je sortis le smoking de Ryan de son sac déjà ouvert et je fis de même.

Mes mains tremblèrent. Il était toujours aussi beau dans son smoking. J'allais devoir me rappeler toute la nuit que j'étais fâchée contre lui. J'allais devoir me forcer à détourner constamment les yeux.

Nous échangeâmes les rôles pour la toilette dans la salle de bains et l'habillage dans la chambre avant de monter dans la voiture dès que nous fûmes prêts tous les deux. Là, je le regardai enfin dans les yeux. Je fus surprise de le voir sourire et il dit :

— Tu es belle ce soir.

Je fronçai immédiatement les sourcils, perplexe, à la fois à cause du compliment et de sa tentative de reconnaître ma présence. La robe de soirée bleu foncé que je portais était assez discrète pour me fondre dans la soirée très élégante. On ne me confondrait pas avec un des participants officiels.

Malgré tout, avec mon maquillage et un peu de soin apporté à ma nouvelle coupe de cheveux, je me sentais jolie. Je levai la main vers mes cheveux courts, soudain consciente de leur style et du fait que j'avais été ravie de tout couper parce qu'il m'avait un jour demandé de ne jamais le faire.

— Merci, dis-je doucement. Toi aussi, mais tu es toujours beau là-dedans.

J'indiquai son smoking.

Il baissa les yeux vers sa cravate et il enleva quelque chose de son col. Puis il s'agita, l'air gêné.

Une autre pause.

Je me tournai vers lui.

— Vas-tu un jour me parler ? Au sujet du test de vol ?

Il se raidit et il détourna la tête, regardant par la vitre.

— Ryan, dis-je.

— J'ai parlé avec Marjorie, hier, dit-il sur le ton de la conversation, comme s'il ne venait pas brutalement de changer de sujet. J'ai eu une réunion d'une heure avec elle à ma demande. J'ai également fait un examen physique complet. Elle dit que tout va bien pour le test de vol.

J'écarquillai les yeux.

— Mais… est-ce qu'elle sait… lui as-tu dit *tout* ce qu'il se passe avec toi ?

Il se tourna vers moi avec un regard qui semblait pouvoir percer des trous dans mon corps en quelques secondes.

— Ce qu'il se passe entre une thérapeute et son patient, c'est confidentiel, n'est-ce pas ?

Ma mâchoire tomba.

— Oui, mais la confidentialité se situe généralement du côté du psy…

Il se pencha plus près de moi. Je pouvais le sentir. Le haut de son bras frôla mon épaule et je me sentis parcourue d'une décharge électrique. J'étais submergée à la fois par sa colère et par sa présence.

— Elle m'a donné le feu vert pour voler. C'est ce qui est important, dit-il d'un ton définitif.

Je secouai la tête, mais notre voiture tourna dans l'allée de l'hôtel avant que je puisse poursuivre la conversation.

Une fois que la cérémonie fut terminée et après avoir passé un temps acceptable à la fête, nous partîmes. Keely bâilla bruyamment.

— Je suis crevée. J'espère que je n'ai pas attrapé la maladie de Sharon.

Instinctivement, Ryan et moi nous nous écartâmes d'elle pendant que nous attendions que la voiture vienne nous chercher au bord du trottoir.

— Heureusement que je n'ai pas été obligé de t'embrasser ce soir, marmonna Ryan.

Je ris malgré moi.

Bien sûr, le trajet de retour au chalet fut tendu et embarrassant. Je n'arrivais toujours pas à surmonter l'impolitesse de Ryan et lui, je supposais, était furieux contre moi parce que j'avais insisté au sujet du vol.

Keely était assise à l'avant, mais elle nous envoyait souvent des regards appuyés, en croisant les bras d'un air indigné.

— Vous n'allez pas vous parler ?

Je levai les sourcils de surprise, puis je regardai Ryan qui m'observait au même moment. Nos regards se croisèrent et j'eus presque l'impression qu'ils se heurtèrent avant de rebondir physiquement l'un contre l'autre.

Mais à la grande frustration de Keely, cela ne suffit pas à rompre la glace.

À vrai dire, la glace était plutôt épaisse et froide entre nous. Et j'aurais aimé pouvoir rejeter toute la faute sur lui. Mais ce n'était pas possible.

Nous nous couchâmes selon les plans de Keely voulant que nous prenions toutes les deux l'unique chambre à coucher. Ryan avait le canapé et il émit la quantité requise de grommellements de mécontentement.

Cependant, lorsque je me réveillai le matin, Keely avait disparu. En tout cas, elle n'était pas dans la chambre. En regardant le réveil, je fus choquée de voir qu'il était presque dix heures. Je m'assis et je forçai mes membres fatigués à sortir du lit. Je ne me couchais pas très souvent après minuit. Oui, on ne me traitait pas de fêtarde pour rien.

À vrai dire, personne ne me traitait jamais de fêtarde.

En me brossant les dents, je me dis que c'était étrange que Keely n'ait pas d'affaires de toilette dans la salle de bains. Après une douche rapide, j'enfilai mon pantalon de yoga et un tee-shirt et je montai à l'étage pour la chercher.

En haut, je ne trouvai que Ryan endormi.

En y réfléchissant, je ne vis pas non plus ses bagages. *Comme c'était bizarre* .

Je redescendis les marches pour aller voir si je n'avais pas raté sa valise dans la chambre. Rien. Et le placard était vide, en dehors de mes quelques affaires.

On aurait dit que Keely n'avait jamais défait ses bagages, et personne n'avait dormi de son côté du lit. Elle m'avait envoyée me coucher la veille, en disant qu'elle n'était pas fatiguée. Et pendant que je m'endormais, j'avais supposé qu'elle n'allait pas tarder à me rejoindre.

Apparemment, ce n'était pas le cas. Et elle était partie.

Je ramassai mon téléphone pour lui envoyer un texto, mais il n'y avait aucune barre et les mots PAS DE SIGNAL brillaient dans le coin supérieur. Je n'avais pas remarqué cette perte de signal la veille.

Merde.

Je courus à nouveau en haut de l'escalier jusqu'au lit pliant.

Je tendis la main vers lui, mais je dus m'arrêter lorsque je me souvins que ce n'était pas une bonne idée de réveiller un ancien militaire – particulièrement s'il était issu des forces spéciales – d'un sommeil de plomb en le touchant ou en le serrant. Cela pouvait parfois être un déclencheur.

Je n'avais encore jamais eu ce problème avec Ryan, mais je ne me souvenais pas de l'avoir réveillé en lui secouant le bras. À la place, je l'appelai donc d'un ton de voix normal :

— Ryan.

Il ne bougea pas et je l'étudiai dans son sommeil. J'avais pris pour habitude de le regarder dormir – d'une façon pas du tout perverse, bien sûr – quand nous étions au lit ensemble. Il n'était jamais paisible dans son sommeil. Il semblait toujours se retenir, comme s'il luttait silencieusement contre une force inconnue.

Cela m'inquiétait autrefois. Maintenant, cela enfonçait une pique de terreur au centre de mon cœur. Chaque fois que je pensais à lui dans cette capsule et à un incident qui déclenchait sa réaction, j'en avais froid dans le dos.

— Ryan, appelais-je un peu plus fort.

Il s'assit, les yeux grands ouverts, parfaitement réveillé. Il cligna plusieurs fois des paupières avant de se focaliser sur moi.

— Oui ?

Keely est partie.

Il se frotta les yeux du dos de la main.

— Partie ? Faire une promenade ?

Je montrai les paumes de mes mains d'un geste impuissant.

— Non. *Partie* partie. Je crois même qu'elle n'a pas dormi ici cette nuit.

Il se gratta la mâchoire et il y eut le bruit de ses ongles contre les poils naissants du matin. Malgré moi, j'eus la chair de poule en me souvenant de la sensation de ses poils sur tout mon corps durant les séances de sexe matinal. À certains endroits, la sensation m'avait laissée émoustillée et sensible toute la journée, en me souvenant comment il m'avait touchée, les sensations que cela éveillait.

Bon sang. Des souvenirs aléatoires de ce genre adoraient apparaître dans mon cerveau à des moments inopportuns, me foudroyant jusqu'en mon centre, menaçant un court-circuit. Ce n'était pas juste. La plupart des femmes n'étaient pas obligées de revoir leur ex-je-ne-sais-quoi après avoir été jetées sans égards par lui.

— Elle ne partirait pas simplement comme ça sans nous le faire savoir, dit-il en se raclant la gorge. Ce n'est pas son genre. A-t-elle envoyé un texto ? Laisse-moi trouver mon téléphone et voir si elle m'a envoyé quoi que ce soit.

Je secouai la tête.

— On ne capte pas du tout ici. Et je ne détecte pas de Wi-Fi.

Il sortit du lit et je détournai immédiatement le regard. Il ne portait que son boxer, pas de tee-shirt.

Bon sang. Je n'étais pas obligée de le voir à moitié – rectification : aux trois quarts – nu à ce moment particulier de ma convalescence post-rupture.

Je me tournai et je me dirigeai vers la cuisine. Comme l'étage supérieur était entièrement ouvert, je pouvais toujours le voir si je me tournais. À la place, je plongeai derrière la porte du frigo et j'attrapai une bouteille d'eau glacée. En revenant, je remarquai une feuille de papier posée sur le comptoir. Elle était couverte d'écriture.

Mes yeux glissèrent jusqu'en bas. Keely l'avait signée et elle avait orné son nom de nombreux cœurs.

— Elle a laissé un mot. Il est ici, dans la cuisine.

Il s'approcha du comptoir en face de moi. Du coin de l'œil, je vis qu'il enfilait un tee-shirt sur son torse. Une fois que ce fut fait, je lui tendis le mot comme pour confirmer mes dires.

Il fronça les sourcils.

— Qu'a-t-elle écrit ?

Je lus à voix haute :

Chers Gray et Ty,

Bon, je ne mentais pas en disant que je ne me sentais pas très bien hier soir, alors j'ai demandé à mon attachée de presse de m'excuser auprès des organisateurs.

Puisque le fait de vous entraîner à venir travailler ici avec moi ce week-end ne suffit pas à vous faire parler, je dois avoir recours à des mesures drastiques. En réalité, j'avais prévu depuis le début de déménager à l'hôtel et d'assister seule au reste du festival.

La Keely réelle va rentrer à la maison et dormir avec une bonne dose de vitamine C. Mais Keely la petite-amie imaginaire va être blottie dans un « chalet en verre isolé et romantique » en attendant que son petit ami lui fasse sa demande ce week-end. Du moins, c'est ce que la presse a été encouragée à croire.

Vous vous demandez peut-être pourquoi je fais ça. Eh bien, j'espérais vous aider. J'adore les happy ends. J'aime les histoires à l'eau de rose et les films de la chaîne Hallmark. Je veux croire que c'est possible dans le monde réel également. J'adore l'amour et regarder les gens y parvenir. Et j'aime tout particulièrement les y aider un peu. C'est comme d'être une marraine la fée. Il faut bien avoir un passe-temps, vous voyez.

Si l'un d'entre vous avait dans sa jolie petite tête l'idée de fuir la magie de ce magnifique chalet en verre, réfléchissez bien. Quand vous lirez ceci, je suis certaine qu'il y aura différents médias et fans cherchant à apercevoir la pierre brillante à mon doigt. Disons juste que chuchoter des rumeurs de fiançailles à la presse, c'est comme de jeter un appât dans une fosse à requins, sauf que vous avez plus de chances de perdre un membre.

Les médias n'ont le droit de monter que jusqu'à la loge, alors votre intimité est assurée tant que vous restez sur le terrain et loin des yeux du public. Et s'il vous plaît, essayez de ne pas être vus ensemble dehors, parce qu'alors tout sera cuit et Ty finira crucifié sur les réseaux sociaux pour m'avoir « trompée ».

Vous êtes donc tous les deux piégés, exactement comme je le souhaite. :)

Il n'y a pas de Wi-Fi. Ça ne capte pas. Il n'y a aucun moyen de communiquer avec le monde extérieur, en dehors du téléphone fixe.

Je vous enverrai une voiture dimanche à dix-sept heures pour prendre votre avion.

J'espère que vous utiliserez ce temps pour communiquer entre vous. Le chalet est bien pourvu en nourriture et très isolé. Il y a de très jolis sentiers jusqu'à la plage.

Profitez de votre week-end romantique ensemble.

Bisous,

K

PS : À nous quatre *est mon film préféré.*

Je clignai plusieurs fois des paupières, relisant la lettre avec étonnement. Ryan était resté immobile et rigide pendant que je lisais, devenant de plus en plus visiblement tendu. Les bras croisés. Les épaules en arrière. Lorsque je risquai un coup d'œil vers lui, je vis qu'il serrait si fort la mâchoire que si on avait placé un morceau de charbon dans sa bouche, il l'aurait transformé en diamant. Cela s'appliquait sûrement aussi à son autre extrémité.

Il ferma les yeux et il se pinça l'arête du nez.

— Qu'est-ce qui lui a pris ? Qu'est-ce que tu lui as dit ?

Je lui jetai un regard noir en posant le mot sur le comptoir.

— Rien. J'ai seulement dit que tu avais décidé que ce n'était pas une bonne idée de nous revoir. Absolument rien sur le fait que tu cèdes au chantage ou que tu as peur d'un homme de soixante-trois ans.

Ses traits s'assombrirent.

— Ce n'est pas rien. Rien c'est : « ça ne te regarde pas ».

Je soupirai.

— Ce n'est pas moi qui ai eu l'idée de te forcer à passer le week-end avec moi, si c'est ce que tu demandes. Ce serait bien la dernière chose que je ferais.

Il laissa tomber sa main qui frottait ses tempes et il me jeta un regard noir.

— Et pourquoi ? Parce que tu voulais passer le week-end avec Aaron ?

Je le regardai par-dessus mes lunettes.

— Ne commence pas ces conneries.

Il souffla avant de traverser la pièce jusqu'à sa valise ouverte sur le sol à côté du canapé-lit. Il attrapa des vêtements et il disparut en bas des escaliers, dans la salle de bains.

Je cherchai vainement à vérifier si je captais à cet étage. Toujours rien. J'aurais aimé savoir la veille que j'allais être coincée dans un vortex sans communications tout le week-end. Heureusement que je n'avais pas prévu de travailler.

Ryan remonta entièrement vêtu, les cheveux peignés, et avec une paire de jumelles qu'il s'était procurée quelque part, sans doute dans le bureau ou dans un placard.

Avant même que je puisse poser la question, il me regarda.

— Je vais faire de la reconnaissance.

Je levai les sourcils.

— Nous sommes en guerre ?

— Je veux vérifier que ce qu'elle dit est vrai. Que nous sommes coincés ici.

Je plissai le front.

— Je ne pense pas qu'elle mentirait à ce sujet. Pourquoi le ferait-elle ? Et si tu sors, tu risques d'être vu.

Il me jeta un regard.

— J'étais un civil de la Navy. Je sais comment faire ça sans être vu. Notre devise n'est pas pour rien *It pays to be a winner* .

Je levai les yeux au ciel.

— Tu vas commencer à chanter la chanson de la Navy maintenant, ou c'est moi ?

Il ricana.

— Regarde et apprends.

— Si je ne peux pas te voir, comment vais je te regarder ?

Il sortit par la porte de derrière qui menait au garage, comme je l'avais remarqué en explorant la maison. Pendant qu'il partait, je criai la première partie de leur devise :

— *The only easy day was yesterday !*

— *Hooyah !* fut sa réponse immédiate lorsque la porte se referma derrière lui.

Je dus admettre ne pas pouvoir résister et je m'avançai vers la fenêtre à l'avant de la maison qui surplombait l'allée. Comme prévu, je ne le vis pas. Je ne savais pas du tout quelle route il avait prise, mais après quelques minutes de recherche, je décidai de tirer les stores au cas où un photographe gravirait la colline et prendrait des photos de moi devant la fenêtre.

Je retournai à la chambre en serrant les bras contre moi et en essayant de faire le tri dans mes pensées. Que fabriquait Keely en nous coinçant ensemble pendant le week-end ? Je risquais de le tuer avant qu'il ait le temps de me tuer.

Ne serait-ce qu'un week-end glacial et isolé avec deux personnes coincées dans un endroit sans rien à se dire ?

Ou pouvais-je découvrir ce qu'il se passait dans sa tête ? Peut-être – s'il le tolérait – pouvais-je l'aider ? N'était-ce pas tragiquement typique de ma part ? Gray avec le cœur brisé, proposant son aide à l'homme qui en était la cause ?

Ou allais-je enfin m'autoriser à me fâcher ? À évacuer les sentiments que j'avais refoulés pendant des semaines. Les laisser sortir et lui montrer…

Est-ce que cela pouvait nous aider ?

Chapitre Quatorze
Ryan

Bon, c'était evident. J'allais tuer Keely. Ma main se referma autour du tube dur des jumelles. J'étais si tendu que je pouvais sûrement écraser les lentilles si je me concentrais un peu plus. J'avais aperçu au moins un fourgon, un photographe et un véhicule avec un récepteur satellite sur le toit. J'avais pu m'approcher suffisamment pour entendre des parties de leur conversation et ils cherchaient en ce moment même des façons de passer le portail après la tombée de la nuit.

Heureusement, ils ne savaient pas encore dans quel chalet « Tyley » résidait, mais plusieurs paparazzis étudiaient une tablette montrant des photos aériennes de toute la communauté résidentielle. Avec du temps et en procédant par élimination, ils allaient se mettre à nous regarder par la fenêtre très bientôt.

Ma reconnaissance impliquait de vérifier le chalet de tous les côtés et je remarquai que Gray avait tiré tous les stores contre la journée ensoleillée bien éclairée. *Ça, c'est ma copine intelligente* .

Je me permis cette pensée automatique pendant une demi-seconde avant de m'en faire le reproche. Je pensais encore de cette façon. *Encore* . Toutes ces semaines après…

Je n'avais pas le droit de penser ainsi et j'espérais que cette tendance allait disparaître bientôt. Mais pour l'instant, je ne voulais pas m'inquiéter pour cela. Il me suffisait de trouver un putain de moyen de surmonter ce week-end.

Elle. Et moi. Sous le même petit toit. Dans cet environnement romantique magnifique sans Internet ni télé ou quoi que ce soit d'autre pour nous divertir.

Comment étais-je censé ne pas la toucher dans ces conditions ?

La veille, elle avait été si belle que j'avais presque souffert physiquement de ne pas la regarder. Mais j'avais réussi. J'avais été très doué pour résister à la tentation en public.

En privé ? Je n'avais pas confiance en moi. J'allais devoir me résoudre à ne pas lui parler ni même passer du temps dans la même pièce si c'était faisable.

Le minibar bien rempli que j'avais aperçu dans le salon m'appelait, mais je ne pouvais pas boire. Cela n'aurait fait qu'empirer les choses. Car ce trou béant dans mon torse – celui que j'ai nourri au cours des quatre dernières semaines, allait exiger d'être rempli. Et dans certains cas, il exigerait d'être rempli par n'importe quels corps chaud et lèvres douces que je pourrais trouver.

Le véritable danger était qu'à l'intérieur du chalet ne se trouvait pas n'importe quels corps chaud et lèvres douces. Ce corps et ces lèvres douces appartenaient à la seule femme que je voulais. La seule que je voulais tenir. Et à mesure que les semaines s'étaient écoulées, ce désir n'avait fait que se renforcer au lieu de s'affaiblir.

Il s'agissait d'un scénario boucliers levés, garde assurée et cœur fermé. Je lui avais déjà fait suffisamment mal. Plus que ce que je voulais. Inutile de remuer le couteau dans la plaie… pour elle et pour moi.

J'allais rester distant et professionnel, comme je l'avais été au travail, en public, avec tous mes amis. Je pouvais le faire.

Je retournai au garage en prenant soin de verrouiller la porte de l'intérieur, puis dans la maison, en faisant de même.

Gray était assise à la table de la salle à manger devant les grandes baies vitrées surplombant le lac. Elle tenait une tasse géante près de son visage avec les deux mains et je me rappelai à ce moment-là qu'un peu de café et de petit-déjeuner me feraient du bien. Les protéines étaient nécessaires. Puis un entraînement en profondeur. Cela aidait à m'éclaircir les pensées.

Je me mis donc au travail, lui demandant si elle voulait des œufs brouillés. Elle refusa plus par un bruit que par un mot véritablement reconnaissable. Elle était sans doute arrivée à la même conclusion que moi. Moins nous discutions ce week-end, mieux c'était.

Je me versai du café, puis je me tournai pour la regarder. Je remarquai sa tête se détournant brusquement de moi. Je cachai un sourire satisfait dans ma tasse en buvant une autre gorgée. C'était plutôt très agréable de la surprendre matant mon cul.

Apparemment, je n'étais pas le seul à qui cela manquait. *Attention, petite, tu montres des émotions*.

Bon sang. Keely ne savait pas ce qu'elle me faisait subir. Ou peut-être que si, mais c'était une torture. Et je pensais cela alors que j'avais survécu aux tests physiques, à l'entraînement des SEALs BUD/S, SQT et tout le reste qu'ils m'avaient fait subir pendant les qualifications.

Sans parler de ces années dans les équipes de l'armée. Au moins, pendant ces années-là, j'avais eu plein de sexe quand j'étais en permission. Le style de vie d'astronaute avait été plus compliqué. C'était la fête quand on était sur la planète, et la famine dans la station.

Les quatre dernières semaines, j'avais vécu comme un prêtre. Tout cela à cause de la jolie personne de l'autre côté de la pièce. Je brûlais de rancune. Ce n'était pas de sa faute et je n'aurais pas dû diriger ma frustration vers elle, mais bon sang, c'était dur.

J'avalai le reste de mon café et je me tournai pour remplir ma tasse à nouveau, lui laissant un peu de temps pour se remettre.

Après le petit-déjeuner et sans avoir grand-chose à faire, j'enfilai mes vêtements de sport et je descendis les deux étages jusqu'à la salle de gym. Un peu de cardio sur le tapis de course, quelques levées de poids sur la machine, des abdos et des tractions allaient tous me faire du bien.

J'étais bien déterminé à m'épuiser afin de ne pas penser au sexe. Ou à Gray. Ou au sexe avec Gray.

Putain, je recommençais.

Au bout de quarante-cinq minutes d'entraînement, elle descendit les escaliers et elle entra dans la salle de sport avec une serviette autour d'elle. Après avoir jeté un bref regard dans ma direction, elle se dirigea vers le jacuzzi et elle lut les instructions sur le panneau de contrôle. Je détournai le regard quand elle laissa tomber sa serviette.

Mais pas assez vite pour ne pas voir son bikini. Et la façon dont le bas moulait son cul rebondi. Et ses longues jambes, cette étendue de peau dont je savais par expérience qu'elle était encore plus douce qu'elle n'en avait l'air.

Je laissai tomber les poids et je passai à l'échelle pour faire des tractions. Il était temps de me punir avec quelques abdos profonds. J'allais me donner de telles courbatures que le sexe ne me viendrait même pas à l'esprit. Non. Je n'allais pas penser au fait de l'embrasser. Ou de la toucher. Ou de poser ma bouche partout sur elle…

Bon sang, je souffrais d'un cas classique de manque, et apparemment cela menaçait d'atteindre mon cerveau.

En remontant l'échelle à saumon, chaque poussée me donnant l'élan pour monter la barre de tractions sur des crochets plus élevés, je me sentis entrer en transe. Je me permis à peine de respirer et je me forçai à accélérer à chaque niveau, jusqu'à ce que la douleur devienne trop intense. Je me laissai tomber sur le tapis au-dessous, couvert de sueur et respirant si fort que j'arrivais à peine à reprendre mon souffle.

Je me penchai, posant les mains sur les genoux, et je jetai un coup d'œil discret en direction du jacuzzi. Gray me fixait ouvertement, le visage figé dans une expression de fascination. Cependant, lorsqu'elle me vit la regarder, elle détourna la tête et elle s'adossa en posant les pieds sur le bord de façon à pouvoir fixer le plafond pendant que les jets d'eau la massaient.

Je pivotai, déterminé à faire une autre heure avec le dos tourné. Au bout d'un petit moment, je l'entendis sortir du jacuzzi, l'éteindre et monter les marches.

Je m'assis enfin sur le banc et je bus un litre d'eau, essayant de décider si j'étais capable de continuer aujourd'hui. Je décidai de faire des étirements et de me réhydrater lentement.

Une demi-heure plus tard, je montai les marches pour me rendre à la salle de bains. La porte était embuée par une douche récente, mais elle était vide. Sans même savoir pourquoi, je me tournai et je regardai la chambre de l'autre côté du couloir.

Gray n'avait pas fermé la porte et elle venait de laisser tomber sa serviette, nue comme le jour de sa naissance. Gray était une femme magnifique, la silhouette mince, les hanches courbées, une poitrine plus petite que la moyenne, mais une carrure svelte et féminine marquée seulement par la cicatrice dentelée au milieu de son torse causée par les multiples opérations à cœur ouvert.

Mes yeux remontèrent depuis ses cuisses délicieuses – et je les connaissais personnellement – jusqu'à son ventre doux.

Je me sentis immédiatement durcir douloureusement. Et pour Dieu sait quelle raison, je traversai le couloir et j'entrai dans la chambre.

Il m'était totalement impossible de ne pas penser à ce corps féminin et menu appuyé contre le mien. Nu. De me souvenir de ses bruits quand je la faisais jouir.

Putain. Je voulais ça. Je l'avais désirée tous les soirs depuis que j'avais rompu.

Je voulais la goûter encore une fois. Partout.

Si je ne sortais pas très vite de là, j'allais la pousser sur le lit et couvrir ce beau corps nu avec le mien. Je n'étais plus seulement en train de bander. Je pulsais de désir.

Et ce n'était pas exactement un secret que je pouvais lui cacher, étant donné que je portais un short de sport.

Elle se figea, me regardant avec de grands yeux. Mais au lieu de sursauter ou de crier ou de chercher à attraper sa serviette, sa mâchoire tomba et elle sembla énervée.

— Tu veux bien te tourner ?

Je levai un sourcil.

— À quoi ça sert ?

J'avais déjà tout vu, non ? De nombreuses fois, de nombreuses fois torrides, brûlantes et très, *très* agréables. Je croisai les bras.

— Tu te débrouilles toujours pour te retrouver nue devant moi. Pourquoi ?

Elle leva les yeux au ciel et elle attrapa son tee-shirt, qui était posé sur le lit. Elle le fit passer sur sa tête. Mon regard redescendit sur son ventre et s'arrêta juste en haut de ses cuisses. Je voulais la goûter *là* .

Bon sang, ce que le sexe me manquait.

Particulièrement le sexe avec *elle* .

Elle baissa les yeux et elle remarqua la chose. Et me voilà, comme un garçon de quatorze ans pris sur le fait par sa prof canon.

Sans dire un mot, elle se pencha et elle enfila sa culotte le long de ses jambes avec une lenteur terrible. Je déglutis.

— Bien essayé. Tu ne crois quand même pas que j'attendais ton arrivée pour te couper la route avec mon corps nu.

— Je ne faisais que le souligner afin de l'encourager. Je te prie de le faire aussi souvent que tu le veux.

Ayant terminé sa tâche, elle ferma son jean, me fit un sourire sarcastique et dit :

— Tu peux rêver.

Puis elle sortit de la pièce et elle monta les escaliers, nous laissant – mon érection douloureuse et moi – songer à ce qui venait de se passer.

Tu peux rêver , avait-elle dit. Et elle avait raison. J'en rêvais.

Je passai la main dans mes cheveux et je secouai la tête en soupirant avant de partir rincer la sueur de mon entraînement sous la douche.

Après un déjeuner tardif, il y eut beaucoup de silence et d'autres manœuvres embarrassantes pour s'éviter. Elle lut sur sa liseuse, et je jouai à une vieille version de Mario Kart sur la PlayStation branchée à la télé.

Juste avant le coucher du soleil, Gray émergea d'en bas avec ses chaussures.

Je fronçai les sourcils.

— Tu vas quelque part ? Ce n'est sans doute pas une bonne idée.

Elle ne réagit pas, attrapant une veste à capuche dans laquelle elle passa les bras.

— J'ai besoin d'air. Je vais descendre au bord du lac pour regarder le coucher du soleil.

Nous étions deux. Je posai la manette sur la table basse.

— Je t'accompagne.

— Je préfère être seule.

— Et moi je préfère m'assurer que tu vas bien à cette altitude. Nous nous trouvons à 1800 mètres au-dessus du niveau de la mer. L'effort physique pourrait affecter ton cœur.

Elle me jeta un regard noir.

— Je suis parfaitement en bonne santé. Tu sais, tu as beau le mépriser, mais tu t'en sors très bien pour imiter mon père.

Si c'était sa façon de m'empêcher de me comporter de façon trop protectrice, ce fut efficace. Mais pas assez pour me dissuader. Tant que Gray se trouvait près de moi, sous le même toit et que c'était en mon pouvoir, j'allais veiller sur elle. C'était certain.

Chapitre Quinze
Ryan

En sortant par la porte de côté et en descendant une volée de marches en béton, le chemin vers le lac était assez simple, mais pentu. Entre les grands arbres et le ciel doré du début de soirée, nous descendîmes encore d'autres marches en béton et nous longeâmes le sentier jusqu'à la rive.

Je la surveillai de près, au cas où. Passer à cette altitude depuis le niveau de la mer de la zone de Los Angeles, ce n'était pas facile. Et qu'elle proteste ou pas, Gray avait des problèmes potentiels qui devaient être surveillés.

J'avais fait de nombreux entraînements en haute altitude – à la fois en tant que SEAL de la Navy et en tant qu'astronaute – alors je pouvais généralement m'acclimater au bout d'un jour ou deux. J'avais remarqué sa respiration légèrement laborieuse et je devais me rappeler que c'était normal.

Lorsque nous arrivâmes au lac, le soleil s'était déjà couché, mais le lac et le ciel étaient encore assez lumineux pour nous offrir de la visibilité. Nous allions devoir rentrer dans l'obscurité, alors je notai mentalement le meilleur sentier pour retourner au chalet.

Elle était debout au bord de la rive où l'eau froide bleu azur clapotait doucement contre la terre sombre entre les arbres.

C'était paisible. Les oiseaux chantaient. Une brise agita les feuilles des arbres. Près de là, des bateaux en mouillage grinçaient contre leurs amarres. Je pouvais presque être heureux ici, une soirée comme celle-là, avec *cette* fille…

Elle parlait, racontant une histoire au sujet de l'étude pour laquelle elle faisait une demande de subvention.

— Je voudrais que de véritables astronautes entraînés soient impliqués dans l'étude en même temps que des civils.

Je levai les sourcils.

— Pour les envoyer en Antarctique en hiver ? Je ne suis pas sûre que tu aies beaucoup de volontaires.

Elle leva la tête en me regardant.

— Même dans l'intérêt de la science ?

Je ris.

— Même les astronautes essaient d'éviter de s'enterrer sur un continent isolé sans avoir de corps chaud pour leur tenir compagnie et les empêcher de se geler les boules par une météo glaciale.

Elle trouva cela extrêmement drôle. Lorsqu'elle se baissa pour ramasser quelques cailloux, elle ricana :

— Ce qui ne ressemble pas du tout à un voyage vers la station spatiale internationale.

Je haussai les épaules en examinant le ciel.

— C'est vrai. Mais dans ce cas, tu voles dans l'espace au lieu de te geler le cul sur terre.

Elle m'examina de près et ses yeux montèrent vers le ciel. Je savais ce qu'elle pensait. Qu'il ferait bientôt nuit. Elle devait savoir que j'y pensais et peut-être gardait-*elle* un œil sur *moi* .

Je m'étais entraîné dans ce domaine également. Être dehors la nuit à Orange County n'était pas trop difficile parce que l'obscurité n'était jamais complète. Ici, cependant, je voyais qu'il ferait très sombre. Et si ma mémoire était bonne, c'était encore la nouvelle lune pour une nuit de plus, il n'y aurait donc pas de lumière en dehors des étoiles.

— Je ne comprends pas ces missions analogues, dis-je pour la provoquer.

J'espérais que si elle parlait de sa passion, elle ne penserait pas à remarquer mes signes de détresse.

Elle jetait des cailloux dans le lac et elle regardait les ondulations sur l'eau. Plop. Et elle étudiait ces ondulations, les regardant s'éloigner du centre jusqu'à ce qu'elles disparaissent. Elle les fixait intensément, comme si sa vie dépendait de l'observation des anneaux. Puis elle cherchait un autre caillou et elle recommençait.

— Les missions analogues sont essentielles pour que les psychologues expérimentaux puissent rassembler des données, afin de trouver la meilleure façon de soutenir les véritables voyageurs dans l'espace. Et avec des conditions de vie très dures, l'antarctique est une parfaite simulation de mars.

— OK, dis-je en inclinant la tête pour la regarder.

J'étais fasciné par la courbe de son long cou, la façon dont ses cheveux courts frissonnaient dans la brise. Elle tendit le bras et *plop*. Les rides dansèrent depuis le centre et elle les fixa, la bouche légèrement ouverte.

Elle n'arracha pas son regard de la surface lisse du lac, et moi, je ne pouvais arracher mon regard à elle. Je pouvais l'écouter parler pendant des heures au sujet des missons analogues ou même de la foutue météo si ça la passionnait.

Elle n'était pas seulement passionnée. Gray était aussi compatissante, et intelligente, et sa joie de vivre pouvait même être contagieuse si j'avais le cœur à l'attraper. Pendant la brève période au cours de laquelle elle avait illuminé ma vie, elle avait été comme un véritable rayon de soleil luttant pour éliminer l'obscurité, mais n'y parvenant jamais.

Parce que j'étais mort à l'intérieur. Je pouvais seulement être témoin de sa brillance depuis une distance, comme un trou noir mort au centre de l'espace qui aspirait toute la lumière des étoiles environnantes, les saignant de toute leur énergie jusqu'à ce qu'elles aussi deviennent des coquilles vides brûlées et sans vie.

— Donc en gros, tu utilises des rats de laboratoire dans leur forme la plus intelligente.

Elle rit.

— C'est ainsi que nous apprenons quel genre de système de soutien nous devons mettre en place pour vous aider. Et les « rats de laboratoire » sont des volontaires enthousiastes, qui le font pour la science.

Plop. Plop. Plop . Trois cailloux de plus, l'un après l'autre. Le lac était merveilleux, mais elle avait toute mon attention.

— Les participants s'amusent beaucoup, eux aussi. Je veux dire, j'adore ton travail, mais tu dois faire beaucoup de choses désagréables et prendre beaucoup de risques, ajouta-t-elle doucement en interrompant sa recherche de cailloux pour me jeter un regard appuyé.

Plop. Tout redevint silencieux. Le vent se leva et le ciel s'estompa en violet-gris pâle. Elle semblait perdue dans ses pensées, alors je me contentai de la regarder, cette jeune étoile vive et brillante qui avait osé s'approcher un peu trop du trou noir mort et qui avait été piégée par ma gravité. Qui, seulement parce que je l'avais repoussée, avait réussi à s'échapper et ne se rendait pas compte de la chance qu'elle avait.

Elle cligna des paupières et elle se tourna vers moi.

— Je ne peux m'empêcher de penser à cette métaphore des anneaux sur l'eau et à la façon dont les mots et les actions simples s'étalent depuis le centre et influencent tellement plus. Les événements de nos vies fonctionnent ainsi… Les choses qui se produisent finissent par causer des ondulations dans notre avenir.

J'appuyai une épaule contre l'arbre le plus près de moi, je croisai les bras sur ma poitrine et je la regardai en levant un sourcil sceptique.

— N'es-tu pas un peu jeune pour faire de telles affirmations philosophiques ?

Elle me jeta un regard noir.

— J'ai traversé suffisamment d'épreuves pour penser avoir un point de vue unique sur la vie. Je vois par exemple souvent si une personne se ment à elle-même – et à son entourage. Et comment cela envoie également des ondulations depuis le centre.

Tiens, tiens, tiens. Elle sortait enfin les griffes. Je me demandais si elle allait les montrer. Il en avait fallu beaucoup. Elle maîtrisait très bien ses émotions. Je ne pus m'empêcher de penser qu'elle aurait été une astronaute exceptionnelle, si sa santé le lui avait permis.

Je ne bougeai pas, gardant la même attitude, appuyé avec raideur contre l'arbre. Malgré l'obscurité qui arrivait, je voyais le jugement sur son visage. Elle m'avait défié. Je n'allais certainement pas la priver de la réaction qu'elle cherchait.

— Ah bon ? Et comment me mens-je à moi-même ?

— Je crois que tu connais déjà la réponse.

Elle regarda autour d'elle, comme si elle remarquait soudain la faible luminosité. Ses yeux retracèrent le chemin que nous avions pris pour venir.

Je haussai les épaules.

— Je crois que si tu veux balancer de telles critiques, il vaudrait mieux que tu puisses les défendre.

— Je ne suis pas ta psy.

— Mais...

— Tu penses que ça va marcher ? appela une voix au bord de l'eau.

Elle n'était pas très proche, mais ici, parmi les arbres et le silence, le son portait bien. Nous nous figeâmes tous les deux avant de nous retourner. Il y avait un groupe de trois personnes près du quai, à environ trois propriétés de la nôtre.

— Nous ne savons même pas dans quelle maison ils se trouvent ! Nous savons juste qu'il s'agit de l'une des cinq propriétés de ce côté.

Je tendis la main et j'attrapai le bras de Gray, la tirant derrière l'arbre où je me tenais. Lorsqu'elle se tourna vers moi, les yeux écarquillés, je posai un doigt sur mes lèvres.

— Est-ce que ce sont des journalistes ? chuchota-t-elle.

J'étais à peu près certaine que oui, alors je hochai la tête et je posai la main sur sa bouche. Je lui fis signe de ne pas parler.

Les voix devinrent plus fortes lorsque le groupe longea la rive, et nous fîmes le tour de l'arbre pour rester hors de leur vue quand ils s'approchèrent. Ils s'arrêtèrent à quelques mètres de l'endroit où nous étions auparavant. Ils se remirent à parler.

— Un de vous a pris une torche ? Il commence à faire vraiment sombre et je ne sais pas du tout ce que nous cherchons. Il se pourrait très bien qu'ils soient dans la maison en verre sur cette falaise en ce moment même, en train de baiser comme des bêtes et nous n'en saurions rien.

— Ce n'est certainement pas celle-là. Pas assez grande. Je suis certain que Keely est accompagnée de toute son équipe.

À ma grande frustration, Gray se mit à rire derrière ma main. De petits souffles d'air chaud frôlèrent ma paume et je secouai la tête. Je levai mon autre main, avec un doigt tendu vers le ciel et décrivant un petit cercle. Elle fronça les sourcils, manifestement perplexe en voyant mon signal de combat signifiant *point de ralliement* . Cela voulait dire que nous devions filer d'ici et remonter à la maison avant d'être vus.

Les branches craquèrent lorsque le petit groupe continua à longer la rive.

— Bon sang, Joyce, tu n'as qu'à faire plus de bruit. Ce n'est pas comme si nous essayions de rester à couvert.

— Je crois que tu exagères un peu, répondit quelqu'un.

Les voix s'affaiblirent à mesure qu'ils s'éloignèrent. Je risquai un coup d'œil autour de notre arbre, confirmant la vue de trois dos. Soulagé, je faillis sortir de derrière l'arbre lorsque j'aperçus une quatrième personne, quelqu'un qui se tenait sur la plage et qui regardait dans notre direction.

Je repassai derrière l'arbre et je serrai Gray contre moi. Quand elle voulut parler, je posai encore une fois ma main sur sa bouche et je collai mes lèvres à son oreille.

— Il y en a un de plus sur la plage. Dès qu'il tournera le dos, nous remonterons par là où nous sommes venus.

Elle était si près de moi que je sentais chaque centimètre de son corps souple contre le mien, l'odeur de fraise et de menthe. Je fermai les yeux, absorbant tout, presque ivre. J'entendis des pas s'éloigner lentement de notre position. Il me fallut un effort monumental pour me convaincre que je n'étais plus obligé d'enfouir mon nez dans ses cheveux. Elle s'accrochait à mon Tee-shirt, les poings serrés autour du tissu. Cela ramenait des souvenirs délicieux de nos corps serrés ensemble, se touchant, se tenant. De moi qui m'enfonçais loin dans sa chaleur, bougeant en elle, la faisant gémir.

Il me fallut un gros effort pour m'écarter et jeter un coup d'œil autour de l'arbre afin de confirmer qu'il n'y avait plus personne sur la plage et que tout le monde s'éloignait de nous. Je me retournai vers elle et dans la pénombre, je pointai la maison du doigt.

Je marchai derrière elle pendant qu'elle se faufilait dans le sous-bois jusqu'au sentier qui menait aux nombreux escaliers en béton. Même si nous étions bien cachés, elle accéléra le pas, peut-être parce qu'elle avait conscience de moi derrière elle. Elle ne sembla pas faire très attention à l'endroit où elle mettait les pieds, glissant presque plusieurs fois.

— Attention, chuchotai-je sévèrement, mais elle ne m'écoutait pas.

À la place, elle accéléra. Il faisait presque sombre au point de devoir utiliser une torche, ou au moins une lumière sur un de nos téléphones, mais nous aurions été vus, même de loin.

Elle se tourna pour répondre par-dessus son épaule :

— Je veux être en haut des escaliers avant qu'il fasse trop nuit.

Et c'est alors qu'elle fit un faux pas. Elle tomba, les pieds glissant sous elle à moins d'un mètre du sentier dégagé. Je tendis les bras, mais je n'étais pas assez près pour la rattraper.

Elle inspira brusquement, tombant heureusement sur ses fesses au lieu de se cogner la tête.

Lorsque je m'agenouillai à côté d'elle pour voir si tout allait bien, elle rit silencieusement.

— Eh bien, j'ai toujours dit que mon père avait été un idiot de m'appeler Grace. Sauf si c'était ironique.

— Tu vas bien ? chuchotai-je lorsqu'elle toucha son pied. Tu t'es tordu la cheville ?

— Mon pied est tombé sur le bord de ce grand rocher là-bas. Ma cheville est éraflée… *oh !*

Elle leva la main qui venait de toucher son articulation. Elle était mouillée et brillante. Du sang.

— Tu saignes ? dis-je en sentant mon pouls accélérer.

— Ça va. C'est juste une éraflure.

— Bien sûr, pour la plupart des gens, ça va. La plupart des gens ne prennent pas de fluidifiants sanguins. Remonte la jambe de ton pantalon.

À la place, elle essaya de se relever.

— Tout va bien.

Je mis fin à cette stupidité.

— Arrête. Ne bouge pas, bon sang.

Je me décalai vers un endroit où je pouvais attraper sa jambe et je remontai son jean moi-même, tenant sa cheville. Il faisait maintenant trop sombre pour y voir quoi que ce soit, d'autant plus que la lumière était bloquée par les arbres et qu'à Tahoe il n'y avait pas beaucoup de lumières ambiantes, pas comme en ville. C'était une nuit étoilée très claire. Une nuit magnifique.

Mais elle saignait et je ne remarquai rien d'autre pendant que je réfléchissais à la meilleure façon de gérer la situation. Elle ne coopéra pas beaucoup.

— Ryan, arrête de me traiter en invalide. Je vais bien.

— Tu saignes, putain. N'essaie pas de te tenir sur cette jambe. Tu as besoin d'un pansement compressif.

— Et tu en as un dans ta poche arrière, ou quoi ?

En réponse, je passai les doigts autour du col de mon tee-shirt et je le retirai. Je commençai à tordre le tissu entre mes mains. Pendant que je travaillais, je la regardai dans les yeux, que je voyais à peine.

— Dis-moi que tu as apporté ta poudre pour refermer les plaies.

Elle hésita. J'examinai la plaie. Elle saignait beaucoup, même pour une éraflure. Les personnes utilisant des fluidifiants sanguins étaient en danger même à cause de blessures superficielles comme celle-ci. Je tirai sa cheville vers le haut afin de la poser sur mon genou plié et je l'enveloppai avec mon Tee-shirt entortillé.

— Gray ? dis-je sèchement quand elle ne me répondit pas.

— J'ai oublié de la prendre. C'était un voyage de dernière minute pour moi et je n'ai pas anticipé…

— Putain, jurai-je en serrant le tee-shirt plus fort pour exercer davantage de pression. Bon sang ! À quoi pensais-tu en partant en voyage sans elle ? Personne n'anticipe le fait de se blesser.

Elle poussa un long soupir.

— Ne crie pas. Je n'ai pas de boule de cristal. J'étais préoccupée en faisant mes bagages.

Préoccupée ? Par quoi ? Par le fait de devoir passer le week-end avec moi ? Ou peut-être qu'elle pensait à ce nouveau type… quel que soit son putain de nom.

Je me relevai, ayant terminé le pansement.

— Debout. Allez.

Elle leva un bras et je la tirai doucement sur ses pieds.

— Je peux marcher.

— Carrément pas. Je te porte jusqu'en haut.

— En haut de toutes ces marches ? Non, je peux y arriver. Il me faudra juste m'appuyer sur toi.

J'avais les mains serrées autour de ses deux bras.

— Je ne vais pas argumenter. Tu montes sur mon dos et on rentre. Tu saignes encore et tu connais les risques.

Elle soupira, mais elle céda.

— D'accord.

— Tu pèses à peine plus que mon sac à dos et tu ne croirais pas le nombre de kilomètres que j'ai dû parcourir avec ça sur le dos. Ce sera comme au bon vieux temps. Ça ira.

Je me baissai alors et elle se cala sur mon dos, jetant les bras autour de mon cou. J'attrapai ses jambes derrière les genoux et je la tins en place.

— Tiens-toi bien. Je vais monter les escaliers à toute vitesse, d'accord ?

— Euh. D'accord.

— Ne lâche pas, Gray.

Je lui donnai un dernier ordre avant de me tourner et de remonter le sentier jusqu'au pied des longs escaliers. Elle serra les bras autour de mes épaules et j'essayai de ne pas penser à sa sensation contre moi, ou à la vue d'elle nue dans la chambre comme une espèce de divinité marine se tenant sur une serviette mouillée au lieu d'un coquillage. J'inspirai profondément et je me préparai à la tâche physique qui m'attendait.

Je déglutis et j'inspirai encore avant de lâcher un « Hooyah ! » en attaquant les premières marches.

Chapitre Seize
Gray

S I QUELQU'UN M'AVAIT DIT QUARANTE-HUIT HEURES avant que j'allais grimper sur le dos de Ryan Tyler et que nous monterions une colline, que je serais serrée contre son torse nu pendant que ses muscles époustouflants ondulaient sous mes mains, je lui aurais ri au visage. Ce genre de rire hagard qui ne pouvait venir que de la poitrine vide d'une femme au cœur brisé.

Mais voilà que cela arrivait. Et pendant que je luttais contre le délire provenant de l'odeur délicieuse de sa peau réchauffée, je ne pus m'empêcher de penser que la vie était vraiment bizarre, parfois.

Ryan monta les marches en béton en courant, la tête baissée pour scruter le sol dans l'obscurité afin de ne pas faire de faux pas. Si seulement j'avais fait aussi attention que lui. Je posai la joue contre la peau chaude de sa nuque et ses muscles ondulèrent et se raidirent sous mes mains. Il ne rata pas une seule marche et il s'arrêta seulement quelques secondes sur chaque palier pour reprendre son souffle avant de continuer à monter. Je fis ce que je pouvais pour ne pas le déséquilibrer, et nous arrivâmes en haut en très peu de temps.

Je glissai lentement jusqu'au sol, en équilibre sur ma bonne jambe et remarquai que le sang avait trempé son tee-shirt. En haletant bruyamment, Ryan ouvrit la porte de côté du chalet et m'observa en fronçant les sourcils.

— Ça coule encore, n'est-ce pas ?

Je haussai les épaules.

— Oh, ça va.

Il secoua la tête.

— Ton sang coule le long de ma jambe, alors ne me mens pas.

Je me raclai la gorge, la douleur de son reproche me faisant presque monter les larmes aux yeux. *D'où est-ce que ça me venait ?*

Je reniflai.

— Pardon. Je ne voulais pas te saigner dessus.

Il grimaça et il passa le bras autour de ma taille, me tirant contre lui.

— Ce n'est pas ce que je voulais dire, OK ? Je suis inquiet. Il faut que nous arrêtions ce saignement.

Puis, sans dire un autre mot, il me souleva et il me porta à l'intérieur. J'essayai de ne pas penser à l'ironie de lui qui me faisait passer le seuil comme un jeune marié avec sa nouvelle épouse, mais mon esprit entêté et toujours plein d'espoir y pensa quand même.

Je m'appuyai contre son torse large et solide et j'essayai de ne pas me souvenir que j'avais un jour rêvé de notre éternité ensemble. À ce souvenir, la colère et le ressentiment brûlèrent dans ma poitrine comme de l'acide. Si seulement il avait été aussi entêté pour préserver notre relation devant les menaces de mon père qu'il l'avait été en m'empêchant de me tenir debout.

Comme il avait laissé tomber notre couple avec facilité. La honte et la douleur flambaient encore.

Ryan me porta tout de suite à la salle de bains. Il me posa dans la baignoire pour contenir le sang et il enleva rapidement mes chaussures, mes chaussettes, le bandage et puis mon pantalon, retirant presque mes sous-vêtements en même temps.

— Calme-toi une seconde, aboyai-je en remontant ma culotte.

Me voir nue une fois dans la journée suffisait largement.

Il ne répondit pas, m'attrapant par la jambe, jambe qui était maintenant libérée de son pansement de compression improvisé, et il inspecta ma cheville en la levant perpendiculairement au sol. Du sang chaud continuait à couler de la blessure et à dégouliner le long de mon mollet.

Il parlait d'une voix rauque et haletante qui n'avait rien à voir avec sa course fatigante sur la colline avec moi sur le dos.

— La blessure doit rester au-dessus de ton cœur. Garde ta jambe en l'air, compris ? Je dois aller chercher de la glace.

Je croisai mes doigts derrière ma cuisse afin de continuer à tenir ma jambe en l'air. Ma cheville, mon mollet et ma cuisse étaient collants de sang séché et bien que je n'avais rien dit à Ryan, je devais admettre que je commençais à avoir la tête qui tournait.

Ryan revint au bout de quelques minutes avec un morceau de glace enveloppé dans une serviette.

— Le remède maison pour arrêter le saignement, c'est de baisser localement la température afin de resserrer les vaisseaux capillaires. Je te préviens, ça ne va pas être agréable.

J'inspirai profondément et je fermai les yeux avant de les rouvrir.

— Vas-y, je suis prête.

Ryan appuya le froid contre ma blessure et le maintint en place, appuyant ma jambe contre sa cuisse. On ne dit rien, et nous évitâmes de nous regarder dans les yeux le temps que la glace fasse son effet. Finalement, je ne pus plus supporter la douleur et je retirai ma jambe.

Le visage sombre et très clairement réticent, il ôta lentement la glace de ma cheville et il se pencha pour l'examiner de plus près. Il tourna mon pied d'un côté et de l'autre, caressant attentivement la peau avec ses longs doigts, apparemment sans remarquer les frissons qu'il envoyait le long de ma jambe. Que je souffre ou pas, cet homme incroyablement sexy et torse nu qui se penchait au-dessus de moi en s'occupant de ma jambe avec précaution m'excitait beaucoup.

— Il faut laver la blessure pour savoir si le saignement s'est arrêté.

Je me hissai sur le bord de la baignoire et il fit couler l'eau. Il nettoya lentement et soigneusement ma jambe avec un gant de toilette. Et franchement, même ça, ça m'excitait.

Cela me rendait furieuse contre moi-même. J'avais passé vingt-cinq ans sans sexe avant que Ryan et moi nous nous fréquentions. Maintenant, j'étais comme une chatte en chaleur chaque fois qu'il me regardait ou qu'il me touchait parce que je n'avais rien fait pendant quatre semaines.

Bien sûr, je ne fus pas aidée lorsque, ayant terminé de nettoyer le sang de ma jambe, Ryan fit tomber son pantalon. Il utilisa un autre gant de toilette pour nettoyer le sang que j'avais fait couler sur ses jambes poilues, fortes et musclées. Je déglutis, sentant mon pouls accélérer.

J'aurais dû détourner le regard. Maintenant, il ne portait rien d'autre que son boxer qui le moulait et ne laissait pas grand-chose à l'imagination. Oui, je l'avais vu magnifiquement nu plusieurs fois. J'avais senti ce corps nu incroyable appuyé contre moi pendant le seul sexe torride que j'avais eu de ma vie, et cela avait été merveilleux.

Mais je n'avais certainement pas besoin de me rappeler cela maintenant, dans mon état blessé et vulnérable.

Après avoir nettoyé l'entaille et collé de la gaze dessus, Ryan me souleva afin de me porter jusqu'à la chambre. Il ignora mes protestations et je fis de mon mieux pour ignorer qu'il était nu mis à part son boxer.

Je portais seulement ma culotte et un tee-shirt sans soutien-gorge. Nous aurions tout aussi bien pu être nus *et* il nous emmenait vers le lit.

Oui, *pas* une bonne idée. Vraiment pas une bonne idée.

Il me posa doucement contre les oreillers avant de pousser un soupir. Je scrutai son visage et je remarquai pour la première fois à quel point il semblait stressé. Il avait été vraiment inquiet pour moi. Je tendis la main et je touchai son bras.

— Tu vas bien ?

Je vis ses joues gonfler à l'endroit où il serra la mâchoire. Il était visiblement secoué. C'était comme si, une fois sorti du mode de résolution de problèmes, il sentait chuter l'adrénaline et réagissait au « danger » dans lequel je m'étais trouvée.

Il déglutit et il se tourna vers moi.

— Arrête de te blesser, bon sang.

Puis il sauta du lit et il quitta la pièce.

Au bout de quelques minutes, il réapparut avec une bouteille de vodka dans une main et un verre dans l'autre.

Je remarquai que le verre était vide.

— Tu viens de boire un shot ? demandai-je.

Il fronça les sourcils.

— Oui, et je vais en boire un autre.

Comme pour prouver son argument, il inclina la bouteille débouchée, se versa un verre et le porta à ses lèvres.

— Stop !

Il hésita et il tourna la tête pour me regarder.

— Ce n'est pas juste. Où est le mien ?

Il leva un sourcil sceptique.

— Tu veux boire des shots de vodka ?

Je croisai les bras et les jambes et j'agitai le pied d'un air impatient.

— Oui, il se trouve que je le veux.

— As-tu déjà bu des shots de vodka pure avant ?

Je luttai contre l'envie de lever les yeux au ciel.

— J'ai déjà bu de la vodka avant, *évidemment*.

— Ce n'est pas ce que j'ai demandé.

Il s'approcha lentement du lit avec le verre plein.

Je tendis la main en agitant les doigts.

— Donne-le-moi. Je ne suis pas un bébé.

Il me tendit le verre, et je le bus d'une traite en essayant de paraître aussi convaincante que possible.

Malheureusement, je crachai et je toussai un peu après avoir avalé. Il ne rit pas. Il reprit le verre d'un air solennel et il se versa un autre shot, cette fois en trinquant en russe.

J'agitai la main.

— Donne-moi ça. Tu partages ce truc où je vais protester.

Il s'assit sur le bord du lit et il versa un autre verre qu'il me passa. Je bus celui-là aussi, ravie de constater que je crachotai moins cette fois. Nous continuâmes de la sorte pendant quelques shots de plus jusqu'au cinquième, lorsqu'il refusa de me passer le verre, le tenant juste hors de ma portée.

— À mon avis, tu dois être réchauffée maintenant.

Je levai un sourcil. J'étais certainement réchauffée. J'étais même au-delà. J'avais aussi passé le stade où j'étais joyeuse, et j'étais bien en route vers l'ivresse. Mais comme je devais rester assise sur le lit et non pas me lever sans chanceler ou marcher droite sans tomber, je pus le cacher beaucoup mieux que je ne l'aurais fait dans d'autres circonstances.

— Je vais bien, dis-je le regardant dans les yeux sans flancher, même si le reste du monde autour de lui me paraissait flou.

Il me scruta d'un air sceptique et je levai les sourcils sans rien dire de plus. Moins j'en disais, moins je risquais de me trahir en bafouillant.

Il me tendit lentement le verre.

— C'est le dernier, alors profites-en.

Je n'en bus que la moitié avant de me mettre à tousser. Il dut me reprendre le verre. Il le porta alors à ses lèvres et il avala le reste, suivi d'un autre verre plein.

— Tu es certain de ne pas être à moitié russe ? me demanda-t-il.

— Non. Ma mère est galloise. Mon père est du Middlewest, né de parents anglais et irlandais.

— Et moi qui pensais qu'il était le diable en personne, marmonna-t-il.

Je le fixai, attendant qu'il continue. Qu'il dise « Que Conrad Barrett aille se faire foutre. Je te veux quand même, Gray ».

Mais il ne le fit pas et mon cœur fit un petit plongeon, souffrit un peu plus de la tristesse, du manque.

Je ne fus capable que d'une seule réaction : un hoquet. Il sourit comme s'il essayait de ne pas rire.

— Nous n'avons pas dîné. Tu as bu tout cela avec le ventre vide.

Je haussai les épaules et je lui fis un vague sourire.

— J'me zens très bien.

Il rit en refermant la bouteille qu'il posa sur la table de chevet. Il me pinça ensuite la joue.

— Oh oui, ça s'entend.

Je me figeai à son contact. Il se figea aussi. Nos regards se croisèrent et nous arrêtâmes de respirer. En tout cas, ce fut mon cas. Je déglutis. Il déglutit.

Puis il tendit lentement la main vers ma joue, caressant ma peau.

— Tu m'as fait peur, fillette, murmura-t-il.

Quelque chose dans son contact et dans ses paroles me fit fondre de l'intérieur. Et pas qu'un peu. Des parties de mon corps chauffèrent et se modifièrent et se plièrent comme si elles étaient faites de cire. Cela réorganisa la chair cicatricielle durcie autour de mon cœur. Ces blessures qu'il avait déchiquetées avec tant de facilité un mois auparavant.

Son pouce caressa à nouveau ma joue et je frissonnai légèrement avant de tourner la tête pour m'écarter de lui. À quoi bon le laisser me parler de cette façon, gentil et adorable, comme s'il se souciait toujours vraiment de moi ? Qu'il aille se faire voir.

— Va te faire, dis-je en répétant mes pensées.

— J'aimerais bien.

Sans me rendre tout à fait compte de ce que je faisais, je sortis la main et je le giflai. Il écarquilla les yeux et il attrapa mon poignet droit avant que je puisse recommencer. Il referma la main et quand je tirai, il serra plus fort. Je poussai un petit cri et nos regards s'affrontèrent.

Finalement, il déglutit, et sans changer d'expression, il se lécha les lèvres. Je vis la marque sur sa joue devenir très rouge.

— J'ai peut-être mérité ça, finit-il par admettre.

Ma respiration accéléra et je fus entièrement sous tension. Mon corps se recroquevilla comme si j'attendais une réaction, quelque chose de violent en réponse à ma violence.

Ou peut-être attendait-il des excuses.

— Si ma cheville a arrêté de saigner, ce n'est pas le cas de mon cœur, dis-je d'une petite voix pendant que nos regards se mêlaient.

Il cligna lentement des paupières, comme s'il devait contourner son ivresse afin de comprendre la signification de mes paroles.

Je laissai échapper une longue respiration tremblante qui, à ma grande honte, sonna un peu comme un gémissement.

— Chh… dit-il en levant sa main libre.

Sa tête s'approcha comme s'il voulait m'embrasser. Je m'écartai.

— Non, tu n'as pas le droit de faire ça. Tu ne peux pas me faire taire. Tu ne peux pas tout mettre de côté comme si tu n'avais jamais rien fait de mal. Je suis fâchée contre toi, Ryan.

Il me regarda dans les yeux, sa main se serrant autour de mon poignet, sa mâchoire se figeant. Je vis quelque chose passer dans ses yeux bleus, ses *merveilleux* yeux bleus, comme la couche la plus bleue du ciel avant le noir et le froid violent de l'espace. Ce quelque chose ressemblait beaucoup à de la douleur.

— Je le sais.

J'humectai mes lèvres.

— Je ne le montre peut-être pas, mais cela fait mal. J'ai mal.

— Je suis désolé que tu aies mal. Je n'ai jamais voulu te faire souffrir.

Je poussai un soupir de dégoût et je levai mon autre main comme pour le gifler encore.

— Tu en veux une autre ? Il me reste une main libre.

Quelque part au fond de moi, ma personnalité sobre était horrifiée par mes propres actes. Ce n'était pas comme si je n'arrivais pas à me contrôler, mais c'était plutôt comme si j'avais laissé tomber le mur que j'érigeais toujours fermement autour de moi par la pure force de ma volonté. J'avais donné des vacances à ce mur. Je lui avais dit de faire ses bagages et de partir aux Bermudes jusqu'à ce que je redevienne sobre.

Et puis je devais admettre que cela avait été agréable de le gifler.

Il le méritait effectivement.

Je lui avais donné mon cœur. Un cadeau pur. Et il l'avait jeté parce que, comme il l'avait dit, il ne me faisait aucune promesse.

Aucune promesse . Et ce qu'il n'avait pas dit, c'était que j'avais été stupide d'en attendre.

Ryan attrapa mon poignet gauche avant que je puisse mettre ma menace à exécution. Il me regarda dans les yeux et je vis qu'il n'était pas en colère. Non, il était… circonspect.

Il s'éclaircit la gorge et il parla à voix basse :

— Y a-t-il autre chose que tu veux me dire ?

Je serrai les poings dont il tenait toujours les poignets. Je me calai contre les oreillers sans en tenir compte.

— Tu es un enfoiré.

Il hocha la tête.

— Oui.

— *Pourquoi* ? Pourquoi as-tu abandonné si facilement ?

Tout sortait de travers, c'était guttural et émotionnel, comme si les mots avaient été arrachés de ma gorge.

Ses yeux reflétaient toujours cette même douleur.

— Parce que je ne te mérite pas.

Je secouai la tête.

— C'est une réponse facile et banale.

— C'est la vérité, murmura-t-il. Je ne t'ai jamais méritée.

— Sans rigoler.

Je luttai contre son emprise sur mes mains.

— Épargne-moi les conneries du genre « *j'ai touché un ange* » et dis-moi la vérité pour une fois, Ryan.

Il me regarda fixement.

— Je ne t'ai jamais menti.

Je secouai la tête, refusant d'être la première à détourner les yeux. Je ne pouvais pas accepter cela. Il était impossible qu'il se haïsse à ce point.

N'est-ce pas ?

Mais si c'était le cas, pourquoi me punir moi aussi ?

Il inspira profondément.

— Tu mérites tellement…

— Oh, *je t'en prie* ! Ferme-la, putain.

Quelque chose changea dans son regard et l'air s'épaissit entre nous. Son regard tomba sur mes lèvres et il s'approcha, presque comme s'il luttait contre lui-même et que la part de lui qui me désirait était en train de gagner.

— Je décide de ce que je mérite. Pas toi. Pas mon père.

J'en avais assez de ces hommes qui voulaient gérer ma vie.

— C'est *moi* .

Quelque chose en lui se brisa. Sans le moindre avertissement, il me sauta dessus. Il leva mes mains au-dessus de ma tête et il les coinça d'une main en prenant mon visage dans l'autre. Sa bouche fut sur la mienne et il m'embrassa avec férocité. Il se coucha sur moi, son corps me couvrant partiellement, m'enfonçant dans le lit.

Sa langue envahit ma bouche. Il avait le goût de la vodka et du désir. Le *désir*.

Son érection était dure contre ma jambe. Il respirait vite, aussi vite que moi, et nous étions brûlants et en sueur et nous nous frottâmes l'un contre l'autre au bout de quelques secondes. Un besoin primitif s'empara de nous comme des animaux frénétiques.

Ma jambe libre entoura ses hanches et il se frotta contre moi. Il y avait de fines couches de tissu – ma culotte et son boxer – entre nous et ce que nous voulions le plus. L'union.

Ma gorge faisait des bruits que je n'avais encore jamais entendus. Quelque part entre la souffrance et le délire de désir.

Sa bouche quitta la mienne et il déposa des baisers durs dans mon cou et le long de ma poitrine jusqu'à mordre et sucer mes tétons à travers le tissu fin de mon tee-shirt, sa queue gonflant contre mon corps. Je fermai les yeux et je ne pus plus réfléchir. Plus respirer. Vraiment plus analyser les conséquences possibles de mes actes.

Je ne pouvais que ressentir le *désir*, le *manque* et la *faim*.

— Ryan, j'ai besoin de toi en moi, finis-je par dire d'une voix rauque lorsqu'il ne fit rien pour aller plus loin.

Il ne passa pas la main sous mon tee-shirt. Ne retira pas ma culotte comme je voulais qu'il le fasse.

Il continua à me torturer, suçant mes tétons jusqu'à ce que je pousse des petits cris en me tortillant. Il se frottait contre moi comme s'il me pénétrait déjà. Mais il ne voulait pas aller plus loin et il ne lâchait pas mes poignets qu'il serrait très fort.

Sa main libre passa dans mes cheveux, maintenant ma tête, et je n'avais aucun contrôle sur ce qu'il se passait. Il ne me restait plus que mes paroles.

— S'il te plaît, j'ai besoin de te sentir en moi.

Il suça encore à travers ce foutu tee-shirt. Mon désir fut stimulé au point de me faire presque mal.

— Ryan ! grognai-je.

Il arrêta lentement ce qu'il faisait, retira sa bouche et s'immobilisa contre moi. J'eus un espoir, et je frottai mes hanches contre les siennes. Il grogna en réponse, mais quelque chose avait changé.

Quelque chose le refroidissait avant que ceci puisse s'intensifier.

Il respirait fort, comme s'il venait de courir dans les escaliers avec moi sur le dos. Sa bouche était collée contre mon cou pendant qu'il luttait pour reprendre le contrôle de lui-même. Il lâcha soudain mes mains et il recula en examinant mon visage.

Le sien était rouge de désir. Et ses yeux bleus étincelaient. J'avais souvent vu ce regard. Il précédait toujours des heures de câlins nus en route vers de multiples orgasmes.

Mais...

Apparemment pas ce soir.

Je tournai la tête et je clignai des yeux lorsque la pièce se mit à vaciller. J'étais beaucoup plus ivre que je ne l'avais cru. Essayant de recadrer ma perception, je luttai pour trouver le haut et le bas.

Ryan me fixait. Il semblait beaucoup plus sobre que moi.

— Nous ne pouvons pas faire ça. Nous sommes tous les deux beaucoup trop soûls. C'est la vodka...

— Faux, aboyai-je. C'est ce que nous voulons *vraiment* . La vodka a simplement fait tomber nos inhibitions.

— Ce n'est quand même pas bien, et tu le sais. Je sais ce que je veux. Même quand je suis sobre, tout ce que je veux, c'est entrer en toi. J'y pense constamment et une part de mon cerveau est continuellement en train de le planifier. Et je me demanderai toujours si c'est moi qui te manipule.

Je lui jetai un regard oblique.

— Tu n'es pas obligé de prendre cette décision pour moi.

— La vodka ne prend pas non plus les décisions pour toi. Pourtant, tu m'as giflé. Je suis certain que c'est ce que tu voulais faire, mais que tu n'aurais jamais osé en étant sobre.

Je poussai un long soupir et je détournai les yeux. Il avait raison, bien sûr. Mais je n'allais certainement pas l'admettre. J'avais compté sur un bon orgasme ce soir-là. *Crétin*.

Il se détendit contre moi, comme s'il voyait que la raison venait d'outrepasser mon brouillard dû à la vodka. Je comprenais pourquoi les Russes adoraient ça.

— Gray, je suis vraiment désolé.

Je secouai la tête.

— Non. Je ne veux pas de ta pitié.

— Ce n'est pas ça. Je dis seulement que je suis désolé. Je… je suis désolé de t'avoir fait du mal et je suis désolé de la façon dont je l'ai fait.

Il s'écarta et il roula sur le côté, mais il ne quitta pas le lit. Il se frotta les yeux. Son boxer était déformé autour de l'énorme bosse de son érection. Ma propre excitation avait gonflé ma chair et rendu ma culotte très inconfortable.

J'étais fâchée qu'il ait conservé ses esprits. Un bon orgasme m'aurait été utile. Un orgasme incroyable… qu'il m'aurait donné.

Mais il avait raison. Nous étions ivres et en souffrance et ce n'était pas une bonne idée, quel que soit l'angle sous lequel nous examinions la situation.

À ma grande surprise, il se mit à rire. Ce fut un rire silencieux. Un rire ironique.

— Je dois admettre… je me suis demandé pourquoi tu as été si gentille avec moi tout ce temps. Pourquoi tu ne montrais pas tes émotions. À ta place, je me serais donné plusieurs claques, aussi.

Je n'avais pas envie de rire. Je me contentai de fixer le plafond en essayant de ne pas pleurer. En essayant de ne pas montrer encore d'autres émotions. Je m'éclaircis la gorge.

— Tu portes déjà un fardeau assez lourd de culpabilité inutile. Pas besoin que je t'en rajoute.

Il resta silencieux un moment, et je tournai la tête pour l'observer. Il sembla soudain très… éprouvé. Comme s'il n'y avait pas du tout pensé. Il fronça les sourcils.

— Tu essayais de me protéger ?

Sa voix trembla en me posant cette question.

Je ne répondis pas, me contentant de le regarder, d'observer l'émotion qui passa sur son visage avant de disparaître. Il venait de me prouver que j'avais raison. Sa culpabilité le tirait vers le bas et tuait tout ce qu'il y avait en lui, tout ce qui vivait chez lui. Et le simple fait qu'il croie que j'étais trop bien pour lui en était la preuve.

Bizarrement, il tendit la main et il me caressa doucement la joue du dos de son index.

— Gray…

Je secouai la tête, muette pour une fois, l'émotion m'empêchant de parler. Une émotion que j'aurais aimé montrer avec mon visage. Mais les larmes ne vinrent pas. J'aurais aimé que ces larmes parlent à ma place, qu'elles disent à quel point j'avais de la peine pour lui, à quel point, je me souciais de lui malgré ma colère précédente.

Les larmes ne voulaient pas venir. Ma voix fut un chuchotement rauque.

— S'il te plaît, Ryan… non.

Il écarta lentement la main, comme s'il ne voulait pas arrêter de me toucher.

— D'accord.

Nous restâmes longtemps allongés de cette façon, lui qui me regardait, moi qui fixais le plafond en souhaitant l'arrivée de mes larmes.

— La vodka n'a pas été une très bonne idée, n'est-ce pas ? finit-il par dire.

Je ris.

— C'est la première chose que tu as dite ce soir avec laquelle je suis d'accord.

— Ah. D'accord. Je reviens. Il faut que je nous prépare quelque chose afin de ne pas avoir la gueule de bois demain.

Il partit et il revint avec une énorme carafe d'eau glacée, deux verres et un flacon d'aspirine trouvé dans l'armoire à pharmacie.

Il versa un verre à tous les deux et nous trinquâmes.

— Cul sec. Il nous faut en boire trois dans l'heure qui vient. Et il nous faudrait aussi prendre l'aspirine dès que possible. Nous sommes en altitude, alors ce sera pire que d'habitude.

Je m'étranglai.

— Je ne veux pas me lever pour faire pipi aussi souvent avec ma jambe abîmée.

— Je te porterai.

— Waouh, des tours gratuits aux toilettes et je ne suis même pas obligée de sortir avec toi.

Il me fixa un moment avant de finir son premier verre d'eau, puis il nous en versa un nouveau.

— Tu vas le faire ? demanda-t-il d'une voix rauque et épaisse avant de s'éclaircir la gorge et de développer. Sortir avec ce type… Aaron ?

Je le fixais, toujours à l'aise et franche avec lui à cause du brouillard de mon ivresse.

— Ça dépend.

Il leva la tête.

— De quoi ?

— De ce qui se passe après le test de vol.

Il plissa le front et il fut d'abord visiblement perplexe, buvant son verre d'eau en me regardant. Il inspira profondément avant de souffler.

— Ton père voulait seulement ce qu'il y a de meilleur pour toi.

Je secouai la tête.

— Il veut me contrôler, mais je suis une adulte. Et tu es un adulte. Et nous avons le choix, même si tu refuses de le voir de cette façon. Et si nous décidions de continuer ceci après le test de vol, il n'aura pas beaucoup de poids. Il n'aura rien pour te menacer.

— Mais il est encore ton père.

Je hochai la tête.

— Oui. Et ma relation avec lui ne regarde que lui et moi.

Son visage resta complètement passif. Je vis presque les rouages tourner dans son cerveau, mais ses yeux restèrent vides et inexpressifs. Je ne savais pas s'il adorait cette idée ou s'il la détestait. Mon cœur se mit à battre plus vite et bien sûr, le cliquetis de ma valve artificielle me trahit.

Il baissa les yeux jusqu'à mon sternum, mais il ne sourit pas. Il ne fit et ne dit rien.

Il poussa un long soupir et il passa la main dans ses cheveux.

— La menace de ton père n'a pas été la seule raison pour laquelle j'ai rompu.

Je le fixai, à la fois stupéfaite qu'il me le dise et pourtant pas très surprise de ce qu'il disait.

— Peu importe ce qu'il a dit. Les choses horribles et douloureuses qu'il t'a dites. Tu ne dois pas les croire. Tu ne dois pas croire ces choses sur toi.

Il leva les yeux vers moi.

— Il n'a pas dit une seule chose fausse, Gray. C'est le problème.

Quelque chose de sombre et de dangereux me serra la gorge. Une colère vicieuse soudaine contre mon propre père. Je rougis, mais avant de pouvoir me plaindre de lui inutilement, Ryan inspira et il poursuivit.

— J'ai fait un choix parce que je le devais. Et ce choix a révélé beaucoup de choses. J'ai choisi de repartir plutôt que d'être avec toi et ça, cela signifie qu'il avait raison. N'importe quel homme qui ferait ce choix ne te mérite pas.

Je serrai la main autour de la couverture et je luttai pour trouver quoi répondre. J'étais muette et je voulais désespérément ces larmes réparatrices, comme autrefois, quand j'étais capable de pleurer seule dans mon oreiller. Je voulais ce soulagement, cette catharsis, mais ça aussi, on me le refusait, comme on m'avait refusé l'orgasme dont j'avais désespérément envie.

Ryan sembla m'observer avec soin.

— Tu n'es plus obligée de me protéger à tes dépens, Gray. Tu peux me dire que je t'ai fait du mal. Tu peux être en colère contre moi. En fait, cela me facilite les choses. Je comprends la colère. Je ne comprends pas…

Il secoua la tête.

Je regardai ailleurs. Lorsque je finis par parler, ma voix fut étonnamment calme.

— Oui, tu m'as fait du mal, mais tu en as fait plus à toi-même et je crois que c'est le véritable fond du problème. Tu n'as pas rompu parce que tu ne me méritais pas. C'était parce que tu croyais ne pas mériter d'être heureux. Tu crois devoir continuer à te punir.

Il but son eau et il indiqua mon verre, m'encourageant silencieusement à faire comme lui. Pendant de longues minutes, nous restâmes assis en silence à boire de l'eau en nous jetant des regards furtifs.

J'avais envie de le raisonner à coups de poing. La gifle venait peut-être de là. Mais le lendemain matin j'allais sûrement regretter mes actes frustrés et désespérés venus de l'ivresse.

Et avec un peu de chance, nous n'aurions pas à ajouter des gueules de bois affreuses à ces regrets.

Je reposai mon dernier verre d'eau.

— Je dois faire pipi, déclarai-je.

Ryan se leva et posa son verre sur la table de chevet. Puis il se pencha et il me souleva. Bien qu'il n'était pas nécessaire d'être ivre pour être attirée par cet homme incroyablement beau, je devais admettre que mes hormones étaient encore en émoi après notre séance de baisers intense. Il posa les bras autour de moi et il me serra contre son torse dur. Avec moi dans ses bras, il sortit de la chambre et il passa dans la salle de bains. Cela ne servit qu'à remettre mes sens en alerte. Il me déposa doucement près des toilettes avant de tourner les talons et de ressortir en fermant la porte derrière lui.

Il attendit juste à l'extérieur pour me prendre et me ramener dans la chambre. Lorsqu'il m'eut reposé sur le lit, il vérifia ma blessure sous le pansement afin de s'assurer que je n'avais pas recommencé à saigner.

Il bâilla soudain.

— Je devrais aller dormir, dit-il.

— Ou alors, tu pourrais simplement dormir ici. Ce lit est grand et ce n'est pas comme s'il allait se passer quoi que ce soit. Je parie que le lit canapé est pourri.

Il rit et il hocha la tête.

— Oui, il est assez inconfortable.

J'indiquai le côté non touché par Keely :

— Dors ici, alors.

À ma grande surprise, il ne résista pas du tout. Je me glissai sous la couverture avant qu'il s'installe et il fit de même, lentement.

— J'ai le cerveau mariné dans l'alcool, dis-je.

— C'est justement l'idée... c'est agréable d'être engourdi. N'est-ce pas ? Longue vie à la vodka.

— Mmm. Est-ce que les Russes la boivent vraiment pour avoir chaud tout l'hiver ? demandai-je lorsqu'il s'installa à côté de moi et que ma tête tomba contre son épaule massive.

Il hésita. Nous ne portions toujours qu'une petite quantité de vêtements : il avait seulement son boxer et moi ma culotte et mon tee-shirt. Et nous étions ensemble sous les couvertures. Ma vue et mes perceptions étincelaient, tout était clair comme de l'eau de roche et brûlant à cause de l'alcool, mais j'avais bien trop conscience de ma propre fatigue.

— Non, la vodka ne te tiendrait pas chaud pendant l'hiver russe. Tu n'as jamais connu un tel froid.

— Tu as passé beaucoup de temps là-bas ? dis-je en levant la tête.

— Il sourit.

— À Star City. C'est là qu'ils nous ont entraînés à monter dans le Soyouz.

— Ah.

Je fermai les yeux, appréciant la façon dont ma tête reposait sur son épaule.

— J'aurais aimé être astronaute.

— Tu aurais été une astronaute excellente.

Je me mis à rire. Vu l'état dans lequel j'étais, c'était la chose la plus hilarante au monde. Je retombai contre mon oreiller.

— Tu es tellement drôle, dis-je d'une voix traînante.

Il leva la main et il hésita avant de me toucher.

— Tu ne vas pas me frapper si je touche tes cheveux, n'est-ce pas ?

J'avalai une grosse boule dans la gorge.

— Je suis désolée de t'avoir frappé. Je n'aurais pas dû.

Sa main se posa sur l'endroit voulu, caressant mes cheveux. Il parla doucement en répondant :

— Je n'ai pas eu mal… en tout cas pas de la façon dont tu le penses.

Il bâilla encore, couvrant sa bouche du dos de la main tout en caressant mes cheveux de l'autre. Son bâillement me fit bâiller, ce qui le fit recommencer à son tour.

Je lui jetai un coup d'œil.

— Alors, tu veux bien qu'on éteigne les lumières ?

Il resta longtemps silencieux, puis il dit doucement :

— Oui, tu peux les éteindre.

Je remarquai qu'il avait régulé sa respiration et qu'il fixait un point au plafond.

En comptant rapidement jusqu'à trois, j'appuyai sur l'interrupteur et je plongeai la pièce dans l'obscurité. J'écoutai attentivement tout changement de sa respiration. Il ne sembla pas bouger.

— Il fait peut-être nuit, mais je peux me concentrer sur quelque chose. Je ne me lasse jamais d'écouter le tic-tac de ton cœur.

Je passai mes doigts dans ses cheveux courts en fermant les yeux.

— J'aimerais… dis-je doucement, et même moi j'entendis la fatigue extrême dans ma voix. J'aimerais que tu puisses te voir comme je te vois. Tu mérites bien plus que cette honte, ce tourment et cette douleur.

Il ne répondit pas et je me sentis irrémédiablement attirée vers le pays des rêves. Après de longues minutes de silence, ma main tomba et mes paupières se fermèrent.

Il se tourna alors et il embrassa doucement mes cheveux. Puis il chuchota quelque chose que je ne compris pas. Était-ce l'alcool ? Non. C'était du russe. Il me dit quelque chose en russe.

Comment voulait-il que je comprenne le russe ?

Je m'endormis juste au moment où la réponse me vint. Il m'avait dit quelque chose qu'il ne voulait pas que je comprenne, mais qu'il devait dire à voix haute.

Heureusement, le sommeil me prit alors, sinon j'aurais passé la moitié de la nuit à essayer de comprendre.

Chapitre Dix-sept
Gray

De nombreuses heures plus tard, la lumiere du soleil étincela à travers la vitre et me poignarda les yeux. Je me rendis alors compte que nous avions été trop ivres pour baisser les stores. Je refermai les yeux en grognant. J'étais agréablement surprise par l'absence du mal de tête effroyable auquel je m'étais attendue. Ce n'était pas que j'avais beaucoup d'expérience avec les gueules de bois, mais il n'y avait qu'une douleur vague derrière mes yeux et ma bouche était sèche, avec un goût affreux.

J'étais certaine que la véritable punition viendrait en sortant du lit.

Apparemment, j'avais eu trop chaud pendant la nuit et au lieu d'être logique et de pousser les couvertures, j'avais retiré mon tee-shirt. De plus, mes bras et mes jambes étaient complètement emmêlés avec le corps plus grand et plus lourd à côté de moi.

La première chose que je remarquai fut son odeur de terre et la sensation d'être enveloppée par lui. Cela me rappela immédiatement les quelques semaines au cours desquelles nous faisions l'amour tous les soirs pour nous endormir épuisés – et nus – dans les bras l'un de l'autre avant de se réveiller pour une autre séance de sexe le matin.

Ce souvenir, ainsi que la situation présente suffirent à faire crépiter l'excitation en moi. J'avais de plus en plus conscience de sa présence. Son bras était posé sur ma taille, son torse nu appuyé contre mon dos nu, sa main entourant mon sein découvert. Sa respiration régulière et lente dans mes cheveux. Son érection dure appuyée contre mes fesses.

Bon sang. Ce n'était pas bon. Ou plutôt... *tellement* bon. Le téton sous sa main rugueuse avait depuis longtemps pointé sous son contact. Je ne pouvais pas rester allongée là et supporter cette torture, alors je bougeai, car malgré mon mal de tête, j'étais terriblement excitée et sa proximité n'améliorait pas la situation.

Lorsque je retirai mon bras, sa main se resserra sur mon sein.

Mince. À quoi rêvait-il ? J'écartai mes fesses de son corps, mais mes jambes étaient toujours coincées par les siennes.

Je les retirai en gigotant et il bougea légèrement en poussant un petit gémissement.

— Ryan, appelais-je.

Il s'éveilla rapidement, comme toujours.

— Oui ? répondit-il d'une voix enrouée.

— Je dois aller aux toilettes. Je ne peux pas me lever.

Sa main tressaillit. Il ne semblait pas avoir conscience de l'endroit où elle se trouvait, et je déglutis, sentant un éclair s'élancer de mon téton à mon centre. Il caressa mon téton et je sursautai.

J'attrapai alors fermement son poignet et j'écartai sa main, m'asseyant pendant qu'il roulait sur le dos et qu'il libérait mes jambes. Ses yeux se focalisèrent immédiatement sur ma poitrine. Comme il faisait frais dans la chambre, mes deux tétons pointaient désormais en lui souhaitant le bonjour. Je tirai le drap et je m'en servis pour me couvrir, cherchant mon tee-shirt dans le lit et sur le sol.

— Pourquoi as-tu enlevé ton tee-shirt ? marmonna-t-il d'une voix clairement déçue. Ai-je raté quelque chose de bien ?

Je levai un sourcil.

— Tu crois avoir trop bu et ne pas te souvenir du sexe ? Attends… te souviens-tu d'hier soir ?

Je me penchai afin d'attraper mon tee-shirt au pied du lit. Je l'enfilai à l'envers, mais je ne pris pas la peine d'arranger ça.

Il se frotta les yeux.

— Oui, je me souviens d'hier soir. Je n'ai bu que six verres.

Je levai encore une fois les sourcils. Bon. Je n'avais été présente qu'une seule fois quand il était vraiment ivre : à Houston. Il était dans un sale état, mais je ne savais pas du tout combien il avait bu alors.

— Beurk, je ne me sens pas bien, dis-je en faisant claquer mes lèvres.

Ryan s'assit.

— Reste là. J'ai un remède.

— Ça va. Je ne suis pas si mal que ça.

Il m'ignora en sortant du lit. Bien sûr, la première chose que je remarquai fut l'énorme érection matinale dans son boxer. Eh bien, il avait touché et regardé mes seins avant que je me couvre… c'était chacun son tour. Je me mordis la lèvre.

— Ne bouge pas, dit-il en sortant de la pièce avant de monter les marches.

Il resta absent dix bonnes minutes et il fallait que j'aille aux toilettes. En outre, je m'inquiétais de plus en plus de la nature de son « remède ».

Juste quand je voulus aller me cacher aux toilettes, je l'entendis redescendre. Il entra dans la chambre avec deux petits verres partiellement remplis de liquide gris jaune. Ça ne faisait pas du tout envie.

— Qu'est-ce que c'est que ça ?

J'eus un mouvement de recul lorsqu'il me tendit le verre.

— Le vinaigre des cornichons. De l'œuf cru. C'est un remède ukrainien contre la gueule de bois.

Je reculai en secouant vigoureusement la tête lorsqu'il l'approcha de mon visage.

— Pas question.

— Ça fonctionne chaque fois. Regarde.

Il inclina le verre et il l'avala sans même frissonner.

— Tu manges aussi de la nourriture reconstituée dégoûtante pour astronautes pendant que tu flottes en apesanteur, alors je ne te crois pas.

Il posa son verre vide sur la table de nuit et il s'assit.

— Tu as un goût dégoûtant dans la bouche et tu as mal à la tête. Si tu te lèves, tu auras la nausée. Le sel de la saumure des cornichons et les protéines de l'œuf rééquilibreront les niveaux de sel et d'enzymes de ton sang.

Je fronçai les sourcils.

— Tu te fous de moi.

Il insista.

— Bois-le d'une seule traite. Tu ne sentiras même pas le goût.

Je grinçai des dents et je lui pris le verre dont j'examinai le contenu.

— Ne le regarde pas, dit-il. Allez, Gray. Fais-le. *Fais-le* , chanta-t-il.

Je lui jetai un regard assassin et je suivis son conseil en ne scrutant plus mon verre. Je me bouchai le nez afin de ne pas avoir à goûter cette mixture et je l'avalais. C'était salé et visqueux… un peu gluant et épais. Et même si le goût n'était pas complètement affreux, la texture de l'œuf cru l'était. Beurk. C'était pire que l'huître crue, que je n'avais mangée qu'une seule fois dans le but de défier mon père qui m'avait interdit de manger des nourritures crues de peur que cela me cause des problèmes médicaux.

Contrairement à Ryan, je frissonnai. De nombreuses fois. Ryan reprit le verre en m'examinant de près. Je lui fis une grimace.

— C'est vraiment affreusement dégoûtant ! Qu'est-ce qui ne va pas chez toi ? Il me faut de l'eau.

— Non, tu ne peux pas boire d'eau pendant au moins trente minutes. Cela dilue les effets bénéfiques.

Je me retournai alors que je rampais jusqu'au bord du lit pour m'échapper.

— Tu sais, pour un homme de science qui a vécu pendant des mois en orbite basse de la terre afin de conduire des recherches scientifiques importantes, tu te raccroches à des remèdes de sorcière.

— Ça fonctionne. Je le sais d'expérience personnelle.

— Ce ne sont que des preuves anecdotiques.

Je sortis du lit en essayant de réprimer des haut-le-cœur et je sautillai vers la salle de bains avec ma cheville blessée. Elle était bien plus douloureuse aujourd'hui et il y avait un gros hématome sombre autour de la zone que j'avais éraflée.

— Comme tu le sais, cela ne prouve rien.

— Pas d'eau, Gray, appela-t-il à travers la porte de la salle de bains lorsque je la fermai.

Je la rouvris et je lui tirai la langue avant de la claquer.

Avant même de faire pipi – ce que je devais faire de toute urgence – je parvins à me brosser les dents afin de me débarrasser du goût dégoûtant dans ma bouche.

En passant aux toilettes et en me lavant les mains, je ne pus m'empêcher de remarquer le bazar que nous vous avions laissé la veille, quand Ryan avait soigné ma cheville. Le sol était couvert de serviettes et de vêtements ensanglantés, dont le pantalon de Ryan. Il y avait également le tee-shirt qu'il avait utilisé afin de me bander la cheville et qui était maintenant trempé d'une quantité effrayante de sang séché. Pas étonnant qu'il ait paniqué.

La buanderie était cachée derrière une porte de placard dans cette salle de bains, alors je décidai de m'occuper afin de ne pas penser à mon interdiction de boire de l'eau. Je rassemblai tout mon courage et je le mis à la machine pour le faire tremper longtemps.

Je vidai systématiquement les poches. Il n'y avait rien dans mon jean, mais son pantalon contenait quelque chose. Je sortis son téléphone de sa poche et il s'illumina. Je me tournai afin de le poser sur le comptoir avant de jeter son pantalon dans la machine, mais j'hésitai, remarquant qu'il avait raté cinq appels et plusieurs messages d'un contact appelé Bisounours.

Mon regard monta automatiquement jusqu'au début des messages. Je me demandai comment il recevait des textos et des appels ici. Il était clairement écrit qu'il ne captait pas. Le premier texto datait de la veille :

Bisounours : C'est comment à Tahoe ? Nous avons passé une super journée, mais je m'inquiète de ne pas avoir de nouvelles. Je dois admettre que je ne peux m'empêcher de penser à l'autre soir.

Mon estomac fit une sorte de salto et j'écartai le téléphone de mes yeux avant de céder à la tentation de lire le reste. Je posai le téléphone à l'envers sur le comptoir et je jetai son pantalon dans l'eau froide avec les autres vêtements et les serviettes. Je ne pensais pas pouvoir sauver le tee-shirt – il était vraiment très ensanglanté –, mais je le jetai avec, juste au cas où.

Je compris alors qu'il devait avoir reçu tous les messages quand nous étions au bord du lac, la veille au soir. Peut-être y avait-il une petite bulle où l'on pouvait capter ? Je n'avais pas eu mon téléphone avec moi, et je n'avais pas vraiment ressenti le besoin de le vérifier. Il ne l'avait manifestement pas fait non plus, sinon il aurait vu tous ces appels et textos de Bisounours.

Une boule étrange se forma dans ma gorge alors que j'essayais de ne pas penser à la signification du message. *Bisounours* était sans doute Karen, qui avait vécu avec lui pendant les trois dernières semaines.

Et elle ne pouvait « s'empêcher de penser à l'autre soir ». S'était-il passé quelque chose entre eux ? Un étau se resserra autour de ma poitrine et m'empêcha de respirer.

Ryan fréquentait-il Karen de façon romantique ?

Une part de moi mourrait d'envie de regarder les autres messages, mais l'autre, plus forte, savait qu'il méritait sa vie privée et que je n'étais pas en position d'être indiscrète. Je pris son téléphone et je sortis de la salle de bains.

Il se tenait dans la chambre avec un jean, mais toujours torse nu et montrant nonchalamment toute sa beauté masculine sans défauts.

— J'ai mis tous nos vêtements tachés de sang à tremper dans la machine, et j'ai trouvé ça dans ton pantalon.

Il prit le téléphone, mais il le reposa immédiatement sur la table de chevet sans le regarder. Puis il s'excusa pour aller aux toilettes.

Moi ? Je n'arrivais pas à décoller le regard de ce foutu téléphone. Je restai là à le fixer tout le temps qu'il fut parti, me demandant quoi faire. *Merde* .

Une étrange forme de tristesse et de douleur enveloppa mon cœur. Je détestais ne pas être au courant de quelque chose d'important dans sa vie. Je détestais être à l'extérieur de ce qu'il se passait pour lui.

Mais… mais…

Cela ne me regardait pas. *Double merde* .

Je pris alors une décision en hochant brusquement la tête environ trois secondes avant qu'il revienne dans la pièce. Il marmonna quelque chose au sujet d'essayer de joindre Keely avec le fixe afin de rentrer chez nous.

Je me tournai vers lui en serrant les poings.

— Quand j'ai sorti ton téléphone de la poche, je n'ai pu m'empêcher de remarquer une tonne de notifications. Des messages et des appels manqués. Quelqu'un qui s'appelle Bisounours essaie vraiment de te joindre.

Un air étrange passa sur son visage. Était-ce de l'inquiétude ? Je me préparai lorsqu'il se pencha pour prendre son téléphone.

— Comment est-ce possible ? On ne capte pas ici.

— C'est sans doute quand nous étions au lac, hier soir.

Il déverrouilla son téléphone et il jeta un coup d'œil au message. Son visage resta impassible lorsqu'il le reposa sur la table de chevet.

Je l'observai, dans l'attente, alors que je n'avais aucun droit d'attendre quoi que ce soit. Lorsqu'il ne dit rien, je demandai :

— Tout va bien ?

Il me regarda avant de passer la main dans ses cheveux et de marcher jusqu'à la grande baie vitrée afin de contempler le lac au-dessous.

— Tout va bien, répondit-il d'un ton sec.

Je clignai des paupières, remarquant sa posture raide, la façon dont il se renfermait sans effort. Son inquiétude amusée pour ma gueule de bois, la préparation attentionnée du remède et ses encouragements joyeux pour me le faire boire avaient tous disparu.

C'était comme si un homme différent se tenait dans cette pièce.

C'était comme si j'étais dans cette pièce avec l'homme qui m'avait si froidement rejetée quatre semaines auparavant.

Cette idée m'énerva, alors je décidai de le provoquer.

— Bisounours est-elle la nouvelle entraîneuse et plus si affinités ?

Les muscles de son dos ondulèrent lorsqu'il fourra les mains dans ses poches. Il pivota le torse et il me jeta un regard irrité par-dessus l'épaule.

— Il s'agit de Karen Freed.

Il confirma ce que j'avais deviné. Je déglutis.

— Oh. Pardon.

Que pouvais-je dire d'autre ? Il y avait un passé entre Ryan et Karen que je ne connaissais pas. Et il n'était pas obligé de m'en parler.

Je me tournai, j'ouvris un des tiroirs de la commode et j'en sortis un pantalon de yoga, en me rendant compte que j'avais froid aux jambes et qu'elles étaient couvertes de chair de poule. Ce n'était peut-être pas entièrement dû au froid, mais plutôt aux étranges prémonitions suggérées par son comportement et les maigres informations que j'avais.

J'enfilai le pantalon et je serrai les bras autour de mon torse.

— Bon, ça ne doit pas être loin de trente minutes, alors je vais me chercher un verre d'eau.

Et sans le laisser répondre ou se tourner, je quittai la pièce et je montai lentement les marches. Il fut à mes côtés avant que j'atteigne la moitié de l'escalier, insistant pour me tenir autour de la taille afin de me soutenir.

Une fois que nous arrivâmes en haut des marches, il me fit asseoir sur un tabouret dans la cuisine pour examiner ma cheville. J'essayai d'ignorer son odeur incroyable qui me passa sous le nez lorsque son corps se pencha au-dessus du mien. Et le souvenir de la sensation de ce corps sur le mien. Je fermai les yeux. *Bon sang …*

— La taille des hématomes autour de cette blessure m'inquiète. Il y a beaucoup de saignements internes.

— Eh bien, ma peau marque facilement, c'est un effet secondaire naturel des fluidifiants sanguins. J'ai tout le temps des bleus. Cela finira par partir. Le saignement s'est arrêté depuis longtemps.

Il appuya sur l'hématome afin de vérifier qu'il n'y avait pas de gonflement et il poussa un grognement évasif. Je pinçai les lèvres et je luttai pour anéantir les étincelles d'excitation déclenchées par le contact même très léger de ses doigts.

Je retirai le pied avec un mouvement de recul. Ses yeux bleus furent illuminés d'un éclair d'irritation que je choisis d'ignorer. Je glissai du tabouret et boitai jusqu'au frigo où j'attrapai une bouteille d'eau. Le petit-déjeuner ne m'intéressait pas le moins du monde, alors que je n'avais pas dîné la veille. J'avais en revanche l'impression de pouvoir boire une rivière entière.

Ryan s'assit sur le tabouret que je venais de quitter et il m'observa, s'appuyant sur ses coudes pendant que je buvais la moitié de la bouteille. Quand je m'arrêtai enfin pour respirer, il demanda si je pouvais lui en passer une. Il retira le bouchon, but une petite gorgée et la referma.

— Alors, pourquoi as-tu soudain changé de comportement ? demanda-t-il doucement.

Je levai un sourcil, mais je ne posai pas directement la question.

— Tu t'es complètement renfermée quand tu es revenue de la salle de bains.

Je finis mon eau et je jetai la bouteille vide dans la poubelle de recyclage. Ensuite, j'inspirai profondément.

— Instinct de conservation, Ryan. Je suis prudente.

Il hocha la tête.

— À cause de ce que tu as vu sur mon téléphone ?

Je levai la main.

— J'ai seulement lu le premier message, je le jure. J'ai fait de mon mieux pour ne pas violer ton intimité.

Ma voix trembla sur ces derniers mots, et j'aurais pu maudire ma faiblesse.

— Il ne se passe rien entre Karen et moi, dit-il doucement.

Puis il inspira profondément avant de souffler.

— *Pour l'instant* .

J'écarquillai les yeux et lorsque je compris ses paroles, je sentis littéralement le sang quitter mon visage. Je posai une main sur le frigo pour me soutenir, mais tous les organes de mon corps me donnèrent l'impression d'être tombés trente centimètres plus bas que leur position naturelle.

Qu'est-ce que cela signifiait ? *Pour l'instant ?*

Je le regardai avec de grands yeux et je voulus l'encourager à continuer, mais il détourna son regard coupable.

J'attendis donc.

CHAPITRE DIX-HUIT
RYAN

J'ETAIS OBLIGE DE REMARQUER LA PALEUR DE SON VISAGE pendant qu'elle me regardait. J'avais lâché la bombe, n'est-ce pas ? Il était temps de continuer.

Il était clair que Gray avait encore des sentiments. Elle était peut-être douée pour les cacher, mais pas à ce point. Elle avait relâché son attention quelques fois, ici et là. J'étais en partie ravi de le voir, mais une autre part de moi était horrifiée.

Je savais également que si Karen acceptait – et, c'était un grand *si* – alors Gray avait le droit de savoir ce qui pouvait arriver. C'était logique. Pourquoi était-ce donc si dur de le dire ?

Je déglutis.

— Karen et moi nous avons passé beaucoup de temps ensemble. Nous avons beaucoup parlé.

Gray ne bougea pas, elle serra les bras sur sa poitrine et elle parut anormalement pâle.

J'inspirai profondément et je croisai les doigts. Il m'était plus facile de les regarder que de remarquer l'air dévasté dans ses yeux.

— Elle, euh…

Ma voix trembla juste un petit peu et je m'éclaircis la gorge.

— Elle s'est confiée à moi. De plus, AJ ne va pas très bien. Il est traumatisé et il fait des cauchemars. Son père lui manque beaucoup.

Je levai la main afin de me frotter les tempes, essentiellement pour lui cacher mon visage pendant un moment. Je ne voulais pas qu'elle voie à quel point j'étais partagé par la situation. Elle s'approcha lentement jusqu'à se tenir de l'autre côté du comptoir par rapport à moi, mais elle ne dit rien.

Cependant, je ne pouvais toujours pas la regarder dans les yeux.

— Karen a aussi eu des problèmes dont je ne devrais sans doute pas parler. Mais cela a été très difficile pour eux, et je n'ai pas été présent comme je l'aurais dû. J'ai promis de l'être, mais je ne l'ai pas été. J'étais trop absorbé par...

Ma voix s'estompa.

— Par ta culpabilité, continua-t-elle d'une toute petite voix.

Je serrai la mâchoire et je regardai par la fenêtre.

— Je n'ai vu que le sommet de l'iceberg de souffrance d'AJ, et je suis inquiet. J'adore cet enfant. Je...

Je secouai la tête, essayant de chasser ces souvenirs. J'avais été là quand il avait fait ses premiers pas. Quand il était bébé, son tout petit poing serrant mon doigt. Je lui avais donné le biberon. J'avais joué à la balle...

Je bafouillai en continuant.

— Je suis resté dans la salle d'attente de l'hôpital pendant un jour et demi quand il est né. Après sa mère et son père, j'ai été la première personne à le tenir. Avant même ses grands-parents. C'est comme mon neveu de sang.

Je risquai un coup d'œil dans sa direction en m'attendant presque à ce qu'elle soit fâchée ou même à ce qu'elle montre encore cet étrange stoïcisme qu'elle avait affiché au cours du mois passé. À la place, elle fronçait les sourcils et il n'y avait rien d'autre que l'inquiétude et la compassion sincères sur son visage.

Pour une raison que j'ignorais, cela me rendit encore plus émotif. Je dus avaler la sensation désagréable dans ma gorge.

— Je peux être un père pour AJ. Je peux m'occuper d'eux.

— Et cela signifie…

Je montai mes mains entrelacées jusqu'à ma bouche et je la regardai par-dessus.

— J'ai dit à Karen que je voulais l'épouser et être le beau-père d'AJ.

Elle hocha la tête avec sérieux, son regard tombant sur le marbre froid pendant qu'elle réfléchissait à cette information. Elle posa les mains sur le comptoir devant elle.

— Est-ce que tu…

Sa voix s'éteignit dans sa gorge et elle la racla avec détermination.

— Alors, est-ce que ça signifie que tu l'aimes ?

L'amour. Il n'y aurait aucun discours de conte de fées. Pas aujourd'hui. Je me frottai la lèvre avec l'articulation du pouce. Ma barbe de deux jours commençait à gratter et pourtant je n'avais aucune envie de me raser. Je me sentais protégé ainsi, caché. Abrité.

Il était ridicule de croire que quelque chose d'aussi trivial pouvait me protéger du pouvoir involontaire que Gray avait sur moi.

— Je veux qu'AJ ait un papa. J'ai perdu mon père quand j'étais adolescent. Je sais ce que ça fait. C'est nul. AJ est tellement jeune, et il m'admire. Je suis ce qu'il y a de mieux après son père. Et je peux m'occuper d'elle, aussi.

Gray grimaça légèrement quand je dis *elle* . C'était affreux à voir, mais bon sang, il fallait que je blesse quelqu'un, n'est-ce pas ? Il fallait que je la blesse *elle* . Encore.

Je ne pouvais pas l'avoir, alors cela impliquait-il que je devais passer le reste de ma vie tout seul ? Je ne voulais plus être seul. Je voulais une famille. Je me demandai ce qui avait changé.

Le silence dans la pièce fut assourdissant et je vis le mur défensif érigé entre nous. Ce n'était pas une surprise. Que pouvais-je attendre d'autre de sa part ?

Elle m'observait avec son regard gênant et inflexible qu'elle avait si souvent utilisé auparavant.

— Aimes-tu Karen Freed ? répéta-t-elle.

J'inspirai profondément en serrant les mains. Je soufflai avant de répondre :

— Oui. Je la connais depuis que nous sommes adolescents. C'est une très bonne amie. Je l'aime beaucoup.

Gray ne me regardait plus, elle scrutait la surface en marbre devant ses mains. Puis elle s'éclaircit la gorge et lorsqu'elle parla, ce fut d'une voix grave et basse, comme s'il lui fallait lutter plus que d'habitude pour contrôler ses émotions.

— Si tu choisis d'être avec eux, il faut que ce soit pour les bonnes raisons. Tu dois prendre cette décision dans le but de garantir son propre bonheur en même temps que le leur. Si tu fais ceci, seras-tu heureux ?

— Il y a plus d'une seule bonne raison pour vivre avec quelqu'un, Gray. Cette raison est aussi bonne qu'une autre.

Je ne dis pas la réponse qui traînait sur mes lèvres, car les mots lui auraient donné raison. *Je ne mérite pas d'être heureux* .

J'avais pris la décision de rompre avec elle. Bien sûr, elle avait été fortement influencée par son père merdique qui avait fait pression, mais finalement, c'est moi qui avais pris la décision.

J'enfouis mon visage dans mes mains. Ce que je voulais et ce que je devais faire étaient deux choses entièrement différentes.

Deux femmes entièrement différentes. Deux avenirs entièrement différents.

Putain de merde.

— Ryan, dit-elle en attirant à nouveau mon attention sur elle.

Elle remonta les lunettes sur son nez.

— Tu mérites d'être heureux. Tu dois te battre pour ça, pour toi et ton avenir.

— Si elle accepte, je crois que nous serons heureux.

Elle leva enfin la tête pour me regarder.

— Alors, elle ne t'a pas répondu ?

— Nous attendons le test de vol. Elle veut commencer lentement.

Quelque chose que je dis là, au sujet du test de vol sans doute, sembla la foudroyer. Elle grimaça et s'écarta du comptoir, se tourna et partit vers le frigo. Elle l'ouvrit seulement pour le fixer longuement avant de le refermer.

Elle passa les doigts dans ses cheveux et elle tira durement dessus.

— Tu fais une erreur.

Je poussai un long soupir, puis je bus une gorgée de la bouteille d'eau.

— Ça dépend de la façon de voir les choses.

Elle secoua la tête, incrédule et stupéfaite.

— Est-elle au courant ? Au sujet du câble de Xander ? Lui as-tu dit que son mari avait défié les ordres et défait son attache afin de pouvoir te rejoindre et t'aider ?

Je la fixai, sans voix. Quelque chose de vital s'enroula autour de mes entrailles et serra. Je n'arrivais pas à croire qu'elle utilise les informations que je lui avais données contre moi.

Pourquoi lui avais-je dit, d'ailleurs ?

La colère raidit ma colonne et fit rougir mon visage. Je me levai du tabouret.

— C'est ma vie. Ma décision.

Je me tournai pour partir, mais sa voix, soudain forte et déterminée, m'interrompit.

— C'est effectivement ta décision. Mais ce n'est pas seulement ta vie. C'est la vie de Karen. C'est la vie d'AJ.

Elle s'arrêta et elle respira profondément avant d'ajouter d'une voix tremblante teintée de larmes :

— C'est *ma* vie.

J'en étais malade et j'étais ravi d'avoir le dos tourné vers elle. Je fermai les yeux et je luttai pour me contrôler tant qu'elle ne pouvait pas me voir.

— Il ne me semble pas t'avoir vue partir en courant confronter ton père au sujet de son intervention dans ta vie, fis-je remarquer d'une voix tout aussi forte.

Et lorsqu'elle ne dit rien, je quittai la pièce et je descendis me doucher.

J'avais à peine franchi le seuil de la chambre lorsqu'un fracas de verre brisé m'arrêta net. Je fus pris d'une peur glaciale. Je remontai les marches et je fus de retour dans la cuisine en un instant. Elle s'était déplacée jusqu'à l'autre bout de la pièce, se penchant pour regarder quelque chose.

Lorsqu'elle tendit la main, je remarquai ce qui ressemblait à un verre cassé devant elle sur le sol. *Oh non, non, non* .

— Éloigne-toi de ça, bordel ! hurlai-je, et elle sursauta.

Debout, elle me regarda par-dessus son épaule. Il y avait des larmes sur ses joues. J'essayai de ne pas les remarquer, mais c'était presque impossible. L'avais-je déjà vue pleurer ?

Une fois… à Houston. Elle avait pleuré parce qu'elle avait ressenti de la compassion pour moi.

Mais je ne l'avais jamais vue pleurer pour elle-même. Pas même le jour où j'avais rompu avec elle.

Elle se détourna de moi et elle se pencha encore une fois au-dessus du verre brisé. Ma vue se brouilla lorsque ma pression sanguine explosa. Incapable de penser logiquement, je me baissai et je l'attrapai, la soulevant du sol sans même y réfléchir.

— Tu l'as fait tomber ?

— Je l'ai jeté.

Elle s'agita dans mes bras, clairement choquée. Je la traînai au salon.

— Tu ne dois pas toucher ce verre, grognai-je.

La dernière chose dont j'avais besoin, c'était qu'elle se coupe encore.

— Ne sois pas stupide.

— Oh, c'est trop tard pour *ça* , cracha-t-elle en me repoussant violemment dès l'instant où je la reposais. Je suis stupide. Je suis *tellement* stupide.

Je respirai profondément et je regardai ailleurs.

— Je vais nettoyer ça, puis tu pourras trouver quelque chose d'incassable à jeter. Et tu pourras me le jeter dessus, cette fois.

Elle me tourna le dos et elle essuya rapidement son visage du dos de la main, manifestement morte de honte que j'ai pu voir ses larmes. J'attrapai le balai et la pelle et je balayai précipitamment tous les morceaux cassés que je jetai à la poubelle.

En revenant au salon, je m'approchai lentement d'elle. Elle regardait par la fenêtre maintenant, les yeux fixés sur le lac d'un air déterminé. Ses yeux étaient rouges, mais ses joues étaient sèches.

— Ça va ? demandai-je.

Elle s'éclaircit la gorge.

— Non.

Le mur était revenu autour d'elle. Je me frottai la nuque et j'essayai de réfléchir à ce que je pouvais dire. Comment pouvais-je lui faire comprendre ? Comment pouvais-je apaiser sa douleur ?

La réponse était que je ne le pouvais pas. Elle allait continuer à l'enfouir sous sa façade calme et à souffrir en silence pendant les mois à venir.

— Je savais qu'il devait y avoir autre chose, dit-elle d'une voix basse et tremblante. Je le savais. Sinon nous aurions pu mettre notre relation en suspens. Tu aurais pu venir me voir et me parler des menaces de mon père. Nous aurions attendu que le test de vol soit terminé. Puis j'aurais confronté mon père et je lui aurais dit qu'il ne pouvait pas faire ça.

Je fronçai les sourcils. Ces pensées m'étaient venues également, mais au bout du compte, ce n'était pas satisfaisant. Je ne voulais pas être celui qui s'immisçait entre elle et son père, qui rompait avec le peu de famille qu'il lui restait. Je ne voulais pas être l'homme qui la forçait à choisir.

Et je ne la méritais pas.

— J'ai pris la décision d'arrêter ce qu'il y avait entre nous avant que Karen revienne. Le fait que je sois avec Karen n'a aucun rapport avec nous deux.

— Tu abandonnes si facilement, dit-elle d'une voix pensive et très basse, comme si elle ne me parlait pas vraiment. Tu ne nous as même pas laissé le temps d'essayer de surmonter la situation.

Je la fixai, serrant et desserrant les poings en luttant pour trouver une réponse. Je n'en avais pas.

Elle tourna brusquement la tête vers moi.

— Crois-tu que ce sera facile avec Karen ? Tu as déjà l'intention de lui cacher des choses. N'est-ce pas ? Tu crois que son mari a sacrifié sa vie pour toi et que tu dois maintenant faire la même chose pour lui.

Ses paroles me pénétrèrent comme la lame d'un couteau et ma peau se mit à brûler. Je levai une main pour l'avertir, pour lui dire d'arrêter.

— *Ça suffit*, Gray. Prends autre chose à jeter. Jette-le-moi si tu veux. Laisse tout sortir et montre enfin une émotion pour une fois. Cela te ferait du bien.

— Montre *enfin* une émotion ?

Elle se tourna vers moi, la couleur de son visage prenant une teinte plus prononcée.

Je me frottai la nuque et je me demandai si je devais m'inquiéter de la façon dont ses yeux verts étincelaient quand elle me regardait.

— Tu dois admettre que tu as été plutôt – stoïque – au sujet de tout cela.

Elle écarquilla les yeux.

— Tu me critiques parce que j'ai été trop stoïque ? Tu es gonflé. Cette stabilité émotionnelle est précisément ce sur quoi tu t'es appuyé dans le passé… pour ton bénéfice.

Elle rougit et elle agita théâtralement une main en l'air.

— Ce n'est pas parce que je ne me jette pas à terre en m'arrachant les cheveux et en hurlant de toutes mes forces que je ne suis pas affectée. T'attendais-tu à ce que je te supplie comme l'a fait ton entraîneuse et plus si affinités ?

Waouh. Eh bien, si elle s'était retenue avant, elle ne sentait absolument plus aucune hésitation à tout faire sortir.

— Je veux juste…

Et je m'interrompis lorsqu'elle plongea vers un énorme vase en céramique sur la table basse et qu'elle le leva comme si elle voulait me le jeter.

Je tendis les mains, prêt à le rattraper pour me défendre, mais elle tremblait de la tête aux pieds. Elle tremblait comme si elle était secouée par une tempête ou emmenée par une fusée. Elle laissa retomber ses mains et elle lâcha un sanglot.

Je m'approchai d'elle et j'attrapai le vase que je retirai de ses mains. Il était lourd. Si elle l'avait véritablement jeté, elle m'aurait fait mal. Je le reposai sur la table basse et je me tournai vers elle. Elle tremblait encore si violemment que je ne pus m'empêcher de la prendre dans mes bras.

Elle me repoussa violemment en grognant et elle me frappa de toutes ses forces sur le torse. Elle semblait essayer de me pousser en arrière, mais elle n'avait absolument pas le poids suffisant pour le faire. Je restai malgré tout sur place. Elle était bien plus petite que moi, mais elle était étonnamment forte. Et pas seulement physiquement…

— Tu es incroyable, souffla-t-elle. Tu joues tellement vite au martyr. Tu mets ta vie en jeu et tu te sacrifies pour Karen et AJ parce que c'est ce qu'a fait Xander. N'est-ce pas parfait ? me cracha-t-elle presque. Tu seras le héros de la vie de tout le monde sauf de la tienne.

Je grinçai des dents.

Elle ne sembla pas remarquer mon absence de réaction, car elle était en mode coup de gueule maintenant, agitant les mains par soubresauts.

— Tu es un enfoiré, Ryan Tyler ! cria-t-elle. Va te faire foutre pour avoir pris quelque chose de délicat, quelque chose de précieux comme mes sentiments pour toi, et d'avoir chié dessus. Tu es *nul* .

De nouvelles larmes sortirent de ses yeux et je restai impassible, comme j'avais appris à le faire au cours de mes années dans l'armée.

D'une certaine façon, c'était pire qu'à l'armée parce que c'était dans le domaine émotionnel, ce que je n'avais jamais appris à gérer correctement. Ce n'était pas facile de voir mon adorable et belle copine souffrir à cause de moi. Et de dire qu'elle avait caché cette souffrance depuis le début. Quel genre de force fallait-il avoir pour cela ?

Cela ne faisait qu'ajouter à ce même sentiment d'inutilité que je portais en moi. Encore une chose que j'avais touchée et gâchée.

Ma réponse ne s'entendit presque pas, ma voix était enrouée.

— Tu as raison. Je suis désolé.

— Non, tu n'es pas désolé, putain. Tu repars dans l'espace alors que tu n'es clairement pas prêt. Tu es dans le déni au sujet de presque chaque foutu aspect de ta vie. Parce que tu es imprudent et que tu t'en fous.

Elle avala de l'air.

— Parce que tu veux mourir.

Je pouvais supporter sa colère, et j'allais le faire. Si elle avait besoin d'un sac de frappe, je pouvais aussi être cela. Malgré tout, ses mots faisaient mal. Elle savait exactement comment les envoyer, comme des fléchettes qui s'enfonçaient dans tous les endroits les plus vulnérables. Les endroits où je doutais de moi-même.

— Ta vie est un désastre. Tu crois avoir trompé tout le monde en redorant ton image, parce que personne n'est au courant de ton stress post-traumatique ou des véritables raisons pour lesquelles tu fais tout ceci : le vol, la proposition de mariage à Karen. Tu peux quand même être là pour eux et prendre soin d'eux sans sacrifier ta vie pour eux.

— Gray... grognai-je sous forme d'avertissement, mais elle m'ignora complètement.

— Tu regrettais une seule chose au cours de l'année passée, et c'était de survivre à l'accident. Tu as décidé que tu allais recevoir exactement ce que tu *mérites*.

Elle souligna ces mots en faisant des guillemets dans les airs et ses yeux étincelèrent de fureur.

— Pas besoin de jouer au martyr, parce que tu es *déjà* mort à l'intérieur. Tu es mort le même jour que Xander Freed.

Je déglutis et tous mes muscles se raidirent de colère. Elle ne retenait plus ses coups.

Elle essuya les coins de ses yeux d'un air indigné, comme si les larmes gênaient sa colère. Puis elle fit un pas vers moi de sorte que nous nous tenions très près l'un de l'autre. Son odeur... je sentais ses délicieuses fraises à la menthe. Les souvenirs de son corps et du mien, d'être enveloppé dans cette odeur merveilleuse éveillèrent d'autres sensations brûlantes en moi, en plus de la colère.

— Je t'ai dit que je t'aimais et tu n'as pas pu m'aimer en retour parce que tu es mort à l'intérieur. Alors tu m'as repoussé. Mon père n'était qu'une excuse tombant à point.

Elle me regarda en fronçant les sourcils.

— Il a rendu les choses tellement faciles pour toi.

J'eus soudain le souffle coupé, comme si elle venait de me donner un coup de poing dans le sternum.

— Qu'est-ce qui a bien pu te faire croire que ça a été facile, Gray ?

Elle soutint mon regard, me fixant comme un chien fou sur le point de m'affronter dans un combat à mort. Elle avait dit que j'étais mort à l'intérieur. Peut-être avait-elle partiellement raison. Cependant, une partie de mon cœur ne donnait pas l'impression d'être morte… la partie qui la désirait tout en souhaitant la repousser encore davantage parce que c'était trop douloureux.

La veille, quand je l'avais tenue dans mes bras pendant qu'elle dormait, je le lui avais chuchoté. Je m'étais permis cet unique instant de faiblesse, ce relâchement de mon contrôle. Et au cas où, je le lui avais dit en russe. *Ya tebya lyublyu. Navsegda.* Je t'aime. Pour toujours.

Un homme qui n'était pas brisé l'aurait crié sur les toits, partagé avec tous ses amis et ses proches, se serait réjoui de ce qu'il avait trouvé. Ce rayon de lumière brillant, cet espoir flagrant, le point parfait pour terminer toutes mes phrases, le miroir de mes pensées, le genre d'amour qu'on ne trouve qu'une fois dans sa vie. Une raison de célébrer…

… Pour un homme qui n'était pas brisé. Un homme qui n'était pas moi.

Elle secoua la tête avec des yeux tristes et elle serra les lèvres contre ses dents.

— Pourtant, tu as abandonné. Tu as choisi l'issue facile. Si tu te souciais…

— Je m'en soucie. Beaucoup. Plus que…

Je secouai la tête et je détournai le regard en passant la main dans mes cheveux. À quoi cela servait-il de lui dire maintenant ?

N'était-ce pas plus facile de la laisser me haïr et passer à autre chose ?

Ce fut cette pensée-là qui me blessa plus que tout.

Non . Parce que je ne voulais pas qu'elle passe à autre chose. Cette idée me donnait à la fois envie de folie meurtrière et de vomir. J'étais un enfoiré égoïste.

Nos regards se croisèrent et se mêlèrent, la chaleur et la tension bouillonnant entre nous. Même si j'étais furieux, je ne voulais rien d'autre que la serrer contre mon corps et lui faire comprendre à quel point elle comptait à mes yeux. À quel point j'avais besoin d'elle, comme je la désirais, même si je ne pouvais pas l'avoir.

Après un long moment tendu, elle secoua la tête et elle croisa les bras sur sa poitrine. Des larmes retenues brillèrent dans ses yeux.

— Eh bien, je ne peux pas dire que je n'ai rien appris, dit-elle d'une voix rauque. Apparemment, je t'ai donné mon cœur trop facilement. Je ne le ferai plus avec le prochain.

Le prochain . Un autre homme.

Je fermai les yeux, immédiatement dégoûté par l'idée des mains d'un autre homme sur elle.

— Gray, gémis-je.

— La vie s'est peut-être arrêtée pour toi parce que tu ne penses pas mériter plus. Mais elle ne s'arrête pas ici pour moi.

Elle indiqua le centre de son torse en levant le menton d'un air défiant.

— Je veux vivre et je veux être heureuse. Alors, je passerai à autre chose. Tout comme toi. Tu épouseras Karen. Je sortirai avec d'autres hommes, et je coucherai avec eux si je le veux. Aaron...

Je tendis brusquement le bras et j'attrapai son épaule que je serrai.

— Arrête.

Elle se débattit, mais je ne la lâchai pas. Elle continua donc à parler pendant que je serrai plus fort.

— J'ai peut-être besoin d'une relation de transition. Aaron est un type bien. Pas trop vieux pour moi…

Mon autre main passa dans ses cheveux et je la tirai contre moi. Je ne pouvais pas écouter un mot de plus, et je ne connaissais qu'une seule façon de la faire taire. Ma bouche atterrit brutalement sur la sienne, la couvrant et étouffant sa diatribe. *Ouf*. Ma bouche fusionna avec la sienne, lèvres contre lèvres.

Elle avait refusé mes paroles. Elle refuserait de m'appartenir. Mais *ceci*… pouvait-elle refuser ceci ?

Elle chancela vers moi puis elle s'écarta, mais pas avec assez de force pour me convaincre qu'elle essayait de s'échapper. Ma langue glissa dans sa bouche et elle poussa un gémissement qui me fit bouillir le sang en moins de cinq secondes. Mon Dieu, comme cela m'avait manqué. C'était peut-être une énorme erreur, mais c'était si bon que je m'en foutais complètement.

Ma queue fut dure en un instant, et je dus lutter contre mon instinct qui était de la pousser sur le canapé et de faire ce que je voulais d'elle.

Lorsque ma bouche libéra la sienne, nous respirions vite et j'hésitai, attendant qu'elle émette une objection ou qu'elle me dise de la lâcher.

— Je suis tellement furieuse contre toi, Ryan, haleta-t-elle avec le visage contre le mien.

— Je sais.

Elle frissonna contre moi et je me penchai, puis je l'embrassai dans le cou, suçant sa peau douce. Elle frissonna encore, son corps s'affaissant contre le mien. Elle posa fermement les mains sur mes épaules et sa tête tomba en avant. Elle posa la bouche sur mon cou et un plaisir brûlant me traversa le corps. La sensation de ses mains et de sa bouche me rendait ivre de désir pour elle.

Je sentis soudain une douleur à l'endroit où sa bouche se trouvait. Son baiser s'était rapidement transformé en morsure, ses dents plongeant dans ma peau. Ce n'était pas une morsure légère. Non, elle était sérieuse, cherchant peut-être même à me faire saigner. Je poussai un petit cri et elle serra plus fort.

— Ah, putain, grognai-je.

Ma queue gonfla. Elle était donc en colère et elle essayait de me faire mal. Cela ne servit qu'à m'exciter encore plus. Sa main glissa depuis mon épaule à plat sur mon torse, mon ventre, pendant qu'elle continuait à serrer ma peau entre ses dents. Sa main se faufila au niveau de la taille de mon jean et dans mes sous-vêtements, attrapant mon érection sans la moindre hésitation.

— Si tu commences à utiliser tes ongles, je vais me fâcher, l'avertis-je avec un léger rire dans la voix.

La douleur de ses dents diminua un peu. J'utilisai ma prise dans ses cheveux pour reculer sa tête et regarder son visage. Ses yeux étaient à nouveau emplis de larmes, sa peau était toute rouge, et elle serrait la mâchoire.

— Je veux te baiser, Gray. Maintenant.

Ses yeux parcoururent mon visage.

— Fais-le, alors.

Sa main serra ma queue avec plus de force, la caressant sauvagement, et j'eus des difficultés à focaliser mon regard.

C'était si bon que je me demandai pendant un moment ridicule si j'allais jouir dans mon pantalon.

— Je n'ai pas de préservatif.

— Je prends la pilule.

J'écarquillai les yeux en me raidissant. Elle ne prenait pas la pilule quand nous baisions constamment, mais maintenant, si ? Avait-elle été sérieuse au sujet de sortir et de coucher avec d'autres hommes ? Cette idée m'enragea et mes doigts se mêlèrent dans ses cheveux, tirant dessus. Elle poussa un petit cri et une autre larme coula de son œil.

— Je ne veux pas que tu couches avec d'autres hommes, dis-je soudain en me surprenant moi-même.

Elle se raidit.

— Pour qui te prends-tu ? Tu viens de me dire que tu veux épouser une autre femme, et presque dans le même souffle, tu dis que moi je ne dois coucher avec personne d'autre ? Je dois donc entrer dans les ordres et vivre dans un couvent ? Qui je baise ne te regarde pas.

Oh, elle savait très bien comment m'énerver. Elle voulait être brutale ? Je savais l'être aussi. Elle pensait prendre le contrôle de la situation, alors qu'elle me donnait seulement envie de la baiser plus férocement.

— Aujourd'hui, ça me regarde.

J'attrapai son tee-shirt par le bas et je le tirai par-dessus sa tête, y emmêlant ses bras. Lorsque je la poussai contre le mur à côté de la baie vitrée, je levai ses bras au-dessus de sa tête, utilisant le Tee-shirt emmêlé pour les tenir d'une seule main.

Au bout de quelques secondes, son téton fut dans ma bouche, pointant et se serrant de façon obéissante pour moi. Oui, je savais... je savais à quel point elle aimait cela. Parfois, j'adorais passer simplement une heure à ne faire rien en dehors de la toucher et de sucer ses beaux seins pendant qu'elle gémissait et me suppliait de lui donner ma queue. J'aimais la faire attendre.

Mais ça n'arriverait pas cette fois. Je ne pouvais pas attendre aussi longtemps avant de la pénétrer. Ma bouche passa à l'autre sein et je le mordillai avant de le sucer complètement. Elle poussa un cri et chancela contre moi. Je fis rouler ma langue sur son téton, pendant qu'elle me récompensait par ses gémissements. Ma main libre glissa dans sa culotte, entre ses jambes, caressant son sexe.

Elle était *très* humide. J'invoquai mes dernières forces de volonté afin de me contrôler et de ne pas arracher cette culotte pour m'enfoncer dans sa chaleur. Je trouvai rapidement son clitoris et je le frottai lentement, lui faisant pousser des bruits comme un joueur de harpe tirant sur les cordes de son instrument.

Je connaissais son corps... mieux que je connaissais n'importe quel autre corps de femme. Elle ne le savait pas, mais je n'avais jamais autant fait l'amour avec une autre femme qu'elle. Un homme pourrait croire se lasser de la même femme, encore et encore. Mais pas elle, pas ça. C'était torride chaque fois et je ne m'en lassais jamais.

J'avais appris des coups rapides qui nous faisaient passer de zéro à l'orgasme en moins de dix minutes dans une voiture garée de façon discrète au bord de la plage. Et j'avais appris des longues séances lentes qui me faisaient passer des heures à me concentrer sur les parties les plus sensibles de son corps et à la faire jouir aussi souvent que je le pouvais.

Je connaissais son corps magnifique comme les cartes stellaires que je devais mémoriser pour l'entraînement d'astronaute. Je savais quels endroits de son corps correspondaient à quels bruits du fond de sa gorge. Comme de la musique. Et comme un instrument, son corps obéissait à mes mains, à ma bouche.

Maintenant, sa colonne appuyée contre le mur, elle mouillait et me suppliait de la conduire à l'orgasme.

— Ryan, s'il te plaît, souffla-t-elle lorsque ma main ralentit en prolongeant son extase. Je veux jouir.

— Tu aurais dû y penser avant de me gifler et de me mordre, petite tigresse.

Elle poussa les hanches en avant pour s'appuyer contre ma main à l'endroit où je caressais son clitoris, mais je l'écartai.

— Non. Non, bébé. Pas encore.

Je déboutonnai mon jean et je le retirai avec mon boxer, puis je la débarrassai de son pantalon de yoga et de sa culotte. Elle baissa les bras et elle les libéra du tee-shirt. Lorsqu'elle s'avança vers moi, je l'arrêtai en passant encore une fois les doigts dans ses cheveux courts et en tirant dessus.

Sa tête repartit en arrière et je dévorai son cou.

— Je n'ai pas oublié à quel point tu as été vilaine.

Je tirai ensuite plus fort, jusqu'à ce que ses genoux cèdent de façon obéissante, et elle descendit lentement sur le sol devant moi.

— Je crois qu'il est temps de commencer à demander mon pardon… à genoux.

— Ou alors, je pourrais encore me servir de mes dents.

Je reculai et nous nous regardâmes dans les yeux. Elle leva les sourcils. Elle semblait encore plus furieuse depuis que je lui avais refusé l'orgasme. Elle tendit les mains et elle attrapa la base de ma queue. Je me figeai. Puis elle appuya ses lèvres contre mon gland et elle se mit à le lécher et à le sucer. Je me sentis traversé d'un pur plaisir et elle commença à bouger la tête d'avant en arrière avec rapidité. Trop de rapidité.

Je posai encore ma main sur sa tête pour ralentir son rythme.

— Oui, articulai-je entre plusieurs soupirs lorsque sa langue glissa le long de mon membre.

Je perdis toute notion de l'endroit où je me trouvais, m'enfonçant dans la chaleur de sa bouche délicieuse.

— Comme ça, bébé.

Waouh.

Oh. La satisfaction et la chaleur torride s'étalèrent depuis l'endroit où sa bouche me tenait et me suçait. Mes paupières tombèrent et je ne sentis plus que la succion de sa bouche, de ses lèvres et de sa langue. Du pur plaisir. Je commençai à sentir la montée familière vers l'orgasme et pendant un moment je me dis à quel point ce serait incroyable de jouir dans sa bouche.

Lorsqu'elle s'écarta et qu'elle se leva rapidement, je fus ramené à la réalité sans être surpris. C'était logique qu'elle essaie de me rendre la pareille. Sa bouche trembla et un petit sourire apparut, même si je pouvais lire dans ses yeux que les blessures d'avant n'étaient pas oubliées. Elle tendit le bras et elle fit courir ses ongles sur mon torse. Je retins ma respiration et j'attrapai son poignet pour l'arrêter.

L'autre main répéta son action. La douleur et le plaisir se mêlèrent, éveillant en moi une excitation encore plus grande. Si je ne la pénétrai pas très vite, la tension allait me faire exploser.

— Si je suis une tigresse, il faut que j'agisse comme telle.

J'attrapai son autre poignet et je regardai mon torse. Elle y avait laissé deux jeux de griffures rouges. Comment ? Elle n'avait même pas les ongles si longs.

Lui tenant toujours les poignets, je la fis tourner devant moi et je collai son ventre contre la fenêtre. Elle gémit et haleta et gigota contre moi, se plaignant du froid. Je fermai les yeux et je profitai de chaque seconde.

Je pris le haut de son oreille dans ma bouche et ce fut à mon tour d'utiliser mes dents. Elle écarta la tête en reprenant soudain son souffle, et je fis passer la main autour de ses hanches pour les coller contre moi. Replaçant ma bouche près de son oreille, je murmurai la question :

— Qu'est-ce que tu veux ?

— Je veux ta queue en moi, dit-elle sans hésitation.

Et sans hésitation, je la lui donnai. D'un seul coup fluide, ferme et satisfaisant, je m'enfonçai dans sa chaleur sans qu'il y ait de barrière entre nous pour la toute première fois.

Putain de merde, c'était… incroyable. Sentir sa chaleur, son humidité envelopper mon membre nu, c'était doux, comme de la soie. De la soie bien serrée.

Y avait-il une partie de cette femme qui ne soit pas exquise ?

Et ce n'était pas seulement son corps, non. C'était sa voix, son rire, son intelligence.

C'était le fait qu'elle me faisait rire. Qu'elle me faisait réfléchir.

Je bougeai en elle. Elle gémit et gigota, appuyant les fesses contre moi, me rendant fou de désir. Je me poussai en elle encore et encore, ne retenant ni mon rythme ni ma force. Elle poussait des soupirs et elle grognait, le visage appuyé contre la vitre, ma bouche posée sur sa tempe, et je fermais les yeux et je fantasmais que je lui parlais…

Qu'avec mon corps je lui disais les choses que j'aurais aimé dire avec des mots.

Qu'elle tenait mon cœur entre les mains.

Qu'elle pouvait l'anéantir à n'importe quel moment.

Qu'il n'y avait pas un jour ni même une heure en son absence où je ne pensais pas à elle, voulant lui parler, lui demander son opinion, partager une plaisanterie avec elle. Sentir sa peau, son corps, ses mains sur le mien.

Je poussai plus vite, sentant la montée vers la jouissance. Elle venait en arrière contre moi, accordant parfaitement ses mouvements aux miens. Ma main fit le tour de sa taille afin de frotter son clitoris pendant que je la pénétrais par-derrière.

Ses gémissements m'indiquèrent qu'elle était proche de l'orgasme. Je ralentis le rythme afin qu'elle puisse y arriver la première. Malgré son petit jeu de mégère, elle le méritait. Et j'adorais la sentir se serrer et convulser autour de moi quand j'étais encore en elle.

Quelques secondes de plus, et voilà. Sa tête retomba en arrière contre mon épaule et elle cambra le dos en se raidissant, l'orgasme traversant son corps. Pendant ces minutes là, j'arrêtai mes mouvements et je me concentrai sur elle, sur son plaisir, son moment.

Elle se remit à respirer quand son orgasme s'estompa, et je me poussai à nouveau en elle, plus fort. Ses mains trouvèrent le rebord de la fenêtre et elle se poussa en arrière contre moi. Je la pris par les hanches et je continuai jusqu'à l'arrivée en faisant ce que j'avais promis : en la baisant férocement et en profitant de ses gémissements.

Je m'immobilisai, l'orgasme passant sur moi comme une vague s'écrasant sur la plage, m'attirant avec la force de la mer et m'écrasant en me coupant le souffle. Toute la tension s'évapora de mes muscles lorsque je me vidai en elle en m'enfonçant autant que possible.

Lorsque je revins enfin dans le monde réel, je faillis perdre l'équilibre, mais je la relevai contre moi. Nous nous tournâmes avant de nous laisser tomber sur le canapé et je restai allongé un instant. Elle s'installa contre l'autre accoudoir du canapé. Ce n'était qu'à quelques dizaines de centimètres, mais cela aurait aussi bien pu être des kilomètres.

Je me relevai sans un mot après avoir retrouvé mes esprits et je la levai doucement sur ses pieds devant moi. Je posai un baiser sur son front et je la soulevai.

Sa tête tomba contre mon épaule et je la portai jusqu'à la salle de bains en bas des escaliers. Quand nous nous fûmes lavés, je pris sa main dans la mienne et je la guidai jusqu'au lit. Elle s'allongea en silence et je la serrai contre moi.

Je ne sais pas du tout combien de temps nous restâmes ainsi jusqu'à nous endormir, serrés l'un contre l'autre. Mais je me souviens avoir pensé que c'était ainsi que j'aurais aimé me coucher tous les soirs. Serré contre elle après nous être épuisés.

Je savais que cela n'arriverait pas. Nous avions aujourd'hui et c'était tout. Une fois à la maison, tout allait changer à nouveau.

Chapitre Dix-Neuf
Gray

Lorsque je me reveillai de ma sieste, il mordillait ma nuque. Bien sûr, la sensation évoquait des picotements très agréables le long de ma colonne, de mes jambes, jusqu'à cet endroit chaud entre mes cuisses. Je refermai les yeux presque aussi vite que je les avais ouverts. Il était environ midi le dimanche. Il ne nous restait pas beaucoup de temps. Sa bouche glissa pour dévorer mon oreille, ce qui me rappela que j'étais morte de faim.

Je me penchai en arrière contre lui.

— Tu as faim ? Moi, oui.

Sa bouche glissa plus bas dans mon cou et il me parla avant de continuer à poser sa bouche sur tous les endroits qui me rendaient folle.

— Je mangerais bien un morceau ou deux. Avant…

— Avant quoi ? Avant que nous partions ?

Je le narguai en sachant exactement ce qu'il voulait dire par « avant ».

Il ricana.

— Oui, avant ça aussi.

— Mmm, je n'ai rien mangé depuis… eh bien, nous n'avons pas mangé hier soir, alors je n'ai rien mangé depuis le déjeuner d'hier. Puis tu as décidé de me soûler à la vodka.

Il leva la tête et il me regarda.

— Attends, quoi ? Je ne t'ai pas soûlé à la vodka. Tu t'es rendue ivre toute seule.

Je levai un sourcil.

— Qui a apporté la vodka ici, hein ? Tu as une mauvaise influence.

Ryan s'écarta et il laissa tomber sa tête sur l'oreiller, regardant le plafond en réfléchissant. Je roulai vers lui afin de déposer un baiser sur sa joue, examinant discrètement les morsures rouges et violettes dans son cou. Waouh, j'avais été sauvage dans ma rage.

En même temps, il méritait chaque morsure, chaque griffure et chaque gifle. Bon, j'étais peut-être allée un peu loin.

Je sortis du lit, me sentant coupable. Je ne perdais jamais mon calme de cette façon. Jamais. Pourtant, l'entendre dire tout cela… sa volonté de poursuivre avec le test de vol, mais aussi avec Karen.

J'avais dénoncé sa tendance à vivre sa vie pour tous les autres : devenant un SEAL pour son père, un astronaute pour un pari, repartir dans l'espace pour Xander… et il s'était entêté. Il allait maintenant épouser la veuve de Xander et prendre soin de son fils. Cette idée me donnait encore la nausée. J'avais espéré lui faire comprendre la grosse erreur qu'il faisait.

— Je vais nous réchauffer quelque chose pour le déjeuner, si tu veux, dis-je.

C'est ce que je fis après être passée à la salle de bains. Nous nous assîmes à table en regardant le lac et nous mangeâmes en silence. Un silence pesant et révélateur. Un silence qui signifiait que nous devions avoir de nombreuses conversations, mais qu'à ce moment-là, nous n'en avions ni le désir ni les moyens.

Enfin, une fois que nos assiettes furent vides, je tendis le bras et je posai la main sur la sienne.

— Je suis désolée de t'avoir, euh, mordu.

Il leva brusquement un sourcil et un sourire orgueilleux traîna sur ses lèvres.

— Pas moi.

Il rit.

— C'était vraiment torride.

Je détournai le regard et je reculai la main de quelques centimètres seulement avant qu'il la rattrape, la serrant dans ses doigts forts. Nous nous regardâmes dans les yeux.

Il déglutit en secouant la tête.

— Comment une personne aussi gentille et calme que toi peut-elle avoir un tel regard ?

Je fronçai les sourcils.

— Un regard, comment ?

Il devint sérieux en regardant la table.

— J'ai parfois l'impression que tu peux me transpercer en me brûlant avec ton regard. Comme une loupe au soleil qui concentre la lumière sur une feuille morte.

Je levai un sourcil.

— Comme Cyclope dans les X-Men ?

Il rit.

— Je parlais au sens figuré. Et je crois que tu l'as parfaitement compris.

Je ricanai.

— Pari appelle ça mon *regard*. Avant que je vienne vivre chez toi, elle m'a dit de ne pas te « faire mon regard ».

Il fronça les sourcils.

— Pensait-elle que tu allais m'effrayer ?

Je haussai les épaules en me souvenant de ce soir-là, à quel point ma vie était simple et peu compliquée avant de tomber amoureuse de lui. Ravalant ce qui me sembla être une montagne coincée dans ma gorge, je rapportai nos assiettes à l'évier que je remplis à moitié d'eau chaude savonneuse.

Après s'être perdu quelques minutes dans son propre monde, fixant la table en verre, il se leva également et il me suivit dans la cuisine où je nettoyais les assiettes avec une éponge.

Il vint se placer derrière moi, appuyant son corps solide contre le mien et faisant le tour pour attraper mes poignets. Un désir immédiat s'enflamma dans toutes les parties de mon corps dont j'avais conscience. Je fermai les paupières et je savourai son contact. Ses doigts qui caressaient lentement la peau sensible de mes poignets, la sensation de ses lèvres contre mon oreille pendant qu'il me murmurait :

— On ne peut pas risquer qu'il t'arrive un autre accident. C'est pénible de te faire arrêter de saigner.

Mon cœur bondit en le sentant contre moi, en percevant le bruit de son chuchotement rauque, le contact léger de ses mains qui guidaient les miennes afin de faire la vaisselle et de la rincer. La sensation de sa peau chaude contre la mienne.

Cette tâche ordinaire que je faisais tous les jours était maintenant transformée en autre chose. Quelque chose de sensuel et de connecté. Mon dos bougea contre lui et mes omoplates s'appuyèrent contre ses pectoraux solides. J'aurais pu passer le restant de mes jours à laver la vaisselle, si c'était toujours ainsi.

— Je veux seulement profiter de cet instant. Être dans ce moment avec toi et ne pas penser à tout ce qui est arrivé avant ou qui arrivera ensuite.

Il y eut une longue pause pendant que ses mains ralentirent sur les miennes. Puis il ferma le robinet, attrapa la serviette et sécha lentement et attentivement mes mains avec le tissu doux pendant que je me détendais contre lui et que je comptais sur son corps solide pour me soutenir.

Il passa alors les bras autour de moi, enveloppant mon torse, me serrant contre lui. Ses lèvres frôlèrent mon cou.

— Il n'y a que ce moment, Gray. Il n'y a que toi et moi.

Il me serra fort et je gardai l'esprit fermement concentré sur ce que je ressentais dans ses bras.

Je le détestais parce qu'il se donnait à quelqu'un d'autre que moi. Je le détestais à cause du pouvoir qu'il avait sur moi quand il me touchait, quand je le sentais. Je le détestais parce qu'il était si perturbé qu'il ne savait pas ce qu'il méritait et qu'il repoussait toute chance de bonheur.

Je le détestais.

Et je l'aimais .

Des larmes surgirent, coulant silencieusement de mes yeux. Elles arrivaient facilement maintenant, malgré mon ancienne habitude de les retenir. Je luttai pour ignorer cela et je laissai couler les larmes. C'était plus difficile que prévu.

Il m'embrassa dans la nuque et il me serra tendrement, et je chassai ces pensées de mon esprit. Je ne me tracassais pas à cause de la veille, et je ne stressais pas pour le lendemain.

Ce n'était qu'aujourd'hui. Ce n'était que *maintenant* .

Il me fit tourner lentement, toujours dans ses bras, et je n'eus pas le temps d'essuyer mes larmes. Deux ruisseaux fins et salés descendaient le long de mes joues et longeaient ma mâchoire. Il les essuya avec les mains et il déposa des baisers tout le long.

Je frissonnai dans ses bras et un petit sanglot résonna au fond de ma gorge.

— Chuuut.

Il embrassa ma tempe et il me berça contre lui. Nous nous balançâmes encore comme si nous dansions sur une musique inaudible. Comme si nous dansions...

Au rythme persistant de mon cœur.

J'enfouis mon visage dans son Tee-shirt et j'inspirai. Le savon et *lui* . Son odeur. La conscience de sa présence tomba le long de mon dos comme une douche chaude et réconfortante.

Nous restâmes ainsi pendant longtemps, simplement à nous tenir l'un l'autre en nous balançant. Et comme je l'avais espéré, mes pensées se concentrèrent sur ce moment, sur cette conscience de lui et moi uniquement. J'avais chaud et je fondais contre lui. Chaque centimètre de ma peau brûlait pour lui.

Et d'après la sensation dure de son érection appuyée contre mon ventre, je savais qu'il ressentait la même chose. Je n'étais pas obligée de poser la question.

Ses bras me serrèrent plus fort et je reculai la tête pour regarder son visage.

— Je te veux, chuchotai-je.

Il sourit.

— Tu me veux ? Tu veux chevaucher ma fusée Saturn V jusqu'à la Lune ?

Je ris... beaucoup. Ce n'était peut-être pas une blague très drôle, mais elle arrivait à un moment où je devais me rappeler pourquoi nous nous amusions tellement ensemble. Il savait toujours me faire rire. Et je savais faire de même pour lui.

— Encore une autre phrase de drague ringarde à ajouter à la collection. Il n'y a vraiment qu'un homme comme toi qui comparerait son équipement à la plus grande fusée lancée dans l'espace.

C'était maintenant son tour de rire et ses bras me serrèrent encore instinctivement, comme si tout son corps riait, pas seulement ses yeux, pas seulement sa bouche ou sa gorge.

— Il n'y a qu'une femme comme toi qui peut comprendre la plaisanterie.

Soudain, sa bouche se posa sur la mienne et je ne ris plus. Il me souleva contre lui et je sautai, passant les jambes autour de lui et croisant les chevilles au creux de son dos.

Nous nous embrassâmes pendant qu'il marchait jusqu'au salon, nos langues se mêlant désespérément, parlant un langage que nous ne pouvions pas exprimer d'une autre façon. Un langage qui n'avait pas besoin de mots, mais qui communiquait tout ce que nous devions nous dire à ce moment-là.

Il s'arrêta de marcher lorsqu'il heurta le canapé. Il me lâcha de sorte que je glisse lentement le long de son corps. Il grogna lorsque je passai sur son érection proéminente, et sans hésitation, il tendit le bras, attrapa le bas de mon tee-shirt et me le retira d'un seul geste.

Je lui rendis donc le même service et je retirai son tee-shirt… avec son aide, étant donné sa taille par rapport à moi. Ensuite, il baissa mon pantalon de yoga avec précipitation, puis je le poussai sur le canapé avant qu'il puisse faire autre chose. Il écarquilla les yeux en atterrissant sur le canapé et je grimpai à cheval sur ses genoux.

Il m'attrapa par les fesses et il me tira vers lui, en me posant sur son érection, avec le tissu de son jogging pour seul obstacle entre nous. Je frottai les hanches contre lui et son regard devint vitreux.

Il posa les mains sous mes seins, frottant les pouces sur mes tétons jusqu'à ce qu'ils pointent, bien serrés. Puis il les porta à sa bouche, tour à tour, me rendant folle avec les attentions de sa langue brûlante. Lorsqu'il se redressa, nous restâmes ainsi pendant un long moment intense plein d'anticipation. Nez contre nez, nous nous regardâmes dans les yeux.

— Je ne sais pas comment faire durer un moment plus longtemps, dit-il. Mais je sais ce qu'est un grand souvenir quand je le vois. Et ce moment sera un souvenir merveilleux pour nous deux dans le futur.

Je me penchai en avant et je l'embrassai avant de m'écarter.

— Il n'y a pas de futur. Juste *maintenant*.

En faisant descendre la taille de son pantalon, je libérai sa queue et je descendis doucement sur lui, guidée par ses grandes mains sur mes hanches.

Mes mouvements furent frénétiques, urgents au début. Je profitai, je m'émerveillai de la sensation, chaque poussée, l'impression qu'il me remplissait. La façon dont nous semblions si parfaitement nous emboîter. Ses mains serrèrent mes hanches afin de me ralentir. Et chacun de nous manœuvrait ainsi pour prendre le contrôle.

Nous respirions vite tous les deux et en ralentissant, nous tombâmes dans un rythme naturel et intuitif. Je crochetai les doigts autour du canapé derrière ses épaules afin de me préparer à aller plus vite.

C'était une lutte continue, moi qui voulais aller plus vite, atteindre ce soulagement, et lui qui voulait que cela dure. Mais je suivis son conseil et je me concentrai sur le moment afin d'en faire un souvenir que je pouvais savourer plus tard.

Lorsque je jouis, il me tira en avant, verrouilla ses lèvres sur les miennes et appuya la main au creux de mon dos pour m'immobiliser. Il jouit juste après, lui aussi. Je me penchai en avant et il me serra très fort dans ses bras pendant que nos torses trempés de sueur adhéraient l'un à l'autre.

Pendant longtemps, nous nous contentâmes de rester ainsi. Fusionnés. Peut-être cherchions-nous d'autres moments à collectionner et à préserver dans nos mémoires ? Si seulement nous pouvions les garder, comme une boule de neige qu'il suffirait de secouer pour évoquer cette bulle dans notre propre monde chaque fois que nous en avions envie. Ou peut-être n'était-ce qu'une façon de procrastiner avant l'inévitable.

Plus tard, nous montâmes dans notre voiture – une limousine aux vitres teintées – pour nous rendre à l'aéroport. Je serrai la main de Ryan pendant tout le trajet, mais nous ne parlâmes pas. Il envoya un texto à quelqu'un, répondant sans doute à Karen. J'essayai d'ignorer mon estomac retourné et la curiosité brûlante au sujet de ce qu'il pouvait lui dire.

J'avais reçu quelques textos de l'assistante de mon père et quelques appels manqués de lui. Je l'avais sans cesse repoussé en prétendant être malade ou travaillant. Je savais que j'allais devoir bientôt répondre à ces nouvelles questions.

Un texto de Keely illumina mon téléphone quelques minutes plus tard. Elle me dit qu'elle avait clairement fait comprendre à la presse qu'elle n'était pas du tout à Tahoe en faisant du shopping en public à Beverly Hills ce matin-là, sans anneau à son doigt. Nous étions tous libérés.

Nos sièges furent éloignés d'une rangée au cours du vol retour, alors on ne pût pas parler. Pendant le vol, Ryan avait la tête tournée et il bougeait à peine, ce qui m'indiqua qu'il faisait sûrement la sieste.

Nous retournâmes à Long Beach, l'aéroport duquel nous étions partis le vendredi précédent. J'avais l'impression que des semaines s'étaient écoulées. Il y avait eu tant d'événements ce week-end que ma notion du temps s'était repliée sur elle-même. Et le moment que j'avais redouté arriva très vite.

Keely avait envoyé une voiture pour me ramener chez moi, mais Ryan avait garé sa voiture dans le parking de longue durée, donc nous n'allions pas faire la suite du voyage ensemble. En général, les paparazzis ne traînaient pas dans les petits aéroports comme cela arrivait à LAX, mais pour être prudent, Ryan me tira vers un coin ombragé pendant que le chauffeur mettait ma valise dans la voiture.

— Gray, commença-t-il doucement. J'aimerais que la situation puisse être différente.

Je clignai des paupières, mais mes larmes restèrent heureusement bien cachées derrière mes yeux, brûlant d'en sortir.

— Elle le peut.

Sans un autre mot, il me serra contre lui. J'enfouis mon visage dans son tee-shirt et j'inspirai son odeur. Il embrassa mes cheveux et mon cœur me fit mal à chaque battement. Nous avions trouvé quelque chose. Quelque chose de précieux, l'un dans l'autre. Nous nous étions connectés et nos cœurs s'étaient touchés.

Comment cela avait-il pu nous mener à ce moment ? À nos adieux ? Encore une fois.

Il m'embrassa, ma tempe, ma joue, mon oreille.

— Gray. Ses bras me serrèrent instinctivement. Il faut que je te dise. Je t'ai…

Je me repoussai de lui, posant deux doigts sur sa bouche. Les larmes parsemaient maintenant mes paupières. Perplexe, il fronça les sourcils.

Je secouai la tête.

— Ne le dis pas. Non. S'il te plaît.

Avec mes doigts sur sa bouche, il ne pouvait pas vraiment répondre, mais il me regarda en fixant d'abord un œil, puis l'autre, et il hocha lentement la tête.

Ma main retomba et je m'éclaircis la gorge avant d'essayer de parler à travers mes larmes. J'allais faire mon discours puis partir. J'avais passé tout le temps dans l'avion à rassembler mon courage pour exprimer ce que j'avais en moi, cherchant et trouvant les mots parfaits.

— Ça fait mal. C'est vrai. Je ne vais pas mentir. Mais tu sais, la douleur fait partie de la vie. Et ne pas prendre de risques, c'est ne pas vivre. Avant ceci, je n'avais pas vraiment vécu. Mais avec toi, j'ai pris le risque. Je t'ai donné mon cœur, et je ne le regrette pas. Tu en auras toujours un morceau. Toujours.

Il déglutit et il détourna le regard, mais il ne dit rien.

Je posai la main sur son torse afin d'attirer son attention sur moi.

— Ryan, promets-moi. Promets-moi que tu lutteras pour te pardonner. Je ne supporte pas de te voir souffrir des blessures que tu t'es infligées toi-même. De la culpabilité et de la honte. Il faut que ça s'arrête. Tu gardes ce poison dans ton âme et tu ne guériras jamais tant qu'il y reste.

J'inspirai profondément et je déglutis.

— Il faut que tu sois entier. Tu dois vivre ta vie pour toi-même.

Il leva la main et il entoura la mienne qui était posée sur son torse.

— Tu as été un rayon de soleil éclatant dans ma vie…

Sa voix s'estompa, comme brisée par l'émotion. Je me mordis la lèvre pour empêcher un nouvel assaut des larmes. Elles brûlaient et me blessaient comme des milliers de petites aiguilles. Inoffensives et invisibles toutes seules, mais ensemble, c'était une agonie.

— Accroche-toi à cette lumière, chuchotai-je. Ne laisse pas l'obscurité prendre le dessus.

Je le regardai dans les yeux.

— Tu avais raison. Je dois affronter mon père. Je dois me battre pour ce que je veux et ne pas avoir peur de lui montrer – ou au monde, d'ailleurs – ce que je ressens. C'est ce que je vais faire. Je vais faire mieux. J'ai besoin que tu sois meilleur, toi aussi.

Il ferma les yeux, leva ma main et l'embrassa. Je caressai sa joue rapeuse du dos de la main. Puis je m'écartai.

S'agissait-il de l'étape du deuil qui apportait l'acceptation en marchant à reculons jusqu'à la voiture, en soutenant son regard, en refusant de dire le mot au revoir ?

L'acceptation était peut-être de savoir qu'il avait raison. Il ne me méritait pas. Pas avant qu'il se sorte de son trou sombre et qu'il se pardonne. Il était le seul à pouvoir se sortir de ce qui le hantait. Il était le seul à pouvoir se réparer.

Je tournai le dos et je marchai jusqu'à la voiture, montant à bord sans regarder par-dessus mon épaule.

Avec un peu de chance, la rivière de larmes que je pleurais sur le trajet jusqu'à la maison allait aider à nettoyer les plaies. Ce week-end n'était pas un succès… en tout cas pas de la façon dont Keely l'avait prévu avec son plan douteux.

Mais il y avait eu une conclusion. Et des révélations.

Une fois que les blessures seraient moins vives et douloureuses, je pourrais passer à autre chose.

Chapitre Vingt
Ryan

C E N'ETAIT PAS FACILE DE REGARDER GRAY MONTER dans la voiture à l'aéroport après notre week-end ensemble. Lui dire au revoir sans savoir où et quand je la reverrai était encore pire. Il me fallut toute ma volonté pour ne pas courir jusqu'à ma voiture et la suivre chez elle.

C'était comme de creuser une nouvelle blessure dans mon âme.

J'ignorai pourtant mes instincts et je la regardai partir, me sentant vide, n'ayant que ses mots de départ auxquels me raccrocher.

Je passai mon trajet de quarante-cinq minutes à ne penser qu'à cette conversation, à la jouer encore et encore dans ma tête : ses paroles, la façon dont elle les avait prononcées, son regard, la sensation de l'avoir dans mes bras. C'était comme si j'essayais de les graver dans mon esprit. Je percevais le côté définitif.

J'arrivais à la maison fatigué, sale et pressé de me raser.

Je me lavai rapidement, et après avoir jeté un coup d'œil à AJ, qui dormait paisiblement, je me rendis à la cuisine et j'attrapai une bière. Karen était assise au comptoir, alors j'attrapai le tabouret à côté d'elle.

— Tu nous as manqués.

— Le gamin s'est amusé avec les autres ?

Elle sourit en hochant la tête.

— Beaucoup. Il les a tous épuisés.

J'inclinai la tête en arrière pour boire longuement à la bouteille. Lorsque je me redressai et que j'avalai, Karen fixait mon col.

— Qu'est-ce que tu as fait à ton cou ? Tu t'es coupé en te rasant ou bien est-ce…

Elle se pencha plus près.

— C'est une marque de morsure.

Je levai la main et je la frottai. C'était peut-être le seul rappel existant du sexe le plus torride que j'avais jamais eu. Je regardai ensuite Karen qui fronçait les sourcils. J'inspirai longuement avant de souffler. Plus tôt dans la journée, j'avais décidé que Gray avait le droit d'être au courant pour Karen. Eh bien, l'inverse était également vrai.

— Je croyais que tu avais dit que ta romance avec Keely Dawson était fausse ?

— Ceci, euh…

Je laissai tomber ma main.

— Ce n'était pas Keely.

Elle leva les sourcils, puis elle attrapa son verre de vin en me regardant, dans l'attente. À quel point devais-je être honnête avec elle ? Si je lui en disais trop, allait-elle abandonner mon plan ?

Une autre partie de mon esprit s'interrogeait : *serait-ce une si mauvaise chose ?* L'image de cet enfant qui dormait paisiblement, heureux sous mon toit suffisait à me motiver pour épouser Karen.

— Avant que tu arrives de Californie, j'ai rompu avec quelqu'un que j'ai fréquenté… vraiment, pas comme avec Keely.

Elle attendit que je reprenne mon souffle, le visage complètement neutre, alors je continuai péniblement.

— Elle était là-bas ce week-end et nous avons eu une rechute de courte durée.

Elle détourna alors la tête avant d'observer à nouveau la marque dans mon cou et elle eut un petit rire.

— Bon sang, je suis un peu jalouse. Me souvenir du genre de sexe torride qui laisse ces marques c'est... enfin, le sexe me manque et cela fait des mois.

Je compatis. Et je n'avais passé que quelques semaines sans sexe après avoir rompu avec Gray le mois précédent. Une petite seconde, quoi ? Avait-elle dit des *mois* ? Cela ne faisait-il pas plus d'un an ? Je lui jetai un bref coup d'œil avant de regarder ailleurs. Cela ne me regardait pas vraiment.

De plus, si elle avait trouvé le réconfort avec quelqu'un d'autre depuis qu'elle avait perdu son mari, qui étais-je pour la juger ?

Elle fit tourner le vin dans son verre en l'observant.

— Es-tu amoureux d'elle ?

Je commençai à détacher l'étiquette humide de ma bouteille de bière. Oui, je pouvais mentir. Je pouvais lui donner la réponse qui la ferait se sentir mieux.

Mais je ne le voulais pas. Car chaque fois que je pensais à Gray, chaque fois que son nom apparaissait dans mon esprit ou qu'il y avait une odeur, ou une texture, ou un souvenir qui me la rappelait, chaque fois, une pointe de manque me transperçait comme une lame de rasoir. Je ne pouvais pas le cacher. Le nier. L'éradiquer.

Je lui donnai la réponse la plus simple et la plus honnête possible.

— Je le suis.

— Alors, pourquoi n'êtes-vous pas ensemble ? Ne ressent-elle pas la même chose ?

— Elle n'est pas… disponible pour moi. Cela ne peut pas se faire, pour des raisons que je ne peux pas détailler maintenant, surtout parce que c'est une histoire longue et déprimante. Je promets de tout t'expliquer très bientôt, mais…

L'autre partie de la raison pour laquelle je ne voulais pas donner de détails, c'était parce que je connaissais assez bien le côté romantique de Karen pour savoir qu'elle aurait des cœurs dans les yeux et que la romance fantaisiste allait lui plaire. Le côté amants maudits de la situation.

Karen poussa un soupir soudain et sauta presque de son tabouret.

— Oh, Ty ! Bon sang. Je suis vraiment désolée.

Elle me prit dans ses bras et elle me serra fort. Je posai la main sur un de ses bras et je restai sans bouger dans ce câlin sur le côté un peu inconfortable.

Elle appuya la joue contre mon dos et lorsqu'elle parla, ce fut d'une voix pleine d'émotion.

— Je suis désolée. Pourquoi l'amour doit-il faire si mal ?

— Je suppose que c'est pour cela que les gens écrivent des chansons et de la poésie et des livres à ce sujet.

Je me penchai en arrière et je passai le bras autour de la taille de Karen afin de vraiment la prendre dans mes bras. Karen aimait le contact. Je le savais depuis que nous nous étions rencontrés, et même si c'était devenu un jeu d'éviter ses câlins quand nous étions à la fac, j'avais compris bien longtemps auparavant que la laisser faire, c'était la laisser s'exprimer. J'avais donc appris à les tolérer quand c'était elle qui les initiait.

Mais cette fois, ce fut moi, et elle sembla surprise.

— Ceci ne change rien, d'accord ? Je veux quand même m'occuper d'AJ et de toi. Et tu sais quoi ? Tu pourras prendre soin de moi, toi aussi.

Elle cligna des paupières, fronça les sourcils et évita mon regard. Oh oh. Ce n'était pas bon signe.

— Comment est-ce que ça pourrait ne rien changer ? Si tu l'aimes, tu dois être avec elle.

Je poussai un énorme soupir et je fis un pas en arrière.

— Je ne *peux* pas. Et elle ne peut pas. Je…

Elle sembla encore plus perplexe.

— C'était donc réciproque ?

Plus ou moins. D'après ce qu'elle avait dit à l'aéroport.

— Elle comprend la situation. Je lui ai parlé de toi. Que je voulais que nous soyons une famille.

Elle me regarda bouche bée, comme si j'étais fou.

— Ty, qu'est-ce que tu fabriques ? Je n'ai pas besoin que tu prennes soin de moi. Et pour ce qui est de faire partie de nos vies, nous ne sommes pas obligés d'être mariés ou même de nous fréquenter de façon romantique pour le faire. Il te suffit d'être là pour lui comme tu l'as été au cours des trois dernières semaines.

— Mais AJ a besoin d'un père. Je veux être son père. Je ne veux pas qu'il traverse ce que j'ai vécu. Tu sais que j'ai perdu le mien quand j'étais enfant…

Elle leva la main.

— AJ va quand même grandir sans son père, que je me remarie ou pas.

— Tu sais ce que je veux dire.

Elle se laissa retomber sur son tabouret en me fixant d'un air troublé.

— Combien de temps avant le test de vol ?

— Juste un peu plus d'un mois. Mais Karen…

Elle leva la main.

— Arrête, d'accord ? Tout devient plus clair maintenant. Tu as imaginé ce plan après ta rupture.

Je m'assis sur le tabouret devant elle et je passai la main dans mes cheveux.

— Se caser faute de mieux… c'est ce que l'on avait dit. Mais ce serait confortable. Nous sommes amis. Nous nous connaissons depuis presque la moitié de nos vies. Je connais ce gosse depuis sa naissance. Je suis prêt à me caser avec toi et AJ.

Elle secoua la tête.

— Tu viens de rompre avec une personne que tu aimes. Tu souffres. Bon sang, Ty, arrête d'insister. Nous avons largement le temps de peut-être explorer quelque chose plus tard. Mais pas maintenant. Maintenant, soyons juste des amis proches. Confie-toi à moi.

Je déglutis.

— Oui, je peux faire ça.

Des mensonges. Menteur.

Est-elle au courant ? Au sujet du câble de Xander ? Lui as-tu dit que son mari avait défié les ordres et défait son attache afin de pouvoir te rejoindre et de t'aider ?

Je pouvais le dire à Karen à ce moment-là. Je pouvais me confier à elle.

Je pouvais faire ce choix, invoquer ce courage.

Mais il n'y avait rien à invoquer, parce que j'étais un lâche. Un lâche qui avait tourné le dos à Karen et AJ pendant des mois, au cours de la partie la plus difficile de leur deuil.

En prenant sa main, je me penchai en avant et je la regardai dans les yeux.

— Xander…

Ma voix se brisa et mon regard sembla piégé par ses yeux marron.

Elle hocha la tête, m'encourageant à continuer.

Je déglutis, les mots coincés dans ma gorge. Elle allait me haïr si elle le savait. Elle allait crier et pleurer. Et pire, elle haïrait Xander pour la décision qu'il avait prise. La décision de rendre sa femme veuve et son fils sans père, tout cela pour sauver un humain bon à rien, peu importe qu'il soit un ami.

Je ne le pouvais pas.

Elle secoua encore la tête.

— Je ne comprends pas. Qu'y a-t-il au sujet de Xander ?

Je me raclai la gorge.

— Xander voudrait que je veille sur toi. Et être avec vous deux me donne l'impression d'être près de lui. Cela me rend heureux, Karen.

Elle sourit tristement.

— Ceci n'est pas quelque chose que l'on fait par obligation. Et ce n'est certainement pas quelque chose que l'on fait à la légère, et nous ne le devrions pas. Tu as besoin de temps pour surmonter ton chagrin amoureux. Et franchement, je n'ai pas surmonté le mien non plus.

Je pris sa main dans la mienne.

— Alors nous le faisons ensemble.

Son sourire s'agrandit lorsqu'elle me regarda dans les yeux.

— Peut-être. Mais ce n'est pas une décision que nous pouvons prendre maintenant, d'accord ?

Je cherchai autre chose à lui dire afin de la faire changer d'avis. En même temps, je ne pouvais m'empêcher de me demander pourquoi j'étais si pressé de conclure tout cela maintenant. Peut-être que si je m'engageais ailleurs, je ne pouvais pas être ramené vers Gray ?

Cet espoir me semblait futile.

Karen brisa le silence par un long soupir.

— Tu dois être épuisé et j'ai aussi eu une longue journée.

Elle s'écarta avant d'ajouter :

— Je crois que nous devrions nous coucher.

Elle se hissa sur la pointe des pieds et elle m'embrassa sur la joue.

— Bonne nuit.

Puis elle se tourna et elle disparut. Je la regardai partir en passant encore la main dans mes cheveux. Elle avait fait de son mieux pour éveiller mes doutes, mais je fermai les yeux et je serrai les poings, déterminé à ce que ceci soit un pas dans la bonne direction.

J'allais y dédier toute ma vie, si c'était possible.

En tout cas, c'était le plan.

***

Le mercredi suivant, mes collègues astronautes et moi montâmes à bord d'un petit avion pour la Floride dans le but de faire des tests de lancement et de regarder la dernière fusée inhabitée décoller, emportant avec elle le jumeau de la capsule qui nous transporterait le mois suivant. Un test de tous les systèmes sans équipage. J'étais assis en face de Noah. Il feuilletait un manuel technique pendant que je travaillais sur ma tablette pour passer le temps.

Nous étions les seuls passagers à ne pas dormir pendant le vol.

Je jetai un coup d'œil à nos collègues endormis.

— Je suppose que les pilotes doivent dormir quand ce n'est pas eux qui font voler l'avion.

Il rit, puis il y eut une pause gênée pendant que nous regardions chacun par notre hublot.

— Comment va Karen ? demanda-t-il quand il eut détourné son regard du hublot et qu'il me regarda de l'autre côté de la petite table.

Je posai ma tablette et je l'éteignis. J'avais étudié la nouvelle liste de choses à faire qui nous avait été donnée par les responsables des opérations. Je fronçai un sourcil à cause de sa question étrange, et je me demandai pourquoi il voulait le savoir, puisque les deux autres et lui avaient passé le week-end avec Karen et AJ. Il connaissait déjà la réponse à sa propre question.

Et Noah n'était jamais du genre à forcer une conversation inutile.

— Bien.

J'ajustai mon siège et je regardai par la vitre. Nous nous trouvions au-dessus du golfe de Mexico, où les astronautes faisaient en général des manœuvres dans leurs jets T38 d'entraînement. J'indiquai quelques-uns de nos repères familiers à Noah.

Comme moi, Noah n'était pas un astronaute pilote, même si nous avions tous les deux appris à piloter nos avions d'entraînement. Noah venait également des forces spéciales, mais il avait commencé comme ranger dans l'armée. Nous avions cette rivalité familière entre armée de terre et marine. Et nous avions été AS CANs – notre surnom pour Astronautes Candidats – ensemble.

Surtout, pendant les nombreuses journées d'entraînement difficile pour notre travail, nous avions été bons amis.

Jusqu'à l'expédition ISS 53. Cette mission fatidique qui avait changé toutes nos vies.

— Karen et toi, vous semblez… proches, dit Noah en me jetant un regard interrogateur.

Je hochai la tête.

— Nous avons été proches. Et nous le redevenons.

Il regarda encore une fois par la fenêtre, mais il semblait tendu, le poing serré sur ses genoux. Je fronçai les sourcils. Quelque chose le perturbait. Karen lui avait-elle parlé de ma proposition ?

Bien trop de gens étaient alors au courant.

— Tu vas l'emmener à la réception du dîner ? demanda-t-il.

Je réfléchis une minute, puis je me grattai le menton.

— Ah, tu parles du dîner privé organisé pour nous par Adam Drake le week-end prochain ? Je dois y conduire Keely. Mais bon sang, Karen ne devrait pas y aller seule. Pourquoi ne l'accompagnerais-tu pas ?

Noah sembla pâlir sous son bronzage et il me jeta un autre regard indéchiffrable.

— Je le ferai. Mais seulement si tu lui demandes d'abord si ça ne la dérange pas.

Je ris.

— Pourquoi serait-elle dérangée ? Elle te connaît, c'est…

Il secoua la tête.

— Tu lui demandes d'abord et si ça ne la gêne pas, je le ferai.

Je haussai les épaules.

— D'accord.

Un autre long silence gênant s'étira et je repris ma tablette. Noah m'interrompit en s'éclaircissant la gorge. Je le regardai en posant ma tablette sur les genoux.

— Je te dois des excuses pour avoir insisté au sujet du test dans l'obscurité. Merci de l'avoir fait.

Je hochai la tête. Tout s'était bien passé. Je m'étais longuement préparé et le fait que la durée du test soit courte m'avait aidé. J'avais compté le temps dans ma tête pour chasser la panique.

— Je suis désolé de l'avoir repoussé sans cesse. Cela ne me semblait pas aussi important que d'autres choses que nous devions faire… qu'il nous reste toujours à faire. Mais ça a pris bien moins de temps que je le croyais.

Noah se frotta la mâchoire et m'examina en inclinant la tête.

— Était-ce la seule raison ? Je veux dire, ça semble…

Il haussa les épaules.

J'attendis un instant qu'il trouve ses mots. Quand ce ne fut pas le cas, j'eus envie de laisser tomber le sujet et de reprendre ma tablette. À la place, pour je ne sais quelle stupide raison, je l'encourageai.

— Ça semble quoi ?

— Comme s'il y avait quelque chose que tu ne me disais pas. Enfin, pas juste moi. Nous tous.

Mes épaules se raidirent, mais je ne changeai pas de position.

— Écoute, je sais que tu m'en veux depuis l'accident…

Il secoua la tête.

— Tu as tort, je ne t'en veux pas. Mais j'ai l'impression que tu n'es pas honnête à cent pour cent.

— Eh bien, dis-je en levant la main pour attirer l'attention de notre hôtesse de l'air, la dernière fois que j'ai vérifié, tu n'avais pas le pouvoir de lire dans mes pensées ni aucune façon de détecter les mensonges.

Il leva les yeux au ciel, exaspéré.

— Je sais que tu n'es pas un menteur. J'aimerais seulement que tu sois plus franc avec tout ce qu'il se passe.

Je baissai les yeux et je vis la façon dont ses mains serraient les accoudoirs. Étant donné notre passé, c'était admirable que nous ne soyons pas en train de nous crier dessus ou de nous frapper.

— Tu veux dire, au sujet de mes émotions ? Tu veux que je partage tous mes malheurs avec toi ?

Il rit.

— D'accord, ce n'est pas non plus ce que je voulais dire.

La conversation avait été détournée avec succès. Je poussai mentalement un soupir de soulagement pendant que nous parlions d'autre chose. Et malgré toutes nos différences et nos incompréhensions, je savais que Noah me soutenait. Ils me soutenaient tous.

Nous étions une fraternité. Nous le serions toujours. Nous nous soutenions.

Et notre fraternité avait un trou. Un homme manquant que nous n'oublierions jamais. J'allais m'en assurer.

Chapitre Vingt-et-un
Gray

Victoria me donnait une liste de choses à faire d'un kilomètre, énumérant des éléments plus vite que je pouvais les noter sur mon bloc-notes, lorsque mon téléphone sonna pour la troisième fois. Cela ne faisait que dix minutes que j'étais assise là.

Je regardai Victoria dans les yeux. Elle était assise de l'autre côté de son bureau.

— Je suis désolée.

Elle leva un sourcil parfaitement courbé.

— Pourquoi n'irais-tu pas t'occuper de ça ? Je dois partir de toute façon. Je reviens dans un instant.

Elle attrapa une enveloppe qui semblait contenir une carte et elle quitta sa chaise en quelques mouvements agiles. Je remarquai également que son visage rayonnait.

Lorsqu'elle fit le tour de son bureau pour sortir, elle dut surprendre mon expression, car elle s'arrêta et elle se retourna vers moi.

— Quoi ?

Je clignai des paupières.

— Comment ça, quoi ?

— Tu as ce grand sourire, dit-elle.

Je me mordis la lèvre en essayant de me dérober.

— Euh, oui. Parce que tu as l'air heureuse.

Victoria écarquilla les yeux et inclina la tête vers moi.

— Ne soyons pas faussement pudiques, d'accord ? Je sais que tu sais. Mais motus et bouche cousue, d'accord ?

Je ris.

— Bouche cousue, c'est mon deuxième prénom.

Elle pivota sur ses chaussures à talons parfaites et elle m'appela du bout du couloir.

— Je sais que ton deuxième prénom est Grace.

Je ris en sachant qu'elle sortait vite pour poser une carte sur le bureau de Pari. Pari travaillait à l'extérieur pour la journée, effectuant des entraînements, alors Victoria avait l'occasion de lui faire une surprise.

Je regardai longuement ma liste sans la voir, profitant du bonheur par procuration que je sentais irradier de Victoria. Avec un peu de chance, elles n'auraient plus besoin de garder leur secret beaucoup plus longtemps, mais Pari ne voulait pas leur porter malchance et Victoria insistait pour ne pas aller trop vite.

D'après tout ce que Pari m'avait rapporté jusqu'ici, tout allait bien.

J'étais une telle andouille romantique que je faillis oublier de vérifier mes textos, toute la raison pour laquelle Victoria avait décidé de m'accorder une pause.

Gray, ton père aimerait fixer une date pour dîner. Il commence à devenir un peu insistant.

Teresa, l'assistante de mon père, était une femme gentille qui ne méritait pas que mon père l'embête juste parce que je choisissais de l'ignorer.

Et voilà que disparaissait toute la joie par procuration que j'avais ressentie pour Victoria et Pari et leur relation naissante.

Je répondis avec un profond soupir. *Dis à papa qu'il surveille sa tension. Je le verrai à la réception du XPAC le week-end prochain.*

Sa réponse fut immédiate. *Compris. Je lui fais savoir* .

Je lui envoyai quelques émoticônes en réponse. J'étais rentrée prête à confronter mon père, mais j'avais découvert qu'il était à New York pour affaires jusqu'au week-end. Et comme la réception avait également lieu le week-end, j'allais devoir attendre. Mais je m'étais préparée. J'avais fait des listes de choses que je voulais dire et je m'étais même entraînée devant un miroir.

Normal que l'intello aborde le problème de façon intello.

Je regardai à nouveau la liste sur mon bloc-notes. Le titre était : Stratégie de sortie de la relation publique Keely/Ty. Au-dessous se trouvait une liste de stratégies, quelques éléments à révéler à la presse, et certaines choses que nous devions faire sur les réseaux sociaux. Keely allait arrêter de poster des photos ou même de mentionner Ty plus tard dans la semaine, peut-être même effacer quelques-unes des photos les plus récentes avec lui et arrêter de le suivre.

Ryan la bloquerait de son faux compte Twitter qui avait essentiellement été géré par l'assistante de Victoria sous sa supervision. Keely commencerait alors à être accompagnée par des amies pour ses apparences publiques suivantes, et enfin, elle serait vue dans un endroit cool avec un homme mystère.

Environ un mois plus tard, Ryan et elle déclareraient conjointement avec sincérité et politesse qu'ils se séparent amicalement et qu'ils se souhaitent le meilleur l'un à l'autre.

Même en sachant que tout était faux, j'étais émue en lisant cette liste. La fausse relation était ce qui me reliait à Ryan. Une fois qu'elle serait dissoute, j'avais l'impression que mon lien avec lui serait également rompu.

La liste me rappelait aussi mon propre drame de rupture personnelle, tout ce que nous avions échangé à Tahoe, le bon comme le mauvais, et les beaux souvenirs de là-bas. Ses adieux à l'aéroport qui me faisaient mal chaque fois que j'y repensais.

Heureusement qu'il avait été en Floride pour la semaine. Je n'étais pas sûre de pouvoir supporter le fait de le croiser dans les couloirs ou de nous voir dans la salle du déjeuner.

Bien sûr, il y avait la réception de ce week-end. L'idée suffisait à me nouer l'estomac. Les investisseurs importants, tous les astronautes et leur équipe entière de soutien – ainsi que leurs conjoints – seraient présents. Ce n'était pas quelque chose que je pouvais rater, même si j'en avais envie.

***

— Ne pas avoir une robe adaptée, ce n'est pas une excuse.

Pari secoua la tête. Elle était assise dans ma voiture quelques jours plus tard avec les bras croisés, en route vers le centre commercial. Je venais d'énumérer tous les moyens que je connaissais pour éviter le dîner.

— Un cas soudain et très aigu d'empoisonnement à l'E. coli ?

Elle me regarda de travers.

— Je te traînerai dans tous les magasins jusqu'à trouver quelque chose d'approprié. Et même si je déteste acheter quoi que ce soit au centre commercial, cela témoigne de mon amitié.

Je hochai la tête.

— C'est vrai, cela prouve ton amitié. Je peux dire franchement que je ne ferai pas la même chose pour toi.

Elle me jeta un regard noir et elle fit un geste de la tête en direction de la portière.

— Allons-y.

Le lendemain, j'enfilai mes achats pour les montrer à ma mère devant l'ordinateur. Elle était ravie. La robe que Pari m'avait encouragée à porter dépassait tous les risques que j'avais pu prendre auparavant à une soirée en public. Et j'avais besoin de tout le soutien moral que je pouvais recevoir, même si ma mère se trouvait à plus de 8000 km.

— *Cariad* ! s'exclama-t-elle avec le terme affectueux gallois qu'elle me réservait. Ta coupe de cheveux est adorable. Et cette robe !

C'était une robe en satin rose coquillage, et même si elle n'était pas vraiment décolletée, la robe avait un col en V qui ne couvrait pas le haut de ma cicatrice.

— Tu vas faire tourner les têtes. Seras-tu accompagnée ?

Mon sourire faiblit lorsque l'image de Ryan passa sans le vouloir dans mon esprit. Il allait être avec quelqu'un, c'était évident. Serait-ce Keely pour une dernière apparition en public ? Ou bien Karen, qu'il voulait fréquenter une fois que le test de vol serait terminé ?

Et qu'allais-je ressentir en le voyant là-bas avec elle ?

J'avais été tentée d'inviter Aaron. Il m'avait invitée à sortir et j'avais refusé. Lui demander de m'accompagner ici rendait mon message encore plus confus. Et puis, ce n'était pas juste, et j'aurais eu l'impression de me servir de lui si je me contentais de sortir avec lui pour rendre quelqu'un d'autre jaloux. Il était bien trop gentil pour cela.

— Ça va ? Tu es devenue silencieuse tout à coup.

Ma mère communiquait par Skype depuis sa cuisine. Comme il était tard pour moi, il était très tôt le matin pour elle au pays de

Galles. Elle coupait des légumes qu'elle plaçait dans une énorme cocotte de soupe préparée pour la journée.

Je lissai le tissu frais de la robe sur mon ventre et je hochai la tête en affichant un faux sourire.

— Oui. Oui, je vais bien.

Je montrai mes nouvelles chaussures afin d'éviter qu'elle remarque ma nervosité soudaine.

— J'ai acheté des chaussures pour les mettre avec la robe.

Sa mâchoire tomba.

— Elles sont tellement glamour ! Comme les souliers de Cendrillon.

Je les regardai : elles étaient argentées à paillettes, avec des talons hauts et des lanières.

— Je porte tout le temps des tennis et des Doc Martens, alors je me suis dit que j'allais faire une folie avec des chaussures de marque. Ce sont des Jimmy Choos.

Ma mère hocha la tête, mais elle ne dit rien. Même si elle avait été femme de milliardaire pendant plusieurs décennies, elle ne se souciait pas beaucoup des marques. Son style était trop bobo pour cela.

— Je suis fière de toi, tu n'as pas peur de montrer ta cicatrice. Je sais que c'était un problème pour toi dans le passé. Tu es magnifique.

Je tripotai la cicatrice, mais je ne répondis pas. Elle arrêta d'émincer l'oignon pour s'essuyer les yeux et renifler.

— Tu as demandé à quelqu'un de faire ton maquillage ?

Je ris.

— Je sais me maquiller toute seule, maintenant. J'ai appris sur YouTube.

— Génial ! dit-elle avec un grand sourire.

Je lui expliquai que le dîner était en l'honneur du dernier lancement inhabité réussi avant le véritable lancement dans trois semaines seulement. Les officiers, les astronautes, l'équipe de soutien et les investisseurs importants étaient tous invités. Cela signifiait que mon père allait être là, lui aussi.

Le mélange dans cette pièce allait être gênant. Et il y aurait beaucoup de tension.

Mon estomac se noua en y pensant.

Le week-end arriva bien plus tôt que je ne le voulais. Heureusement, Pari m'aida à me préparer. Elle était essentiellement présente en soutien moral, mais j'avais besoin d'aide pour mettre mes bijoux. Il s'agissait de bijoux que je ne portais jamais, qui m'avaient été donnés par ma mère.

— Waouh, Gray, des diamants. Tu es tellement glamour. Tout ce temps que tu as passé avec Keely Dawson a dû t'influencer.

Je ris en la regardant dans le miroir pendant qu'elle attachait le magnifique collier en diamants. Les boucles d'oreilles, en diamants assortis, ornaient déjà mes oreilles.

— C'était un cadeau de mon père à ma mère peu avant leur divorce. Elle les a appelés « son dernier effort ». Elle me les a rapidement donnés à moi au lieu de les vendre quand ils se sont séparés.

Pari sourit.

— On dirait quelque chose que Vic porterait. Elle serait incroyable avec des diamants.

Je levai un sourcil.

— Eh bien, tu gagnes un salaire d'ingénieure aérospatiale, n'est-ce pas ? Noël arrive et tu as des courses à faire pour une personne spéciale cette année.

Elle eut beau essayer, Pari ne parvint pas à cacher son sourire bête. Elle avait manifestement un gros béguin. L'enthousiasme équivalent de Victoria dans son bureau l'autre jour m'indiquait que le sentiment était réciproque. Le mot avec un grand A s'annonçait peut-être ?

— Ne me taquine pas avec ça, sinon il faudra que je prenne des mesures drastiques.

Je ris.

— Ne fais pas de menaces que tu ne saurais pas tenir, Pari.

Elle passa devant moi et elle ajusta le collier posé juste au-dessus de ma cicatrice, sans la couvrir.

— C'est magnifique. Tout.

Elle me regarda dans les yeux et je sus qu'elle insistait afin de me rassurer.

Une opération à cœur ouvert était douloureuse, exigeante pour le corps et on s'en remettait difficilement. Chaque fois que je voyais la cicatrice dans le miroir, un bref souvenir des mois de douleur après l'opération me traversait l'esprit. Ce soir-là, je ne ressentis pas ce pincement de douleur physique. La douleur dans mon cœur était purement émotionnelle.

J'étais littéralement née avec un cœur brisé. Mais c'était mon cœur figuratif qui faisait mal pendant que je me préparais à entrer seule dans ce restaurant.

Pari s'approcha de la fenêtre pour regarder le ciel de fin d'après-midi. Les arbres et les buissons se balançaient vivement à l'extérieur.

— C'est une bonne chose que tes cheveux soient coupés court, mais prends une brosse. Il y a beaucoup de vent et il fait affreusement chaud également.

Ce n'était pas encore l'automne, mais les vents de Santa Ana étaient arrivés en avance en Californie du Sud, et avec eux, il y avait cette sensation continue de soif et de peau desséchée. J'attrapai un tube de crème et j'enduisis mes pauvres mains et mes coudes.

Pari me dévisagea encore une fois et elle sourit en secouant lentement la tête.

— Je donnerais n'importe quoi pour voir la tête de Ty quand il te verra ce soir.

— Je ne vais pas y penser. Pas du tout. Je suis déjà trop loin hors de ma zone de confort.

Elle hocha la tête.

— Il est temps de dire au revoir à ta zone de confort, Gray. Il faut prendre des risques. Avec les risques viennent les récompenses, et personne n'a jamais fait de prouesses en jouant la sécurité. Serions-nous allés sur la lune? Non. Alors, concentre-toi là-dessus ce soir.

Je souris.

— Je vais le faire.

Ce qu'elle avait dit était vrai. Je ne pouvais pas élargir mes horizons si je restais en sécurité et protégée. C'était la façon dont j'avais été élevée, méfiante et effrayée par le monde au lieu d'être enthousiaste et pressée de sortir et d'explorer toute sa splendeur.

Je devais trouver mes propres limites naturelles au lieu de vivre selon des limites imposées.

J'avais toute une vie de leçons de prudence à contrer.

C'était parti.

CHAPITRE VINGT-DEUX
GRAY

QUARANTE-CINQ MINUTES PLUS TARD, J'ENTRAI DANS LE restaurant où nous devions nous rassembler. Il s'agissait d'un établissement de luxe de style boutique française situé en hauteur dans les collines d'Orange, surplombant les lumières de la ville de la côte de Newport. Tout était réservé pour notre groupe. L'hôte et l'hôtesse, le PDG et entrepreneur Adam Drake et sa femme Mia, médecin en formation, étaient présents. Ils m'accueillirent à la porte avec de grands sourires.

Étant la fille de mon père, j'avais croisé de nombreuses personnes aussi riches, et je devais dire qu'il s'agissait de deux des personnes les plus sympathiques que j'avais pu rencontrer. Ils étaient encore jeunes, entre vingt-cinq et trente ans, et tous les deux étaient incroyablement beaux. Le genre de couple qui vous faisait immédiatement vous demander à quoi ressembleraient leurs bébés une fois qu'ils commenceraient à en avoir.

Ensuite, il y eut mon patron, Tolan, avec son rendez-vous. Il avait été absorbé par une conversation avec le premier couple quand j'étais arrivée, mais il me salua avec un énorme sourire et il prit ma main, se penchant pour m'embrasser sur la joue.

— Ton père vient d'arriver et il a déjà demandé où tu étais. Il est allé chercher des toasts.

Je regardai de l'autre côté de la pièce et je vis mon père discuter avec Hammer, un des astronautes. Son langage corporel était raide et formel, mal à l'aise, mais il semblait écouter attentivement ce que Hammer lui disait.

Même pendant qu'il parlait, les yeux de mon père fouillaient la pièce. Me cherchant sans doute. Peut-être Ryan aussi. Je lui tournai le dos et je cherchai Ryan à mon tour. Il ne fut pas visible et je supposai qu'il n'était pas encore arrivé. Cet endroit n'était pas assez grand afin que l'on y perde un astronaute musclé d'un mètre quatre-vingt-trois.

Cependant, en scrutant la pièce, mon regard s'arrêta sur une femme familière. Petite et menue, de longs cheveux sombres, très jolis, comme dans mes souvenirs. Elle discutait avec Noah Sutton, étant sans doute arrivée avec lui. Elle n'était donc pas le rendez-vous de Ryan ce soir-là.

Mes entrailles se nouèrent. La jalousie plongea instantanément ses griffes brûlantes dans ma poitrine, m'empêchant de respirer. Je ressentis à nouveau la douleur de lui dire au revoir à l'aéroport en sachant qu'il retournait auprès de Karen, qu'il était possible que quelque chose commence entre eux. J'eus la nausée en pensant que Ryan cherchait activement à ce que cela se produise.

À ces pensées, chaque battement de mon cœur fut douloureux. Et si Karen pensait aussi que c'était une bonne idée ? Et si elle avait besoin que quelqu'un s'occupe d'elle ? Était-ce ma place de lui dire que Ryan était motivé par la honte et la culpabilité et le deuil ?

Je ne pouvais pas interférer. Ce que deux adultes consentants décidaient ne me regardait pas, même si cela affectait également mon avenir.

C'était tellement frustrant et perturbant. J'étais debout, seule avec un verre d'eau minérale glacée dans la main, ruminant toutes les possibilités, lorsque j'entendis un brouhaha près de la porte. Ryan entra avec Keely à son bras.

Je me tournai immédiatement pour regarder Karen observer leur entrée, espérant découvrir ce qu'il se passait dans sa tête. Elle semblait très intéressée par le couple qui venait d'entrer, examinant Keely et sa robe de soirée vert émeraude magnifique qui mettait superbement en valeur ses cheveux roux.

Le regard de Karen passait de l'un à l'autre, comme si elle les étudiait attentivement, souhaitant voir leur interaction. Karen devait savoir qu'il s'agissait d'un faux couple. Et franchement, il n'y avait pas besoin de vraiment faire semblant à ce dîner. Ils étaient arrivés ensemble pour les photographes situés à l'extérieur.

Tout le monde ici savait qu'il ne s'agissait que d'une performance pour le public. En quelques mois, l'image de Ryan avait été réhabilitée et les gens parlaient de *Tyley* partout sur Internet et dans les médias. Je me tournai pour avoir un deuxième aperçu. Ils étaient si beaux ensemble qu'il était difficile de croire qu'ils ne formaient pas un vrai couple.

Le regard de Keely croisa le mien et elle écarquilla les yeux. D'une voix forte, elle s'exclama :

— Oh. Mon. Dieu. Gray ! Tu es mâââgnifique.

Elle donna un coup de coude à celui qui l'accompagnait, et qui me fixait déjà très attentivement.

— N'est-elle pas superbe, Ty ?

Il ne répondit pas. Keely se dégagea de son bras et elle s'avança tout droit vers moi.

— Gray, tu...

Je levai les yeux au ciel, mais je lui souris.

—… es magnifique, j'ai entendu.

Nous nous regardâmes avant d'éclater de rire.

— J'adore cette couleur sur toi. Je ne peux pas porter de rose, tu sais, à cause des cheveux roux. Alors je suis tellement contente que cette couleur t'aille si bien.

— Eh bien toi, tu es belle tout le temps alors je ne devrais peut-être même pas le dire, mais c'est le cas ce soir, également.

Elle secoua la tête en ricanant.

— Oh, je ne me fatigue jamais de l'entendre. Tu peux me le dire quand tu veux. Mes cheveux sont bien ? Malgré le vent de fou qu'il y a dehors ?

— Nous avons tous les cheveux en pétard aujourd'hui. Tu es magnifique.

Keely jeta un regard par-dessus son épaule, puis elle me prit par le bras et elle m'écarta du milieu de la pièce.

— Est-ce que tu m'as pardonné pour Tahoe ?

Elle m'avait déjà demandé cela par texto. J'avais été un peu sèche dans mes réponses et je lui avais dit qu'elle avait dépassé les limites. Elle s'était beaucoup excusée.

Le lendemain, un bouquet de fleurs était arrivé à mon travail. Je me tournai vers elle.

— Je t'ai déjà dit d'oublier ça. La prochaine fois, ne m'abandonne plus avec un mec canon, sauf si c'est quelqu'un que je n'ai pas fréquenté avant, dis-je en ricanant.

Elle rit.

— Bien compris. Arg, l'idée de recommencer les rendez-vous galants me fait presque regretter de ne pas avoir uniquement de fausses relations.

Je réfléchis à la possibilité de sortir avec quelqu'un d'autre. Je n'avais même pas encore été jusque-là.

— Ty est toujours assez fâché contre moi. Il m'a à peine parlé en venant. Je n'ai pas pensé que les fleurs serviraient à quoi que ce soit.

Je suivis son regard vers Ryan. Il se tenait dans un petit groupe avec Adam et sa femme et Tolan, et ils parlaient de quelque chose, mais Ryan nous observait.

— Oui, les fleurs sont sûrement inutiles avec lui. Comme les cupcakes, d'ailleurs.

Elle poussa un soupir.

— Les hommes sont bizarres. Ils sont fâchés pendant deux secondes, et puis on les distrait et ils oublient complètement pourquoi ils étaient fâchés.

J'ouvris la bouche pour répondre lorsque je perçus quelqu'un près de mon épaule. Keely recula et je me tournai : mon père se tenait là. Il posa une main dans mon dos.

— Eh bien, Gracie, puis-je rencontrer ton amie ?

Je me raidis à l'endroit où ça me touchait entre les omoplates et il fronça les sourcils. Puis je m'écartai de lui sous prétexte de prendre Keely par le bras pour les présenter.

— Keely Dawson, voici mon père, Conrad Barrett.

Keely fit un grand sourire à mon père qui le lui rendit.

— Je suis ravi. Je ne vais pas très souvent au cinéma, mais je vous ai vu dans ce film sur la Deuxième Guerre mondiale...

— *En Marge de l'Ombre* .

— Oui. J'ai adoré. Vous êtes une jeune femme très talentueuse.

Keely sourit.

— Gray, tu ne m'as jamais dit que ton père était aussi adorable et qu'il avait si bon goût.

— Mon père est adorable et il a très bon goût, ânonnai-je comme un robot.

Nos regards se croisèrent et même s'il sourit, ce ne fut pas mon cas. Le moment devint gênant, alors je me raclai la gorge.

— Excusez-moi, j'ai très soif. Je vais aller m'attraper un verre. Je reviens !

Ou mieux encore, je ne reviendrais pas du tout, me dis-je en m'approchant du bar et en commandant un Dr Pepper avec des glaçons. Joli, Gray. Très classe. J'étais vêtue comme quelqu'un qui devait tenir une flûte de champagne, mais je ne supportais pas le champagne.

C'était peut-être méchant de laisser Keely avec mon père, mais c'était un type charmant et il savait tenir une conversation, même avec une belle starlette. Sa société avait soutenu quelques films à gros budget, alors c'était peut-être même intéressant pour elle de créer le lien.

Quoi qu'il en soit, je voulais simplement me débarrasser de lui. J'étais toujours furieuse contre lui et frustrée de ne pas pouvoir le confronter tout de suite. Je marchai vers les plateaux de canapés joliment disposés sur plusieurs niveaux. En jetant un coup d'œil à ce qui était proposé, je choisis de ne rien prendre, car mon estomac faisait des sauts périlleux. Entre la présence de mon père et celle de Ryan, et l'animosité entre eux, ce serait un miracle si je pouvais avaler – et garder dans le ventre – quoi que ce soit ce soir.

— Comment vas-tu, miss Gray ? dit une voix près de mon épaule.

Cela faisait un moment que je fixais un plateau, apparemment en transe, perdue dans mes pensées et savourant ma solitude dans l'espoir futile que mon isolement pourrait durer.

Malgré tout, l'interruption ne fut pas désagréable. Je levai la tête vers Kirill.

— *Dobriy vyecher* .

Il sourit.

— Bonsoir à toi aussi. Tu apprends le russe ?

Je souris.

— Un mot à la fois.

Il hocha la tête.

— C'est exactement de cette façon que je l'ai appris. C'est une langue très utile.

— Particulièrement si nous accueillons plus de cosmonautes dans l'équipe.

Il leva ses sourcils blonds.

— Ce serait intéressant. Cependant, il n'y en a pas beaucoup qui veulent déménager aux États-Unis depuis la Russie.

Je souris en me souvenant d'une discussion antérieure avec Ryan.

— Il nous suffit de faire tout notre recrutement au cours de l'hiver et de montrer des posters des plages californiennes en janvier.

Il haussa les épaules en riant.

— Ça pourrait fonctionner.

Juste à ce moment-là, toutes les lampes s'éteignirent avant de se rallumer. Ce fut une interruption si courte que même si tout le monde l'avait remarquée, elle ne servit qu'à rappeler le vent à l'extérieur. Cela arrivait fréquemment quand les Santa Anas soufflaient. Tout comme la chaleur sèche, la poussière persistante et l'air enfumé à cause des incendies. Nous nous regardâmes, étonnés, pendant que d'autres personnes dans la pièce autour de nous émettaient des bruits de surprise.

— Veux-tu que j'aille remplir ton verre ? demanda-t-il. Il m'en faut un autre.

Je levai mon verre à moitié plein – oui, j'étais toujours optimiste malgré tout – et il sourit en s'éloignant vers le bar. Il y rencontra Ryan qui venait juste de se prendre un verre. Ils échangèrent quelques mots et Ryan leva les yeux comme s'il inspectait l'éclairage. Cette brève coupure de courant avait dû le mettre en alerte. Je remarquai que son front brillait de transpiration et que ses épaules étaient tendues.

Je ne voulais pas constater ces choses et je ne voulais certainement pas ressentir cette montée brutale d'empathie et d'inquiétude pour lui.

Je voulais être libérée de lui, comme il semblait être libéré de moi.

Je me tournai, feignant un intérêt marqué pour les hors-d'œuvre. Ils allaient être comptés, catalogués et mémorisés à la fin de la soirée, si je continuais. Je n'eus cependant pas cette chance.

Je faillis sauter au plafond lorsque je sentis soudain un corps à côté de moi, la manche d'une chemise frôlant mon bras nu. Une odeur familière et une présence chaude.

Lorsqu'il parla, sa voix fit vibrer des choses au fond de moi. Et comme un coup de tonnerre qui me traversa subitement, je me rendis compte à quel point il m'avait manqué.

Ryan parla doucement :

— Ça fait quinze minutes que tu les regardes, maintenant. Pourquoi ne pas en essayer un ?

Comme pour faire la démonstration, il attrapa un joli sashimi et il le mit dans sa bouche. Mes yeux se focalisèrent sur ses lèvres pendant qu'il mâchait et je fus soudain prise de désir pour lui. Je voulus me pencher plus près, sentir son odeur, sentir la chaleur de son corps près du mien. À la place, je fis un pas en arrière.

— Je n'ai pas très faim ce soir.

Son regard passa de mon visage à mon cou et à ma poitrine, puis jusqu'en bas, et cette chaleur en moi augmenta et fit brûler ma peau. Ensuite, son regard s'attarda sur ma poitrine, sur la cicatrice proéminente, avant de revenir vers mes yeux.

— Tu es extrêmement belle ce soir.

Ce fut à peine plus qu'un chuchotement, mais il le dit d'une telle façon, avec une telle conviction, que je ne pouvais pas écarter ses paroles comme de la simple flatterie.

Ma bouche s'ouvrit comme si je me préparais à parler, pourtant, je ne sus pas quoi dire. Ma gorge se serra et je parvins seulement à articuler :

— Merci.

Il était aussi beau que d'habitude, avec un jean noir, un blazer marron et une chemise bleu foncé assortie à ses yeux, ouverte au niveau du col. Il ne portait pas de cravate, mais son badge doré d'astronaute de la NASA était fixé sur son revers.

Je n'étais pas vraiment en colère contre lui, mais j'étais sur mes gardes, maintenant une distance qui servait à me protéger. Je ne pouvais pas non plus être indifférente envers lui. Pas quand il se tenait si près de moi. Pas quand il me regardait de cette façon.

Pas alors que je l'aimais encore.

À ce moment-là, nous fûmes interrompus par Karen, qui apparut de l'autre côté de Ryan.

— J'ai eu mon verre de vin. J'ai une baby-sitter pour le gosse ce soir et je suis prête à faire la fête. Il y a quelque chose de bon ici ? Je suis affamée, dit-elle à Ryan.

— Il y a ces espèces de soufflés au fromage que tu vas adorer, puisque tu es folle de fromage.

Il lui jeta un regard et un sourire qui firent naître en moi une jalousie aux proportions presque irrationnelles. Je fis un autre pas en arrière, ayant besoin de retrouver mes marques.

Karen s'avança vers moi.

— Salut, Gray. Contente de te voir.

Je plaquai un sourire sur mes lèvres.

— Oui. Est-ce que ton séjour te plaît ? Tu profites de la Californie et de notre drôle de météo ?

— En arrivant, j'ai cru que j'allais m'envoler comme un virevoltant. J'espère que le temps changera avant que nous allions à Legoland tous les trois, la semaine prochaine.

Tous les trois. Je regardai Ryan. Eux trois. Une nouvelle petite famille. En fait, c'était… très mignon.

Et c'était peut-être bon pour lui de pouvoir s'occuper de quelqu'un. Merde, qu'est-ce qui n'allait pas chez moi ? Pourquoi commençais-je moi aussi à penser que c'était peut-être une bonne idée ?

Je parvins à peine à respirer à cause de ma gorge serrée.

— Ça sera super. J'espère que vous vous amuserez beaucoup. Particulièrement AJ. Je, euh, je dois aller vérifier quelque chose.

Avant que l'un d'entre eux puisse dire quoi que ce soit, j'avais disparu, filant vers la salle de bains et essayant de me calmer suffisamment pour affronter un dîner avec toutes ces personnes différentes à la même table. Je décidai de m'asseoir près de quelqu'un de sûr comme Mia Drake, ou Tolan. Ou encore mieux, entre les deux.

Ce serait parfait.

Lorsque je sortis de la salle de bains, notre longue table était prête et la plupart des gens étaient assis. Comme il n'y avait pas de places prédéterminées, je me dirigeai vers le fond avant de sentir Keely m'attraper le bras.

— Tu t'assieds à côté de moi ?

Je hochai la tête, hésitant seulement lorsque je me rendis compte que la personne à ma gauche serait Ryan.

Keely avait mentionné le fait de vouloir parler avec Mia au sujet de l'École de Médecine pour le rôle qu'elle allait jouer plus tard dans l'année. Karen était donc de l'autre côté de Ryan. Maintenant, je souffrais d'une véritable nausée et je faillis tourner les talons.

Ce ne fut que lorsque je m'assis que je me rendis compte de l'étendue du désastre des places. Mon père était assis en face de Ryan, sûrement intentionnellement.

S'il existait un moment pour évoquer mentalement de nouveaux jurons intéressants, c'était maintenant.

Les yeux froids de mon père atterrirent sur Ryan.

— Eh bien, commandant Tyler. Comment se passe l'entraînement pour le vol ? Vous êtes tous prêts à commencer votre voyage court et inutile vers le centre de nulle part ?

Ryan retira sa serviette de la table et la posa sur ses genoux en la faisant claquer.

— Il me tarde, pour tout vous dire.

Je jetai un regard d'avertissement à mon parent impoli et il me rendit un regard noir.

— Aaron m'a dit vouloir te contacter. As-tu reçu son message vocal ?

Oui, cette petite pique était aussi là pour atteindre Ryan. Je le vis à la façon dont le regard froid de mon père l'observait en parlant. Je rougis comme une tomate cerise, ravie que les autres personnes attablées soient absorbées par leurs propres petites bulles de conversation.

— Tu fais office d'assistant personnel pour Aaron, maintenant, papa ? Comme c'est gentil ! Et moi qui pensais que tu étais déjà assez occupé.

Mon père pinça les lèvres, mais il ne sembla pas particulièrement fâché. C'était plus comme s'il s'était attendu à ce que je fasse une réponse désagréable et que je satisfaisais ses attentes. Bon, tant pis pour le contrôle de moi-même. J'inspirai profondément avant de souffler. J'allais être la personnification du sang-froid ce soir-là, même si je devais en mourir.

Les lumières clignotèrent encore une fois, s'éteignant une demi-seconde plus longtemps. À côté de moi, Ryan se raidit, sa serviette tombant des genoux. J'inclinai la tête et je vis qu'il serrait le bord de sa chaise à en faire blanchir ses articulations.

— Ça va ? murmurai-je afin qu'il soit le seul à pouvoir l'entendre.

Puis je me penchai, j'attrapai la serviette et je la reposai sur ses genoux avant qu'il puisse bouger.

Il me regarda du coin des yeux.

— Ça va, dit-il en serrant les dents.

Ryan était coincé par moi d'un côté et Karen de l'autre, le mur dans le dos. S'il devait sortir rapidement, il était foutu. Il n'y avait manifestement pas réfléchi en venant s'asseoir à table.

Il ne se passa pas grand-chose au cours des salades, puis de la soupe. Mon père régala la table par des histoires folkloriques et amusantes, sa spécialité. Je retins mon irritation en refusant de le regarder, et même si Ryan l'observait, il ne participa jamais à la conversation. J'aurais donné beaucoup d'argent pour savoir ce que Ryan pensait ou même comment il parvenait à contrôler sa colère envers mon père.

Je regardai encore une fois Ryan. Sa tête était penchée vers la personne à sa gauche, vers Karen. Je n'eus cependant pas le temps de m'attarder sur ma jalousie. Les serveurs apportèrent les entrées et Tolan essaya de me joindre à sa conversation avec Adam Drake au sujet d'une éventuelle mission lunaire.

Comme j'étais gauchère, Ryan et moi nous heurtâmes les bras lorsqu'il commença à couper son steak et qu'il me donna accidentellement un coup de coude. Il se tourna pour murmurer des excuses et nos regards se croisèrent. Je n'avais pas prévu que cela arrive, mais lorsque ce fut le cas, quelque chose grésilla et éclata presque entre nous. Des émotions refoulées des deux côtés ?

C'était plus que de la gêne. C'était une connexion. Je retins mon souffle.

Les lumières vacillèrent encore une fois, lentement, comme si un enfant jouait avec pour attirer l'attention de la pièce. Apparemment, ce fut la dernière fois avant l'extinction complète. Dans l'obscurité, les gens soupirèrent ou s'exclamèrent de surprise, et des ustensiles claquèrent dans les assiettes. Le vent était monté en puissance ; des sifflements aigus et des morceaux de poussière secouaient les fenêtres.

L'occupant de la chaise à côté de moi paniqua. Je fus peut-être la seule à entendre son petit cri, le claquement de sa chaise contre le sol lorsqu'il se repoussa de la table, le bruit de ses couverts et de son assiette tombant à terre. Il était debout, essayant de se faufiler derrière Karen lorsque je me levai et que je lui attrapai le bras.

— Ryan !

Cela se perdit dans la conversation autour de la table pendant que les gens criaient et plaisantaient, et quelqu'un demanda à un serveur d'apporter des bougies pendant que d'autres cherchaient leur smartphone.

Ryan heurta le mur derrière lui de plein fouet avant de faire demi-tour et de se tourner vers moi, tous les muscles tendus dans son corps. J'entendais son souffle, je sentais la chaleur qui émanait de lui par vagues.

— Je ne peux pas sortir. Je dois sortir. Où est l'ouverture du *Quest* ?

Je fronçai les sourcils. C'était le nom du sas de l'ISS.

Il vivait un flash-back de stress post-traumatique et la panique dans sa voix était évidente. Mais comment allais-je pouvoir convaincre un homme de presque un mètre quatre-vingt-trois et quatre-vingt-dix kilos de se calmer alors qu'il était coincé des deux côtés ?

J'attrapai ses biceps, je les serrai fort et je me penchai vers lui.

— *Respire* , Ryan, dis-je en chuchotant vivement.

J'espérais vraiment pouvoir le ramener de l'endroit où il était coincé dans le passé avec un minimum de dégâts. Puis je me rendis compte que la salle était devenue silencieuse.

Chapitre Vingt-Trois
Ryan

L'OBSCURITE ET LA TENSION ET LA DOULEUR TOURNENT autour de moi jusqu'à m'étourdir. Je ne vois rien. C'est mon pire cauchemar. Je suis coincé dans l'obscurité et je ne peux pas respirer. Je respire difficilement par le nez. On dirait que des gens parlent tout autour de moi, mais la combinaison perd en pression et je ne trouve pas la putain d'ouverture du sas. C'est comme un mur devant moi, et mes jambes sont coincées comme par la gravité.

Est-ce le symptôme d'une perte dangereuse de pression de la combinaison ? Suis-je en train d'halluciner maintenant ?

J'ouvre la bouche pour répondre à la question de Houston sans même me souvenir de ce que c'était.

— Je ne peux pas… *je n'y vois rien* . Je ne peux pas respirer.

Les voix autour de moi se taisent, ou bien est-ce un problème sur la ligne ? Le Capcom ne sait-il pas quoi dire ? Je suis terriblement inquiet pour Xander, mais ils ont coupé ma liaison avec lui, m'ordonnant de retourner au sas, me disant qu'ils gèrent la situation.

Pourquoi ne puis-je pas les croire ?

Mon SAFER fonctionne et a été conçu pour cela. Le Jetpack sert spécifiquement à sauver les astronautes qui se détachent d'une façon ou d'une autre. Je pourrais aller chercher Xander et le ramener. Je sais que je pourrais le faire avant de m'évanouir à cause de la perte de pression. *La résolution de problèmes* . C'est notre domaine de compétences, n'est-ce pas ? À quoi ont servi toutes ces années d'entraînement ?

Je suis entouré par les étoiles et l'obscurité, et je ne peux pas voir la lumière toujours présente de la Terre au-dessous de moi. Nous devons nous trouver du côté sombre de la planète.

— Houston, répétez. Vérification des coms.

Ma voix est étranglée, au bord de la panique. Je réfléchis à toute vitesse. Que se passe-t-il avec Xander ? Pourquoi ne me laissent-ils pas lui parler ?

Il y a des mains sur mon visage. En tout cas, j'en ai l'impression. Est-ce une hallucination ? Suis -je en train de mourir ?

Des fraises et de la menthe. C'est ce que je sens. Cela me rappelle… *elle* . Mes pensées sont soudain perturbées. Je ne comprends pas. Des bruits et des voix me parviennent comme à travers un long tunnel. Son front est appuyé contre le mien.

Gray. La connaissais-je déjà ? Apparemment, car je pensais à elle en cet instant. Confus, le cauchemar et la réalité se mêlèrent. Mes poumons se raccrochèrent à l'air ambiant. Ce qui signifiait… ce qui signifiait que je n'étais pas dans ma combinaison, perdant de la pression et luttant pour trouver l'entrée de la station.

J'avais les pieds sur la planète, ce qui expliquait la raison pour laquelle mes jambes ne bougeaient pas comme en microgravité. Cela expliquait tant de choses.

Luttant toujours pour respirer, je me concentrai sur une voix douce. *Sa* voix.

— Ferme les yeux, serre les paupières. Pense à autre chose. Pense à ce qui te rend heureux, quelque chose de beau, comme le lac.

Ce qui me rend heureux . C'était facile. Avant même qu'elle puisse terminer, je me penchai vers elle, vers son odeur ensorcelante de fraises. Mes lèvres se posèrent sur les siennes et je fis ce qu'elle demandait : je fermai les yeux et je me concentrai sur cette sensation. Je revins sur terre, me concentrant sur la sensation de la gravité qui me maintenait.

Une lumière tamisée illumina le monde derrière mes paupières fermées, mais je n'ouvris pas les yeux et je l'embrassai. Ce goût si doux. Cette fille si douce. Je ne voulais plus respirer. Je n'en avais pas besoin. Mon oxygène, c'était elle.

Mais à mesure que la lumière devenait plus vive et que les voix se remirent à parler autour de nous, je la sentis s'écarter. Je n'étais pas encore prêt. Ma main se posa derrière sa tête afin de continuer à l'embrasser.

Derrière elle, quelqu'un siffla et poussa des cris en applaudissant.

— *Oui !* cria Keely.

C'est vrai, j'étais dans un restaurant. Un dîner gênant auquel j'aurais préféré ne pas participer. Mon pouls était toujours irrégulier, toujours paniqué, mais je me sentais redescendre de ma poussée d'adrénaline. J'entrouvris les yeux. La lumière tamisée et bleutée autour de nous venait de plusieurs torches de Smartphone. Et les serveurs avaient posé des bougies sur la table.

— Monsieur, nous allons vous chercher une nouvelle assiette, dit quelqu'un.

— Qu'est-ce que tu fabriques ? grogna une autre voix.

Une voix dure, pleine de colère et de haine. Je connaissais cette voix. Conrad Barrett.

Je détendis lentement la main à l'arrière de la tête de Gray et elle s'écarta de moi. Son corps tremblait contre le mien. Nous nous regardâmes dans les yeux et j'ignorai longtemps tout ce qui nous entourait.

Il n'y avait qu'elle.

Elle était la seule à remarquer ce qui m'arrivait. La seule à le savoir.

Mais maintenant, ils étaient tous au courant de ma peur de l'obscurité. Je les sentais me regarder.

Elle fronça ses sourcils sombres d'un air préoccupé.

— Tout ira bien, murmura-t-elle, et il fallait que je le croie. Je *voulais* le croire.

CHAPITRE VINGT-QUATRE
GRAY

NOUS AVIONS ETE TOUT PRES L'UN DE L'AUTRE, ET RYAN s'écarta beaucoup. Ses mains glissèrent de l'endroit où elles avaient tenu ma tête et il fit un pas en arrière. Il recula contre la chaise de Karen, mais il n'arracha jamais son regard au mien. Il déglutit visiblement, mais aucun de nous ne semblait vouloir couper le lien – physique ou autre – forgé entre nous.

Plusieurs personnes s'éclaircirent la gorge du côté de la table où étaient assis mes collègues.

Karen le fixait avec la même expression que les autres. La bouche ouverte, les yeux écarquillés. Sa chaise racla bruyamment le sol lorsqu'elle s'avança vers la table en m'évitant du regard.

— Tu as besoin de passer ?

Sans un mot, il la contourna d'un pas.

Les autres astronautes le regardaient tous, et il évita soigneusement leurs regards. Je ne pris même pas la peine de risquer un coup d'œil vers l'endroit où étaient assis Tolan et Adam, mais je les imaginai tout aussi fascinés.

Mon père s'était levé de sa place et il me fixait avec de grands yeux. Il siffla une question en serrant les dents :

— Qu'est-ce qu'il se passe, bon sang ?

Ryan se tourna vers lui avec les poings serrés et les yeux étincelants.

— Assieds-toi, Barrett. Et ne lui parle pas de cette façon. Elle m'a aidé.

Mon père lui jeta un regard assassin. Lorsque j'ouvris la bouche pour parler, il m'interrompit, pointant un doigt vers Ryan.

— Le problème est que tu n'as pas été assez courageux pour partir. Tu es nuisible et dangereux. Je ne veux pas que tu t'approches d'elle.

— Écoute, commençai-je, mais cette fois Ryan m'interrompit en sifflant contre mon père.

— Et toi, tu n'as pas été assez courageux pour la laisser vivre sa vie comme elle l'entend.

Mon sang se mit à bouillir, je rougis et la petite voix dans ma tête qui me disait toujours de me calmer et de respirer, de me contrôler, cette voix criait, maintenant.

— C'est ma fille, espèce d'enfoiré.

— C'est une adulte.

— Stop ! hurlai-je contre tous les deux.

Toutes les têtes dans la pièce s'étaient tournées vers moi, comme s'ils regardaient une sorte d'étrange match de tennis à trois. Cela aurait pu être comique si ça ne concernait pas ma vie. Ces deux crétins de mâles alpha ne m'auraient même pas remarqué si la fumée me sortait des oreilles, alors même qu'ils parlaient de moi.

— Je suis ici !

Je frappai la table du poing, faisant trembler les plats et l'argenterie.

— Ne parlez pas de moi comme si je n'étais pas présente ou comme si je n'avais pas ma propre voix.

Si mon côté calme avait dominé, j'aurais quitté la pièce. Mais je ne pouvais pas partir après avoir exigé d'être écoutée.

— Et pour l'amour du ciel, arrêtez de prendre des décisions au sujet de ma vie comme si elle était entre vos mains.

Mon père ouvrit la bouche pour dire quelque chose, mais je l'interrompis.

— Tu es en train de me perdre, est-ce ce que tu veux ?

Tout mon corps tremblait pendant que les mots tombaient de ma bouche, les larmes coulant le long de mes joues.

— Me perdre comme tu as perdu maman ? Et tous les autres ? Tu ne peux pas diriger nos vies. Tu ne peux pas nous dire comment les vivre. Nous ne sommes pas des poupées au bout d'une ficelle que tu peux sortir pour te divertir.

— Gracie.

Il leva une main apaisante.

— Calme-toi, s'il te plaît. Ton cœur…

Le visage cramoisi, je frappai encore la table du poing. De l'argenterie tomba sur le sol.

— C'est toi qui me brises le cœur, papa !

Je détectai un mouvement à l'endroit où se tenait Ryan. Il avait changé de position. Il semblait agité, comme s'il cherchait à m'extirper de la pièce. Comme s'il envisageait de me conduire dans un endroit plus privé. Mais lui aussi, j'avais des choses à lui dire. Des choses qui ne seraient pas faciles à entendre.

Attirant mon regard, il indiqua la sortie et je me tournai vers lui, les poings serrés, les ongles creusant dans mes paumes.

— Et *toi* , sifflai-je. Tu n'es qu'un menteur. Tu me mens. Tu mens à tous les autres autour de toi. Mais le pire – et le plus triste – c'est que tu te mens à toi-même.

Sentant une pointe dans ma poitrine, je m'arrêtai pour reprendre mon souffle en me frottant la clavicule. Je remarquai que mon père avait retenu son souffle en me voyant faire. Il avait naturellement supposé qu'il s'agissait d'un problème cardiaque.

Ryan s'avança vers moi.

— Gray. Allons en parler ailleurs…

— Personne ne peut réparer ce qui ne va pas chez toi, Ryan Tyler. Je ne le peux pas.

Je montrai les autres astronautes de son équipe.

— Ils ne le peuvent pas.

Je résistai à l'envie de montrer Karen. C'était trop douloureux. À la place, je luttai pour respirer, tout mon corps vibrant d'émotion.

— Le seul qui peut le faire, c'est toi. Mais tu ne peux même pas reconnaître qu'il y a un problème. Bonne chance à toi quand même, pour traverser ça. Personne ne le veut plus que moi. Cependant, je n'essaierai plus de te faire entendre raison. Je t'aime, mais je ne peux plus.

Mon père s'avança vers moi et je me tournai brusquement vers lui.

— Ne me suis pas.

En contournant la chaise de Keely, je me retournai lorsque je vis Ryan faire un pas vers moi. Je fis un geste pour l'éloigner.

— *Toi non plus !*

Heureusement, Noah s'était levé pour le bloquer et j'en profitai pour sortir de là sans regarder qui que ce soit d'autre dans les yeux. Je me précipitai vers ma voiture avec mes chaussures à talons. J'évitai maladroitement la poussière et les ordures agitées par le vent puis j'ouvris la portière pour chercher refuge à l'intérieur.

Je ne savais pas où j'allais… certainement pas chez moi. Être piégée entre ces quatre murs avec toutes ces pensées et ces émotions m'aurait rendue folle. Je me serais sentie impuissante. À la place, je devais prendre le contrôle.

Avant que qui que ce soit puisse sortir sur le parking pour essayer de m'arrêter, je démarrai et je me dirigeai vers le nord sur Chapman Avenue, vers les collines desséchées par l'été, dans la direction opposée de l'autoroute. J'espérais simplement que de rouler sans but en réfléchissant allait m'aider à y voir plus clair.

C'était vraiment étrange comment le fait de n'aller nulle part pouvait soudain forcer votre esprit à prendre des chemins que vous n'aviez encore jamais envisagés avant. J'avais les mains sur le volant et mon esprit conscient vérifiait les rétroviseurs, la route et les lumières vives des voitures qui arrivaient en face.

Les sentiments me poignardaient comme des milliers de petits couteaux souvenirs. Je me rappelai la sensation des bras de Ryan autour de moi, le goût de ses lèvres lorsqu'il s'était tourné vers moi dans sa panique.

La façon dont il m'avait écouté quand je lui avais dit que tout irait bien. *Et il allait bien…*

Mes bras se couvrirent de chair de poule et j'eus les larmes aux yeux en sachant que maintenant, plus que jamais, je l'avais perdu. Malgré tout, je savourai ces sentiments nouveaux, l'impression d'être tout pour lui, même si ce n'était que pendant quelques instants avant que la réalité vienne s'écraser autour de nous. Ces sentiments s'effacèrent et laissèrent du vide et de la douleur à la place.

Encore une fois.

Je ne pouvais pas continuer à me faire subir cela. Encore et encore. À lui ouvrir le cœur seulement pour qu'il puisse en arracher un autre morceau. Mon cœur émotif allait ressembler à mon cœur physique, déformé et dysfonctionnant, avant que les médecins brillants ne le réparent. Mais d'après ce que je savais, il n'existait pas de prothèse du cœur émotionnel.

Non. Si je me souciais de mon bien-être émotionnel autant que je souhaitais apparemment donner tout mon cœur au même homme indisponible, j'allais devoir m'occuper de mon cas.

Il fallait que je me renferme, que je m'éloigne. Que j'apprenne à guérir. Que je prenne soin de moi une bonne fois pour toutes.

Et il me fallait réparer le bazar que j'avais créé avec mon père également. Réparer les dégâts qu'il avait infligés à l'entreprise en étant impliqué et en jouant de son influence. Il était temps que je lui tienne tête, à lui aussi. Je n'étais pas obligée d'être celle qui refoulait ses propres sentiments afin d'aider tout le monde autour de moi.

Je pouvais me battre pour moi-même, et c'était très bien.

Après avoir zigzagué sur de petites routes dans les collines pendant presque une demi-heure, j'arrivai à un point de vue écarté de la route principale, un minuscule quartier résidentiel sinueux de maisons chics surplombant les lumières du nord d'Orange County. Au loin, j'aperçus le A géant illuminé du stade des Angels d'Anaheim, le gros centre Honda près de là, et le spectacle de lumières à la toute nouvelle gare ARTIC. Je passai tout cela en revue, émerveillée par leur beauté tout en ne les voyant pas vraiment.

Sans hésiter une seconde de plus, je sortis mon téléphone et je parcourus mes contacts, cliquant sur la messagerie. Je regardai l'heure : il était un peu après 20 h 30.

Je composai mon message et j'attendis.

Moi : Salut, je me demandais si nous pouvions nous voir. J'ai vraiment besoin de parler.

Je fixai l'écran de mon téléphone pendant une minute, souhaitant que la réponse arrive. Les trois points révélateurs apparurent, indiquant qu'il lisait le message. Je déglutis. C'était sans doute un peu soudain. Il était tard, mais peut-être, peut-être…

Les trois points disparurent et un nouveau message apparut sur mon écran de notifications.

Aaron Thiessen : Bien sûr! Au café ? Sinon tu es la bienvenue à la maison, si tu en as envie.

Je me mordis la lèvre en réfléchissant, puis je répondis.

Moi : Si ça ne t'embête pas, je vais passer chez toi. Je promets de ne pas te déranger longtemps.
Lui : Tu ne me déranges jamais. À très vite !

J'avalai la boule que j'avais dans la gorge et je démarrai la voiture, les mots que je voulais lui dire tournant déjà à toute vitesse dans mon esprit.

Chapitre Vingt-cinq
Ryan

Regarder Gray sortir de cette pièce fut comme de regarder mon cœur être arraché de ma poitrine.

Et même si elle avait averti son père de ne pas la suivre, je fis un pas vers elle avant d'être délibérément bloqué par Noah. Je ne résistai pas. Après tout, je lui devais une explication. Je la devais à tout le monde. Mon maillot de corps était encore trempé de la sueur froide après l'épisode dans l'obscurité. Ils étaient sans doute tous bouleversés par cette révélation.

Cependant, personne n'était malade comme moi de l'avoir révélé. Pourtant, j'étais également bizarrement soulagé.

Elle avait eu raison, et j'avais été trop aveugle pour le voir. Je ne pouvais pas partir dans l'espace.

Et maintenant, tout le monde savait la vérité.

Je tournai les talons et je me dirigeai vers les toilettes pour hommes. Il me fallut un moment pour reprendre mon souffle, m'asperger le visage d'eau froide et trouver un plan.

Après avoir procrastiné quelques minutes en sachant que les autres allaient bientôt me suivre ici, je sortis sans le moindre plan, ayant seulement le besoin terrible de chercher Gray, de lui faire mes excuses. De la serrer contre moi si elle le voulait bien.

Ce désir fut vite contrarié lorsque je vis qui m'attendait de l'autre côté de la porte des toilettes, appuyée contre le mur, les bras croisés et fixant le sol, perdue dans ses pensées. Karen.

Elle aussi, je lui devais une explication.

— Hé, dis-je doucement afin de ne pas la faire sursauter au sortir de sa rêverie.

Elle leva la tête et son rideau de cheveux sombres tomba en arrière de son joli visage. Je fus surpris de voir un sourire doux sur ses lèvres.

— Hé.

Je me figeai, et nous nous fixâmes pendant un moment long et gênant.

— Bon, nous devons parler, dis-je.

Elle poussa un soupir explosif, comme si elle le retenait depuis longtemps.

— Oui, on devrait. Il y a une petite salle dans le couloir, là-bas. Elle semble vide. Ça ne les dérangera peut-être pas si nous nous y asseyons un instant. Nous pouvons en faire une tradition.

Je hochai la tête et je la suivis jusqu'à la salle en question. C'était un petit salon mis de côté pour des rassemblements spéciaux. Il y avait un gros canapé et des fauteuils et une cheminée qui était maintenant éteinte. Les lumières étaient tamisées. Karen prit un des fauteuils, alors je m'assis sur le canapé, en face d'elle.

Karen croisa les doigts des deux mains sur ses genoux.

— Alors...

Elle plissa les paupières en scrutant mon visage.

— J'ai quelque chose que je crois que tu dois lire.

Je fronçai les sourcils, frappé par l'étrangeté de ses paroles. Avait-elle écrit une lettre ? Quand j'étais aux toilettes ? J'y réfléchis pendant qu'elle enlevait son sac de son épaule.

Elle sortit une enveloppe en plastique, défit l'attache en ficelle qui la fermait et sortit une lettre repliée. C'était clairement quelque chose de précieux pour elle. Quelque chose qui avait été déplié, manipulé avec amour, lu et relu, et replié. Encore et encore. Une lettre pas tout à fait en lambeaux, mais affectueusement usée le long des plis du papier.

Elle la tint précautionneusement dans la main avant de la déplier et de me la donner.

— Lis ça maintenant. Et nous ne devrions pas parler tant que tu n'as pas terminé. D'accord ?

Je fronçai les sourcils en lui prenant la feuille de papier que je posai sur la table devant moi. Je me concentrai pour distinguer les mots sous le faible éclairage. Il s'agissait clairement de l'écriture de Xander. J'aurais pu la reconnaître n'importe où.

Je me rendis bientôt compte, après l'avoir scruté pendant quelques secondes, de ce que c'était. Ce n'était pas une obligation, mais on encourageait chaque astronaute à écrire une ou plusieurs de ces lettres avant de partir, en fonction du nombre de personnes qui vous attendaient à la maison. Une lettre à un parent, un enfant, un partenaire, un meilleur ami. Une lettre *au cas où* .

Je levai les yeux vers elle et elle hocha la tête.

— Après avoir vu ce qui est arrivé au dîner, j'ai compris qu'il ne t'en avait jamais écrit une, car vous partiez ensemble. Mais en réalité, tu es sans doute celui qui aurait le plus eu besoin de lire ses pensées sur la mission. Ses espoirs et ses craintes. Lis-la, Ty. Tu en as besoin.

Je la fixai pendant une minute, la poitrine serrée et la vue un peu brumeuse.

— Je ne peux pas…

— S'il te plaît. Si tu ne veux pas le faire pour moi, fais-le pour Xander. Lis-la.

J'avais l'impression d'envahir son intimité, alors même que c'était elle qui m'avait donné la lettre. Je finis par céder, parcourant du regard le message personnel qu'il avait écrit pour elle : le bref rappel de souvenirs qui l'avait marqué dans leur relation. Quand il l'avait rencontrée pour la première fois, leurs fiançailles, etc.

Je trouvai un message dans ses paroles – comme un code secret caché pour moi – à environ trois quarts de la page.

… Tu sais à quel point je le voulais, et je ne peux m'empêcher d'admettre que je suis surexcité à l'idée de cette nouvelle étape dans ma vie. Je suis l'homme le plus chanceux au monde, et tu en es la raison à 99 %.

Je suis également chanceux parce que je fais cela avec mon meilleur ami, mon frère. Si j'y croyais, j'aurais dit que c'était la providence qui nous envoyait ensemble, Ty et moi. C'est tellement important. Je sais que tu dépends beaucoup de lui quand je ne suis pas là, alors ce sera particulièrement dur pour toi. Mais tu ne te plains jamais. Pas une seule fois.

Si je ne reviens pas, tu auras de nombreuses questions. Celle à laquelle j'ai le plus besoin de répondre, c'est qu'est-ce que je veux que tu fasses ?

Vis, Karen. Vis ta vie. Vis-la sans peur et sans tristesse. Vis-la de façon à pouvoir chérir les souvenirs de nous tout en en créant de nouveau. Remplis ta vie d'amour et de bonheur et partage cela avec notre fils. Conserve précieusement ce que nous avons vécu ensemble, mais s'il te plaît, pour moi, passe à autre chose.

Tu m'as tellement donné et j'ai l'impression que je n'ai fait que prendre. Avec chaque battement de cœur, je t'aime. Je t'aime. Je t'aime.

À toi, pour toujours,

Xander

Je lus et je relus ces lignes au moins trois fois, incapable de les dépasser. Incapable de les entendre autrement que dans la voix de Xander. Cette voix que je n'avais pas réellement entendue depuis plus d'un an, maintenant. Cette voix qui hantait encore mes rêves.

Sa voix sautait de la page et déclarait *Je fais ce que j'aime... je suis l'homme le plus heureux au monde... je le fais avec mon meilleur ami* .

Xander. Mon meilleur ami. Mon frère. L'homme qui avait tout abandonné pour me sauver. Je me mordis la lèvre et je repoussai la lettre vers elle en retenant mes larmes. J'avais promis de m'occuper d'elle, de ne pas la forcer à être forte pour moi.

Mais ces mots. Mes yeux y retournèrent encore et encore, scrutant les phrases, espérant les graver dans ma mémoire. Espérant que le message allait rester alors qu'en réalité je savais que je ne le permettrais pas.

Je savais pourquoi Karen avait voulu que je la lise, mais…

Mais je ne pouvais pas passer à autre chose. La culpabilité, la honte étaient tout ce qu'il me restait.

— Ty, chuchota-t-elle en se penchant en avant. Tu ne comprends pas ? Il a voulu ceci toute sa vie. Il est mort en faisant le travail dont il rêvait depuis qu'il était petit garçon. Il…

— Il est mort en essayant de me sauver, l'interrompis-je d'une voix monocorde, incapable de me retenir plus longtemps.

Ce secret… ce secret honteux que je n'avais divulgué qu'à une seule autre personne jusqu'à maintenant.

— Il avait toutes les raisons de rester en vie, et il a tout abandonné pour moi. Parce que j'étais en danger.

Elle fronça les sourcils et son regard tomba sur le papier devant moi, avant de revenir vers mon visage, une question visible dans ses yeux sombres.

— Je ne comprends pas, dit-elle doucement.

— Je dis que Xander a défié mes ordres et ceux du centre de contrôle et il a défait son câble en connaissance de cause. Il s'est mis en danger parce que ma combinaison était percée.

Je changeai de position et je la regardai dans les yeux. Je ne méritais pas le luxe d'éviter son regard. Je la fixai pendant que je lui disais comment son mari – son tout – avait gâché sa vie, s'était volontairement mis en danger pour sauver ma peau qui ne le méritait pas.

Son regard, le durcissement de ses yeux, le fait qu'elle recule et qu'elle s'affaisse sur son fauteuil pendant que je continuais à lui raconter les faits, cela me brisa le cœur en un million de morceaux. Je finis par fermer les yeux, les frottant pendant que ma voix tremblait, détestant ma propre faiblesse. Me haïssant comme je savais qu'elle devait me haïr en apprenant la vérité. En apprenant que j'étais ici, assis en face d'elle, au lieu de ce qui aurait dû arriver. Au lieu que ce soit Xander.

Le creux entre ses sourcils sombres s'approfondit et je me demandai si elle allait commencer à pleurer. Et si c'était le cas, je me demandai comment j'allais pouvoir le gérer.

— Bon sang, Ty, dit-elle enfin lorsque ma voix s'éteignit.

Je ne pus plus dire un autre mot, car ma gorge s'était refermée et elle m'empêchait de parler ou même de respirer.

— Est-ce que tu te tourmentes avec cela depuis un an ? Tu te dis que tu ne mérites pas d'être en vie parce qu'il ne l'est pas ?

Je ne répondis pas. Je continuai simplement de la fixer, ne sachant pas tout à fait où elle voulait en venir. Elle serra le poing sur ses genoux et elle tendit l'autre main pour tirer la lettre vers elle. Oh, c'était donc de la colère.

Bien. Elle méritait d'être en colère contre moi. Elle savait la vérité, désormais.

— Espèce d'abruti, grogna-t-elle. N'as-tu donc pas compris un seul mot de cette lettre ? Comment peux-tu être aussi stupide ?

Elle avala une grande bouffée d'air et elle tint à nouveau la feuille devant elle, les yeux scrutant la page, lisant quelques phrases clés.

— *Conserve précieusement ce que nous avons vécu ensemble, mais s'il te plaît, pour moi, passe à autre chose.*

Elle déglutit, me regardant avec ses yeux sombres et accusateurs avant de revenir vers le papier.

— *Vis ta vie. Vis-la sans peur et sans tristesse.* Ce sont ses mots, Ty. Si tu les ignores, tu ignores les dernières paroles d'un homme avant sa mort. Ton meilleur ami. Ton frère. Tu avais besoin de ces mots autant que moi.

— Mais ne vois-tu pas…

— Non ! cria-t-elle en agitant son petit poing. Je ne vois pas. Lorsque nous avons perdu Xander, le monde a perdu un homme merveilleux. Tu as perdu ton meilleur ami. Mais moi… j'ai perdu l'amour de ma vie. Mon partenaire. L'homme avec lequel j'ai élevé mon fils. Et je ne t'en veux pas. Je n'accorde pas plus de valeur à sa vie qu'à la tienne. En fait, en faisant ceci, en gardant ce secret, je t'en veux de ne pas avoir révélé au monde à quel point c'était un véritable héros. Et si tu continues à prétendre que ta vie ne vaut rien, alors tu es en train de dire que mon mari est mort – qu'il s'est sacrifié – pour rien. Alors, arrête tes conneries, Ty ! Tu vaux mieux que ça. Xander valait mieux que ça. Ne fais pas ça. Arrête de dévaloriser son sacrifice.

Elle inspira profondément, puis elle souffla pour calmer le tremblement de sa voix.

— Et le mien.

Je la regardai, stupéfait. Je secouai doucement la tête et chaque molécule de mon corps semblait vibrer.

— Je...

— Non.

Elle secoua la tête à son tour.

— Nous n'avons plus rien à nous dire. Tu sais ce que je pense. Xander était un héros. En ce qui nous concerne tous les deux, Xander était le meilleur homme à avoir vécu sur cette planète. Et Xander est mort parce qu'il ne pouvait pas vivre avec l'idée d'être sur cette terre sans toi. Compris ? Alors tu lui dois de vivre ta vie et d'être heureux. De ne pas rendre son sacrifice inutile. Il est mort en astronaute. Ce qu'il avait toujours voulu être. C'est un héros, et son héroïsme le rendra immortel. Que pouvons-nous demander de plus ? Que peux-tu lui demander de plus ? Exiger autre chose, ce serait égoïste.

J'étais abasourdi. J'avais perdu la parole et la capacité à raisonner en recevant chaque vérité de sa bouche comme un coup de poing.

Avec des gestes brusques, elle attrapa la lettre et elle la replia, la glissant soigneusement dans sa pochette plastique. Je la fixai, incrédule, observant ses gestes colériques. Que pouvais-je répondre ? Avais-je nié l'héroïsme de Xander parce que je ne pouvais pas accepter le sacrifice qu'il avait fait pour moi ? De quel droit l'avais-je fait ?

Si elle pouvait l'accepter, alors j'étais bien obligé de le faire également, n'est-ce pas ?

Je me frottai les tempes. Comment était-il possible que je n'y aie pas pensé avant ? Peut-être parce que j'étais trop entêté, trop obsédé par l'idée de rejeter la faute sur moi et de me traiter plus cruellement que je ne traiterais mon pire ennemi.

Peut-être parce que j'étais déjà mon pire ennemi.

Lorsqu'elle eut fini et que sa précieuse lettre fut rangée dans son sac, elle leva les yeux vers moi, fulminant encore de colère.

— Maintenant, vas-tu m'expliquer ce qu'il s'est passé quand les lumières se sont éteintes ? Tu souffres de stress post-traumatique. Gray a réussi à te calmer très rapidement. Est-ce que tu te fais aider ?

Je passai la main dans mes cheveux et je regardai le plafond. J'avais tellement envie d'être ailleurs, mais je ne pouvais pas la quitter ainsi. Je ne pouvais pas nier mes problèmes, même si j'avais bien fait semblant quand Gray était venue à ma porte le premier jour et qu'elle m'avait jeté cela au visage.

Je pouvais inventer toutes les règles que je voulais pour Gray, mais je ne pouvais pas repousser Karen.

— J'ai fait beaucoup de progrès, surtout grâce à Gray. Mais je me suis manifestement menti à moi-même au sujet de ma guérison.

Elle hocha la tête.

— Et il est clair que Gray est la femme dont tu parlais l'autre soir. Celle que tu aimes ?

Je sortis la langue pour humecter ma lèvre et je croisai les doigts pour les étudier sur mes genoux, car au moins pour cette partie, je ne pouvais pas la regarder. J'avais essayé de dire à Gray ce que je ressentais, mais elle m'avait interrompu. Quand je la trouverai à nouveau pour lui parler, je ne savais pas très bien ce que je pouvais dire.

Je savais seulement que je devais la trouver.

Je hochai la tête en réponse à la question de Karen.

Elle poussa un long soupir.

— Espèce de crétin, Ty. Je n'arrive pas à croire que tu allais t'infliger ça.

— Avant que tu dises quoi que ce soit, il fallait que je rompe avec elle, d'accord ? Et cela n'avait aucun rapport avec la proposition que je t'ai faite. Son père allait annuler tout le programme spatial si je ne le faisais pas. Alors, il…

Son geste brusque m'interrompit.

— Oh non. Ne me raconte pas ces conneries. L'ancien Ryan Tyler que je connais depuis nos dix-huit ans, il n'aurait jamais laissé un vieux schnoque comme Conrad Barrett l'empêcher d'obtenir ce qu'il voulait.

Elle s'arrêta pour respirer et elle me regarda dans les yeux comme si elle pouvait voir à travers moi.

— Et j'ai vu la façon dont tu l'as regardée. Je l'ai vu. Je n'aurais jamais au grand jamais cru te voir regarder une femme de cette façon. Je pensais franchement que tu en étais incapable. Mais bon sang, tu l'aimes. Tu l'aimes tellement. C'était très clair.

Elle aurait tout aussi bien pu prendre une planche et me frapper avec celle-ci. J'étais stupéfait, vulnérable. Mes épaules s'affaissèrent, j'étais abattu. Elle avait raison. Bon sang, elle avait raison. Qu'avais-je fait ? Qu'avais-je abandonné ?

Tout cela au nom de la satisfaction de Barrett, de son argent. J'avais été désespéré en me raccrochant à un objectif qui n'était pas vraiment le mien, à une promesse que j'avais faite sous la pression à Xander, qui n'avait jamais su ce qu'il me coûterait de la tenir.

Ma volonté de me battre m'abandonna. J'avais laissé Gray partir… pas une fois, pas deux fois, mais ce soir pour la troisième fois. J'étais à peu près sûr que cela signifiait que je l'avais perdue pour toujours.

Elle serait bien bête de revenir vers moi une quatrième fois après tout ce que je lui avais fait subir.

— Ne sois pas idiot. Et ne passe pas le restant de ta vie à te punir à cause du sacrifice de Xander. Si les rôles étaient inversés, tu n'attendrais jamais cela de sa part.

— Parce qu'il avait toutes les raisons de vivre.

Elle se pencha en avant comme si elle voulait crier, mais elle s'arrêta.

— Toi aussi. Sois heureux. Va chercher Gray et dis-lui ce que tu ressens, et ne brise pas encore son cœur. Dis à cet homme d'aller se faire foutre parce que tu aimes sa fille et que tu vas prendre soin d'elle et que tu vas la laisser vivre sa vie comme elle l'entend. Et on ne parle plus de toi et moi, d'accord ? Tu peux quand même faire partie de la vie d'AJ et de la mienne. Tu es notre famille. Et tu as intérêt à arrêter de nous éviter à cause de ta propre culpabilité, parce qu'il n'y en aura plus. Xander ne le voudrait pas. Tu as lu sa lettre. Ce sont ses propres mots.

Je secouai doucement la tête et je fixai mes mains serrées, complètement perdu et sans savoir quoi dire. Je fis ce que j'aurais dû faire des mois auparavant. Je restai assis à l'écouter.

— Je savais et il savait – tout comme vous le savez tous quand vous vous attachez à cette fusée – que vous avez vos vies entre vos mains. Vous vous êtes entraînés pour cela, pendant des années. Son travail était dangereux. Tout comme l'équipage du Columbia. Tout comme les sept du Challenger. Ou les trois d'Apollo I. Ils savaient tous la même chose. Arrête de raccrocher toute ta vie à cet unique moment dans le temps.

Elle fronça les sourcils de conviction.

— Tant que c'est en mon pouvoir, je t'empêcherai de le faire parce que tu es ma famille, et j'ai besoin de toi.

Je la fixai avec admiration, les larmes floutant une partie de ma vision. Je leur permis de couler sur mes joues.

— Tu es une femme incroyable, Karen Freed, finis-je par lâcher d'une voix étranglée, submergé par l'émotion.

Elle sourit tristement, objectant par un haussement d'épaules.

— Bien sûr, je le sais déjà. Et je mérite de découvrir si je peux être heureuse à nouveau, peut-être avec quelqu'un d'autre. Cela faisait un moment que je n'avais pas lu la lettre de Xander, et tu sais, accepter ton plan, cela aurait signifié que je continuais à vivre dans le passé. Mais je vais vivre, et je vais passer à autre chose. Et tu le devrais, toi aussi.

Je secouai la tête.

— Je ferai tout ce qui est en mon pouvoir pour être présent auprès d'AJ et de toi.

Son sourire grandit.

— Je considère que c'est une promesse. Tu as intérêt à ne pas me lâcher, Tyler. Je connais tes secrets. Et je sais comment t'atteindre là où ça fait mal.

Je laissai échapper un rire tout en essuyant rapidement les yeux du dos de la main, le temps de contrôler l'émotion qui les accompagnait.

— Ça, c'est sûr.

Elle leva les sourcils.

— Maintenant, vas-y, bon sang. Ne gaspille pas un instant de plus. *Va la chercher*.

Inspiré par ses paroles, je fus renversé par une montée soudaine de… de quoi s'agissait-il ? De l'énergie, de la détermination. *De la joie ?* La liberté… la liberté d'admettre ce que je ressentais. La liberté de savoir ce que je voulais. La liberté de le poursuivre.

— Je ne lui ai même pas dit…

— Dis-lui maintenant. Ce soir. Ne perds pas de temps. Toi particulièrement, tu devrais savoir que la vie est courte. Notre temps est limité.

Je me levai du canapé et je contournai la table basse pour marcher vers elle. Elle m'imita avec un énorme sourire et elle sauta vers moi, les bras écartés et des larmes coulant de ses yeux.

— Je suis tellement heureuse pour toi. Tu ne peux pas savoir.

Je me tournai et j'embrassai ses cheveux, sentant les larmes brûler le fond de mes yeux. Cette fois, je réussis à les retenir.

— Je te dois tellement.

— Ça suffit. Tu ne me dois rien. Mais pour l'amour de Dieu, va la chercher ou bien je vais considérer que c'est un crime contre l'humanité et je ne te le pardonnerai jamais. Pars.

Je m'écartai et je me tournai pour partir, mais elle me retint par la manche.

— La sœur de Hammer garde AJ ce soir, et j'allais passer la nuit chez eux de toute façon. Alors quand tu la trouveras, ramène-la chez toi. Je ne serai pas là.

Je me penchai en avant, je l'embrassai sur le front, et je partis.

CHAPITRE VINGT-SIX
RYAN

MALGRE LES ENCOURAGEMENTS DE KAREN QUI voulait que je sorte tout de suite pour aller chercher Gray, je savais que je devais d'abord m'occuper d'autre chose. Elle l'aurait sans doute approuvé, du moins, je l'espérais.

Les trois autres astronautes m'attendaient dans la salle à manger. Ils me renseignèrent sur ce qu'il se passait. Adam et Tolan étaient sortis devant le restaurant pour discuter avec Conrad Barrett, sûrement dans le but de le persuader de ne pas se retirer entièrement du programme.

Je me moquais de ce qu'il se disait dehors. Mais je me souciais des membres de mon équipe. C'était un instant critique et nous allions devoir procéder avec précaution.

Lorsque je m'approchai d'eux, ils se rassemblèrent autour de moi. Noah croisa les bras, le visage sombre.

— Ty, nous devons parler de ce... de cette crise que tu viens d'avoir.

Je hochai la tête.

— Oui, bien sûr. Je sais que vous n'êtes pas idiots et je sais que vous avez tout à fait conscience de ce dont il est question.

Noah se tourna vers les deux autres.

— Les gars, ça vous ennuie si nous discutons seul à seul ?

Ils se regardèrent d'un air gêné avant que Noah se retourne vers moi. Je hochai la tête en précisant :

— Dites à Tolan que j'aimerais vous parler à tous dans quelques minutes. Ceci ne devrait pas prendre longtemps.

Ils acquiescèrent en partant.

Noah se balança d'un pied sur l'autre et il fixa longuement le sol avant de me regarder dans les yeux.

— L'obscurité, c'est un déclencheur pour toi ?

Mon visage brûlait de honte, mais je ne savais pas si cette honte venait du fait d'admettre que j'avais peur de l'obscurité comme un enfant, ou parce que j'avais fait tant d'efforts pour le cacher à tout le monde. Que je leur avais menti à tous et mis le programme en péril.

— Je peux seulement te supplier de me pardonner... commençai-je d'une voix tremblante, mais il m'interrompit en tendant la main.

— Moi aussi, j'étais là ce jour-là. J'en ai encore des cauchemars. J'étais peut-être assis au sol au centre de contrôle, mais ce jour-là a changé toutes nos vies.

Il grinça des dents et il secoua la tête.

— Et pendant tout ce temps, j'ai cru que tu traversais la vie en planant, profitant de toutes les accolades et du traitement réservé aux stars.

Je haussai les épaules.

— Eh bien, il y a des avantages.

Il sourit à moitié.

— Ne le minimise pas par une plaisanterie, Ty. Le traumatisme, c'est sérieux. Nous sommes tous des militaires. Toi et moi, nous étions dans les forces spéciales. Nous avons vu ça auparavant, dans de nombreuses circonstances différentes. Tu n'es ni meilleur ni pire que les autres.

— Merci.

— Nous cacher ça, ce n'était pas cool, mais je serais un hypocrite et un crétin si je te disais que je ne le comprends pas.

Je me frottai la mâchoire, laissant tomber ma tête de honte.

— Je voulais cela pour toutes les mauvaises raisons. Et je me mentais tout autant que je vous mentais à vous tous. Je n'ai plus le cœur à cette mission. Je dois donc demander si tu peux et si tu acceptes de partir à ma place.

Il fronça les sourcils.

— Bien sûr. C'est mon travail. Je suis ton remplaçant, donc je suis censé partir à ta place. Cependant, il s'agit de circonstances spéciales, avec la presse et tout cela.

Je le regardai dans les yeux.

— Je ferai tout ce que je peux afin que le programme se poursuive. Je gèrerai le bureau des astronautes et j'aiderai à entraîner les nouvelles recrues, je vous ferai rattraper tout l'entraînement, mais…

Je poussai un long soupir en me rendant compte que c'était physiquement douloureux d'avouer tout ceci.

— Je le faisais pour lui. Parce que je lui avais fait une promesse dans la précipitation. Et je jure que s'il m'avait demandé de couper mon propre bras ce jour-là, je l'aurais fait sans hésitation.

Noah hocha la tête et il se pencha en avant, posant une main sur mon épaule, sans rien dire, me permettant de continuer.

— Et cela va à l'encontre de tout ce que nous sommes, ce pour quoi nous nous entraînons, et l'affreuse compétition que nous nous obligeons à traverser. Mais je dois admettre ceci. Je dois me sacrifier pour l'équipe cette fois, et admettre que je ne suis pas apte à voler. Pas maintenant.

Peut-être jamais. Je me mordis cependant la langue et je ne dis pas cette dernière partie.

Même si je pensais sincèrement ce que je disais, mon cœur n'y était pas. Mon cœur avait suivi Gray par la porte une demi-heure auparavant et il cherchait frénétiquement dans tous les endroits où je pensais pouvoir la trouver.

Parce que bon sang, briser le cœur de quelqu'un trois fois, c'était trois fois de trop. Il fallait que je répare la situation avec elle dans l'heure, mais je ne pouvais pas laisser Noah et les autres en suspens non plus.

Je passai la main dans mes cheveux.

— Je n'abandonne pas. Je fais simplement ce qu'il faut. Je prends du recul et je laisse quelqu'un d'autre voler pour cette mission.

— Tu as travaillé là-dessus, n'est-ce pas ? Avec Gray ? Elle n'a pas semblé très surprise quand c'est arrivé.

J'hésitai, ne voulant pas parler de Gray avec lui.

— Je vais être là autant que je le peux pour soutenir la mission. Elle continuera comme prévu. Et avant que tu le demandes : tout ira bien pour moi. Allons discuter avec les autres.

— Une dernière chose… je te dois des excuses. Je croyais que tu étais juste un enfoiré qui couchait avec elle.

Il secoua la tête avant de continuer.

— Clairement, ce n'est pas le cas.

Je me raidis.

— Ce n'est pas le cas. Je l'aime.

— Alors je suis désolé d'avoir été désagréable à ce sujet. J'espère que tout se passera bien avec elle.

Je secouai la tête.

— Ce n'est pas très prometteur en ce moment, mais je vais aller la chercher dès que j'aurai discuté avec Tolan et les autres.

Il hocha la tête.

— Oui. Et tu sais que tu peux compter sur moi.

Je lui serrai l'épaule en retour.

— Et toi sur moi.

Je trouvai les autres dehors, rassemblés autour de l'entrée. Barrett était parti, mais Adam et Tolan et les astronautes m'attendaient. Au cours des dix minutes suivantes, je répétai à peu près ce que j'avais dit à Noah. Tolan m'écouta sombrement, clairement mécontent de la tournure des événements. Mais tout le monde était d'accord pour dire que je ne devais pas partir dans l'espace.

Nous décidâmes de nous voir le lendemain avec Victoria pour discuter de la meilleure façon de gérer cela avec le public. Je n'aurais pas pu demander un meilleur soutien, particulièrement de la part de mes collègues astronautes qui me serrèrent tous la main et me dirent l'un après l'autre qu'ils étaient là pour moi.

Enfin, enfin, plus d'une heure après qu'elle soit sortie du restaurant, je pus partir sur ses traces à mon tour. Je ne savais pas du tout où elle avait pu aller.

Je me rendis d'abord à l'endroit le plus évident : son appartement. Sa voiture n'était pas sur sa place de parking, mais je frappai néanmoins à sa porte jusqu'à ce que son voisin sorte la tête et écarquille soudain les yeux. En général, j'étais toujours venu incognito, évitant les voisins et portant mon déguisement habituel.

Cette fois, il me fixa avec de grands yeux.

— Hé, tu es...

— Gray, votre voisine, est-elle rentrée ce soir ?

Il secoua la tête et lorsqu'il ouvrit la bouche pour dire autre chose, je tournai les talons et je redescendis les marches jusqu'à ma voiture, passant en revue tous les endroits où elle pouvait être.

Je me rendis ensuite au travail, mais après avoir scruté le parking sans voir sa voiture, j'envoyai un texto à Pari et je lui demandai si Gray s'était rendue chez elle.

Pari me répondit presque immédiatement, mais elle ne pouvait pas m'aider. Je posai la question à un des surveillants de nuit, et il n'eut même pas besoin d'aller voir dans le bâtiment. Gray n'était pas venue ce soir-là.

À partir de là, mes recherches devinrent plus frénétiques. Je jetai un coup d'œil à l'endroit de la plage où nous étions souvent allés marcher, mais sa voiture n'était pas sur le parking. Je passai devant le minuscule bar où nous mangions parfois un repas discret quand nous étions ensemble. Là non plus, pas de chance.

Comme Gray et moi avions passé la majorité de notre relation cachés sous couvert de ma fausse relation avec Keely, nous n'avions pas beaucoup d'endroits habituels en commun.

Je traversai à nouveau son quartier et je ne vis rien.

Je commençais à perdre l'esprit sous l'inquiétude.

Où pouvait-elle s'être rendue ? À la maison de quelqu'un que je ne connaissais pas ? Dans un hôtel quelque part ? Chez son père ?

Si j'avais su où il vivait, j'aurais déjà été en route. Mais je n'avais pas son adresse et aucun moyen de la découvrir tout de suite.

Assis dans son parking, je fis enfin la chose la plus logique. Je lui envoyai un texto.

Puis je l'appelai.

Je n'eus aucune réponse, pas même les petits points indiquant qu'elle avait lu le texto. L'appel tomba directement sur le répondeur, ce qui m'indiqua que son téléphone était soit coupé, soit déchargé.

Je passai plusieurs fois la main dans mes cheveux, cherchant à réfléchir, puis je décidai de me calmer chez moi et de trouver une nouvelle tactique.

Elle voulait clairement ne pas être trouvée. Et qui étais-je pour aller à l'encontre de son souhait ? Particulièrement après tout ce que je lui avais fait.

Mais bon sang, je n'allais pas laisser tous ces non-dits entre nous. Mes pensées tournèrent constamment en rond dans ma tête pendant que je parcourais le nord de Orange County et Long Beach à sa recherche.

Plus d'une heure plus tard, je me garai devant chez moi, épuisé. Il était plus de vingt-trois heures et après mon heure habituelle de coucher. L'adrénaline de l'incident au dîner s'était estompée depuis longtemps et me laissait fatigué jusqu'aux os.

J'étais épuisé, vidé, et complètement démuni à l'idée d'aller me coucher et de me réveiller sans savoir où elle était ou ce qu'elle faisait. Et encore plus sans qu'elle soit couchée à côté de moi dans le lit.

J'avais déjà permis à tant de nuits de s'écouler ainsi.

J'avais été tellement stupide. J'avais cru que je faisais ce qu'il y avait de mieux pour elle quand je l'avais laissée partir. J'avais su faire ce qu'il y avait de pire pour moi-même.

À cette époque-là, je croyais fermement mériter le pire. Je me haïssais à ce point.

Mais maintenant, une intuition qui ressemblait un peu à la voix de Xander me chuchotait autre chose. Les mots de cette lettre. L'idée que, comme Karen l'avait dit, il m'aurait encouragé.

J'étais prêt maintenant, prêt pour cette nouvelle étape dans mes progrès. Prêt à le faire pour moi-même autant que je voulais le faire pour elle.

Mais je ne la trouvais pas.

Je m'avançai à côté du garage et je sortis. Comme d'habitude, toutes les lampes s'étaient allumées au coucher de soleil. Le chemin jusqu'à la porte était donc bien éclairé. Je montai les marches, la clé prête dans ma main.

Je m'arrêtai brusquement en apercevant une silhouette recroquevillée contre ma porte sur le seuil illuminé. Affalée, les yeux fermés comme si elle s'était endormie, sa tête blonde tombant sur sa poitrine, son sac à côté d'elle.

Elle avait attendu que je rentre et elle s'était endormie.

Et pour une raison que j'ignorais, je ne pouvais pas bouger. Je pouvais seulement la fixer, ressentant une étrange lourdeur dans ma poitrine et une boule dans la gorge. Clignant des paupières parce que mes yeux brûlaient, j'avançai maladroitement vers la porte et je la déverrouillai, puis sans un mot, je me penchai et je soulevai sa silhouette endormie dans mes bras avant de la porter à l'intérieur de la maison.

J'emmenai Gray dans la chambre qui me servait de bureau et je la posai doucement sur le canapé. Lorsque j'attrapai une couverture pliée près de là, elle s'agitait déjà.

— Chut. Rendors-toi, chuchotai-je lorsqu'elle entrouvrit les yeux, tout en sachant que c'était inutile.

Je ne voulais pas qu'elle se rendorme. Je voulais lui parler et lui dire tout ce qui m'avait traversé la tête pendant que je parcourais la ville à sa recherche.

Mais elle semblait si fatiguée, si petite. Si épuisée.

Si submergée par tout ce qui était arrivé ce soir-là.

Malgré mon encouragement à ce qu'elle se rendorme, elle ouvrit les yeux et elle cligna des paupières, retrouvant ses marques. Elle leva les bras au-dessus de la tête et elle s'étira jusqu'aux orteils.

J'observai ses cheveux légèrement ébouriffés. Au cours de la soirée, elle avait retiré sa belle robe rose et elle avait enfilé un jean et un tee-shirt, mais sa peau brillait après sa courte sieste. Elle leva la main et elle toucha ma joue, et je pus à peine respirer.

Elle était belle. Tellement belle. Ses yeux verts étaient obscurcis par l'inquiétude, le léger pli entre ses sourcils s'approfondissant lorsque son regard se concentra sur moi.

— Est-ce que tu vas bien ? demanda-t-elle en caressant ma joue avec ses doigts minces. Je suis venue parce que je m'inquiétais à ton sujet et il fallait que je sache que tu allais bien.

La douleur dans ma poitrine se serra puis se détendit, laissant soudain échapper un flot de tendresse et d'émotion, comme une digue qui se brisait. Je poussai un soupir mélangé à un rire ironique. On pouvait être sûr que Gray, ma belle, adorable Gray, s'inquiète pour quelqu'un d'autre alors même qu'elle venait de vivre un événement incroyablement stressant.

— Il est presque minuit, et je viens de passer des heures à fouiller tout le comté en te cherchant. Je suis rentré ici et je n'ai même pas vu ta voiture. Où es-tu garée ?

— Dans la rue. Je me suis dit que Karen et toi vous alliez bientôt arriver.

Elle fronça les sourcils.

— Je suis allée voir quelqu'un, puis je suis venue ici. Puis j'ai attendu parce que mon téléphone était déchargé et que je n'avais pas de chargeur. Et je t'ai rendu ta clé.

Je m'agenouillai à côté du canapé pendant qu'elle s'assit en se frottant les yeux. Nous nous fixâmes, les yeux au même niveau. Puis elle s'éclaircit la gorge.

— Alors, si tu me cherchais, tu devais avoir quelque chose à me dire.

Je hochai la tête.

— J'ai beaucoup de choses à te dire. Beaucoup de choses importantes.

— Moi aussi. Par exemple, sur le fait que tu fasses le test de vol..

Je secouai la tête.

— Ça, je m'en suis occupé. Je ne peux pas le faire. Tu avais raison.

Elle fixait le sol, n'ayant pas l'air vraiment heureuse de cette nouvelle. Elle était sans doute encore fâchée contre moi, inquiète ou pas. Cela lui ressemblait tellement de mettre de côté ses sentiments afin de voir si j'allais bien, malgré ce qu'elle ressentait.

— Tu étais d'accord avec cette décision ?

Je m'assis sur le sol à côté du canapé.

— C'était ma décision. Je sais qu'ils auraient sans doute refusé mon départ de toute façon, mais je n'ai pas lutté. Cela aurait dû être ainsi depuis le début.

Elle leva les yeux vers moi.

— Mais tu as tellement aidé le programme avec toute la publicité que tu as faite. Rien de tout cela n'a été gâché. Merci d'avoir pensé à nos emplois.

Nous restâmes silencieux un moment, puis elle leva le regard vers le mien.

— Je suis contente que tu t'en sortes mieux, mais j'espère que tu parleras à quelqu'un. Que tu t'ouvriras en thérapie. Cela pourrait t'aider.

Puis, à mon grand étonnement, elle se leva du canapé et elle sortit ses clés de voiture de sa poche, étouffant un bâillement du dos de la main.

— Je devrais partir. Je veux que tu saches que je suis allée voir Aaron Thiessen ce soir après le repas.

Un pressentiment désagréable se mit à planer au-dessus de ma tête.

— Ah ?

Elle hocha la tête, semblant retenir un sourire. Merde, avait-elle décidé de passer à autre chose ? Si vite ? Elle pensait peut-être avoir besoin d'une rupture nette. Mais se précipiter chez lui juste après le restaurant ? J'en avais la tête qui tournait.

— Je lui ai présenté le projet. Il veut investir. Et si nous avons de la chance, il pourra même racheter les parts de mon père. La bonne nouvelle est donc que le programme n'est pas mort, même si mon père décide de faire un caprice. La mauvaise nouvelle, c'est que toi et moi nous allons devoir trouver un moyen de travailler ensemble.

Pendant qu'elle parlait, je me sentis passer le mur du son en traversant une myriade d'émotions. D'abord l'inquiétude et la prémonition, en entendant le nom d'Aaron. Puis le soulagement en apprenant qu'elle était allée le voir pour vendre notre projet. Puis l'incrédulité qu'elle parle de l'avenir de notre travail.

À ce moment-là, je me foutais complètement de notre travail.

Les paroles de Xander me traversèrent l'esprit, encore et encore. *Vis ta vie. Passe à autre chose. Sois heureux* . Trouver mon avenir. C'était exactement ce que je devais faire.

Je voulais toujours cette famille. Je voulais toujours ce sentiment d'appartenance.

Et je savais que la femme qui se tenait devant moi était la clé de ce rêve.

— Je te dois des excuses. Beaucoup, vraiment. Mais particulièrement ce soir. Quand je me disputais avec ton père, je… je ne voulais pas te retirer le droit de parler, Gray. Je ne le ferai jamais consciemment.

Elle resta immobile avant de faire un petit hochement de tête.

— Excuses acceptées.

Puis elle se tourna pour partir.

Je sortis la main pour serrer doucement son bras. Cela me rappela le premier jour après la réunion des investisseurs. Je l'avais suivie dans le couloir et qu'elle avait essayé de m'éviter. Je l'avais tenue à ce moment-là aussi. Et elle m'avait remonté les bretelles.

Mais cette fois, elle marqua un temps d'arrêt.

— Je ne peux pas encore te laisser partir, dis-je. Pas avant de dire ce que je dois dire. Puis, contrairement à tout à l'heure, je te laisserai la décision de ton propre avenir.

Elle secoua la tête.

— Je crois qu'aucun d'entre nous n'est en mesure de parler de notre avenir en ce moment.

Je me raidis, n'aimant pas du tout sa réponse. Elle semblait… vidée, épuisée. Comme si elle avait abandonné.

Elle m'avait un jour accusé de nous laisser tomber trop facilement. Peut-être l'avait-elle fait maintenant ?

— Tu veux bien m'écouter, s'il te plaît ? Et puis, si tu veux partir, tu pourras.

Son visage semblait troublé.

— Tu n'as besoin de t'excuser qu'une seule fois, Ryan. Pas besoin d'insister.

Je lui fis un sourire triste, peut-être teinté d'un peu d'espoir. Plus d'espoir, sans doute, que je n'avais le droit d'avoir à ce moment-là.

J'inspirai profondément avant de me jeter dans le vide.

— Je t'aime, Gray.

D'un seul coup, ma gorge redevint serrée. Mes yeux brûlaient. Cette montée d'émotion empira alors que je vis ses yeux se remplir immédiatement de larmes. Je m'éclaircis la gorge.

— Je t'aime plus que ce que je croyais possible. Je ne peux pas imaginer à quoi ressemblerait le reste de ma vie sans toi. Plus que t'aimer, j'ai besoin de toi.

Je la regardai absorber mes paroles, les larmes montant rapidement dans ses yeux et débordant légèrement.

— Tu comprendras que je n'accepte ces mots qu'avec beaucoup de prudence après tout ceci, après Tahoe. Et qu'en est-il de Karen ?

Je laissai échapper un soupir explosif et je secouai la tête.

— Je lui ai tout raconté. Je ne me suis pas retenu. Au sujet des véritables raisons pour lesquelles j'avais imaginé mon plan. Au sujet de l'accident, de l'attache, de tout.

Elle leva les sourcils.

— Comment a-t-elle réagi ? L'a-t-elle mal pris ?

Je secouai la tête.

— Elle m'a traité de crétin parce que je ne partais pas à ta recherche. Elle a dit que je méritais de trouver l'amour, et elle aussi.

Gray hocha la tête d'un air sérieux. Malgré ses yeux rouges et ses joues tâchées de larmes, elle semblait remarquablement calme.

— Voilà le problème, Ryan. J'ai décidé que me faire piétiner le cœur deux fois était inacceptable. Je ne peux pas recommencer.

Sa voix trembla et elle essuya ses joues du dos de la main.

— Je ne peux pas prendre le risque une troisième fois.

Je détournai le regard, essayant de cacher la déception glaciale qui me tombait dessus. Ça faisait mal. C'était tout aussi nul qu'avant. Même quand j'en avais été la cause, cela avait été affreux. Mais pouvais-je vraiment lui en vouloir ?

— Comment savoir qu'une seule petite chose ne va pas t'envoyer à nouveau au fond du trou et t'encourager à me repousser ? C'est un pur produit du hasard qui t'a convaincu que tu ne pouvais pas voler. Si les lampes ne s'étaient pas éteintes au restaurant, alors, quoi ? Tu serais encore prêt à partir en mission. Tu serais toujours déterminé à épouser Karen. Je serai la seule à avoir conscience de ton syndrome post-traumatique. Rien de ce qui est arrivé ce soir n'a été le résultat d'une décision prise par toi. Tu as été exposé et maintenant tu n'as plus d'autre choix.

Je me raidis pendant qu'elle parlait, comme si ces arguments valables étaient des coups de poing atterrissant sur mon torse. Elle avait raison. Sans la météo merdique et la panne de courant, il se pourrait que je ne le sache toujours pas.

Je me frottai la nuque.

— Tu as raison. C'était de la chance. Purement et simplement. J'ai été un abruti arrogant de n'avoir écouté ni toi ni personne. Je ne devais pas m'approcher de cette mission. Et l'incident a eu lieu sur Terre et pas là-haut. Je n'arrivais à me concentrer que sur moi-même et ma douleur et mon besoin de me faire pardonner par Xander sans avoir la sagesse de me rendre compte qu'il n'aurait pas voulu ceci de toute façon.

Elle ajusta ses lunettes et elle détourna le regard en fronçant les sourcils, paraissant perdue. Non, elle semblait plus partagée que perdue, ce qui déclencha une étincelle d'espoir en moi.

— J'ai eu de la chance ce soir, oui. Et j'en suis reconnaissant. Demander que tu veuilles bien retenter ta chance avec notre couple, c'est espérer une chance au-delà de ce que quiconque mérite.

Elle se figea, me fixant longuement pendant que j'espérais apercevoir le moindre indice de ce qu'elle pensait. Puis elle secoua la tête.

— Je ne veux pas volontairement me remettre dans une situation qui me fera souffrir, affirma-t-elle à voix basse, comme si c'était le dernier argument qu'il lui restait.

Je hochai sombrement la tête.

— C'est un risque. Qu'il s'agisse de la première ou de la dixième fois, c'est toujours un risque. Mais là où il y a un risque, il y a aussi une récompense.

— C'est une situation de haut risque, et j'appréhende un peu.

Je fis un pas hésitant vers elle.

— Et je ne t'en veux pas. Le cœur du problème était que j'avais l'impression de ne pas te mériter. Et tu sais quoi ? Je n'ai toujours pas l'impression de te mériter.

Elle sembla découragée, maintenant, baissant le regard vers le sol. Je posai mon pouce et mon index sur son menton et je levai son visage vers le mien.

— Je ne te mérite pas en ce moment. Je suis brisé. Mais je n'ai pas terminé. Je peux faire ça. Je peux devenir l'homme que tu mérites. Et j'accepte de faire ce qu'il faut. J'accepte de me battre pour ça.

Elle cligna plusieurs fois des paupières.

— Je ne vais pas t'obliger à te battre pour ça, Ryan. Mais d'un autre côté, les choses qu'il te faudra faire, le travail que tu devras accomplir sur toi, ça ne sera pas facile. Et tu dois le faire pour toi. Parce que tu veux guérir. Pas pour moi. Et pas non plus pour le programme ou pour Karen ou AJ. Mais parce que tu mérites d'être entier, d'être réparé.

Mes chances avec elle semblaient s'amenuiser à chaque minute qui passait. Mon estomac tomba dans mes talons et le reste de mes organes internes menaçait de le suivre.

— Puis-je au moins te demander d'être patiente et d'attendre pendant que je travaille là-dessus ? Je veux... j'ai besoin d'avoir une chance avec toi.

Mes mains glissèrent jusqu'à ses épaules et elle vacilla, cherchant apparemment ses mots.

Si elle m'obligeait à la supplier, je pouvais le faire. Facilement. Je pliai le genou, mais elle sembla anticiper ce que je faisais. En attrapant ma chemise, elle me tira vers l'avant.

— Ryan, arrête. Je n'essaie pas de te tourmenter. Il s'agit de questions importantes. Tu sais déjà ce que je ressens pour toi.

J'hésitai pendant qu'elle restait silencieuse, fixant le sol. Puis elle tendit les bras vers moi et elle me serra contre elle. Je passai les bras autour de son buste et je serrai plus fort, appuyant la joue contre ses cheveux. Était-ce *au revoir* ? Était-ce *plus tard* ? Je retins ma respiration en attendant.

— Je ne peux pas te réparer, Ryan. Je te l'ai dit le jour de la réunion des investisseurs. Il te reste un long chemin à parcourir. Tu n'es pas obligé de le parcourir seul. Je ne peux pas te réparer, mais je peux t'aimer. Avec tes défauts. Car l'amour, c'est cela.

Je caressai ses doux cheveux. Sous cet angle, je ne pouvais pas regarder son visage, mais je pouvais la sentir se détendre contre moi.

— Je t'aime, Gray. Je suis tellement stupide que lorsque je te l'ai dit à Tahoe tu dormais, et j'avais si peur que tu puisses m'entendre quand même, que je l'aie dit en russe.

Elle rit malgré les larmes.

— Je t'ai entendu. Je me suis demandé pourquoi tu me parlais en russe.

— En ce cas, j'aurais aimé l'avoir dit dans une langue que tu comprends. J'aurais aimé que tu l'entendes alors et que tu ne sois pas obligé de passer tout ce temps à croire que je ne me soucie pas de toi. J'ai été tellement stupide de tellement de façons différentes que te demander de me pardonner me donne l'impression d'exiger quelque chose d'impossible.

Elle posa sa joue humide contre mon torse.

— Ce n'est pas impossible. Carl Jung a dit un jour qu'il est plus facile de partir sur la Lune que de pénétrer au plus profond de soi-même.

Elle renifla.

— Ça signifie que tu ferais mieux de te préparer à un voyage mouvementé.

Je tendis la main et je plaçai mes doigts entre les siens.

— Pourras-tu être là avec moi ? C'est moi qui ferai le travail, mais l'idée que tu ne sois pas auprès de moi...

Elle leva la tête et je posai les deux mains sur ses joues.

— J'ai dit que je t'aimais. C'est donc que je t'aime pour le pire comme pour le meilleur.

Elle se tourna et elle déposa un baiser sur la paume de ma main.

Je me baissai et je l'embrassai. Elle avait le goût des larmes salées et une touche de douceur. Les lèvres les plus douces que j'ai pu goûter. Mon cœur battait comme s'il allait exploser hors de ma poitrine.

— Je t'aime. Je vais te le dire chaque jour pendant le restant de ma vie… dans une langue que tu comprends.

— Moi aussi, je t'aime, dit-elle avec de nouvelles larmes coulant sur son visage. Et je veux être là pour toi pendant ton parcours. Nous venons de passer le Rubicon maintenant.

Je souris en comprenant cette référence à l'ancienne rivière autrefois considérée comme le point marquant un véritable engagement au voyage. Le Rubicon était le point de non-retour.

— Je suis entièrement partant, Gray. Je ne tournerai plus jamais le dos à ceci, à *nous* . Quand je l'ai fait avant, ça a failli me détruire. Je ne serai plus aussi idiot.

Elle passa les bras autour de mon cou et elle me tira vers elle. La montée familière de désir pour elle prit possession de moi, mais j'étais également fou de joie à l'idée de l'avoir si près de moi, de la tenir dans mes bras, de dormir paisiblement à côté d'elle. Je voulais cela pour tous nos lendemains.

Je la pris donc par la main et je la guidai jusqu'à ma chambre. Nous nous déshabillâmes. Nous nous embrassâmes en nous serrant fort. Et puis on s'endormit, serrés dans les bras l'un de l'autre.

Dans le noir.

CHAPITRE VINGT-SEPT
ÉPILOGUE
GRAY

UNE SEMAINE PLUS TARD...

LES APPAREILS PHOTO CLIQUAIENT FURIEUSEMENT lorsque Ryan fit encore une fois face à la troupe de journalistes et d'influenceurs importants depuis la scène installée dans le bâtiment de réunions de XVenture. Une véritable partie de la fusée Rubicon III, peinte en blanc avec des détails et des lettres rouges, formait un arrière-plan parfait.

Après la courte annonce par Tolan, une déclaration encore plus courte du nouveau membre de l'équipage du test de vol, le colonel Noah Sutton, Ryan monta sur le podium et la salle devint silencieuse.

Il semblait sérieux, sûr de lui et beaucoup moins nerveux que ses deux prédécesseurs. Il portait un costume bleu marine, une cravate verte et le badge doré brillant de l'astronaute sur son revers, et il était extrêmement beau. Mon cœur fit un petit bond pendant que je prenais des photos avec mon téléphone.

Le silence résonna presque dans la salle pendant que Ryan se redressait et qu'il tenait chaque côté du pupitre en regardant droit devant lui. Il n'avait pas de notes écrites ni de téléprompteur. Apparemment, il avait entièrement mémorisé ce qu'il voulait dire.

— L'astronaute Alexander Freed était mon ami, mon frère. Mais il était aussi le héros qui m'a sauvé la vie. Et à cause de circonstances hors de notre contrôle, je suis rentré en sécurité de notre dernière mission, mais pas Xander.

Il marqua une pause et il inspira longuement, semblant se préparer à la suite.

Aussi clairement et aussi brièvement que possible, Ryan décrivit l'accident et de quelle façon Xander s'était libéré de son attache dans le but d'atteindre Ryan lorsqu'il avait remarqué que sa combinaison avait été percée. Des murmures agités de la foule s'élevèrent pendant que Ryan continuait à raconter l'accident dans les termes les plus simples.

La presse n'avait encore jamais entendu cette version, alors c'était un scoop.

Personne n'avait entendu cette version jusqu'à ce que Ryan m'en parle, puis qu'il l'avoue à Karen.

— Je ne suis pas encore remis des conséquences de la perte de Xander. Il a fait le sacrifice ultime pour sauver son ami. J'essaie chaque jour de trouver un sens à sa décision.

Ryan s'arrêta encore longuement afin de reprendre son calme. Je serrai les poings devant ma bouche, souhaitant d'une façon ou d'une autre pouvoir lui donner des forces depuis l'endroit où je me tenais.

— Le chemin a été long depuis ce jour l'année dernière où nous l'avons perdu. Et j'ai eu des difficultés, j'ai lutté intimement et de façon très profonde. J'ai besoin d'aide, mais j'ai appris beaucoup de choses. Suffisamment pour savoir que je ne suis pas prêt à retourner dans l'espace pour l'instant. Mais le XPAC a tout mon soutien et ma dévotion. Je vais continuer à travailler avec eux pour gérer les opérations au bureau des astronautes aussi longtemps que j'y serai utile.

Il humecta ses lèvres, ses yeux scrutant la salle jusqu'à ce qu'il semble localiser ce qu'il cherchait... ou plutôt qui. Lorsque le regard de Ryan croisa le mien, je souris et je levai le pouce pour l'encourager. Il hocha très légèrement la tête, comme pour indiquer qu'il m'avait compris.

— Xander Freed est mort en héros et c'est son sacrifice qui a sauvé les quatre autres astronautes et la station spatiale internationale. J'espère que son sacrifice restera pour toujours dans les mémoires et que nous continuerons nos missions depuis l'orbite de la Terre jusqu'à la Lune, Mars et d'autres destinations de notre système solaire. Nous n'oublierons pas les gens forts et courageux, ceux d'Apollo 1, Soyouz 1 et 11, Challenger et Columbia, qui comme Xander Freed ont donné leur vie à ces missions. Nous leur devons de continuer notre exploration de l'espace.

Je suis éternellement reconnaissant envers Xander pour chaque jour que je peux vivre. Je sais que Xander voudrait que ceux qu'il aimait le plus au monde vivent une vie heureuse et enrichissante. Et chaque jour, je ferai de mon mieux pour être à la hauteur.

Malgré toutes les mains levées et les appels pour obtenir son attention lors de la conclusion de son discours, Ryan partit peu de temps après. Noah et Tolan restèrent afin de répondre aux questions restantes concernant les changements de la mission. Ils donnèrent tous les deux à Ryan leur soutien le plus complet, mais je n'entendis qu'un fragment en partant. J'utilisai mon pass pour revenir dans le bâtiment principal et grâce à une intuition correcte, je trouvai rapidement Ryan. Il était assis à sa place dans le bureau des astronautes.

Dans le noir.

— Hé, dis-je en me tenant dans l'encadrement de la porte pendant que mes yeux s'adaptaient à l'obscurité. Tu veux de la compagnie ou préfères-tu rester seul un petit moment ?

Je l'entendis bouger dans son coin et il se leva de sa chaise, contourna les tables jusqu'à passer dans le rayon de lumière de la porte. Il s'arrêta et il me regarda.

— Ça dépend de la compagnie.

Je souris et je marchai vers lui. La porte se ferma lentement et lorsque je parvins jusqu'à lui, l'obscurité était à nouveau complète. Il m'attira dans ses bras.

— Est-ce que moi, moi-même et encore moi sommes une compagnie acceptable ?

Il me serra plus fort, me collant contre lui, et il posa un baiser brutal sur ma bouche, l'ouvrant en quelques secondes. Sa langue entra, dansant contre la mienne, attisant ces flammes familières et plaisantes.

Lorsqu'il leva enfin la tête, il me souffla :

— C'est la meilleure compagnie.

Je glissai mes bras derrière son cou, rapprochant ma bouche de son oreille pour lui chuchoter :

— Ton discours était fabuleux. Je suis tellement fière de toi.

Sa bouche descendit le long de mon cou et il me mordilla.

— J'étais sincère, tu sais. Au sujet de prendre du recul et d'essayer de vivre une vie heureuse.

Je posai les mains sur ses joues, encadrant son visage.

— Bien. Parce que c'est ce que tu mérites, dis-je en le regardant dans les yeux.

Il m'était difficile de déchiffrer son regard dans l'obscurité.

— Tu avais raison de dire que c'est ce qu'il voudrait.

Nous nous embrassâmes encore en chancelant l'un contre l'autre.

— Tu sais que ça veut dire que tu es coincé avec moi, n'est-ce pas ? Parce que je ne serai jamais heureuse sans toi.

J'entendis le sourire dans sa voix quand il répondit :

— Vraiment ? Même si je brise toutes tes règles ?

— *Surtout* pour ça.

Il s'écarta et il s'approcha de la porte. J'entendis le verrou se refermer et il revint vers moi.

— Maintenant, j'ai envie de prendre des risques.

— Ici ? demandai-je lorsqu'il me souleva contre lui et que je coinçai mes jambes autour de sa taille.

Il nous fit marcher vers le bureau dans le coin et il me posa dessus. Je me penchai en arrière et je m'appuyai sur mes bras tout en levant les pieds avec lesquels je traçai le contour de son torse, me sentant à la fois bête et sexy en prenant cette pose.

Ryan attrapa doucement ma cheville, puis il glissa rapidement sa main le long de ma jambe et autour de mon mollet. La chaleur irradiait de partout.

— Je suis content que tu portes une jupe aujourd'hui.

Je souris en défaisant la boucle de sa ceinture.

— J'ai l'impression que tu vas me montrer à quel point.

Il posa les mains sur ma culotte, tirant avec insistance.

— J'ai beaucoup de choses à te montrer.

J'éclatai de rire dans l'obscurité, allongée à plat sur le dos.

— Qu'est-ce qui est si drôle ?

— C'est encore une de tes phrases ringardes pour draguer, n'est-ce pas ?

Je parlai d'une voix grave en l'imitant :

— *J'ai beaucoup de choses à te montrer*.

Il ôta son boxer et il me déplaça jusqu'au bord du bureau.

— Tu sais déjà maintenant que ce n'est pas un trait d'esprit, c'est une promesse.

Il vint se placer entre mes genoux, glissant la main dans ma nuque. Puis il passa ses doigts dans mes cheveux lorsque nos bouches se retrouvèrent, mêlant nos souffles. Sa paume caressa mon téton jusqu'à ce que celui-ci devienne douloureux.

Je haletais quand il s'écarta.

— Les autres pourraient arriver à n'importe quel moment.

Il pénétra en moi, ferme et brûlant, laissant échapper un soupir de plaisir.

— C'est un risque que je suis prêt à prendre.

ENVIRON UN AN PLUS TARD...

J'avais toujours adoré l'observatoire de Griffith Park. Quand j'étais jeune, ma mère m'emmenait ici. Elle aimait faire de longues promenades et nous pouvions errer et explorer les collines et l'immense parc derrière notre quartier. Le monde m'avait alors semblé si immense. Et l'observatoire avait étiré mes horizons jusqu'au vaste univers.

C'était là que j'étais tombée amoureuse des étoiles étant enfant, et que j'avais rêvé de visiter des planètes inconnues. Et c'était là-bas que ce soir-là, j'étais assise parmi le public du planétarium pendant que l'homme que j'aimais lisait un extrait de son autobiographie nouvellement parue, et qu'il répondait aux questions de la foule.

Il était magnifique dans sa chemise décontractée, son blazer et son pantalon de costume. Pas de combinaison de vol ce soir-là. Aucun des accoutrements typiques de l'astronaute en dehors de son badge doré toujours présent qui étincelait à la lumière quand il se déplaçait.

Pari était assise d'un côté de moi, Karen et AJ de l'autre, même si nous prenions tour à tour AJ sur les genoux afin qu'il puisse avoir une meilleure vue d'oncle Ty.

Des mains se levaient, des gens appelaient chaque fois que le modérateur acceptait de nouvelles questions. Une adolescente se leva : une fanatique de l'espace aussi improbable que je devais le paraître quand j'avais son âge, en dehors de tous les tee-shirts que je portais.

— Commandant Ty, il faut vraiment que je pose la question. Y a-t-il le moindre espoir que vous vous remettiez en couple avec Keely ?

Je regardai Karen et on rit ensemble. Ryan était exceptionnellement doué pour cacher ses grimaces intérieures et seuls ses proches auraient pu savoir qu'il était légèrement irrité par la question.

Il écarta le micro de sa bouche en toussant légèrement, puis il répondit.

— Eh bien, j'ai beaucoup de respect pour Keely et nous restons bons amis. Et je déteste vous décevoir, mais cela fait un moment maintenant qu'il y a quelqu'un d'autre dans ma vie. Elle me rend heureuse et c'est certainement mon âme sœur. Je crois donc que ma recherche est terminée.

J'eus le souffle coupé, comme si j'avais reçu un coup. C'était une surprise. La surprise la plus agréable que j'aurais pu imaginer. J'écarquillai les yeux en essayant de traiter ces mots, mais il y avait cet étrange grésillement dans mes oreilles.

— Eh bien, dans l'intérêt de toutes les filles qui ont souhaité une réunion de Tyley, vous devriez lui mettre la bague au doigt.

La salle éclata de rire. Ryan haussa les épaules et dit :

— Vous savez quoi, c'est peut-être une bonne idée.

La main de Karen atterrit immédiatement sur la mienne, la serrant fort. Elle poussa un minuscule petit couinement que je fus la seule à entendre. Et de l'autre côté, je reçus un coup de coude entendu de la part de Pari.

— Il t'aime, murmura-t-elle.

Tout ce que je pouvais faire, c'était rester assise et laisser toutes ces sensations étonnantes me parcourir. C'était étrange pour la part logique de mon cerveau, car je savais déjà qu'il m'aimait. Il avait tenu sa promesse de me le dire presque chaque jour.

Et ce n'était pas simplement ses paroles. Il l'avait montré par des actes également. Il m'avait encouragée à essayer de réparer la relation abîmée avec mon père. Et après quelques mois en froid, j'avais réussi.

Et même récemment, ils avaient passé une soirée dans la même pièce sans échanger une seule remarque désagréable. Ryan, alors qu'il avait de bonnes raisons de détester Conrad Barrett, avait vite permis cette détente. Parce qu'il m'aimait.

Et je l'aimais aussi.

Plus tard, nous étions debout par petits groupes pendant que Ryan dédicaçait des livres, assis à côté de Lee, son assistant et coauteur, avec l'aide du publicitaire responsable de la tournée promotionnelle de son livre. Hammer, Noah et Kirill nous rejoignirent bientôt, tout beaux et attirant les regards féminins partout où ils se trouvaient.

Victoria s'approcha avec une pile de livres dédicacés sous le bras. Elle fit passer son exemplaire gratuit devant sa petite amie. Pari se tourna vers elle.

— Il est impossible que tu aimes ce livre au point d'en acheter cinq exemplaires.

Victoria éclata de rire.

— Ce sont des cadeaux pour ma famille.

Pari ricana.

— Et moi qui croyais que tu essayais juste de faire de la lèche à Ty.

Elle se pencha en avant pour embrasser Victoria sur la bouche, mais elle dévia à la dernière minute et l'embrassa sur la joue.

— Tu as du rouge à lèvres.

Kirill tendit les bras à AJ qui bondit avec enthousiasme pour monter sur les épaules du cosmonaute.

— J'aurais dû être sur tes épaules quand Ty lisait son livre, dit AJ. Je peux tout voir d'ici.

Hammer lui tira le pied pour jouer.

— Le livre de Ty n'était pas ennuyeux ? Même pas un peu ?

AJ haussa les épaules.

— Il faut plus d'images dans son livre. Il n'y a pas de photos de moi.

Karen et moi nous nous regardâmes en souriant. Il y avait cependant beaucoup de photos de son père.

Karen et AJ avaient emménagé en Californie au cours de l'été dernier et ils vivaient maintenant assez près de nous afin que nous puissions les appeler voisins. Cette situation agréable avait fait que nous passions beaucoup de temps ensemble, et Ryan était resté proche de son « petit pote ».

Le groupe se dissipa bientôt lorsque nous sortîmes du bâtiment pour nous promener en attendant que Ty finisse. Hammer et Kirill jouaient avec AJ, faisant une sorte d'étrange jeu de chat perché que je ne reconnaissais pas. Pari et Victoria s'étaient rendues à leur voiture pour y ranger la pile de livres. Noah et Karen marchaient jusqu'au point de vue pour observer les lumières de la ville.

J'attendis près de la porte ouverte, jetant un coup d'œil à l'intérieur de temps en temps et prenant des photos de lui à l'air sérieux pendant qu'il dédicaçait ses livres.

Il ne lui manquait qu'un veston en tweed avec des coudières en cuir et il aurait ce look de professeur sexy. *Rrrr*. Avant que cette idée me passe par la tête, je ne savais pas du tout que j'avais un tel fantasme.

Le publicitaire, Lee et Ryan sortirent du bâtiment peu de temps après. Ryan tourna la tête en scrutant les environs. Lorsque son regard atterrit sur moi, son sourire s'élargit. Il s'excusa auprès de ses compagnons et il marcha vite vers moi.

J'inclinai la tête et je le regardai du coin de l'œil.

— Est-ce une bonne chose que l'on me voit avec toi ? Je veux dire, j'ai entendu dire qu'il y avait quelqu'un de spécial dans ta vie maintenant.

— Suis-moi, s'il te plaît, dit-il en me prenant par le bras et en me guidant vers le point de vue. Il y avait des gens là-bas, mais il nous conduisit d'un côté plus calme. La plupart des gens venus pour les dédicaces étaient partis et il ne restait presque que nos amis et notre famille.

Je me tournai vers lui, redressant son col.

— Eh bien, commandant Tyler, tu étais très beau ce soir. Et il faut que je te prévienne que je pourrais bien te sauter dessus dès que nous serons seuls.

Il laissa tomber son bras de ma taille et il me parut étrangement coincé pendant un instant, puis il observa les lumières comme s'il essayait de prendre une décision, en fronçant les sourcils.

— Est-ce que ça va ?

Il se tourna vers moi et il me prit par la main.

— Ça va très bien. Je suis amoureux d'une femme merveilleuse et incroyable et je ressens une soudaine envie de suivre les conseils d'une adolescente.

J'écarquillai les yeux.

— Quoi ?

Vous devriez lui mettre la bague au doigt . Je déglutis, puis j'ouvris la bouche pour lui demander des précisions lorsque je remarquai qu'il posait un genou dans l'herbe devant moi.

Quoi ? Euh. Étais-je en train de rêver ? Me faisait-il une blague ?

— Son conseil était de te passer la bague au doigt, mais je n'ai pas de bague en ce moment. Je crois avoir quelque chose de presque aussi bien…

Il défit le badge d'astronaute de son revers, le refermant prudemment avant de me reprendre la main. Il posa le badge dans ma paume, l'entourant de son autre main.

— Angharad Grace Barrett, veux-tu être ma femme ?

Respire, Gray. Respire. Fais entrer ce qui est bien, fais sortir ce qui est mauvais… Clic clic cliquetis clic.

J'avais le cœur battant et il en avait conscience. Je m'attendais à voir un amusement ironique sur son visage. À la place, il semblait pâle et sur le point de faire une syncope si je ne répondais pas vite.

Mais pour pouvoir lui répondre, il fallait d'abord que je me souvienne comment respirer.

Je fermai les doigts autour du badge et je déglutis, avalant enfin un peu d'air.

— Je… je…

Il leva les sourcils et il commençait maintenant à paraître inquiet.

— Oui, finis-je par dire d'une voix étranglée. Bien sûr.

Ses épaules tombèrent de soulagement.

— Mais seulement si tu ne m'appelles plus jamais par ces deux noms.

Il rit et il se releva.

— Eh bien, il faudra que je les dise encore une fois au mariage, mais après ça, aucun problème.

Il se pencha pour un baiser affectueux qui fut soudain interrompu par des cris et des applaudissements. Nous nous retournâmes pour regarder autour de nous. Un groupe s'était formé et nous observait depuis environ une quinzaine de mètres. Les astronautes, les employés de XVenture, y compris Tolan. Il y avait même quelques retardataires à la dédicace et d'autres visiteurs de l'observatoire.

Karen avait levé le téléphone, prenant sans aucun doute des photos afin de documenter cette étape importante dans nos vies.

Pendant qu'ils continuaient à siffler et à applaudir, Ryan sortit le badge de ma main et l'attacha sur ma robe.

— Voilà, dit-il en le mettant droit. C'est parfait. Ce sera bientôt remplacé par une véritable bague de fiançailles.

Je levai les sourcils et je posai la main sur le badge.

— Carrément pas. Je ne vais pas te le rendre.

Il passa les bras autour de ma taille et il me serra encore contre lui en riant. AJ s'échappa de la foule et il courut vers nous, ignorant les appels de sa mère. Il tira sur la jambe du pantalon de Ryan et celui-ci le souleva à notre hauteur.

— Que vient-il de se passer, oncle Ty ?

Ryan me regarda en souriant.

— Gray va être ta tante.

AJ me regarda comme pour avoir une confirmation, et lorsque je hochai la tête en souriant, il leva le poing vers moi afin que nous puissions faire un de ses *check* habituels.

— J'étais certain que ça allait arriver, dit-il d'un air solennel.

— Ceci requiert un câlin de groupe ! dit Hammer en riant.

Ryan se tourna brusquement vers lui.

— Dégage, crétin, grogna-t-il, mais tout le monde était déjà sur lui.

Les trois hommes l'entourèrent et Karen vint à côté de moi et soudain, il y eut cette étrange mêlée. Tout le monde cherchait à attraper quelqu'un d'autre et Ryan et moi nous fûmes enterrés quelque part au milieu de ce mélange de bras et de jambes, écrasés de plus en plus près l'un de l'autre.

— Câlin de groupe ! criait tout le monde et d'autres amis et collègues vinrent se joindre à nous.

Je levai les mains, passant les bras autour du cou de mon futur mari, et je le tirai encore plus près de moi pour dire d'une voix forte à son oreille :

— C'est le début d'une toute nouvelle aventure. Ensemble.

Au sujet de l'auteure

Brenna Aubrey est une auteure Best sellers USA TODAY d'histoires d'amour contemporaines qui se concentrent sur la culture geek.

Elle a depuis toujours cherché le réconfort dans de bons livres et les longues histoires compliquées qu'elle tisse dans sa tête. Brenna est une fille de la ville mais amoureuse de la nature. Elle se retrouve donc dans des espaces verts dès qu'elle le peut. Elle est aussi une maman, fille geek, voyageuse, francophile, une joueuse de jeux vidéo et une lectrice compulsive.

Elle réside actuellement en Californie avec son mari, deux enfants, et deux adorables chiens golden retriever.

Pour plus d'infos, visitez le site Internet français de Brenna : www.brennaaubrey.fr